ANDRÉ THEURIET

De l'Académie française.

SOUVENIRS

des

Vertes Saisons

ANNÉES DE PRINTEMPS — JOURS D'ÉTÉ

PARIS

SOCIÉTÉ D'ÉDITIONS LITTÉRAIRES ET ARTISTIQUES

Librairie Paul Ollendorff

50, CHAUSSÉE D'ANTIN, 50

1904

SOUVENIRS

des

Vertes Saisons

ANDRÉ THEURIET

De l'Académie française.

SOUVENIRS

des

Vertes Saisons

ANNÉES DE PRINTEMPS — JOURS D'ÉTÉ

PARIS

SOCIÉTÉ D'ÉDITIONS LITTÉRAIRES ET ARTISTIQUES
Librairie Paul Ollendorff
50, CHAUSSÉE D'ANTIN, 50

—

1904

ANNÉES DE PRINTEMPS

ANNÉES DE PRINTEMPS

I

Lorsqu'on a passé la cinquantaine et que, sur le
revers de la colline de la vie, « la nuit douteuse » fait,
comme l'a dit Victor Hugo,

> ... Parler le soir la vieillesse conteuse,

on cède volontiers à la tentation très douce d'évoquer
tout haut les souvenirs de sa première jeunesse. Cette
démangeaison autobiographique a deux causes : d'abord
le plaisir égoïste et très humain qu'on éprouve à parler
de soi; puis le besoin qu'on a de se rajeunir en se
retrempant dans la fontaine de Jouvence du ressouvenir. — J'obéis aujourd'hui, comme beaucoup d'autres,
à ces deux secrets mobiles, bien que je n'aie pas d'aventures extraordinaires à conter. Peut-être, — c'est
l'excuse que je me donne hypocritement à moi-même,
— les curieux de psychologie littéraire trouveront-ils
quelque intérêt à connaître quelles circonstances ont

poussé vers la littérature un garçon élevé dans un milieu provincial absolument réfractaire, et jusqu'à trente ans, attaché, loin de Paris, à des fonctions administratives qui auraient dû à jamais le dégoûter de la manie d'écrire. — L'ennui de ces sortes de confessions rétrospectives, c'est que le *moi* y tient forcément une maîtresse place, — ce qui est gênant pour la modestie de l'écrivain, et ce qui, à la longue, peut devenir agaçant pour le lecteur. — J'essayerai de remédier à cet inconvénient en me montrant très sincère et en parlant moins de moi-même que des choses et des gens au milieu desquels j'ai vécu.

Je suis né par hasard à Marly-le-Roi. Mon père était Bourguignon, ma mère Lorraine, et ils n'habitaient Marly que depuis un an, quand cet événement eut lieu. Je vins au monde, non loin de la forêt, dans une petite maison de la rue des Vaux, voisine de la propriété qui appartient aujourd'hui à Victorien Sardou. Je ne me rappelle aucunement ce premier gîte, car un an après, nous allâmes occuper dans la Grand'Rue une maison bâtie en équerre sur cour et jardin, dont la massive porte cochère forme une encoignure en retrait. C'est de là que datent mes premières souvenances assez confuses. Devant le spectacle qui se montrait à mes yeux écarquillés d'enfant, les choses m'impressionnaient plus que les personnes. Les figures des gens qui m'entouraient demeurent pour moi dans un brouillard, tandis que je vois encore très distinctement les châtaigneraies de la forêt, et que j'ai encore dans l'oreille le bruit mat des châtaignes tombant sur la mousse. Cette récolte des châtaignes en automne a été une de mes vives sensations de ce temps-là. — Plus tard, à l'époque de ma vingtième année, après être resté dix-sept ans

dans un pays où le châtaignier ne croît pas, un matin
d'octobre, j'errais à travers la campagne poitevine ;
j'entendis tout à coup le bruit sourd des châtaignes sur
la mousse, et je m'agenouillai dans la bruyère humide
pour ramasser avec un attendrissement fraternel ces
fruits à l'écorce vernissée qui réveillaient en moi les
sensations de ma petite enfance. — Au fond, notre
personnalité est bien moins indépendante du *non-moi*
que nous ne l'imaginons. Le monde extérieur nous
pénètre constamment, et constamment nous lui lais-
sons une parcelle de nous-mêmes. Quand nous y regar-
dons attentivement, nous sommes obligés de reconnaître qu'entre nous et lui il y a une sympathique
parenté dont les liens ne se rompent même pas à la
mort.

C'est dans cette maison de la Grand'Rue que je reçus
ma première impression morale. Ma mère, qui était
très pieuse, m'y parlait déjà du paradis et de l'enfer.
Un après-midi que je musais, désœuvré, par la cour,
j'aperçus au fond de la niche à chien quatre nouveau-
nés qui, en l'absence de leur mère, s'étaient blottis en
boule dans la paille. Une perverse curiosité me poussa
à m'emparer des petits chiens et à les porter, « pour
voir », dans le bassin du jardin ; mais quand je les vis
nager misérablement au milieu de l'eau verdâtre, j'eus
la conscience de ma scélératesse, ma sensibilité s'éveilla
et je voulus repêcher les naufragés ; malheureusement
ils se tenaient trop loin du bord et le bassin me paraissait grand comme un lac. Je m'enfuis plein de terreur
et songeant en mon âme de quatre ans que, bien certainement, l'enfer était destiné à punir de pareils
méfaits. Je ne sais plus si on réussit à opérer le sauve-
tage des petits chiens, mais je me souviens d'avoir

entendu le lendemain la locataire du rez-de-chaussée proclamer que « cet enfant était possédé et qu'il finirait mal ». — Ce fut ainsi que s'éveilla mon premier remords.

Ma mère s'ennuyait à Marly, où mon père était receveur des domaines ; elle avait la nostalgie de son pays lorrain ; elle harcelait mon père pour qu'il sollicitât sa nomination dans le Barrois, et elle finit par y réussir. — Si, aux termes du Code, « la femme doit suivre son mari », en fait, c'est le mari qui suit sa femme. Sur cent fonctionnaires mariés, il y en a bien quatre-vingts qui finissent leur carrière dans le pays de leur femme. — Mon père, encore qu'il aimât les environs de Paris, obéit à cette loi quasi générale et, vers le printemps de 1838, nous quittâmes Marly pour Bar-le-Duc. De ce fatigant voyage de vingt-quatre heures par la diligence Laffitte et Caillard, je n'ai retenu que deux ou trois menus incidents : — une jatte de fraises en pyramide portée par une femme dans une rue de Paris ; la furtive silhouette des arbres de la route qui semblaient fuir de chaque côté de la voiture ; l'étrange sautillement de la mèche du fouet du conducteur sur la croupe des chevaux : puis la vue de mon grand-père nous attendant par une pluie battante dans la rue où s'arrêtaient les diligences.

C'est à Bar-le-Duc, où je suis resté jusqu'à ma dix-huitième année, que j'ai goûté les émotions, les joies et les émerveillements de l'enfance ; c'est là que mes désirs d'écolier se sont éveillés, que mon cœur d'adolescent a battu ; là, que chaque arbre, chaque ligne d'horizon, chaque coin de rue me racontent encore aujourd'hui des histoires familières. La ville avait

alors une physionomie originale que la création du
chemin de fér et les constructions militaires faites
depuis 1870 ont altérée en grande partie. La ville
haute, ancienne résidence des ducs de Bar, — avec les
vestiges de son château, sa massive tour de l'Horloge
coiffée en éteignoir, ses vieux hôtels des conseillers à la
chambre des comptes, son *pâquis* aux ormes trois fois
centenaires, ses jardins en terrasse dévalant jusqu'aux
quartiers bas, arrosés par un canal de dérivation, — a
seule conservé du caractère. Mais, à l'époque de mon
enfance, la rue du Bourg, que nous habitions, offrait
de quoi réjouir un poète ou un artiste, avec sa double
rangée de curieuses maisons bâties au xvie siècle,
accostées presque toutes d'un perron en pierre garni
d'une rampe en fer forgé. Les façades de ces logis
étaient décorées et sculptées dans le goût de la Renaissance et, le long des chéneaux du toit, de fantastiques
gargouilles dégorgeaient les eaux pluviales sur la
tête des passants. A l'intérieur, les pièces tendues de
verdures, les cours enguirlandées d'aristoloches, les
vastes greniers encombrés d'antiquailles, étaient prodi-
gieusement suggestifs pour une imagination d'enfant.
Et les hôtes de ces pittoresques demeures ; — gentilshommes revenus de l'émigration, chevaliers de Saint-
Louis, respectables chanoinesses minces et décolorées
comme des fleurs sèches, vieux officiers de l'Empire,
anciens députés à la Convention, — toutes ces figures
depuis longtemps disparues, s'harmonisaient à souhait
avec le cadre antique et charmant qui les faisait valoir.

Ma grand'mère maternelle fut chargée de m'incul-
quer les premiers principes de lecture. C'était une petite
femme au nez camard, aux yeux bleus très vifs, au

teint bilieux ; alerte, remuante, économe, excellente
ménagère, mais terriblement despote. Elle me tenait,
pendant des heures, le nez sur mon abécédaire, dans
une pièce tapissée d'un papier où étaient reproduits en
grisaille des épisodes de la retraite de Russie. Les
images des grognards bivouaquant dans la neige
détournaient souvent mon attention, et chaque fois,
une aiguille à tricoter, cinglant mes doigts, se chargeait
de me rappeler à l'ordre. Je ne sais si ce fut à cette
méthode démonstrative que je dus mes progrès, mais
j'appris à lire très vite et le premier usage que je fis
de ma science fut de dévorer un livre de mythologie
qui me tomba sous la main. Les étonnantes aventures
que contait ce volume, orné d'estampes représentant
les dieux et les demi-dieux, me passionnèrent. La vora-
cité de Saturne, la jalousie de Junon, les métamor-
phoses de Jupiter, les amours malheureuses d'Apollon
Délien, les exploits de Bacchus et d'Hercule, Hébé,
Pan, les Nymphes, toutes ces légendes si éclatantes de
jeunesse et de beauté, m'enchantaient et j'y croyais
absolument. Les enfants ont l'âme candide des peuples
primitifs, et tout ce que je lisais était pour moi article
de foi. Lorsque ma famille, scandalisée, voulut me faire
revenir de mon erreur et me démontrer, à grand ren-
fort de catéchisme et d'histoire sainte, que les récits
de ma mythologie étaient de pures fables, je sentis un
froid subit me tomber sur l'imagination. Le ciel des
chrétiens me parut ennuyeux et gris à côté du radieux
Olympe des dieux grecs. En dépit du mal qu'on se
donna pour m'expliquer la supériorité du spiritua-
lisme chrétien sur les fictions du vieux polythéisme, je
ne fus jamais qu'à demi convaincu.

Une autre influence vint me pousser sur cette pente

naturaliste. Mon grand-père était un ancien forestier.
Après avoir servi sous l'Empire et s'être élevé jusqu'au
grade de capitaine de dragons, il avait quitté l'armée à
la Restauration et, grâce à la protection de son compatriote le maréchal Oudinot, il avait été bombardé sous-
inspecteur des forêts à Angoulême. Mis à la retraite
en 1830, il était revenu manger sa pension dans son pays
natal ; mais il conservait l'amour de la vie forestière et
il avait acheté aux environs de Bar un petit bois où il
passait dans la belle saison une bonne partie de ses
journées. Il se plaisait d'autant mieux dans cette solitude qu'il échappait ainsi aux aigres remontrances et
au despotisme de ma grondeuse grand'mère. Le brave
homme était tout l'opposé de sa femme : — d'humeur
débonnaire, aimant à bien vivre, très gourmand, il
avait le cœur sur la main, et la main toujours prête à
dénouer les cordons de sa bourse. Il me gâtait et je
l'adorais. Dès que le printemps pointait, je guettais
anxieusement les jours de beau temps qui coïncidaient
avec mes jours de congé. Je ne me tenais pas de joie,
quand mon grand-père me criait, au saut du lit :

— Allons, drôle, chausse tes gros souliers, le temps
est beau et nous irons au bois cet après-midi !...

Nous gravissions lentement la côte de la Chalaide,
encaissée entre deux talus de vignes. En avant, sur le
sol argileux de la montée, se détachait la droite et haute
silhouette du grand-père, coiffé d'une casquette de
cuir à oreillettes, le carnier en sautoir sur sa blouse,
les jambes maigres et nerveuses protégées par des hou-
seaux de toile bleue. En moins d'une demi-heure nous
atteignions les taillis du Petit-Juré, dont les lisières
bordaient tout un côté d'une plaine mamelonnée et
nue. Le bois de mon grand-père, contenant à peine

trois arpents, me semblait immense. Au milieu, se
trouvaient deux carrés de jardin, une maisonnette
de pierre couverte en planches et un *chambret* de char-
mille où l'on dînait. Dès en arrivant, mon grand-père
allumait sa pipe, puis se mettait à greffer des sauva-
geons ou à sarcler les allées. Moi, j'avais la bride sur le
cou. J'en profitais pour m'enfoncer dans le fourré et
pousser des pointes jusqu'aux friches du voisinage, —
guettant les oiseaux, observant le va-et-vient des
fourmis dans les sentiers, pourchassant les papillons,
me familiarisant avec les bêtes et les plantes des bois.
J'allumais des feux de branches sèches au revers d'un
fossé, je grimpais aux arbres, je bourrais indistincte-
ment mes poches et mon estomac de tous les fruits
sauvages : noisettes, faines, alises et glands. Je me
vautrais dans l'herbe, je me grisais de verdure. Je
communiais avec la terre, et lentement la nature forestière se révélait à moi. Parfois étendu sur le sol, bercé
par le frémissement des feuilles, regardant à travers
les ramures la blanche fuite des nuages sur le ciel,
toute ma mythologie me revenait en tête et je croyais
sentir passer comme un frisson le souffle des Hama-
dryades, ou entendre au loin la flûte du dieu Pan...

De loin en loin, nous allions voisiner chez un vieil
original, propriétaire du taillis contigu. Celui-ci était,
encore plus que mon grand-père, fanatique de la vie
sylvestre. Il s'était fait bâtir en plein bois une maison
assez vaste où il habitait seul tout l'été comme en un
campement. Il avait servi dans l'artillerie et avait
eu l'avant-bras gauche emporté à Waterloo. Je ne contemplais jamais son moignon arrondi et rougeâtre, qui
dépassait la chemise, sans une secrète terreur. Il se
nommait Curt et avait épousé une demoiselle Huot

de Goncourt, — la propre tante, je crois, de Jules et
Edmond de Goncourt. — Les caractères des deux
époux ne sympathisaient guère. Aussi le père Curt
préférait-il au domicile conjugal la solitude de sa
maison des bois où il vivait à sa guise. Il faisait son lit,
cuisinait ses repas, raccommodait lui-même ses habits
et ne frayait guère qu'avec des chasseurs ou avec
quelques anciens compagnons d'armes. Dès que mon
grand-père apparaissait au détour de l'avenue où des
sapins alternaient avec des rosiers, le bonhomme Curt
allait quérir des cruchons de bière au fond de sa cave ;
on allumait les pipes et, au pied d'un hêtre dont les
branches chargées de faînes rousses retombaient au-
dessus de nos têtes, les deux vieux reparlaient du
temps passé. — C'étaient des discussions sans fin sur
les mérites comparés de Gérard, d'Oudinot et d'Exel-
mans, — trois illustrations militaires meusiennes, —
puis des souvenirs de garnisons dans les petites villes
allemandes ; le tout entremêlé de paroles d'exécration
contre les Prussiens dont la mitraille avait mutilé le
bras du « canonnier ». Il agitait furieusement son
moignon ; il jurait que tout n'était pas fini, que nous
remanierions encore la carte de l'Europe et que nous
reprendrions l'autre rive du Rhin... Hélas !

Ce fut cependant à ce sauvage canonnier Curt que je
dus mes premières émotions théâtrales. Il était propriétaire de la salle de spectacle ; quand des troupes de
passage venaient en représentation à Bar-le-Duc, il
avait droit à un certain nombre de billets dont il grati-
fiait ses amis et entre autres mon grand-père. Vers le
temps où j'entrais dans ma huitième année, la troupe
départementale donna la *Fille de l'Air*, une sorte de
comédie-féerie alors très en vogue. Depuis quelques

mois les contes de fées étaient devenus ma lecture favo-
rite et me passionnaient à l'égal de la mythologie. Je
cajolai si bien mon grand-père qu'il se décida, malgré
l'opposition de ma grand'mère à m'emmener au spectacle. Nous pénétrâmes dans l'étroite salle peinte en
vert d'eau, au moment où les amateurs qui composaient l'orchestre accordaient leurs instruments. J'attendais avec une fiévreuse impatience la minute où se
lèverait le mystérieux rideau rouge qui masquait la
scène. Enfin l'orchestre joua une ouverture, trois coups
partis je ne savais d'où me remuèrent le cœur et je
tombai en extase quand, le rideau remontant enfin
jusqu'aux frises, je vis les Esprits de l'air agiter leurs
ailes et se balancer dans les nuages. — Il s'agissait,
autant que je m'en souviens, d'une Elfe très jolie qui
perdait ses ailes pour s'être amourachée d'un habitant
de la terre. Il y avait dans la pièce un mélange de
réalité et de fantaisie qui me charmait. Le vol des filles
de l'air aux jupes de gaze et aux ailes de papillon, les
décors, les trucs, le jeu des acteurs, je prenais tout au
sérieux. Je fus surtout stupéfié par un génie qui n'avait
qu'à souffler sur les portes pour les faire s'ouvrir à
deux battants. Je m'indignais contre la longueur des
entr'actes qui coupaient la pièce, et quand le rideau
tomba pour la dernière fois, j'eus une grande tristesse,
comme si je me séparais pour jamais de mes meilleurs
amis. — L'enchantement produit par cette représentation se prolongea pendant des semaines. J'en étais
comme affolé ; je passais des heures à me costumer en
génie, avec des ailes en papier épinglées à mes épaules,
et je débitais à haute voix les fragments de dialogue
que j'avais retenus. Ma mère, effrayée de cette surexcitation causée par le théâtre, s'en désolait devant une

sœur de ma grand'mère que nous appelions la tante
Thérèse : — Cet enfant, disait-elle, ne rêve plus que
comédies... Pourvu que plus tard il ne lui prenne pas
fantaisie de se faire acteur! — Non, non, répondait
indulgemment ma grand'tante, mais il a de l'imagination et il pourrait bien devenir un auteur. — Qu'est-ce
que c'est qu'un auteur? demandé-je, intrigué. — Un
auteur, reprenait ma grand'tante, est un homme qui
écrit des pièces comme celle que tu as vue ; quand elles
réussissent, toute la salle l'applaudit, on le couronne
sur la scène, il devient célèbre... — Et il meurt à
l'hôpital, achevait prosaïquement ma mère, qui tenait
le métier d'auteur aussi dangereux que celui de comé-
dien.

Chère grand'tante Thérèse ! Je n'ai pas encore parlé
d'elle, et cependant c'est à elle que je dois ma vocation
littéraire. — Elle était restée vieille fille, non par
sécheresse de cœur, mais, je crois bien, à la suite d'une
inclinaison contrariée. Elle vivait seule au fond d'une
étroite maison datant du siècle dernier, bâtie entre
une *foulerie* encombrée de cuves et de tonneaux et un
jardin qui se prolongeait jusqu'à la rivière. Sa figure
demeure singulièrement précise au fond de ma mémoire ; elle m'apparaît si vivante encore dans l'encadrement de son jardin plein de fleurs et de fruits ! —
Grande, solidement charpentée, avec de gros os, un
long nez fortement aquilin et des allures viriles, elle
avait une voix très juste, très musicale, et de magnifiques yeux bleus ombrés d'épais sourcils. Née à la fin
du xviiie siècle, ayant eu ses vingt ans en pleine tourmente révolutionnaire, elle était demeurée, bien qu'ardente royaliste, très indépendante d'esprit et fort
libre penseuse. Elle avait la mémoire meublée des

opéras de Gluck, de Rameau et de Grétry, ainsi que de
beaucoup de tragédies de Voltaire. Je la vois toujours,
coiffée du bonnet lorrain tuyauté et d'un tour de faux
cheveux, se promenant au long de ses framboisiers,
un sécateur à la main, et s'interrompant de sa besogne
pour me chanter :

> Puis il me prend la main, il me la presse,
> Avec tant et tant de tendresse...,

ou pour déclamer :

> Mon Dieu, j'ai soixante ans combattu pour ta gloire...

Elle possédait des clartés de tout, et dans les allées
de son jardin elle me donnait mes premières leçons de
botanique.

— Modifié depuis et modernisé, ce jardin a perdu
aujourd'hui une partie de la physionomie qu'il avait
du vivant de tante Thérèse. En ce temps-là il commençait en parterre, se continuait en potager, et se terminait par un massif d'arbres plantés sous Louis XV, —
frênes, sycomores, hêtres et tilleuls, qui allongeaient
leurs branches au-dessus de la rivière d'Ornain. On
trouvait de tout dans cet enclos un peu fouillis : des
pieds d'angélique qui aromatisaient l'air, d'énormes
buis en boule, des résédas qui envahissaient les allées,
des oreilles-d'ours en bordure, de sveltes roses tré-
mières, des lis à foison, puis de vénérables pruniers de
reine-claude aux fruits juteux et parfumés. Arbres et
plantes dataient de l'enfance de la grand'tante, les
fleurs repoussaient chaque année aux mêmes places ; il
s'en dégageait une antique odeur, cordiale et pénétrante, qui semblait une émanation de l'esprit de la
tante Thérèse. Bien souvent, après la disparition de

cette excellente fille, qui mourut quand j'avais onze
ans, je suis venu me réfugier dans son jardin pour lire
à mon aise, loin des fâcheux. Je m'asseyais sous les
framboisiers avec mon livre, *Don Quichotte, Robinson
suisse,* et plus tard Hugo et Musset. Je me grisais de
prose ou de vers pendant des heures, jusqu'à la tombée
du jour. Quand je ne pouvais plus distinguer les lignes,
je fermais le livre et je donnais l'essor à mes imaginations d'écolier. J'écoutais distraitement les familières
rumeurs du crépuscule : les derniers pépiements des
oiseaux, les sonneries de l'église, les voix des servantes
allant remplir leur cruche à la pompe ; je regardais
vaguement les fines silhouettes des plantes autour desquelles bourdonnaient les papillons de nuit ; — à force
de rêver, dans le vaporeux enténèbrement du jardin, je
me figurais voir se glisser la forme confuse de ma
grand'tante, et je l'entendais me chuchoter à l'oreille :
« Tu seras auteur... »

II

VIE INTÉRIEURE — PREMIÈRES AMOURS
ET PREMIERS VERS

Nous menions une vie étroitement et prosaïquement casanière dans cette petite maison de la rue du Bourg que mon père avait choisie pour y installer son bureau. Le logis, de construction relativement récente, n'avait rien de l'originalité des vieilles demeures du voisinage. — Une cour sombre et humide comme un puits reliait la cuisine à un arrière-bâtiment où se trouvaient le bûcher et les pièces réservées au bureau. Cette cour sans verdure était séparée par un mur assez bas de celle de nos voisines, les demoiselles Damain ; — trois vieilles filles fort dévotes, couturières de leur état et, de plus, membres de la congrégation du Rosaire. — Ces respectables personnes confectionnaient les robes de bal et de gala des élégantes de la ville ; mais, comme compensation à ce travail profane, après avoir bouillonné des tulles, ajusté des rubans et échancré des corsages décolletés, elles entendaient la messe chaque matin, ne manquaient pas la prière du soir et chantaient des cantiques en tirant l'aiguille. Par une singulière ironie du sort, ces pieuses filles eurent deux nièces, Hortense et Héloïse Damain, qui entrèrent au théâtre et obtinrent un certain succès, l'une comme soubrette

à l'Odéon, et l'autre, dans les rôles d'ingénue, au
Palais-Royal.

Les jeudis et les dimanches, j'avais la ressource de
fugues au bois de mon grand-père ou dans le jardin de
ma grand'tante, mais, pendant le reste de la semaine,
mes seuls plaisirs consistaient à baguenauder dans
notre cour en écoutant les cantiques de nos dévotes
voisines. En dehors des heures de classe à l'école primaire, je voyais peu les garçons de mon âge ; on me
défendait de polissonner avec les gamins de l'école, et
les enfants des familles riches, trouvant sans doute que
notre intérieur manquait de distractions, ne frayaient
guère avec moi. Timide d'ailleurs et un peu sauvage,
je vivais très solitaire, très replié sur moi-même. A la
maison, on n'avait pas trop le temps de s'occuper de
ma personne. Mon père était tout le jour absorbé par
le travail de son bureau et ma mère avait fort à faire
pour remplir ses devoirs de société, mener à bien son
ménage, surveiller la préparation des repas, entretenir
le linge et les vêtements, le tout sans dépasser les limi-
tes d'un budget restreint. — Elle était très économe,
très ordonnée, très discrète, besognant beaucoup sans
bruit, maintenant toutes choses dans un état de pro-
preté reluisante, — le modèle de la femme d'intérieur.
Esprit calme et sensé, cœur sûr mais renfermé et peu
expansif, elle m'a rendu le service de ne pas me gâter,
bien que je fusse son enfant unique ; elle m'a appris à
vouloir et à discipliner ma volonté. Par exemple, elle
n'était nullement romanesque et, n'ayant d'autre idéal
que le devoir méthodiquement et sévèrement accompli,
elle me rabrouait ferme à propos de mes vagabondages
d'imagination et de mon enthousiasme pour le théâtre.
Au rebours de ma grand'tante, elle n'envisageait qu'a-

vec un dédain mêlé d'appréhension tout ce qui touchait
à la littérature. Pour elle, les auteurs étaient des fous
ou des paniers percés. Elle rêvait de me voir à l'École
polytechnique ; c'était en ce temps-là l'idéal des familles
bourgeoises ; et pour couper le mal à la racine, elle
décida qu'on ne me conduirait plus au spectacle.

Mon père, lui, était d'un naturel tout opposé à celui
de ma mère. Il tenait de son terroir bourguignon un
esprit vif, gai, pétulant, très en dehors. Agréable causeur, il aimait le monde et la société des femmes, auxquelles il prodiguait de joviales mais toujours respec-
tueuses galanteries. Pourtant le goût du plaisir ne lui
faisait pas négliger son bureau, qu'il gérait avec un
zèle exemplaire. Contrairement à beaucoup d'employés,
il avait l'amour de son métier. Très savant domaniste,
très ferré sur la jurisprudence fiscale, il prenait feu en
discutant de subtiles et obscures questions d'enregistrement.

En littérature, il était resté à Béranger et à Casimir
Delavigne et le lyrisme de l'école romantique le laissait
très froid. Il avait néanmoins un esprit plus cultivé et
lettré que la plupart de ses collègues. Fils de paysans,
il s'était formé lui-même, presque sans maître, à l'aide
de livres glanés un peu à droite et à gauche. Il avait
appris seul le français, passablement de latin et un peu
de grec. Son style bref, sobre, rapide, avait une précision et une netteté remarquables ; mais c'était le style
administratif dans toute sa nudité correcte et austère.
Mon père n'était pas cependant fermé à une certaine
poésie. Je me souviens de lui avoir entendu citer avec
une véritable émotion ce vers de Virgile :

Et jam summa procul villarum culmina fumant.

— Comme c'est juste ! s'écriait-il..., quand je lis cela, il me semble que je vois encore les toits de mon village fumer à la tombée du crépuscule !...

Ce fut lui qui, — sans le vouloir, — me fit pour la première fois sentir la musique et l'enchantement du rythme poétique. Un soir d'hiver, pendant que ma mère surveillait des marrons qui rissolaient sous la cendre et tandis que j'achevais mes devoirs à la lueur d'une lampe-quinquet, on vint, je ne sais comment, à parler de quelqu'un qui composait des vers. Ce mot de « vers » ayant pour moi un sens mystérieux, j'en demandai l'explication. Mon père me fit comprendre du mieux qu'il put la différence qui existe entre les vers et la prose, et m'initia sommairement aux secrets du nombre et de la rime. Cette façon de parler en rimant me parut quelque chose de merveilleux.

— Et toi, lui dis-je, saurais-tu écrire en vers ?

— Mais oui, répondit-il en riant. — Il prit une feuille de papier et y crayonna ces quatre vers :

> Tombe, tombe, feuille éphémère,
> Voile aux yeux ce triste chemin,
> Cache au désespoir de ma mère
> La place où je serai demain...

Je demeurai ébahi. Ce quatrain avait une mélodie, un mouvement, un je ne sais quoi qui me charmaient, et j'étais plein d'admiration pour mon père qui l'avait si facilement improvisé. — Comment, m'écriai-je, c'est toi qui as trouvé cela ? Mais il était trop sincère et scrupuleux pour me laisser longtemps sous le coup d'une mystification. — Non, reprit-il, ces vers ne sont pas de moi, ils ont été composés par un poète nommé Millevoye, qui est mort très jeune. — Mort de misère.

probablement, ajouta ma mère, à qui l'hôpital apparaissait comme la fin naturelle des poètes. Mais elle aurait bien pu prêcher pendant des heures contre la poésie et les poètes, le coup avait porté. Ces quatre vers avaient produit en moi une secousse dont les vibrations devaient se prolonger indéfiniment ; ç'avait été comme le *clinamen* qui pousse les molécules les unes vers les autres et détermine la cristallisation.

Cette vie étroite et renfermée dans la petite maison de la rue du Bourg ; ces journées endormies où les heures d'école alternaient régulièrement avec les récréations solitaires dans la salle à manger et la cour aux murs gris ; ces semaines uniformes que coupaient seules les courses aux bois, le jeudi, et les visites du dimanche chez la grand'tante, constituaient en apparence une existence d'enfant assez plate et peu accidentée. Pourtant je sais gré au sort d'avoir ménagé à mes jeunes années ce milieu tranquille et toujours le même. Je lui suis reconnaissant de m'avoir maintenu jusqu'à dix-huit ans dans ce coin de province aux horizons bornés, où mes plus longs voyages ne dépassaient point les coteaux de vigne et les grands bois qui enclosent de toutes parts notre vallée de l'Ornain. Les hommes dont l'enfance, éparpillée en des milieux sans cesse changeants, a été ballotée en de continuels voyages et n'a pris de racine nulle part, peuvent avoir éprouvé de bonne heure des émotions plus aiguës, emmagasiné des images plus nombreuses et plus vivement colorées ; leur esprit peut s'être plus précocement ouvert et affiné ; mais ils n'ont pas goûté ce qui fait la douceur et l'intime poésie des années enfantines : — la continuité de la vie au milieu d'êtres et de choses qu'on pénètre chaque jour un peu plus, qui nous ont donné nos premiers

étonnements, qui ont été témoins de nos premières
joies et de nos premiers chagrins. L'âme s'équilibre
mieux, se développe plus harmonieusement dans un
commerce pacifiquement familier avec des paysages et
des intérieurs que l'accoutumance rend progressivement sympathiques et suggestifs. Elle s'imprègne insensiblement de leur essence originale; elle se répand à
son tour amicalement en eux, et elle retrouve plus tard
les impressions et les émerveillements d'autrefois,
semés dans chaque coin de rue, fleurissant à chaque
buisson du chemin.

Dans le jardin qui fut celui de ma grand'tante et qui
est devenu une dépendance de la maison paternelle, il
y a un vieux platane au tronc tordu, que je ne puis
jamais revoir sans que j'aie immédiatement devant les
yeux le *home* antique de la tante Thérèse : — la cuisine carrelée, avec ses rideaux à petit quadrillé rouge,
ses bassines de cuivre et sa haute cheminée, si bruyante
et si parfumée d'odeurs de fruits à la saison des confi-
tures ; — on descendait deux marches de pierre, creusées au milieu par les pas de nombreuses générations,
et l'on se trouvait dans la chambre à coucher où des
panneaux de noyer ciré encadraient des scènes de
chasse peintes sur châssis. Le trumeau de la cheminée
représentait un berger jouant de la flûte près de sa
bergère, et une gravure de l'*Amour avec Psyché* pen-
dait au-dessus de l'encoignure où je m'asseyais pour
lire les comédies de Molière, tandis que la tante recou-
vrait de parchemin ses pots de groseilles, en fredon-
nant *la Belle Bourbonnaise*. — A chacun de mes voyages, je retrouve, au détour d'une rue, certain pavé
bleuâtre veiné de blanc, qui était déjà encastré dans la
bordure du trottoir, lors de ma dixième année, et

auquel je jetais un familier regard, chaque fois que je
rentrais à la maison. Ce pavé a été mon ami et mon
confident durant de longues années. Je lui ai raconté
mes craintes et mes déboires d'écolier, mes illusions et
mes désespérances d'amour. Tantôt, quand j'avais eu
un succès au collège, je foulais d'un talon vainqueur le
pavé bleu veiné de blanc; tantôt, quand mes compositions avaient été mauvaises, je passais près de lui en
traînant piteusement mes semelles et en songeant à la
semonce qui m'attendait au logis. Plus d'une fois, je
me suis arrêté là pour chercher mes premières rimes.
Depuis lors, les révolutions ont jeté bas plusieurs trô-
nes, l'invasion allemande a répandu ses troupeaux de
lourds conquérants à travers les rues de ma petite
ville, des jeunes gens et des vieillards se sont achemi-
nés vers le cimetière, mes cheveux ont grisonné; mais
le pavé de grès bleu reste immuablement encastré dans
la bordure du trottoir. Il n'a pas visiblement changé :
à peine est-il un peu usé et déprimé sur les bords. —
Et elle n'a pas changé non plus, l'étroite fenêtre du
grenier où nichaient des hirondelles et où je venais
m'accouder pour lire *Don Quichotte*. Lorsque je repasse
par la rue du Bourg, je lève la tête et, en apercevant la
baie cintrée sous l'auvent du toit, il me semble voir
mes imaginations d'enfant reprendre leur vol avec les
jeunes générations d'hirondelles, qui reviennent fidèlement y nicher à chaque retour d'avril.

Don Quichotte! Ce livre marque pour moi la date
d'une éclosion de sensations toutes nouvelles. Un ami
de mon père me fit, au jour de l'an, cadeau de l'œuvre
de Michel Cervantès. C'était la traduction de Florian en
six petits volumes à couverture rose, ornés d'estampes
amusantes, qui attirèrent d'abord mon attention. Dès

les premières lignes, je fus mis en goût par la réalité
de la sobre description qui introduit le lecteur dans le
logis de l'*Ingénieux hidalgo*, et qui me rappelait un
peu les modestes menus de notre table de famille : « Un
morceau de viande dans la marmite, plus souvent vache
que mouton ; le soir, un hachis des restes du dîner ; le
vendredi, des lentilles ; des œufs le samedi, et quelques
pigeonnaux de surplus le dimanche, entamaient les
trois quarts de son revenu... » Je ne quittai plus mon
livre qu'à regret. Dès que j'avais une heure de liberté,
je grimpais au grenier et m'installais dans l'embrasure
de la fenêtre, d'où l'on apercevait à l'horizon les vignes
de la ville haute et les terrasses du couvent des Dominicaines. Don Quichotte me passionnait. La cruelle
ironie de Cervantès m'échappait absolument ; le côté
chevaleresque seul m'intéressait. J'avais pris au sérieux
mon héros de la Triste figure, et je m'indignais des
coups de bâton qui pleuvaient dru comme grêle sur sa
maigre échine. Sancho ne me plaisait qu'à demi, je le
trouvais prosaïque ; mais mon cher chevalier, comme
je m'identifiais avec lui, comme je me mettais de moitié
dans ses enthousiasmes, et comme je souffrais de ses
déboires ! L'incomparable Dulcinée m'apparaissait
aussi belle et imposante qu'elle était sortie du cerveau
fêlé du pauvre hidalgo. Ne rêvant plus qu'aventures et
coups de lance, je chevauchais avec lui dans les plaines
brûlées de la Manche, et à travers les gorges rocheuses
de la Sierra Morena.

On prend les tics, les manies et les intonations des
personnes avec lesquelles on vit, de même qu'on prend
l'accent de la province où l'on a été élevé. Mon assidue
cohabitation intellectuelle avec l'Ingénieux hidalgo eut
pour résultat de m'imprégner le cerveau d'une douce

folie semblable à la sienne. J'en vins ainsi que lui à me
créer un monde imaginaire à côté du monde réel, ou
plutôt à romancer les incidents vulgaires de la vie de
tous les jours, à l'aide de subtiles transformations qui
leur donnaient une noble et merveilleuse tournure ;
seulement, à la différence du gentilhomme de la Manche, j'avais conscience de mes inventions et, si je prenais des auberges pour des châteaux, c'était avec pré-
méditation. Les Anglais ont un nom pour ces trompe-
ries de l'esprit, ils les appellent des *make-believe*. Je
trouvais un plaisir exquis à m'en faire accroire.

D'abord j'eus un royaume fabuleux dont j'étais le
roi et que je nommai « le Kurdistan ». Ce nom oriental,
rencontré par hasard dans un livre de voyages, m'avait
plu par sa sonore étrangeté. Les quartiers de ma petite
ville devinrent autant de provinces de mon fantastique
royaume. L'Ornain en fut le fleuve aux rives bordées
de lauriers roses ; l'enclos touffu de ma grand'tante en
fut le jardin enchanté où je me promenais avec mes
chevaliers, toujours prêts, sur un signe du doigt, à
monter à cheval pour courir avec moi les aventures.

Chaque fois que j'avais été puni à l'école ou grondé
à la maison, je me dédommageais des mesquineries et
des ennuis de la réalité en me réfugiant en esprit dans
mon Kurdistan, où mes pensums et mon pain sec se
changeaient en d'héroïques et immérités désastres,
dus à la malignité d'un enchanteur, mon ennemi personnel.

Une fois en possession d'un royaume et d'un palais,
il ne me restait plus qu'à trouver une Dulcinée à
laquelle je consacrerais mon amour et toutes les actions
d'éclat que je ne manquerais pas de faire par la suite.
Ce ne fut pas long. Mon choix s'arrêta sur la petite

fille d'un de nos voisins, une brunette au fin profil, au
teint mat et aux yeux noirs, dont l'origine méridionale
et la mignonne beauté m'avaient frappé. Son père était,
je crois, inspecteur des droits réunis. Je ne l'avais pas
vue en tout trois fois, et je ne lui avais jamais parlé,
mais peu m'importait; cela cadrait mieux avec mon
chimérique Kurdistan, et je n'en devins pas moins
passionnément amoureux de cette fillette de neuf ans.
Elle se nommait Josèfe Bonnal; je l'appelai *Josefa*,
pour plus de couleur locale, et, sur-le-champ, mon
amour m'ayant mis en verve, je résolus de lui adresser
une déclaration en vers. Au bout de deux jours, j'ac-
couchai d'une épître étrangement rimée, mais toute
chaude d'admiration, et dont je fus fort satisfait. De
cette première composition poétique, je n'ai retenu que
les quatre derniers vers :

> O Josefa, je t'aime
> Et t'aimerai toujours,
> Jusqu'à ce que la Parque blême
> Tranche le fil de mes jours.

Cette « Parque blême » sentait furieusement mes
lectures mythologiques et les ressouvenirs classiques
dont était peuplé le logis de ma grand'tante; mais je
n'en étais pas moins fier de ma strophe finale, et je me
la répétais du matin au soir, à satiété, comme le
loriot qui n'a que trois notes et qui les redit sans se
lasser. Ce n'était pas tout d'avoir composé une déclaration en vers : il fallait que celle à qui elle était destinée pût la lire. Un soir que j'étais seul dans le bureau
de mon père, où l'on me croyait occuper à conjuguer
un verbe, je chipai une jolie feuille de papier rose, et
j'y transcrivis de mon mieux ma poésie que je signai

bravement. Il ne s'agissait plus que de faire parvenir à
son adresse ma lettre pliée et cachetée tant bien que
mal. Là gisait la difficulté. Pendant deux jours, mon
billet précieusement serré dans ma poche, je rôdai
devant la porte de ma Dulcinée, espérant toujours que
Josèfe passerait dans le corridor et que je pourrais
déposer mes vers à ses pieds. J'attendis en vain, elle
ne parut pas et, de guerre lasse, je me décidai à jeter
la lettre sur les dalles du vestibule, en me fiant pour le
reste au dieu des amoureux.

Le dieu ne daigna pas me protéger; ce fut la mère
de Josèfe qui trouva mon épître et qui la lut. Elle
s'amusa fort de cette déclaration en vers adressée par
un gamin de dix ans à une fillette qui en comptait
neuf à peine, et se hâta de la lire à ses amis. Le lendemain, à une soirée de la préfecture, mon pauvre billet
rose passa de main en main et contribua pour beaucoup à l'ébaudissement des invités du préfet. Je sus
tous ces détails par un camarade de mon école, dont le
père avait assisté à la soirée préfectorale. Ce rigide
fonctionnaire était revenu scandalisé de la perverse
précocité du « fils du receveur » et avait défendu à son
rejeton de me fréquenter.

Je n'avais pas prévu ce dénouement et je commençais à être fort inquiet des suites probables de mon
amoureuse aventure. Mes parents n'avaient pas été
chez le préfet, mais ma lettre courait la ville, et il était
certain qu'un jour ou l'autre elle serait communiquée à
ma mère. Chaque après-midi, en sortant de l'école, je
frissonnais à l'idée de rentrer et de trouver ma famille
instruite de mon méfait. Enfin, un soir, à la brune,
comme je m'en revenais avec mon cartable sur le dos,
en passant devant la fenêtre du rez-de-chaussée, je

jette un craintif coup d'œil sur l'intérieur de la salle, j'aperçois mon père, ma grand'mère et ma mère groupés devant la cheminée, et j'ai le pressentiment que le fatal quart d'heure est arrivé. Je pousse la porte et je reste tout pantelant sur le seuil... Ma mère tenait mon papier rose dans sa main.

— Hé bien! monsieur, dit ma grand'mère, nous en apprenons de belles!

Mon père, lui, se borna à s'écrier : — Si seulement tu n'avais pas fait de fautes d'ortographe! — Mais ma mère prit la chose au tragique et me sermonna d'importance. — Le plus clair résultat de mon équipée fut qu'on décida que je n'étais pas assez surveillé à l'école primaire et que j'entrerais au collège. Quant à Josèfe, on la mit au couvent des Dominicaines, puis son père eut un changement de résidence, et je ne la revis plus.

Néanmoins ma *passionnette* persista un an ou deux à l'état de pure idéalité. Je l'avais transplantée en plein Kurdistan, où Josèfe jouait le rôle d'une princesse persécutée. — Plus de quarante ans se sont passés depuis lors, et dans ma mémoire je vois encore, comme à travers un fin brouillard bleu, la brunette au teint mat, aux yeux noirs et aux cheveux nattés, qui m'inspira mes premiers vers et mon premier amour, et qui n'en sut jamais rien.

LE VIEUX COLLÈGE
ÉTUDES CLASSIQUES ET ÉCOLE BUISSONNIÈRE
EDMOND LAGUERRE

J'entrai au collège par une brumeuse matinée du mois d'octobre 1843. J'avais dans mon sac un cahier blanc et dans ma poche une toute petite bouteille d'encre fermée d'un bouchon de papier. En route, ce bouchon improvisé tomba et je revins à la maison avec un pantalon marbré de taches d'encre. Ce fut le seul incident mémorable de ma première journée scolaire. A cette époque, Bar-le-Duc ne possédait qu'un simple collége communal; mais ce collège, célèbre dans les annales du Barrois, avait de respectables quartiers de noblesse. — Fondé en 1581 par Gilles de Trèves, ami d'Antoine le Bon, duc de Lorraine, il était d'une architecture originale. Aujourd'hui encore, malgré son état de délabrement, il conserve une pittoresque et imposante physionomie.

Dans ce sombre bâtiment percé de larges fenêtres nues à petits carreaux verdâtres, toute mon enfance et mon adolescence ont tenu. C'est là que j'ai fait toutes mes classes en qualité d'externe. J'y ai eu des émotions, des transes, des chairs de poule et des souleurs dont la vivacité m'effraye encore aujourd'hui. Parfois

il m'arrive de rêver que je suis de nouveau écolier, que
je traverse la cour carrée, que j'entre dans la classe de
mathématiques et qu'on me fait aller au tableau pour
démontrer les propriétés des angles alternes-internes,
— et je me réveille baigné de sueur. — Si on avait
souvent la vie dure au vieux collège, si les antiques
poêles de fonte chauffaient mal, si les classes adossées
à un petit bois en pente ressemblaient à des glacières
en hiver, et en été à des caves humides où les ronces
et les lierres du jardin poussaient des brindilles vertes
entre les murs lézardés, on y passait aussi de bonnes
heures; j'y ai contracté de fidèles amitiés et, en
somme, les études y étaient aussi fortes que dans bien
des lycées. Les classes se composaient d'un petit nombre
d'élèves, une douzaine au plus; les professeurs, pour
la plupart nés et établis dans le pays, étaient de braves
gens à l'écorce un peu rude, aux façons un peu rustiques, mais sachant beaucoup et s'occupant avec un
soin consciencieux de leur petit troupeau d'écoliers.
On mène en ce moment grand bruit à propos de la
surcharge du programme des études classiques. Je
crois, en effet, que les lycéens d'aujourd'hui appren-
nent beaucoup plus de choses, — un peu superficielle-
ment; — mais je doute qu'ils soient soumis à un
régime plus austère et plus laborieux que n'était le
nôtre.

Voici, par exemple, le menu de mes journées d'externe *surveillé*, lorsque je suivais les cours de cinquième. — Je me levais, hiver comme été, neige ou
soleil, à l'angelus de six heures, et je me rendais à
travers les rues endormies à l'étude des externes, où
nous préparions nos leçons jusqu'à sept heures et
demie. Je déjeunais d'un petit pain, acheté chez le père

2.

d'un de mes camarades, un boulanger qui demeurait
au bas de la côte du Collège et qui me permettait de
croquer ma *flûte* aux clartés de son four. A huit heures,
classe jusqu'à dix, puis étude jusqu'à midi, heure à
laquelle je courais avaler mon dîner à la maison pour
retourner ensuite dare-dare prendre une leçon de
dessin d'une demi-heure. L'étude et la classe me res-
saisissaient jusqu'à quatre heures, et, après une trop
courte récréation, nous retournions à l'étude du soir
jusqu'à sept heures un quart. Alors seulement nous
avions le droit d'aller souper chez nous et d'y dormir
à poings fermés, en attendant l'angelus du lendemain.

Si rigoureux que fût ce régime, je n'en ai pas moins
conservé une tendre affection pour mon vénérable
collège, où des touffes de giroflées sauvages poussant
dans les fentes des murs nous annonçaient gaiement
l'approche du printemps et des vacances de Pâques.
A chacun de mes voyages à Bar, je vais faire un pèlerinage pieux au cloître délabré de Gilles de Trèves et,
dans la paix qui enveloppe la grande cour devenue
silencieuse, je songe aux années d'autrefois, aux
anciens maîtres morts de vieillesse, aux amis fauchés
prématurément. Je me dis avec mélancolie : « Derrière
chacune de ces portes closes dort un peu de mon passé:
j'y ai conçu de grandes espérances, j'y ai rêvé de beaux
rêves à une époque où on n'a pas encore de désillu-
sions. Là, dans cette classe aux murs verdis, j'ai eu
mon premier éblouissement, à la lecture de *Notre-
Dame de Paris;* sous les poutres de cette salle basse,
après avoir dévoré en cachette le *Fils du Diable,* j'ai
ébauché les premiers chapitres d'un roman en quatre
parties : — *le Château de Rosenstein,* où on se tuait à

chaque page; — sous ce porche, j'ai lié connaissance avec mon pauvre camarade Edmond Laguerre !... »

C'était à la rentrée d'octobre 1844. Je fus abordé dans la rue par un gamin de mon âge, vêtu d'une blouse bleue. Il avait une longue figure, éclairée par deux yeux observateurs; un front bombé et volontaire, surmonté de cheveux blonds aux mèches rebelles. Sur ce front de dix ans, où la réflexion creusait parfois des plis verticaux, on aurait pu deviner déjà cet esprit scientifique et imaginatif qui devait faire de lui l'un de nos plus remarquables géomètres et le mener à l'Institut. — Tu entres en sixième, n'est-ce pas? me dit-il. — Oui. — Moi aussi; si tu veux, nous serons camarades. — Il avait l'air d'un gaillard autrement intelligent que le reste de mes condisciples, et je fus flatté de cette ouverture. Nous ne fûmes pas seulement camarades, nous devînmes deux rivaux. Jusque-là j'avais tenu facilement la tête de ma classe, n'ayant eu pour concurrents que des élèves faibles; mais, avec Laguerre, je m'aperçus bien vite que j'allais avoir affaire à forte partie. Nous nous disputions la première place avec acharnement, et celui de nous qui arrivait second rentrait chez lui l'oreille basse, car nos parents à tous deux accueillaient peu agréablement le vaincu. Laguerre était le cadet d'une famille de six enfants, et son père, comme le mien, prétendait qu'il n'y avait qu'une bonne place : la première. Tout en bataillant l'un contre l'autre chaque semaine, nous n'en étions pas moins bons amis, et nous ne nous quittions guère. Il était comme moi grand amateur de lecture, et nous dévorions ensemble tous les livres qui nous tombaient sous la main, bons ou mauvais : *Jean-Paul Choppart* et *le Juif errant* d'Eugène Sue, *le Chevalier d'Harmen-*

tal et *Gulliver*. Toute cette littérature nous monta au cerveau et, vers la fin de l'année, nous résolûmes de fonder un journal. Laguerre s'était procuré des caractères d'imprimerie ; mais, malgré tous nos efforls, nous n'arrivâmes qu'à composer le titre : *la Renommée ;* le reste du journal fut écrit à la main. Il contenait un article politique où nous disions son fait à M. Guizot à propos de l'affaire Pritchard, des nouvelles locales et un roman-feuilleton de mon camarade intitulé : *les Mystères d'une famille pauvre.* Je devais aussi écrire un roman moyen âge dont je n'avais encore que le titre : *Arthur de Provence.* Je n'eus pas la peine de trouver autre chose, car la *Renommée* fut saisie par notre professeur dès le second numéro et nous renonçâmes à en publier un troisième.

Pendant les deux années qui suivirent, Laguerre alla continuer ses études à Stanislas; la révolution de 1848 la ramena au vieux collège et notre camaraderie reprit de plus belle. Nous étions plus que jamais amateurs de romans, mais nous avions épuisé notre stock de livres et, comme nos *semaines* très modestes ne nous permettaient pas de nous abonner à un cabinet de lecture, nous nous trouvions fort dépourvus, quand un de nos camarades nous conduisit chez un singulier personnage qui possédait, au fond de son grenier, une bibliothèque abondamment meublée. — C'était un célibataire d'une quarantaine d'années, qu'on nommait « le philosophe Moat », — un grand gaillard, robuste, haut en couleur et bizarrement accoutré. Il habitait dans le faubourg de Couchot une vieille maison de vigneron dont les greniers étaient pleins de livres. Ayant eu une éducation première assez négligée, mais pris sur le tard de la manie du bouquin, il avait mis le

nez dans les œuvres des philosophes de l'antiquité et
du xviiie siècle. Il s'était tellement bourré de morale et
de métaphysique que cette nourriture indigeste lui
avait faussé l'esprit et brouillé le cerveau. De même
que don Quichotte, après avoir lu trop de romans de
chevalerie, s'était avisé de se faire chevalier errant,
Moat s'était imaginé de devenir un philosophe à la
façon de Diogène et de Socrate, et de conformer son
genre de vie à ses doctrines. A vrai dire, il y avait en
lui plus de Diogène que de Socrate; il professait des
théories épicuriennes avec un cynisme et une liberté
de langage qui n'étaient pas sans danger pour les col-
légiens admis dans son grenier. Il avait mis sa petite
fortune en viager et, libre de tout souci, il vivait fort
égoïstement, dépensant les trois quarts de ses revenus
en achats de livres et prêchant sur les routes le déta-
chement de toutes les obligations sociales, qui faisait
le fonds de sa philosophie. Mais les fous de mon pays
barrois — pays de gens prosaïques et positifs —
gardent, même dans leurs plus bizarres folies, un reste
d'esprit pratique, et notre « philosophe » nous en
donna un exemple. Il avait pour débiteur un marchand
de costumes de carnaval; ce costumier étant devenu
insolvable, Moat se paya de sa dette en nature et fit main
basse sur toute la friperie carnavalesque; puis, n'ayant
pu en tirer sou ni maille, il se demanda pourquoi, au
lieu de donner de l'argent à un tailleur, il n'utiliserait
pas tous ces oripeaux pour se vêtir. Diogène, à son sens,
n'eût pas hésité; lui-même n'hésita pas une minute, et
pendant plus d'un an nous le vîmes cheminant par les
rues et les routes, tantôt costumé en Turc, tantôt tra-
vesti en seigneur vénitien. La mascarade ne cessa que
lorsque les défroques du fripier tombèrent en lambeaux.

Ce fut chez cet original qu'on nous introduisit un beau jeudi. Nous y passions nos jours de congé quand il pleuvait, et, tandis que les grands de spéciales et de rhétorique jouaient au piquet avec le « philosophe », Laguerre et moi nous furetions dans la bibliothèque et nous y lisions au petit bonheur quelques bons ouvrages et beaucoup de mauvais livres. C'est là que je fis connaissance avec les Nouvelles d'Alfred de Vigny et aussi, hélas! avec la *Guerre des dieux.*

Dès que le printemps revenait, nous abandonnions le grenier de Moat pour pousser de lointaines reconnaissances sur les *friches* des environs. La vallée de l'Ornain est bordée de coteaux de vignes et couronnée par des lisières de forêts. Entre les vignobles et les bois, sur les plateaux, règnent de longs espaces de terrains incultes, couverts d'un gazon sec et ras où ne poussent guère çà et là que des prunelliers et des genévriers. Du haut de ces friches le regard plonge dans la vallée, où l'Ornain serpente à travers des prairies plantées de saules et de peupliers. C'était sur ces pelouses solitaires que nous aimions à flâner aux jours de vacances. Au printemps, l'herbe y était fleurie de belles anémones violettes, et nous nous délections à y écouter la musique des alouettes; — en automne, nous allumions des feux de branches sèches et nous faisions cuire des pommes de terre. — Que de discussions littéraires, que de rêveries béates, que de fantastiques projets nous semions à travers les friches de Savonnières et de Massonge, tandis que le vent et le soleil promenaient les ombres des nuages sur les pentes des vignes et le fond de la vallée!... Laguerre avait une imagination sans cesse en mouvement, mais une ima-

gination scientifique, dont les spéculations visaient
toujours une invention pratique.

Nous avions lu dans le *Robinson suisse* la description d'un certain rôti de *pécari à la caraïbe,* préparé
sous la terre, dans un four chauffé à l'aide d'un grand
feu de bois. Cette originale cuisine nous avait fait venir
l'eau à la bouche et, pendant toute une semaine, nous
n'avions plus songé qu'aux moyens de confectionner
un *pécari* de notre invention. Nous nous donnâmes
rendez-vous, un jeudi, sur les friches de Savonnières.
Nous avions apporté un filet de porc, avec lard, poivre
et sel comme assaisonnements, et nous discutâmes
gravement la question de la cuisson.

— Un instant! dit Laguerre. il faut d'abord construire un four dans de bonnes conditions.

Le four fut creusé dans le sol de la friche; on garnit
le fond et les bords de l'excavation de cailloux plats,
sur lesquels on alluma un bon feu. Tandis que la
flamme pétillait, je couchai le filet de porc dans un lit
de serpolet, je le bardai de lard, je l'enveloppai de
feuilles de vignes...

— Le four est chauffé à point! me cria mon ami.

Alors nous disposâmes notre filet sur les pierres brû-
lantes; le tout fut couvert d'un toit de cailloux très
chauds, sur lesquels j'entretins un brasier ardent. Puis,
pendant que la fumée bleuâtre montait en spirales, nous
attendîmes le cœur palpitant.

Au bout d'une heure :

— Je crois que c'est cuit! annonça Laguerre; sens-tu
cette bonne odeur de rôti?...

En réalité, nous ne percevions rien qu'un vague parfum d'herbes grillées; mais en imagination nous avions
déjà les sensations d'un savoureux fumet aromatique.

Nous déterrâmes notre rôti avec mille précautions,
en nous léchant d'avance les lèvres. O déception ! le
filet *à la caraïbe* était à peu près cru. — Nous n'en
voulûmes point démordre néanmoins, nous le déchirâ-
mes à belles dents, et, d'un commun accord, il fut
déclaré délicieux.

Vers la fin de 1848, la politique prit la place de la
littérature dans nos préoccupations. Nous étions ardemment républicains et républicains d'extrême gauche.
Nous ne lisions plus que de l'histoire, de l'économie
sociale et des journaux ; — les *Montagnards* d'Esquiros,
l'*Histoire de dix ans* de Louis Blanc, les *Voix de prison* et les *Paroles d'un croyant* de Lamennais étaient
nos livres de chevet. Nous ne nous permettions d'autres
romans que ceux de George Sand. En 1849, Laguerre
fonda une société secrète sur le modèle de la Société des
Saisons. Chaque compagnon donnait un sou par semaine
à la caisse sociale ; on se réunissait dans les bois, au
fond d'une maisonnette abandonnée, où l'on cachait
de la poudre !... Ce qu'il y a de plus drôle, c'est que le
parquet réactionnaire d'alors eut la naïveté de s'émou-
voir de ces gamineries et de nous faire surveiller. Notre
humeur révolutionnaire se calma en 1850. Laguerre se
préparait déjà à l'Ecole polytechnique ; moi, je piochais
mon baccalauréat et, de plus, j'étais amoureux. Je m'en
revins tout doucement à la poésie, tandis que mon ami
allait à Metz, puis à Paris, suivre un cours de mathématiques spéciales. Il entra à l'Ecole en 1852 avec le n° 3,
et, depuis, nous ne nous revîmes plus qu'à l'époque des
vacances. Mais nous entretenions une correspondance
suivie et nous continuions de loin nos discussions littéraires et philosophiques. Laguerre me gourmandait à
propos de mon romantisme et critiquait ferme mes

premiers vers. Son esprit net avait la haine des phrases
creuses et du lyrisme faussement sentimental ; son goût
le portait vers la langue sobre, claire et naturelle des
écrivains de la première moitié du xviiie siècle. — Je
viens de relire ces lettres de jeunesse à l'écriture serrée,
au style alerte et mordant, et j'ai eu, plus vivement que
jamais, la sensation de la fluidité avec laquelle se dis-
sout et s'efface notre pauvre petite vie humaine. Les
feuilles de papier jauni où courait la main nerveuse de
mon ami Laguerre sont restées intactes ; mais les doigts
qui traçaient ces caractères menus, mais l'esprit qui
jetait sur le papier ces réflexions pleines d'humour et
de mélancolie railleuse, où sont-ils maintenant ?...
Voici un fragment de lettre daté du 4 mai 1852, tout
imprégné du scepticisme découragé qui s'était emparé
de tant d'âmes après le coup d'État de décembre :
« Amour, liberté, gloire, tout cela n'est que fumée et
cela ne vaut pas celle de ma pipe... En ce moment, la
France prête serment. Qu'en dis-tu ? Moi, je ne songe ni
à m'indigner, ni à pleurer. Le peuple imite les anciens
gladiateurs ; frappé au cœur, il se retourne pour saluer
l'empereur... *Morituri te salutant, Cæsar !*... Va, la
liberté n'est qu'une femme !.. Je te recommande de lire
Musset. Adonne-toi aussi à Balzac ; je te conseille de lire
de lui *Les parents pauvres, Le père Goriot, Un grand
Homme de province.* »
En voici une autre intitulée *Voix de prison* et datée
de l'École polytechnique où il était consigné : — « Heureux celui qui n'a jamais lu de poésies ou de romans et
n'a jamais quitté la maison paternelle, qui cultive les
choux de son jardin qui ne cherche pas à deviner les
mystères de la nature, croit humblement à ce que son
curé lui a dit, se marie à vingt ans avec une grosse pay-

sanne jouffluc, a beaucoup d'enfants et meurt tranquille,
sans se douter qu'il y a au monde une École polytechnique ! — J'ai encore seize mois à faire, total seize mois
d'ennui. Le mieux que je puisse espérer, c'est de sortir
dans les ponts ou dans les mines ; or j'ai autant envie de
commettre un pont ou un chemin de fer que de me
jeter à l'eau ! — O mes rêves de seize ans, où êtes-
vous ?... » — Un peu plus loin je trouve une amusante
drôlerie, — la ballade du polytechnicien :

« Heureux le polytechnicien !... Le ministre de la
guerre aux pieds légers et ses officiers aux belles bot-
tines lui créent sans cesse de nouveaux plaisirs, l'abreu-
vent de délices et de voluptés ; il passe sans cesse d'inspections en inspections, de revues en revues, d'appels
en appels...

« Heureux le polytechnicien !... L'Opéra n'a été créé
que pour lui ; Alboni ne chante que pour lui ; pour lui,
chantent Gueymard et Mario. Il a le droit, deux fois par
semaine, d'aller entendre les deux premiers actes des
Huguenots, puis de rentrer à l'Ecole à dix heures. Le
gouvernement toujours paternel lui a préparé une couche molle de peaux de brebis, et là il a le droit de se
figurer qu'il entend les trois derniers actes des *Hugue-*
nots. Heureux le polytechnicien !... »

Une dernière lettre, écrite sur un carré de papier
écolier, est datée de l'Ecole d'application de Metz : —
« Tu ne te figures pas où je suis en ce moment ; je te le
donne en cent. Si tu pouvais m'apercevoir, tu me verrais
planté à califourchon sur le faite du toit de la caserne
de cavalerie, dont je suis censé prendre le plan... Du
reste, ma demeure est charmante : je suis abrité du
soleil ; la lucarne d'un grenier me sert de table et la
corniche, de promenade. J'ai là du tabac, du rhum et

des livres; joins à cela une vue magnifique sur tout
Metz et sur la vallée, un air pur et rien à faire ! — J'ai
avec moi un soldat du génie qui est censé m'aider à
prendre des mesures. Je lui fais faire sentinelle quand
je veux dormir. C'est un pauvre diable de recrue, ayant
à peine trois mois de service ; Alsacien, gras, rouge,
sans barbe, blond filasse, au demeurant très doux, très
bon. Je fais des études de mœurs sur ce sapeur ; je lui ai
appris à fumer, ce qui n'a pas été sans danger. J'ai été
sur le point de devenir son garde-malade. — Je lui fais
boire du rhum, ce dont il s'acquitte mieux, et je le fais
jaser... Le pauvre garçon était cultivateur avant d'être
au service; il tripotait doucement une existence mêlée
de fumier et de pommes de terre, allait épouser une
grosse Alsacienne aux pommettes rouges, quand la cons-
cription est venue le prendre. Dans quinze jours il part
pour la Crimée avec son bâton de maréchal dans sa
giberne. En avant, marche !... A la gloire, à la victoire !
— Et Trüdchen, avec ses balais, épousera pendant ce
temps là un autre Alsacien aussi blond et aussi épais.
— Allons, sapeur, ne pleurez pas... Quand on est soldat
morbleu !... (prenez plutôt ce verre de kirsch); quand
on tient l'épée de la France, sacrebleu !... Ouf? quelle
chaleur !... Je vais me coucher à l'ombre et dormir.
Adieu, *dear friend*, j'attends une lettre de toi d'ici à
deux jours... Sapeur ! — Lieutenant ? — Faites la ronde
et réveillez-moi, si le capitaine vient !... »

Vers 1857, la correspondance cessa. Laguerre fut attaché à la manufacture d'armes de Mützig; la vie avec
toutes ses complications nous entraîna loin l'un de l'autre. Nous ne nous retrouvâmes plus que, dix ans après.
Il avait été nommé répétiteur à l'École polytechnique,
et il pouvait plus aisément s'y abandonner à sa maî-

tresse passion : la spéculation pure. En 1874, il devint
examinateur d'entrée à cette même École dont il avait
maudit la discipline et où il avait composé « la ballade
du Polytechnicien». En 1885, il fut appelé à la suppléance
de la chaire de physique mathématique au Collège de
France, et, la même année, il entra à l'Institut. Marié à
une femme éminemment distinguée, père de charmants
enfants à l'éducation desquels il consacrait tous ses loisirs, il pouvait se dire alors qu'il avait enfin réalisé son
rêve; mais nos rêves sont des bulles de savon qui crè-
vent dès que nous les touchons du doigt. En plein bonheur il fut terrassé par la maladie. Sa forte constitution
avait été épuisée par un travail trop écrasant. On le
ramena déjà cruellement atteint à Bar-le-Duc, où il
espérait que l'air natal le rétablirait. Un moment il crut
y retrouver un regain de santé. Il reprenait assez de
forces pour faire des promenades sur les plateaux où
nous avions si souvent flâné pendant nos années de collège. Un après-midi de la fin de juillet, il voulut, en souvenir du vieux temps, qu'on lui cuisinât une grillade de
jambon à un feu de broussailles, en pleine friche. Il
assurait que cela lui redonnerait de l'appétit. —Peu de
jours après, aux approches de septembre, mon pauvre
ami Laguerre s'alita et son reste de vie s'exhala doucement, comme la fumée bleue de ces feux de branches
sèches que nous avions allumés jadis pour cuire le
fameux *pécari à la caraïbe*.

IV

Vers la fin de 1849, tandis que je me préparais à
entrer en rhétorique, mon père prit une détermination
qui modifia notablement notre genre de vie. Il avait
compris qu'en s'obstinant à rester à Bar-le-Duc, il entra-
vait sa carrière administrative. Il se décida donc à
demander son avancement n'importe où, et on le nomma
conservateur des hypothèques dans une petite ville du
Poitou, en lui promettant de le rappeler dans la Meuse
dès qu'un emploi de même nature y serait vacant. Ma
mère tenait à son pays natal; elle espérait, d'ailleurs,
que ce séjour en Poitou ne durerait pas longtemps, et
mon père partit seul, pendant que j'achevais mes huma-
nités à Bar-le-Duc. — Cet événement me donnait, à dix-
sept ans, une indépendance relative que je me hâtai de
faire tourner au profit de la littérature. La surveillance
de ma mère sur l'emploi de mon temps et sur mes lectures était, en effet, purement nominale. Je n'allais plus
à l'*étude des externes;* en dehors des heures de classe,
j'étais libre de disposer à mon gré de mes loisirs et je
travaillais chez moi. — Nous avions quitté la rue du
Bourg et nous habitions une maison que mes parents
avaient fait bâtir sur l'emplacement de la vieille demeure

de feu ma grand'tante. De la fenêtre de ma chambre
perchée au deuxième étage, je voyais la ville haute, en
amphithéâtre, détachant ses toits aigus et ses flèches
d'églises sur les molles ondulations de nos coteaux de
vignes. Là, devant une petite table, je brochais mes
devoirs et je dévorais surtout les poètes de l'école
romantique. Le premier usage que je fis de ma liberté
fut de prendre un abonnement à la bibliothèque municipale, qui était abondamment pourvue d'ouvrages
modernes.

Je lus ainsi *les Méditations, Jocelyn, les Orientales,
les Feuilles d'automne*, le théâtre d'Hugo, les *poésies*
de Sainte-Beuve. Les après-midi de dimanche, pendant
la belle saison, j'allais m'installer avec de vieux tomes
de la *Revue des Deux-Mondes* sous les pruniers de ma
grand'tante et j'y restais jusqu'au soir. Ces lectures
assidues me donnèrent d'abord comme un éblouissement. Tout le fécond et merveilleux mouvement littéraire de 1830 à 1840 m'était soudain révélé. L'éclosion
de cette riche floraison de poètes, de romanciers et de
critiques se produisait simultanément pour moi ; ivre
de parfums et de couleurs, je ne savais où me prendre.
Peu à peu, je recouvrai mon sang-froid et je commençai
à analyser mes sensations. — Dans ce nouveau monde
de l'esprit où je pénétrais avec une admiration respectueuse, tout ne m'enthousiasmait pas au même degré.
Ainsi George Sand me fit d'abord éprouver une déception. J'avais débuté par *Lélia*. *Spiridion* et *les Sept
cordes de la lyre*. — Mérimée, de Vigny me donnèrent,
pour la première fois, la joie exquise qu'on éprouve
devant une œuvre exécutée par un maître artiste. Je
pleurai en lisant *la Grenadière* de Balzac. Mais celui
qui m'enchanta et me passionna entre tous, ce fut Mus-

set. Ses *Nouvelles* me parurent inimitables, ses *Prover-bes* m'emportèrent dans un pays étrange où la fantaisie et la réalité se fondaient si harmonieusement que tout y semblait plus vivant, plus vrai, plus puissamment intéressant que la vie elle-même.

La lecture de ces œuvres si variées de ton, de couleur et de saveur, m'enlevait de terre. J'étais pris d'une fièvre intellectuelle qui se traduisait bientôt par un désir d'aligner sur le papier les vers qui commençaient à me bourdonner dans la tête. — J'ai retrouvé le cahier où je transcrivais ces premières rimes. C'était un gros volume relié, recouvert de toile réglé à la mécanique, rempli aux trois quarts de rédactions géométriques et que j'avais choisi précisément pour dérouter les curieux. Derrière ce rempart de théorèmes, mes vers fleurissaient à l'aise et en sûreté, comme des violettes à l'abri d'une haie d'épines. Je viens de les relire : ils m'ont paru enfantins et plats; mais, à cette époque, je les pourléchais avec la même admirative sollicitude qu'une chatte qui mignote ses petits.

Si médiocres que fussent ces vers de la dix-septième année, ils me semblaient très réussis, et j'étais hanté du désir de les voir imprimés. Quelques mois après, j'eus la joie de réaliser mon rêve, grâce à la complicité de mon professeur de rhétorique. — Ce nouveau maître se nommait Edouard Mennehand. Presque aussi jeune que ses élèves, il ne sentait en rien le cuistre et le régent de collège. Sa nature fine et élégante tranchait vivement parmi les personnalités un peu lourdes et maussades de ses collègues. J'avais confiance en lui, et il avait flairé en moi un apprenti rimeur; il m'encouragea à lui lire mes vers, me donna d'utiles conseils; puis, un beau jour en pleine classe, il m'apprit qu'il avait porté un de

mes manuscrits au *Journal de la Meuse*, et, grâce à lui
je goûtai pour la première fois le plaisir de me voir imprimé. Quand je sortis du bureau du journal où je venais
de corriger mes épreuves, je me crus grandi de dix
coudées et je baissai la tête de peur de heurter du front
le réverbère suspendu au-dessus du porche...

Ce début m'avais mis l'eau à la bouche. — A quelque
temps de là, le bruit se répandit qu'un poète était
débarqué à Bar-le-Duc. Cela me donna une secousse.
Dans ma ville natale, un homme ayant pour unique
profession d'écrire des vers était un oiseau aussi rare et
aussi inconnu qu'un ibis ou un ornithorynque.

Sauf mon propre reflet dans un miroir, je n'avais
jusque-là jamais vu un poète en chair et en os. Celui
qui venait d'échouer parmi nous se nommait Arsène
Barberot ; il rédigeait une petite feuille intitulée *le
Souvenir littéraire*, dont j'achetai immédiatement le
premier numéro. Les vers de Barberot étaient sombres
et désespérés ; il s'y posait funèbrement en frère de Gilbert et d'Hégésippe Moreau. — Un soir, j'aperçus enfin
Arsène au théâtre, car maintenant que j'avais la bride
sur le cou, je ne manquais pas une représentation. Le
poète était un petit homme grêle, d'une trentaine d'années, à la figure déjà vieillie et fanée, aux yeux d'un
bleu pâle, aux cheveux blonds clairsemés ; il portait un
habit noir lamentablement rapé et un chapeau de soie
infiniment plus fatigué que son visage. A côté de lui
était sa femme, toute jeunette, vingt ans à peine, étri-
quée dans une pauvre petite robe noire toute élimée ; —
mais charmante avec sa peau blanche, ses yeux noirs,
ses bandeaux plats et sa maigre poitrine qui la faisaient
ressembler à une vierge de l'école préraphaélite. —
J'avoue qu'Arsène Barberot ne réalisait pas pour moi

l'idéal du poète romantique; je trouvais qu'il manquait d'ampleur et que sa figure n'avait rien d'olympien. En revanche, son aspect paraissait réjouir les bourgeois qui remplissaient les loges de leur rotondité de notables commerçants et qui semblaient dire à leur fils : « Voilà à quel degré de maigreur et d'aplatissement conduit le détestable métier d'enfileur de rimes... Que cela vous serve d'exemple ! »

En dépit de cette légère désillusion, je fus mordu par le désir de lier connaissance avec Arsène et de voir mes œuvres manuscrites publiées dans son journal. Un dimanche, n'y tenant plus, je mis en poche une copie de mes deux meilleures élégies et je grimpai chez le rédacteur du *Souvenir littéraire*. Il demeurait au deuxième étage d'une maison meublée, d'assez piteuse apparence. — Arrivé très essoufflé au sommet de l'escalier, je lus sur une carte collée à la porte : « Arsène Barberot. » Je frappai timidement, on me cria d'entrer, j'obéis et m'arrêtai un peu décontenancé à la vue de l'intérieur du « bureau du journal ». — Dans une chambre pauvrement meublée, où le soleil de juin entrait à flots par la fenêtre sans persiennes, le poète en bras de chemise, griffonnait au coin d'une table, tandis qu'à l'autre coin, sa femme, en grand négligé, écossait des pois dans une vieille boîte à sardines. Devant la cheminée, les reliefs d'un ragoût de mouton refroidissaient dans un poêlon de terre, et en travers d'un lit sans rideaux, un enfant d'un an dormait couché sur le ventre. Le poète me dévisageait, et sa femme, sans souci de sa robe mal agrafée, souriait de mon air ébahi. Elle était si jolie quand elle riait que cela m'enhardit, et j'expliquai nettement l'objet de ma visite. Barberot prit la mine d'un maître qui accueille un débutant, lut

mes vers à voix haute, y releva deux ou trois rimes
indigentes, ce qui me couvrit de honte, et finalement
promit de les publier dans le prochain numéro du journal. Comme il finissait, l'enfant s'éveilla en pleurant.
La jeune mère entre-bâilla sans façon son corsage et
apaisa le marmot en lui donnant le sein. Ce que voyant,
je me hâtai de prendre congé, et je dégringolai, assez
troublé par le souvenir de la blanche poitrine et des
yeux noirs de la jolie nourrice.

Le dimanche suivant, mes vers parurent dans *le Souvenir*, précédés d'une note où Barberot semblait solliciter l'indulgence des lecteurs « pour une jeune muse
encore inexpérimentée ». Cette introduction n'était
guère de mon goût, mais je me consolai en respirant
avec délices le parfum de ma poésie imprimée. Quelques jours après, tandis qu'au fond du jardin de la
grand'tante, je relisais mon œuvre pour la trentième
fois, on sonna à notre porte ; j'allai ouvrir et me trouvai en face d'Arsène ? — Je venais, dit-il, vous rendre
votre visite.., Avez-vous été content du journal ? — Je
balbutiai un vague remerciement et l'emmenai dans le
jardin. Il y fit deux tours en s'extasiant sur le parfum
des roses, puis brusquement : — A propos, ajouta-t-il,
j'ai une petite traite à payer... Il me manque dix francs
et ma femme a pensé que vous auriez peut-être l'obli-
geance de nous les avancer ? — C'était un coup droit et
il n'y avait pas moyen de reculer. Heureusement je les
avais, les dix francs, dans ma bourse de collégien, car
je n'aurais jamais osé les demander à ma mère pour un
pareil motif. La présentation de cette carte à payer l'eût
jetée hors des gonds. — Je m'exécutai galamment. Barberot empocha mes deux pièces de cent sous, promit de
me les renvoyer dans la huitaine, pirouetta sur ses

talons et me laissa un peu refroidi, j'en conviens.

A partir de ce jour-là, quand je rencontrai mon poète, il n'eut pas l'air de me reconnaître et j'eus la naïveté de m'en étonner. — Je comprends, me disais-je, qu'il ne me rende pas mes dix francs, mais pourquoi diable m'évite-t-il ? Un soir, comme je traversais une brasserie installée dans un jardin et fréquentée par la jeunesse tapageuse de l'endroit, il me sembla apercevoir Arsène Barberot au milieu d'un groupe de jeunes gens attablés autour de plusieurs cruchons de bière. Le poète, toujours en habit noir, était en train de tremper sa poésie dans les chopes mousseuses et déclamait des vers à la lune, qui montrait justement son croissant au-dessus des charmilles. — Hé! hé! pensai-je, il se la coule douce, le frère de Gilbert et d'Hégésippe Moreau !... — Mais je n'étais pas au bout de mes surprises. A l'extrémité de l'une des allées — la plus obscure — je faillis me jeter dans un couple tendrement enlacé, et, à la faveur d'un rayon de cette même lune aux cornes d'or chantée par le poète, je reconnus la blanche, virginale et frêle Mme Barberot, au bras d'un grand brun aux robustes épaules. Je baissai le nez, tout déconfit et rougissant, et je m'esquivai plus ébaubi et plus ému que si j'eusse été Arsène Barberot en personne. — Peu après, *le Souvenir littéraire* disparut et le poète imita sans doute son journal, car je n'entendis plus jamais parler de lui.

En octobre 1850, je quittai à regret la classe de rhétorique pour suivre le cours de philosophie. Mon professeur, M. D***, était l'incarnation de la philosophie spiritualiste, officielle et universitaire. — Froid, honnête, correct, scrupuleux, il ne connaissait que la raison pure et détestait la fantaisie ; Jouffroy et Cousin étaient ses

dieux, et il avait un profond mépris pour la littérature
romantique. Sa figure glaciale, coupée par de rigides
favoris, ne souriait jamais. Il montait en chaire à huit
heures, faisait son cours jusqu'à dix, sans une digres-
sion reposante, sans une lueur, sans une saillie. —
Cette année de philosophie et de préparation au baccalauréat, qui s'annonçait d'une façon si austère, n'évo-
que cependant en moi qu'une succession d'images
joyeuses et de frais souvenirs. Elle me rappelle l'éclosion de ma première jeunesse et tous les éblouissements
tous les enivrements qui accompagnent l'avril de la vie.
J'entends encore résonner à mes oreilles cette ouverture
de la dix-huitième année, dont la musique était semblable à ces chœurs harmonieux d'oiseaux qui exécutent
dans la forêt l'ouverture du printemps.

> Le rossignol chante et je rêve,
> Grisé par son chant, que je bois.
> Un philtre fait avec la sève
> Et les vertes senteurs des bois.
> Sa voix monte, monte... J'écoute...
> Et je crois retrouver la route
> Des beaux jours perdus d'autrefois.

En ce temps-là, mes camarades et moi, nous jetions
déjà, par-dessus les murs du collège, des regards de
convoitise sur nos aînés, qui commençaient à fréquenter les bals de la préfecture, et nous rêvions de faire
notre partie dans les sauteries qui s'organisaient chaque
hiver. Pour cela, il fallait d'abord savoir danser. Un de
nos condisciples, fils d'un gros fabricant de toiles de
coton, nous offrit de nous réunir chez lui. Il avait une
sœur et plusieurs cousines qui devaient prendre des
leçons de danse en même temps que nous, ce qui cons-
tituait un attrait de plus. Trois jours par semaine, notre

maitre à danser, M. Maret, nous initiait aux mystères
des *ballonés*, des *jetés*, des *glissés*. C'était un petit
homme grêle, orné d'une perruque bouclée, tiré à
quatre épingles et marchant sur les pavés comme sur
des œufs. Il avait l'air de sortir d'une boîte. A peine
arrivé, il accordait sa pochette aux sons aigres et pendant une heure nous faisait saluer, balancer et tourner
en cadence. Cela nous mit en goût. Le dimanche soir
on invitait les amies de la sœur et des cousines ; nous
faisions venir un orgue de Barbarie ; l'homme en veste
de velours tournait sa manivelle, et nous dansions jusqu'à minuit des quadrilles et des valses, tandis que les
mamans jouaient au boston dans la salle voisine. Bientôt nous eûmes l'idée de joindre au bal le divertisse-
ment de la comédie ; je dois même avouer que ce fut
moi qui suggérai cette idée. Je venais de voir représenter la *Ciguë* d'Augier, *Claudie* de George Sand, et je ne
rêvais plus que de monter sur les planches. Je communiquai un peu de mon feu sacré à mes camarades, et il
fut décidé que nous édifierions un théâtre dans l'un
des greniers du fabricant de cotonnades.

Ce grenier avait été coupé en deux dans sa largeur
par une cloison de toile ; d'un côté était « le foyer des
acteurs » ; de l'autre s'étendait, au fond, la scène, et, en
avant, la place réservée aux spectateurs. L'installation
était primitive et rudimentaire, mais nous avions deux
décors et notre rideau tombait avec une lenteur presque
aussi majestueuse qu'au Théâtre-Français. Au-dessus
de la salle, sombre et nue, les poutres enchevêtraient
leur charpente touffue, et dans les encoignures, les
araignées, au bruit de nos coups de marteau, interrompaient, effarées, l'ourdissage de leur toile. Le théâtre
construit, on discuta sur le choix des pièces et on se

. heurta, dès le début, à une pierre d'achoppement : l'ab-
· sence. d'actrices. Les sœurs et les cousines refusaient
énergiquement de paraître sur la scène, et nous autres
garçons, bien que complètement imberbes, nous manquions du charme et de la souplesse nécessaires pour
jouer des rôles de femme. Après de tumultueux débats,
je proposai comme lever de rideau *Passé minuit,* où il
n'y a que deux personnages masculins, et le quatrième
acte de *Ruy Blas* où il n'existe qu'un rôle de femme, la
duègne.

> Affreuse compagnonne
> Dont la barbe fleurit et dont le nez trognonne.

Or, ce rôle-là devait être admirablement tenu par un
de nos camarades, dont la barbe naissante et la bour-
geonnante figure faisaient une duègne accomplie. —
Ce programme une fois arrêté, les répétitions commencèrent.

Le fils de notre hôte avait une cousine de dix-huit
ans très jolie, et cette jeune personne, tout en refusant
pudiquement d'être actrice, avait néanmoins offert ses
services comme souffleuse. Delphine, c'était son prénom, venait à chaque répétition s'asseoir dans la coulisse, avec la brochure sur ses genoux, et son espiègle
profil au nez retroussé s'enlevait en silhouette sur le
jour froid des fenêtres. Elle était déjà très formée, svelte
avec de mignonnes épaules, une figure rose où luisaient
des yeux couleur noisette et qu'encadraient de jolis cheveux châtains. Je ne me lassais pas de la regarder, j'en
devins passionnément amoureux, et je ne fus pas le seul
de la troupe. Comme dit un vieux proverbe latin : « *Ubi
Helena, ibi Troja* », là où il y a une Hélène, naît une
guerre de Troie. » L'acteur qui jouait *Don Guritan* et

celui qui faisait *la duègne;* se disputaient avec moi ses
bonnes grâces, et comme Delphine était coquette, la
rivalité de ces deux jeunes coqs menaçait à chaque instant de troubler le bon ordre.

Cependant les rôles étaient sus, la pièce se trouvait
au point et on résolut de procéder à une répétition
générale en costumes, à laquelle on convia les parents
et amis. On avait frappé les trois coups ; le rideau se
leva solennellement devant une trentaine de spectateurs.
Ruy Blas était en scène, et débitait son monologue;
moi, je m'étais blotti au fond, derrière la cheminée d'où
je devais dégringoler, quand, au moment où Ruy Blas
disait d'une voix creuse :

> Le sort trouble nos têtes
> Dans la rapidité des choses si tôt faites!

un tumulte s'éleva dans la coulisse, suivi d'un échange
de gros mots et du claquement d'un soufflet vigoureusement appliqué. C'était *Don Guritan* qui avait surpris
la *duègne* en train de baiser la main de la souffleuse,
et qui giflait violemment son rival. En un clin d'œil,
les parents et amis eurent envahi la scène : — Scan-
dale, cris de réprobation, expulsion de don Guritan et
de la duègne, fuite de la jolie Delphine, tout cela fut
l'affaire d'une minute et la représentation s'en alla à
vau-l'eau.

Mais l'effondrement de notre théâtre d'amateurs
n'empêcha ni les sauteries de recommencer, ni mon
amour pour Delphine de flamber. A dix-sept ans on est,
comme Chérubin, grisé d'une vague sensualité et on
s'amourache facilement. J'avais le cœur plein de timides désirs et la tête bourrée de rimes audacieuses que
je m'empressais de coucher sur le papier dès que j'étais

rentré dans ma chambre haut perchée. Entre deux
rédactions de psychologie, je célébrais la beauté de ma
danseuse aux yeux couleur de noisette; les élégies et
les sonnets emplissaient ma cellule du son mélodieux
de leurs rimes croisées, et comme je ne pouvais plus
voir aussi fréquemment Delphine, je me servais de ma
poésie comme d'un mode de correspondance amoureuse. Dès qu'une pièce était achevée, je l'envoyais au
journal qui avait accueilli mes premiers vers et qui était
lu chez la plupart des familles bourgeoises de la ville. De
cette façon j'étais sûr que mes galanteries arriveraient
à leur adresse. — Malheureusement, la presse venait
d'être soumise aux rigueurs de la loi Tinguy, qui exi-
geait que chaque article fût signé : le gérant eut un
jour des scrupules, le journal était mal noté à la Préfecture, on craignait un procès et on m'obligea à me
conformer à la loi. — Cela devenait dangereux. —
Mais un auteur qui va être publié est comme une femme
qui s'est décidée à jeter son bonnet par-dessus les moulins : rien ne l'arrête plus. J'en passai par tout ce qu'on
voulut, et, le soir même, mes vers parurent en troisième page, avec mon nom imprimé tout vif. —
C'étaient, je me le rappelle, des stances sur un bouquet
de myosotis donné à Delphine; je m'inquiétais du sort
de mes fleurs... Qu'en avait-elle fait ?... Et les supposi-
tions s'égrenaient plus ou moins ingénieuses, plus ou
moins hardies :

> Quelques-unes peut-être encor plus fortunées
> Ont trouvé le chemin de votre blanc peignoir,
> Et lorsque s'est flétri le bouquet, un tiroir
> A doucement reçu les fleurettes fanées
> Dans un secret recoin du meuble de bois noir.

Puis venait une invocation aux fleurs sèches; chaque

fois que Delphine ouvrirait le tiroir, les myosotis
devraient réveiller dans son cœur les souvenirs du dernier bal :

> Qu'elle repense alors à nos fêtes bruyantes.
> Et se rappelle tout jusqu'aux moindres détails
> Les bouquets effeuillés dans les valses ardentes
> Et les rires voilés par les grands éventails.

Entre nous, les « valses ardentes » n'étaient là que
pour la forme, car je valsais fort mal ; mais n'importe,
je n'étais pas trop mécontent de ce petit morceau.

Le lendemain, j'entrai dans la classe de philosophie
avec une certaine inquiétude. M. D..., grave et froid
comme toujours, examina nos cahiers et commença une
leçon « sur le libre arbitre ». Je reprenais un peu d'as-
surance, quand vers neuf heures et demie, il tira de sa
serviette un numéro de journal dont le seul aspect me
fit monter le rouge au front.

— Messieurs, dit-il, je ne lis pas souvent les gazettes,
mais hier soir je suis tombé par hasard sur celle-ci et
j'y ai lu des vers signés par l'un de vous.

L'un de nous ?... C'était clair, car on connaissait ma
manie. Je baissais le nez, je ne bougeais plus, j'aurais
voulu entrer dans le mur.

— Ces vers sont détestables, continua le professeur,
détestables au fond et dans la forme !... Je vais vous les
lire, néanmoins, afin de montrer à cet élève la voie
déplorable dans laquelle il s'engage... Cela s'appelle *les
Myosotis*, poursuivit-il froidement ironique.

Il éplucha vers par vers mes malheureuses stances,
ergotant sur chaque image, épiloguant sur chaque
rime, s'indignant aux moindres licences, se scandali-
sant aux mots un peu vifs. Il piétina sur mes pauvres

fleurettes poétiques et n'en laissa pas une sur tige, au
grand ébaudissement de mes condisciples qui jouis-
saient de ma mine piteuse et faisaient écho aux sauvages
plaisanteries de mon tourmenteur. — Blême, étouffant
de douleur et de dépit, j'assistais, sans pouvoir articu-
ler un mot, à ce massacre de mes vers les plus tendrement tournés, à la profanation de mes effusions amoureuses livrées aux ricanements de cette bande de collé-
giens sans pitié.

La cloche de dix heures mit heureusement fin à mes
tortures. Je m'enfuis du collège, les larmes aux yeux,
la rage dans le cœur, et je me réfugiai au fond du jardin de la grand'tante. J'essayai de relire mes vers imprimés, mais dès les premières strophes, je fus dégoûté
de mon œuvre. Le charme était rompu : la coupante
ironie de mon professeur avait desséché sur pied toutes
ces belles choses que j'admirais si paternellement la
veille. Mes vers m'apparaissaient brisés, disloqués, dédo-
rés, défraîchis, comme des papillons qui ont perdu le
lustre et la poussière colorée de leurs ailes meurtries.

Pour me rasséréner, je me remis à étudier La Fontaine, qui était devenu depuis quelques mois, mon
poète favori; je me vengeai des critiques de mon professeur en relisant la fable qui a pour titre : *Contre
ceux qui ont le goût difficile.* — Peu à peu, la spirituelle philosophie du Bonhomme, me détendit les nerfs
et ce fut elle qui me consola le mieux de mon premier
déboire littéraire.

V

A la fin de juillet 1851, il fut décidé que j'irais, avec
plusieurs de mes camarades, subir l'épreuve du baccalauréat à Paris. Ma mère devait m'accompagner et me
conduire ensuite auprès de mon père. — Jusque-là je
n'avais jamais quitté ma petite ville que pour quelques
excursions aux environs. Ce voyage était donc une
grosse affaire ; tout y avait pour moi l'attrait de la nouveauté : le chemin de fer récemment inauguré entre
Bar-le-Duc et Châlons ; — le Poitou lointain, qui m'apparaissait comme un pays méridional ; — et surtout
Paris, la capitale lettrée et artiste où je rêvais déjà de
conquérir la Toison d'or. — Bien que ma tête fût farcie
de chimères et d'idées ambitieuses, j'étais alors le plus
gauche et le plus novice des jouvenceaux. Je me vois
encore : maigre et quasi imberbe, sauf un soupçon de
moustaches au coin des lèvres ; — habillé d'un pantalon de lasting et d'une lévite marron, coupée par le
tailleur de la famille, dans l'ampleur d'un manteau de
mon grand-père. Le lasting luisait sur les genoux ; la
lévite, trop courte de taille et trop longue de jupe, m'en-
gonçait et me donnait, vu de dos, des airs d'ancêtre.
Avec cela, j'avais un ton tranchant, une présomption

insupportable et un enthousiasme sentimental pour les moindres coins de paysage entrevus par la portière du wagon. Je ressemblais à ce rat « de peu de cervelle » portraituré par La Fontaine :

> La moindre taupinée était mont à mes yeux.

Néanmoins ma surexcitation tomba quand nous arrivâmes à Paris. Un vieil ami de mon père, chef au ministère des finances, nous attendait à la gare et nous allâmes loger chez lui à Grenelle. Je reçus tout d'abord une impression peu favorable à l'aspect de cette banlieue aux rues populeuses, noires et mal bâties. Le lendemain matin, sous l'escorte d'un étudiant en droit, je me rendis pédestrement à la Sorbonne, où je devais remplir les formalités préalables à l'examen et retrouver mes camarades de Bar-le-Duc. Dans le trajet, mon impression première se transforma. Je me sentis rapetissé, annihilé, noyé dans cette foule affairée et indifférente, sans cesse renouvelée, et où n'apparaissait pas un visage connu. Le brouhaha des voitures, les cris de la rue, l'animation des cafés, les murs tapissés d'affiches, les cabinets de lecture pleins d'habitués, la vieille Sorbonne bourdonnante d'étudiants, le jardin du Luxembourg avec ses beaux arbres, ses statues et sa population tapageuse, tout cela me disait une vie si différente de celle de ma petite ville ! — Une vie ardente, laborieuse, intelligente, où je ne comptais pas plus qu'un des graviers du chemin. — J'étais ahuri, ébloui, étourdi, et en même temps blessé dans mon amour-propre de jeune coq de province. A la fois très timide et très vaniteux, j'apportais toute mon attention à ne pas avoir la mine provinciale, et cette préoccupation de ne point paraître ridicule me rendait encore plus

guindé et empêtré que je ne l'étais habituellement. Plus
je m'évertuais à me donner l'air parisien, plus je com-
mettais de bévues. Cette sotte préoccupation gâta ma
journée et aussi un peu ma soirée, qui cependant devait
me laisser un souvenir délicieux.

Mon hôte m'avait emmené à la Comédie-Française où
l'on jouait les *Caprices de Marianne*. Marianne, c'était
Madeleine Brohan, alors dans la prime fleur de sa
triomphante et spirituelle beauté; Delaunay, tout jeune
aussi, jouait Cœlio; Brindeau, dans le rôle d'Octave,
avait un entrain, une verve inoubliables ; le juge
Claudio était interprété par Provost, et Got donnait au
valet Tibia un relief d'un comique étrange. Cette représentation m'enchanta. J'avais l'hallucination de l'Italie
aux parfums d'oranger, célébrée dans la chanson de
Mignon; je me croyais transporté au bord du golfe de
Naples. La prose exquise de Musset me montait au cerveau comme le lacryma-christi que buvait Octave.
Quand Madeleine, avec sa voix nette, mordante et pourtant veloutée comme une caresse disait : « Qu'est-ce après
tout qu'une femme ? L'occupation d'un moment, une
coupe fragile qui renferme une goutte de rosée, qu'on
porte à ses lèvres et qu'on jette par-dessus son épaule?...»
je sentais mon âme se fondre et une chaude sève printanière me couler dans les veines. Rentré dans ma
chambre, à Grenelle, je rêvai aux mélancoliques
amours de Cœlio, et toute la nuit j'eus l'éblouissante
vision de Madeleine Brohan dialoguant avec Brindeau
sous une tonnelle enguirlandée de pampres...

Le lendemain, je partis, le cœur anxieux, pour la Sorbonne où je devais passer mon examen. L'épreuve
écrite (une version), avait lieu dès le matin ; puis venait
un entr'acte de deux heures pendant lequel les exami-

nateurs jugeaient les copies des candidats. Les dissipa-
tions de mon année de philosophie, le souvenir de tant
de soirées employées à rimer, à jouer la comédie et à
galantiser, ne laissaient pas de me donner de cruelles
appréhensions. Je passai une vilaine heure d'angoisse
dans la grande cour de la Sorbonne, dont j'arpentais
fièvreusement les petits pavés inégaux. Je me voyais
déjà *retoqué*. Les noires façades des bâtiments me
regardaient avec des mines revêches, et je croyais apercevoir aux carreaux verdâtres de chaque fenêtre la
figure austère de mon professeur de philosophie; je
croyais l'entendre crier de sa voix glaciale : « Voilà où
mènent les divagations d'une âme mal équilibrée ! » Si
j'échouais à l'*écrit*, adieu le voyage en Poitou, les heures de liberté et les beaux projets de poésie ! Il me faudrait retourner au collège et piocher de nouveau le
manuel, sans compter que j'aurais à subir les reproches
paternels, les sermons de ma mère et les dédains de
notre hôte de Grenelle, ce chef de bureau chez lequel
nous étions descendus et qui m'avait déjà vertement
tancé au sujet de ma manie « d'écrivailler ». — Je me
souvenais d'un passage de ma version dont le texte
m'avait paru obscur, et je commençais à craindre
d'avoir commis un contresens. Au loin, du côté de la
rue Saint-Jacques, un orgue de Barbarie jouait la valse
de *Rosita*, et ces lambeaux de musique de danse, qui
me rappelaient nos sauteries de l'hiver, se mêlaient
encore désagréablement à mes craintes. — Enfin, après
une heure d'attente mortelle, on afficha au mur la liste
des admissibles ; j'y lus mon nom, et les solennelles
fenêtres de la Sorbonne s'éclairèrent tout à coup d'un
rayon de soleil.

L'*oral* m'effrayait moins, je me croyais sûr de mes

matières. En effet, sauf une explication de Démosthène
où je m'embrouillai piteusement et où je fus rudement
rabroué par M. Le Clerc, doyen de la Faculté, le reste
alla de cire; je fus reçus avec la mention *bien*, et je
courus annoncer la bonne nouvelle à ma mère, qui
m'attendait dans le Luxembourg.

J'étais bachelier, c'est-à-dire débarrassé des entraves
universitaires ; j'avais en perspective un lointain
voyage à travers des pays nouveaux, et je me trouvais
à Paris avec la bride sur le cou. Pendant quelques jours
je goûtai une félicité inaltérée. Je partais de Grenelle
dès le matin pour parcourir à pied les Champs-Elysées,
les boulevards, les quais, où je flânais longuement devant
les étalages des bouquinistes. Je me manifestai d'abord
à moi-même ma liberté en achetant, passage Choiseul,
les *Comédies et Proverbes* d'Alfred de Musset. Par un
singulier hasard, qu'un fataliste ne manquerait pas de
noter, le premier libraire chez lequel j'entrai à Paris
occupait une étroite boutique d'angle où je devais revenir plus tard bien souvent, car ce fut dans ce même
modeste magasin qu'Alphonse Lemerre commença en
1866 à éditer les poètes. — Mon Musset en poche, je
gagnais lestement le quartier latin vers lequel m'atti-
rait une secrète préférence, j'y déjeunais frugalement,
puis j'allais déguster *Lorenzaccio* ou *On ne badine pas
avec l'amour*, sous les arbres de la Pépinière, non loin
de la statue de Velléda...

Nous arrivâmes fin juillet dans le modeste chef-lieu
poitevin où mon père vivait depuis deux ans déjà en
garçon. — C'était une toute petite sous-préfecture
nichée au bord de la Charente, dans un fouillis d'arbres, au creux d'un pli de vallée d'un vert rafraîchis-
sant. La ville se composait d'une longue rue tortueuse,

calme, sans pavés, avec de vieux logis aux façades grises
et des bordures d'herbe en guise de trottoirs. Trois
rues plus étroites et plus paisibles encore coupaient
cette voie principale. Au milieu s'ouvrait la place des
Halles où une curieuse église romane arrondissait ses
trois porches brodés de sculptures. Tout cela était solitaire et endormi : devant les portes, quelques femmes
coiffées du haut bonnet poitevin, filant au fuseau ou cou-
sant, relevèrent la tête quand passa la diligence qui
nous amenait, puis tout retomba dans l'assoupissement.

Ce que j'admirais surtout en ce coin du Poitou,
c'était la nature plantureusement verdoyante. Chez
nous, dans le Barrois, le paysage est généralement sec.
Les collines, malgré leur manteau de vignes, ont un
aspect monotone et uniforme; les plaines sont nues;
les prairies sans ombre et, en dehors des bois, on ne
trouve guère de verdure. Dans cette vallée de la Charente, au contraire, tout était couvert, partout il y avait
de l'ombre et de la fraîcheur. A chaque pas dans la campagne, je rencontrais des sites dont l'*imprévu* me ravis-
sait : chemins creux bordés de touffes de buis à l'odeur
amère et de chênes surplombant en berceau; châtaigneraies profondes, prairies encadrées en des haies
très hautes et très fournies; larges tonnelles de vigne
échevelée menant à des *borderies* aux bâtiments enfouis
sous les noyers ; moulins sonores battant leur tic tac au
long de la Charente. La séduction de cette nature
séveuse et mouillée m'invitait à la paresse contempla-
tive. Une ivresse voluptueuse, une sensualité toute
païenne m'y envahissaient peu à peu. Je respirais
l'amour dans l'air et je rêvais de voir surgir d'idéales
amoureuses au détour des *tralnes* fleuries ou parmi les
brandes plantées de châtaigniers.

Avec cette disposition d'esprit, le difficile n'était pas
de rencontrer des amoureuses idéales.—J'en eus bientôt
deux ou trois. Toutes ces aventures de la dix-huitième
année se bornèrent, il est vrai, à de platoniques ten-
dresses. Mais qu'importe? le décor dans lequel s'épanouissaient mes romanesques amours était charmant, et
l'illusion, cette puissante magicienne, jetait sur mes
rêves ses plus féeriques couleurs. — Dans un cahier
aux feuilles jaunies, je retrouve le naïf journal de mes
impressions. J'en extrais les fragments suivants, qui
donnent assez exactement la note de mon état d'âme
d'alors : — une sentimentalité juvénile mêlée de sen-
sualisme.

« 3 août. — L'hôtel où mon père prend sa pension
a une physionomie originale. C'est une vieille maison à
pignon, avec une porte au cintre surbaissé et tréflé. Un
jasmin y grimpe. Au faîte du pignon, se balance une
cloche destinée à annoncer l'heure des repas aux pen-
sionnaires disséminés dans la ville. La table d'hôte est
entièrement composée de fonctionnaires. Tous se con-
sidérant ici comme en un poste de passage, n'ont pas
pris la peine de se mettre dans leurs meubles ; ils logent
en garni et même ceux qui sont mariés ou pères de
famille prennent leurs repas à l'hôtel. Au nombre de
nos commensaux, il y a un vieux percepteur bourru,
et sa nièce, une intéressante jeune fille de vingt ans.
Elle est petite, frêle et brune. Son nez et sa bouche
laissent à désirer, mais elle a de grands yeux profonds
couleur café, de beaux cheveux bruns relevés sur le
front et retombant en deux boucles le long de ses
joues pâles; l'ensemble de sa physionomie pensive a
une délicate et mélancolique distinction qui, dès le
premier jour, m'ont touché. On dit qu'elle n'a pas

toujours la vie heureuse dans la société de cet oncle
atrabilaire et maniaque. Elle a passé sa première jeunesse en Angleterre et c'est pour cela sans doute
qu'on l'appelle *miss C...*, bien qu'elle soit Française
d'origine. — Après dîner, nous sommes tous allés nous
promener au bord de la Charente. J'ai eu occasion
de me rapprocher de miss C... et nous avons parlé des
poètes anglais qu'elle aime et qu'elle connaît bien.

« 6 *août*. — Je suis allé la voir chez elle avec ma
mère. Elle nous a reçus très amicalement. Sur ma
demande, elle s'est mise au piano et nous a chanté plusieurs mélodies de Schubert. Elle a une voix de contralto qui pénètre jusqu'au fond de l'âme et l'imprègne
d'une tristesse tendre. Le soir, comme d'habitude, on
s'est promené en bande, cette fois, sur la route du Mou-
lin-Minot. Il faisait une nuit tiède, étoilée, égayée par la
chanson des grillons. Nous avons traversé une châtaigneraie assez obscure et j'en ai profité pour offrir mon
bras à miss C... Chemin faisant, nous avons reparlé
poésie; je lui ai avoué que je rimais moi-même et je lui
ai promis de lui donner de mes vers.

« 7 *août*. — J'ai écrit pour elle une trentaine de vers
et je les lui ai remis à la promenade. Ce sont des strophes élégiaques, qui contiennent une déclaration très
enveloppée, très timide... Devinera-t-elle que ces vers
ont été écrits pour elle, et qu'ils sont l'expression du
sentiment très vif qu'elle m'a inspiré à première vue?

« 8 *août*. — Ce soir nous sommes retournés au Mou-
lin-Minot et je lui ai offert mon bras. En traversant la
châtaigneraie, comme nous restions en arrière, elle a
murmuré : « J'ai lu vos vers, ils m'ont été au cœur...
Est-ce bien vrai tout ce qu'ils disent? » Je lui ai juré
que tout était vrai. « Alors, a-t-elle repris, soyons amis,

je suis si seule et j'ai tant besoin qu'on m'aime! » Nous nous sommes serré la main, puis quelques-uns de nos commensaux nous ayant rejoints, nous nous sommes séparés et je suis rentré tout heureux à la maison.

« 10 *août*. — Ce matin, pluie battante. Je suis resté dans ma chambre et j'ai lu *Le lys dans la vallée*. Quel charme dans les descriptions, quel style merveilleux que déparent à peine quelques métaphores outrées! Que de situations émouvantes et qui me font venir les larmes aux yeux! Je me suis dépité en lisant ce chef-d'œuvre. Je me suis écrié mentalement : « Jamais je ne parviendrai à écrire ! » Un beau désespoir m'a pris ; j'ai laissé là ma lecture et, comme le ciel s'était éclairci, je suis allé au *Moulin des Ages* où j'ai cueilli un bouquet de myosotis, de troènes et de chèvrefeuilles. Je l'ai envoyé à miss C... Le soir, je suis entré chez elle. Succès du bouquet. Musique. Elle nous a chanté une barcarolle de Gounod :

« Dites, la jeune belle où voulez-vous aller? »

« 15 *août*. — Ce soir, elle était triste. Pendant la promenade, aux environs du cimetière des Palatries, comme je m'approchais d'elle, elle a chuchoté : « Éloignez-vous... Je vous dirai pourquoi. »

« 16 *août*. — Aujourd'hui, je l'ai trouvée seule chez elle et elle a pu m'expliquer son mystérieux avertissement d'hier. Il paraît que mes assiduités près de miss C... ont scandalisé quelques bonnes âmes et qu'on en jase dans la ville. Son oncle lui a fait une scène à ce propos. Elle se trouve trop malheureuse avec cet oncle maussade et cruellement dur ; elle parle de retourner en Angleterre. — Je suis rentré chez moi désolé et le cœur navré.

« 20 *août*. — Le *Moulin des Ages* est un endroit
délicieux. Le moulin est blotti dans les saules et les
frênes, au milieu d'un îlot de la Charente. Des passe-
relles moussues et un chemin creux bordé de cormiers
relient cet îlot à la rive droite. J'ai passé là aujourd'hui
une exquise après-midi avec ma mère, Mlle E..., et miss
C... Elles ont travaillé, assises sous les arbres, pendant
que je leur lisais une Nouvelle de Musset. Vers quatre
heures, nous sommes allés au moulin chercher du pain
bis et du *caillé*. Tandis qu'on était en train de nous préparer le *caillé*, je suis resté seul avec miss C..., dans
une pièce délabrée aux volets clos, du fond de laquelle
on entendait le bruit cadencé des fléaux dans la grange.
En cette obscurité, je ne distinguais que la forme vague
de miss C... et ses yeux bruns, qui avaient des lueurs
d'étoile. Elle rassemblait les plantes qu'elle avait cueil-
lies et, en les liant, elle s'est éraflé le poignet avec une
épine. J'ai pris doucement son bras pour voir de près
l'égratignure, et brusquement j'ai effleuré de mes lèvres
l'épiderme meurtri. — « Je voudrais vivre dans cette
pauvre chambre avec vous ! » ai-je murmuré... J'ai été
interrompu par la métayère, qui rentrait avec le lait
caillé et le pain bis. Silencieusement, nous sommes
remontés sous les chênes, où nous avons goûté ; puis
nous sommes revenus à la brune, à Civray, en suivant
la Charente, où se reflétaient les étoiles...

« 10 *septembre*. — Miss C... est partie ce matin pour
l'Angleterre. J'ai été attendre le passage de l'omnibus
sur la route de Saint-Pierre. Il faisait un temps ora-
geux ; par intervalles, une courte ondée tombait menue,
puis le soleil reparaissait. Un arc-en-ciel se voûtait
comme un pont irisé et transparent au-dessus de la
vallée. J'ai entendu tout à coup tinter les grelots de

l'omnibus qui arrivait au grand trot. Miss C... était
seule dans l'intérieur. Elle m'a fait signe des yeux et de
la tête, elle a posé son doigt sur ses lèvres, puis la voiture a descendu rapidement la rampe de la route. Elle
a disparu, et avec elle tout ce qui m'enchantait ici. Plus
rien! plus rien! Maintenant le Poitou me pèse sur la poitrine comme une montagne de plomb. Il a plu pendant
le reste de la journée, et je n'ai pensé qu'à miss C... Le
soir, promenade à Saint-Pierre. Si seulement je pouvais la revoir en rêve!... »

Ce juvénile et platonique amour était entré dans mon
cœur plus profondément que je ne l'avais cru tout
d'abord. L'âme élevée et tendre de miss C... avait eu une
influence salutaire sur mes sentiments et mes pensées.
Bien que mon amie fût partie et que nous fussions séparés
à jamais, je l'avais sans cesse devant les yeux. Par elle,
j'avais entrevu les misères et les mystérieuses douleurs
de cette vie qui, jusque-là, m'apparaissait si souriante,
si prometteuse. Grâce à miss C..., j'étais devenu plus
sérieux, plus homme. Je me sentais attaché à elle par
une solide, tendre, profonde affection, et je ne pouvais
me consoler de l'avoir si vite perdue... L'automne avançait, et nous devions rentrer à Bar-le-Duc au commencement d'octobre. Pendant les dernières semaines de
mon séjour, on discuta longuement en famille quelle
carrière on me ferait suivre. Un moment il fut question
pour moi de l'Ecole normale. Mon père voyait intimement le sous-préfet, qui était Lorrain comme nous et se
nommait L. Albert. Ce dernier avait un fils, Paul
Albert, qui justement sortait de la maison de la rue
d'Ulm, après avoir été reçu à l'agrégation. — Il est
mort, il y a quelques années, après avoir marqué bril-
lamment sa place au Collège de France, où il a laissé le

souvenir d'un conférencier éloquent et d'un critique
très fin.

Il vint passer ses vacances en Poitou et je le rencontrai chez son père. C'était, à cette époque, un jeune
homme mince, élancé, à la figure imberbe, aux traits
délicats et distingués. Il parlait lentement, d'un ton un
peu dogmatique ; il avait l'esprit amer, traitait avec
dédain les romantiques de 1830, Sainte-Beuve excepté,
et réservait son admiration pour les écrivains du
xviii° siècle, surtout pour Diderot. — Le mépris littéraire
qu'il marquait pour mes auteurs favoris me fit prendre
en aversion les normaliens. — Si tel était l'esprit
de l'école, je pressentais que je ne pourrais m'habi-
tuer à ce régime intellectuel ; et puis, pour préparer
mes examens, il aurait fallu retourner au lycée, et je ne
m'en souciais guère. Je renonçai assez facilement à
l'idée d'entrer dans l'enseignement ; mais quand j'eus
touché quelques mots de mon désir de suivre ma
vocation littéraire, ma famille jeta les hauts cris. Mon
père me représenta que je n'avais pas de fortune et
que la littérature n'était pas une carrière, — en quoi il
avait parfaitement raison. — Il ajouta qu'il était en
situation, par lui et ses amis, de m'assurer un bel avenir, si je voulais entrer dans l'administration des
domaines. J'étais un « enfant de la balle »; observa-
t-il, et je ferais dans les bureaux un chemin rapide, si
j'y apportais un peu de zèle et de bonne volonté. — De
guerre lasse, je consentis, mais en me réservant *in
petto* de continuer à écrire et de *lâcher* l'administration
dès que ma prose ou mes vers m'auraient permis de
gagner le pain quotidien. Ma mère prit mon apparente
soumission pour un renoncement formel à la littérature, et mon père m'apporta immédiatement un Code

civil et un Manuel de l'enregistrement. Je reçus avec
déférence ces deux bouquins aux tranches multicolores;
mais, tandis que le brave homme se frottait les mains,
je ne pouvais m'empêcher de répéter en mon par-
dedans : « Ah ! le bon billet qu'a La Châtre ! »

DÉBUTS ADMINISTRATIFS. — LE BUREAU DU PÈRE D.....
LE COUP D'ÉTAT DU DEUX-DÉCEMBRE

Dès que nous fûmes de retour à Bar-le-Duc, ma mère me conduisit chez le directeur des Domaines, entre les mains duquel je devais remettre ma demande d'admission, en qualité de *postulant* au surnumérariat. Ce fonctionnaire nous reçut avec une politesse solennelle et gourmée. C'était un grand et robuste Alsacien, assez bel homme, à la figure massive et empâtée, aux joues correctement rasées, au front carré et têtu, encadré de cheveux gris et plats. Il avait une mise très soignée, d'excellentes manières, mais un esprit étroit et méticuleux. Il me fit un petit discours sur les devoirs d'un futur employé, m'exhorta à me montrer zélé, assidu et déférant. — « Surtout, ajouta-t-il, n'écrivez plus dans les journaux ! Cela jette sur vous un mauvais vernis. Un homme qui se respecte ne se fait pas journaliste... C'est le dernier des métiers, un métier de saltimbanque ! » J'enrageais intérieurement d'entendre ce bureaucrate injurier la littérature avec son accent alsacien. Son air rogue et sa situation de chef de service m'intimidaient néanmoins ; j'avais un pied de rouge sur la figure, et je demeurais silencieux. Du reste, à ce

moment, l'opinion de mon directeur était celle de la
généralité de la société bourgeoise.

Depuis 1849, un vent de réaction soufflait sur Paris
et les départements. Un changement caractéristique se
produisait dans l'esprit de la société provinciale. Jusqu'alors, dans l'Est, on était resté assez indifférent en
matière religieuse. Employés, commerçants, magis-
trats, professeurs, se montraient peu dévots et peu
pratiquants. A mesure que le mouvement de réaction
s'accusait, je voyais autour de moi les pratiques pieuses redevenir à la mode. Sur les tables des salons traî-
naient des brochures contre les libres penseurs, mêlées
au *Spectre rouge* de Romieu. Dans la principale église
de la ville, un jésuite, qui prêchait une retraite, ana-
thématisait tous les soirs, du haut de la chaire, les
journalistes et les philosophes contemporains ; il avait
un nombreux auditoire d'hommes et de dames, et l'on
citait déjà les noms de belles pécheresses et de notables
bourgeois qu'il avait ramenés dans le giron de l'Eglise.
La religion, ou plutôt la religiosité, devenait une sorte
de livrée politique, un signe auquel se reconnaissaient
les gens bien posés et bien pensants. La littérature
d'imagination partageait naturellement le sort de la
presse. Les romans-feuilletons étaient assujettis à un
impôt spécial. Lamartine, dont, après février, les foules
épeurées auraient volontiers fait un roi, était irrévé-
rencieusement traité de « panier percé »; Victor Hugo
passait pour un anarchiste; George Sand et Balzac lui-
même étaient classés parmi les révolutionnaires et les
écrivains immoraux.

Tout ce que j'aimais, tout ce que j'admirais devenait
un objet de haine ou de dédain en ce milieu où j'étais
forcé de vivre; chez les membres de ma famille, je

retrouvais ce mépris de la littérature. Je résolus donc
d'enfermer au dedans de moi mes opinions, mes goûts
et mes espérances ; je m'isolai moralement de ce monde
de *philistins*, et je vécus replié sur moi-même, sans
plus communiquer à personne mes rêves ni mes projets. Cette atmosphère isolante que je créai artificiel-
lement eut l'avantage de me préserver de la pénétra-
tion oppressive de l'esprit et des préjugés provinciaux ;
mais elle contribua aussi à augmenter mes timidités, à
rendre mon âme plus ombrageuse, mes idées plus
exclusives ; je m'accoutumai trop à vivre en moi-même
et pour moi-même, comme une sorte de Siméon Sty-
lite. Cet état d'égoïsme intellectuel, s'il se fût continué
longtemps, eût certainement aigri mon caractère, desséché ma pensée et influé d'une façon désastreuse sur
mon travail littéraire.

A la fin d'octobre, je commençai mon stage de postulant dans le bureau du père D..., receveur de l'Enregistrement à Bar-le-Duc. Ce M. D... était un type. Fils
d'un général du premier empire, ayant été soldat lui-
même et blessé à la bataille de Salamanque, il boitait
fort bas. Replet, et malgré cela très vif, il avait une
figure rose, épanouie et joviale, des yeux bleus à fleur
de tête, une bouche en cerise et des cheveux gris abon-
dants, qui frisaient. Bien que sans fortune et chargé
de famille, il prenait la vie fort gaillardement, toujours gai, toujours chantant, sautillant sur sa bonne
jambe, et, le soir, après les heures réglementaires, se
délassant à jouer de la guitare.

Le bureau, situé au rez-de-chaussée d'une vieille
maison de la rue des Tanneurs, occupait une grande
pièce sombre, assez sale. Les murs étaient garnis de
hauts casiers de bois noirci où des registres in-folio

alignaient leurs dossiers gras. Il y régnait une odeur
sui generis, un mélange des senteurs du papier timbré
et des rances exhalaisons de la poussière amassée dans
les coins, le tout compliqué par les émanations anima-
les des six collaborateurs qui composaient le personnel.
— Il y avait d'abord, au centre, tournant le dos à la
cheminée, le patron enfoncé jusqu'au menton dans sa
robe de chambre de flanelle à carreaux bruns et roses ;
puis, au long des murs, un petit commis pour les
courses, à côté d'un ancien sous-officier de vétérans,
qui copiait les actes sous-seing privé et sentait fortement l'ail et le tabac à priser ; — dans le fond, le plus
loin possible des yeux du receveur, travaillaient deux
surnuméraires : l'un, penché sur sa besogne du matin
au soir, piochait comme un nègre ; l'autre passait son
temps à dessiner des caricatures et à se plaindre de ce
que son camarade gâtait le métier. Près de l'une des
fenêtres donnant sur la rue, on avait dressé une petite
table pour moi, le dernier venu, et j'y enregistrais des
actes sous la dictée de la fille du receveur, Mlle Aurélie,
dont le père D..., par économie, avait fait son princi-
pal commis.

Mlle Aurélie était une jeune personne de vingt ans,
maigre et peu jolie. Ses modestes cheveux châtain clair,
relevés à la chinoise, découvraient un front trop haut,
ce qui allongeait encore la figure, dont le trait le plus
saillant était deux yeux bleus à fleur de tête, comme
ceux de son père. Néanmoins, elle avait la fraîcheur de
la vingtième année, des regards fort vifs et une imagination inflammable, dont elle entretenait encore la
combustion par la lecture de romans du premier empire, aussi sentimentaux que démodés.

Durant les courtes après-midi d'hiver, tandis que la

houille flambait dans la cheminée, le père D..., après avoir amplement déjeuné, empoignait un acte volumineux et, les coudes sur son pupitre, les doigts dans ses cheveux frisés, cherchait à comprendre les clauses enchevêtrées à dessein par le notaire. Peu à peu, à travers le grincement des plumes et le pétillement du charbon, un ronflement sonore partait du bureau du receveur. — Bon, disait l'un des surnuméraires en dépliant son journal, voilà le patron qui pioche une liquidation !... C'était le moment que choisissait Aurélie pour expédier ses lettres. Elle avait la rage d'écrire ; elle rédigeait son journal et, en outre, elle entretenait avec de mystérieux amis une correspondance que le petit commis était chargé de porter aux quatre coins de la ville.

Pauvre Aurélie !... Elle avait le cœur tendre et l'âme romanesque ; elle s'éprenait vite et souvent; au dire du vieux sous-officier de vétérans, les surnuméraires eux-mêmes n'étaient point épargnés. Quant à moi, bien que je fusse son voisin immédiat, j'avais conçu de la beauté plastique un idéal auquel les formes inélégantes d'Aurélie ne répondaient nullement ; je n'étais pas éloigné de la trouver ridicule, et je lui marquais une indifférence dédaigneuse. Aujourd'hui, quand je replonge dans ce vaporeux passé, je me reproche presque ma sotte attitude de farouche Hippolyte. Je revois le bureau tapissé de vieux registres, le pupitre sur lequel des crocus fleurissaient dans un pot de faïence bleue ; Aurélie, coiffée à la chinoise, sanglée dans sa mince robe noire usée, allongeant sa main fluette et blanche sur le papier jaunâtre du registre ; — et, malgré ses coudes pointus, malgré ses yeux à fleur de tête, l'éloignement me la fait trouver quasi jolie, parce qu'elle me rappelle ma jeunesse. — Le souvenir, comme disait un rêveur de mes amis, le souvenir est un maître décorateur...

Un matin du commencement de décembre, je venais de sortir de chez moi et je longeais la rue du pas traînant d'un surnuméraire qui va à son bureau, quand je fus arrêté par un attroupement qui barrait le trottoir, au coin du corps de garde des vétérans. — Je vois encore les dos affairés des curieux qui se poussaient l'épaule, tendaient le cou et piétinaient dans la boue, sous un ciel gris d'où tombaient par moments des flocons de neige fondante. — Sur le mur noirci du corps de garde, au-dessus des têtes dressées, il y avait deux affiches blanches. Je m'approchai et pus lire sur la première cette phrase, qui me fit l'effet d'un coup violent appliqué à l'épigastre : « L'Assemblée est devenue un foyer de complots... Elle encourage toutes les mauvaises passions ; elle compromet le repos de la France : je l'ai dissoute, et je rends le peuple entier juge entre elle et moi... » C'était signé: « Louis-Napoléon Bonaparte. » A côté de cette proclamation, la circulaire du préfet s'étalait comme un commentaire brutal. Elle disait : « Vous continuerez à rester calmes ; mais si des manifestations hostiles se produisaient, de quelque nature qu'elles fussent, de quelque part qu'elles vinssent, j'userais sans hésiter des pouvoirs qui me sont donnés, car aujourd'hui plus que jamais, *il faut que les méchants tremblent et que les bons se rassurent.* » Les gens lisaient cela d'un air stupéfait, secouaient silencieusement la tête, puis s'éloignaient. Je repris le chemin du bureau. « Ainsi, pensais-je indigné, l'attentat dont on nous menaçait depuis un mois est commis, l'Assemblée républicaine est chassée, la liberté suc-

combe sous un nouveau 18 brumaire !... » J'arrivai
chez le receveur dans un état violent d'ébullition, et je
mis tout le bureau au courant de ce qui se passait. Je
ne me possédais plus : « Cet homme est un criminel,
m'écriai-je, et il a violé la Constitution à laquelle il
avait juré fidélité ; mais la France ne le laissera pas
faire, elle le mettra hors la loi !... » Je m'échauffai si
bien que mon indignation gagna le père D... Il s'emporta à son tour, se drapa dans sa robe de chambre,
et, frappant du poing sur son pupitre, il déclara qu'il
était un vieux soldat blessé à la bataille de Salamanque
et qu'il saurait protester contre l'illégalité... Au moment où les têtes étaient le plus montées, un uniforme
à buffleteries jaunes passa devant les fenêtres, un pas
lourd résonna dans le corridor et un gendarme ouvrit
la porte. — Il vient pour vous arrêter ! chuchota Aurélie effarée. — La chose n'avait rien d'impossible ; je
me rappelais que j'avais fondé avec Laguerre une
société secrète, je me voyais déjà traîné en prison, je
songeais aux angoisses de ma mère et je m'étais rassis,
très pâle, les lèvres serrées. Les autres ne paraissaient
guère plus rassurés que moi, et le vieux soldat de Salamanque ne bougeait plus. — Fausse alerte. Le gendarme venait tout simplement acheter une demi-feuille
de papier timbré...

Les rigueurs annoncées ne se firent pas longtemps
attendre. Les fonctionnaires avaient été sommés de
donner leur adhésion au coup d'Etat. Le père D... dut
s'exécuter ; quelques-uns résistèrent, on les révoqua
impitoyablement. A la préfecture, on préparait des
listes de suspects. Pour peu qu'on déplût aux amis du
pouvoir, on était arraché de sa résidence et transplanté
à cent lieues de sa famille, de ses amis et de ses affai-

res. Je vis arriver à Bar-le-Duc quelques-uns de ces *internés ;* ils erraient dans notre ville, mornes, soupçonneux, taciturnes, ayant toutes les tristesses de l'exil sur le visage ; soumis à la surveillance de la police, ils étaient tenus de se présenter chez le préfet à toute réquisition. Partout les républicains étaient dénoncés, traqués comme un gibier. Les décrets d'expulsion se multipliaient. Victor Hugo était banni. Seule, la presse ministérielle pouvait parler, et encore ne disait-elle que ce qu'on lui soufflait. L'unique journal indépendant de Bar-le-Duc était forcé de soumettre chacun de ses numéros au visa préalable du préfet, et souvent il paraissait avec des colonnes entières en blanc. On se claquemurait chez soi, on ne se parlait plus qu'à voix basse. L'Université fut naturellement la première victime du nouvel ordre de choses. Les professeurs étaient espionnés dans leurs classes ; au moindre mot qui eût une couleur libérale ou qui déplût à l'autorité ecclésiastique, on les révoquait ou on les disgraciait. On le fit bien voir à mon ancien professeur de philosophie, ce même rigide M. D... qui avait si rudement traité mes premiers vers.

C'était un enfant du pays ; il y avait pris femme et y possédait quelques arpents de vignes auxquels il donnait tous ses soins pendant ses heures de loisir. Bon père de famille, esprit calme, correct, modéré en toutes choses, il était dévoué aux devoirs de son professorat qu'il accomplissait comme un sacerdoce. Il n'avait qu'un petit travers : il rêvait de faire un livre, de publier son cours où il avait introduit quelques propositions qu'il croyait originales et qui devaient consolider à jamais l'éclectique édifice de la philosophie spiritualiste. Au commencement de janvier 1852, le volume

parut, imprimé à ses frais, — un formidable in-octavo
de 600 pages, bourré de bonnes intentions et de vertueuses démonstrations. — L'heure était mal choisie,
à la vérité ; mais dans la naïveté et l'honnêteté de son
âme, M. D... ne s'en doutait même pas. Son innocent
manuel n'en fut pas moins regardé comme une provo-
cation ; le clergé s'en émut. A propos de la *Sanction
de la loi morale,* le professeur avait osé — oh ! bien
timidement ! — formuler quelques doutes au sujet des
peines éternelles. Il n'en fallut pas davantage. Le conseil académique s'assembla, le pauvre manuel de philosophie fut dénoncé comme un livre détestable, un
outrage à la morale et à la religion. Huit jours après,
nous apprîmes que le brave homme, que nous traitions
de réactionnaire, avait été censuré par le ministre et
nommé régent de quatrième dans un obscur collège du
Nord. Ma rancune de poète ne tint pas contre une
pareille injustice. J'allai immédiatement voir mon
ancien professeur. Je le trouvai dans son petit cabinet
de travail, dont les fenêtres donnaient sur l'Ornain. Il
était très calme, un peu pâle seulement, et tenait ouverte la dépêche ministérielle. — « Voilà ! dit-il en me
la tendant avec un geste résigné ; mon cher enfant,
c'est le moment de se montrer philosophe... Je ne par-
tirai pas, j'ai envoyé ma démission, et je cultiverai
mes vignes, tout simplement. » Il ne partit pas, en
effet, mais le coup avait porté. M. D... traîna deux ans,
accablé, désorienté, ayant l'air d'une plante déracinée.
Un matin, il s'éteignit dans son cabinet de travail,
devant son manuel ouvert, se demandant pour la cen-
tième fois comment on avait pu condamner aussi durement la philosophie spiritualiste.

VII

ANNÉES D'APPRENTISSAGE. — ÉTUDES ET LECTURES. — LES
IDYLLES DE THÉOCRITE ET L'INTERMEZZO DE HEINE. —
L'ÉCOLE DE DROIT.

Les événements qui suivirent le coup d'État de 1851
m'avaient dégoûté de la politique et ramené tout entier
à la littérature. Le bureau m'intéressait peu et me laissait d'honnêtes loisirs que je résolus de mettre à profit.
Je relus mes premiers vers ; je les trouvai mal cons-
truits, mal écrits, pleins de déclamations sentimentales, et je compris que j'avais tout à apprendre.

Comme tous mes contemporains, j'avais subi l'influence de Musset, mais je ne me dissimulais pas que
ces imitations des *Nuits* et de *Rolla* ne me mèneraient
à rien. Un secret instinct m'avertissait que je devais
chercher ailleurs ma voie et que pour apprendre mon
métier je devais remonter aux sources, au lieu de me
borner à l'étude des poètes modernes. Je me mis donc
au régime des écrivains du xvi⁰ siècle ; je lus Amyot,
Montaigne, Ronsard, puis, à travers Mathurin Régnier,
je revins à La Fontaine pour lequel j'avais toujours eu
une prédilection. J'en fis mon livre de chevet, apprenant ses fables par cœur, me plongeant soir et matin
dans cette eau de Jouvence où je trouvais toujours une
grâce et une verdeur nouvelles. Tandis que j'employais

tous mes loisirs à ce travail, un journal me tomba sous
les yeux et j'y appris que l'Académie française mettait
au concours pour 1853 un poème sur l'*Acropole d'A-
thènes*. J'étais encore sous le charme des *Poèmes antiques* de Leconte de Lisle ; le sujet me plut et je résolus
de concourir. J'avais promis de ne plus écrire dans les
journaux de la localité, mais je n'avais nullement
renoncé à rimer, — au contraire ! — Je me dis que si,
par hasard, j'obtenais un prix académique, ce succès
officiel ferait revenir ma famille de ses préventions et
la déterminerait peut-être à me laisser suivre ma vocation poétique. Immédiatement je me mis à l'œuvre et
je méditai longuement sur la façon dont je traiterais
mon sujet. Mais dès que j'en vins à élaborer un plan, je
compris que je ne pouvais entreprendre un pareil travail sans études préalables et qu'avant de chanter
Athènes, il fallait lire les poètes grecs. Je ne connaissais d'eux que les fragments qu'on m'avait fait expliquer au collège, c'est-à-dire que je les ignorais à peu
près complètement. Heureusement, j'avais à ma disposition la bibliothèque municipale, qui contenait une
collection des classiques grecs. J'en devins l'hôte assidu
et, m'aidant de traductions, j'arrivai peu à peu à lire
l'*Odyssée*, Eschyle, Sophocle, Aristophane. Ce fut un
ébouissement. Insensiblement l'antiquité grecque se
révélait à moi dans son impeccable et sereine beauté.
Je n'oublierai jamais les joies littéraires que je goûtai,
pendant les après-midi des dimanches, dans ces hautes
salles solitaires, meublées de livres, dont les fenêtres
donnaient sur le faubourg de Véel et les vignobles de
Corotte. J'entendais le tintement des cloches de vêpres ;
le silence dominical emplissait les rues, et au loin, dans
les vignes déjà empourprées par l'automne, je distin-

guais le bruissement sourd des sauterelles grisées de
soleil. Moi aussi, j'étais grisé par le vin parfumé de la
poésie grecque et, pris d'enthousiasme, je déclamais
tout haut les plus beaux passages des chœurs d'Aristophane : — « Nuées éternelles, du sein de l'Océan,
notre père, élevons-nous en buées diaphanes et légères,
sur les montagnes ombragées de forêts, d'où se décou-
vrent au loin les hauts promontoires, la terre féconde
en fruits, le cours des fleuves et la mer retentissante. »
— J'avais comme une vision de l'Attique, je me croyais
transporté à l'ombre des platanes et des myrtes, « dans
les jardins consacrés aux Grâces ».

Mais je dus ma meilleure surprise à la lecture de
Théocrite que j'ignorais totalement. Ce poète si artiste,
si vrai dans ses paysages, si imprégné d'un sentiment
tout moderne, fut pour moi une révélation. Je ne quit-
tais plus le volume des *Idylles,* je l'emportais dans mes
promenades, j'en traduisais des fragments entiers, que
je retrouve épars dans mes cahiers ; je m'exerçais à
rendre en vers français la couleur et le relief, le mouvement et le sentiment de certains morceaux qui m'a-
vaient le plus frappé.

Les *Magiciennes,* les *Grâces,* les *Pécheurs,* les *Syra-
cusaines* me transportaient en plein dans la civilisation
grecque du temps de Hiéron et des Ptolémées. Je
vivais parmi les paysages de la Sicile, je me mêlais
intimement à l'existence familière, aux passions, aux
superstitions des paysans, des courtisanes et des bourgeoises de l'époque alexandrine. Mon vieil amour pour
la mythologie me revenait au cœur, et je me débau-
chais de nouveau en compagnie de Phœbus Apollon,
d'Aphrodite, du dieu Pan et des nymphes. Je me souviens d'une claire matinée de septembre où je m'étais

enfoncé avec mon Théocrite en poche sous les futaies
du bois de Massonge. Partout régnait une ombre amoureuse, une paix embaumée et assoupissante. Ce n'était
pas cependant l'absolu silence ; au contraire, de menus
bruits se faisaient entendre, comme si des êtres invisibles eussent erré sous les feuillées. Tantôt un glouglou
de source chantait comme une voix rieuse, tantôt du
faîte d'un arbre creux partait un tac ! tac ! sourd et
redoublé, pareil au choc léger des doigts d'une dryade
heurtant l'écorce qui la tenait prisonnière... Je n'avan-
çais qu'avec un religieux respect sous les fûts argentés
des grands hêtres, me figurant à chaque instant que
les divinités forestières allaient me barrer la route en
enchevêtrant dans les cépées les tiges flexibles des
ronces et des chèvrefeuilles. J'arrivai à une clairière
où, sous la fraîche retombée des hêtres, s'étendait une
herbe bleuâtre encore humide de rosée. Le gazon semblait avoir été foulé récemment par des pieds nus, par
des rondes de nymphes dansant aux blondes lueurs du
matin... Et parmi l'herbe je vis tout à coup une guir-
lande d'asters violets tressés avec des brins de jonc.
Cette chaîne de fleurs à demi brisée avait l'air d'être
tombée des cheveux dénoués de Dryope ou de Lycoris.
Je la ramassai pieusement, et le parfum automnal des
asters me donna comme une hallucination antique. Je
croyais entendre la flûte d'un faune au fond des clairières vaporeuses, et des rires de Napées dans les branches retombantes. Je souhaitais d'avoir en main une
rustique coupe de hêtre sentant encore la fraîche odeur
du bois ; j'aurais voulu l'emplir de la sève des plantes
sauvages et la lever haut dans l'air pour faire une liba-
tion sacrée au dieu Pan et au chœur des nymphes invisibles...

Ce fut dans ces dispositions d'esprit que je composai mon poème sur l'Acropole. Ce poème de près de quatre cents vers n'était qu'un long dithyrambe en l'honneur du polythéisme grec, une glose enthousiaste de deux vers de Sainte-Beuve :

> Vieux paganisme antique, est-tu mort ? On le dit,
> Mais Pan tout bas s'en moque et la Sirène en rit.

Plein d'espoir, vers la fin de décembre 1852, j'expédiai mon manuscrit au secrétaire perpétuel ; puis j'attendis patiemment le jugement de l'Académie, avec la conviction naïve que mes vers ne pourraient manquer d'être remarqués.

J'avais grand besoin de ce travail pour me distraire d'un gros chagrin qui m'était tombé sur le cœur. Depuis le départ de miss C... pour l'Angleterre, je recevais de loin en loin de ses nouvelles. Ses lettres étaient tristes et découragées. Elle s'y plaignait de sa santé gravement altérée par ce séjour hivernal au milieu des brouillards de Londres. Sa correspondance ayant cessé tout à coup, je venais d'apprendre par des amis communs que miss C... était morte en Poitou où elle avait regagné la maison de son oncle, à l'entrée de novembre...

Après ces studieux et mélancoliques mois d'hiver, le printemps revint et me redonna le goût de l'école buissonnière. En voyant le soleil descendre le long des coteaux de vigne encore nus, je ne résistais guère à la tentation d'aller constater dans la campagne si les premières feuilles commençaient à bourgeonner. A mi-chemin du bureau, j'enfilais une rue détournée et je grimpais vers les bois de la Ville haute, me fiant à l'amitié d'Aurélie pour m'excuser près de son père, le

receveur. Le vieux soldat de Salamanque était plein
d'indulgence, mais ma conduite scandalisait mes collaborateurs, et les employés supérieurs me notaient
comme un stagiaire manquant absolument du feu
sacré.

Un après-midi de mai, j'étais allé ainsi faire mon
stage dans les bois du Petit-Juré, emportant sous mon
bras un tome de la *Revue des Deux-Mondes*. — Je vois
encore la place où je m'installai : — un clair taillis de
cytises et de jeunes sapins où il y avait de l'ombre et
un gazon moelleux. Entre les branches, je pouvais
apercevoir la plaine de Véel couverte de blés verts et,
au-dessus de ma tête, j'entendais la musique des alouettes. J'ouvris la *Revue* nonchalamment et mes yeux
s'arrêtèrent sur une page qui portait pour titre : l'*Intermezzo*. C'était une traduction d'un cycle de poésies de
Henri Heine par Gérard de Nerval. Dès que j'eus lu
deux de ces petites pièces, je fus ensorcelé. Ces courts
poèmes, d'une intimité profonde, d'une passion ardente,
d'une ironie aiguë, me donnèrent un frisson nouveau.
Je ne connaissais jusque-là rien de Heine, et je devins
dès cet après-midi l'un de ses fervents admirateurs. Je
pressentais que la traduction, si excellente qu'elle fût,
avait dû laisser évaporer une part de la rare saveur de
cette poésie, et, comme je savais un peu d'allemand,
dès que je rentrai en ville je chargeai un libraire de me
faire venir le *Buch der Lieder*. Une fois en possession
du précieux volume, je ne le quittai plus, délaissant
pour lui mes poètes grecs et latins. Du reste, cette nouvelle lecture ne me changeait pas trop d'atmosphère,
car il y a du grec et du païen à forte dose dans Henri
Heine. Ce fut ce mélange de paganisme antique et de
passion moderne qui m'enthousiasma. Je me mis à tra-

duire les petits poèmes de l'*Intermezzo* et de la *Heim-kehr*, et cette occupation remplit tout mon été. Non seulement les vers du lyrique allemand me donnaient une véritable ivresse intellectuelle, mais j'y retrouvais justement un écho de mes propres peines de cœur.

Tandis que je me délectais en compagnie de Henri Heine, le mois d'août arriva, et avec lui la séance annuelle où l'Académie distribuait ses prix. Je me précipitai avec un battement de cœur sur le journal qui contenait le rapport de Villemain, — et j'y lus, non sans une mortifiante déception, que le concours de poésie avait été trouvé si faible que l'Académie n'avait pas jugé à propos de décerner le prix. — Ce fut une amère déconvenue. J'avais compté sur le succès de mon poème pour déterminer ma famille à me laisser aller à Paris ; il fallait maintenant renoncer aux châteaux en Espagne que j'avais édifiés un peu à la légère. Je ne me sentais nullement d'humeur à concourir de nouveau pour une couronne académique, et cependant j'avais la conviction qu'un séjour au moins momentané à Paris m'était absolument nécessaire. Obligé de vivre complètement replié sur moi-même, n'ayant, dans ma petite ville, personne avec qui parler de mes lectures, de mes préoccupations littéraires et de mes travaux, je pressentais que la continuation de ce régime d'isolement me deviendrait promptement funeste. — On constate, en physique, qu'entre des objets placés dans un même milieu et possédant un calorique différent, il s'établit à la longue un équilibre de température. Il en est de même pour les esprits ; ils finissent forcément par subir l'influence du milieu ambiant et par s'équilibrer moralement avec leur entourage. Or, sans trop me faire illusion sur ma valeur personnelle, je prévoyais très bien que, dans l'espèce, cet équilibre s'établirait à mon détriment. Je me répétais avec effroi le mot de Balzac : « Tout écrivain qui reste en province, passé trente ans, est perdu pour l'art », et, avec la vaniteuse présomption du jeune âge, je me demandais comment j'arriverais à me préserver de cette déchéance.

A force de chercher, je trouvai un biais qui me parut fort ingénieux. Je savais que dans l'administration où je venais d'entrer l'étude du droit était très encouragée. On accordait facilement des congés et même certains privilèges aux jeunes surnuméraires qui prenaient leurs inscriptions et acquéraient le grade de licencié. Je tâtai le terrain et, le trouvant favorable, je résolus de décider ma famille à me faire commencer mes études de droit. De cette façon, je pourrais tous les trois mois aller me retremper à Paris et y séjourner longuement à l'époque des examens. J'écrivis à mon père afin de lui demander son autorisation. L'excellent homme était trop enchanté de me voir mordre enfin aux « études sérieuses » pour mettre opposition à un aussi louable dessein. Il m'envoya les subsides nécessaires et, le 2 novembre 1853, j'allai à Paris prendre ma première inscription à la Faculté de droit.

VIII

En ce mois de novembre 1853 où je commençai mes
études de droit, je note un gai pèlerinage fait à Marly-
le-Roy, pour y chercher l'extrait de mon acte de nais-
sance, que je devais produire au secrétariat de la
Faculté. Par une givreuse matinée d'arrière-saison, je
revisitai ce bourg où j'avais eu mes premières impressions d'enfant et que je n'avais pas revu depuis 1838.
De Saint-Germain, je gagnai Marly par un chemin de
traverse qui coupe les vignes. Les vendanges venaient
à peine de finir, et l'air, légèrement brumeux, était
encore imprégné d'une molle odeur de vin doux. En
descendant la Grande-Rue, je reconnaissais au passage
des façades familières et des seuils où j'avais joué avec
les marmots du bourg. Je trouvai une bonne et chaude
hospitalité chez un vieux médecin qui m'avait déjà reçu
jadis à mon arrivée au monde, et qui prit plaisir à me
conduire dans les coins où j'avais couru tout enfant. Je
revis l'*Abreuvoir*, *Cœur-Volant*, Louveciennes. Tous
ces noms éveillaient en moi d'intimes souvenances à
demi oubliées. Je parcourus la forêt aux futaies jau-
nissantes, et j'entendis de nouveau ce bruit mat des
châtaignes tombant sur la mousse, qui était un des

souvenirs les plus nets de ma quatrième année.

J'étais descendu à l'hôtel Corneille, où logeaient plusieurs de mes compatriotes, et je m'initiais avec un enthousiasme enfantin à la vie d'étudiant. En ce temps-là, le vieux quartier Latin existait encore, et la vie y était plus intime, plus concentrée, plus simple qu'aujourd'hui. Le boulevard Saint-Michel n'était point percé, le Luxembourg s'étendait en largeur jusqu'à la rue Monsieur-le-Prince, et occupait tout l'espace bordé par les deux grandes rues de l'Est et de l'Ouest, qui se rejoignaient à l'Observatoire. Les étudiants peuplaient les vieilles rues Saint-Jacques, La Harpe, des Mathurins-Sorbonne et des Grès; ils s'y sentaient mieux chez eux, s'y tenaient davantage et passaient plus rarement les ponts. — Nous menions, mes compatriotes et moi surtout, une vie très casanière. Notre bourse, très peu garnie, ne nous permettait pas de coûteuses distractions; de loin en loin, nous nous permettions une soirée à l'Odéon, ou au café du Luxembourg, situé au coin de la rue Monsieur-le-Prince et de l'ancienne place Saint-Michel. Je faisais de longues stations au cabinet de lecture de Julia Morel, où je lisais les *Proverbes* d'Octave Feuillet et les romans d'Henry Mürger, alors en pleine vogue. Nous déjeunions frugalement dans nos chambres haut perchées, nous dînions rue de La Harpe et, le soir, nous prenions le thé devant un maigre feu de coke. Ce fut au milieu de ces honnêtes distractions qu'un camarade, fraîchement débarqué de Bar-le-Duc, m'apprit que je venais d'être nommé surnuméraire à D.....

La nouvelle était malheureusement exacte et je n'avais pas lieu de m'en réjouir. D....., situé à deux lieues de la frontière belge, passait à juste titre pour

une résidence peu enviable. Je fis tristement mes
paquets et je me rendis en rechignant à mon poste, où
j'arrivai par une pluvieuse matinée de janvier. D.....
est divisé en ville basse et ville haute ; mais, à cette
époque, la ville haute, fortifiée par Vauban, était
exclusivement habitée par le personnel administratif.
Je m'y acheminai par une série de sentiers en zigzag
qu'on nomme *les Rampes*. Au sommet de cette montée
je traversai deux ou trois passages voûtés, séparés par
des escaliers et des cours noires où la pluie ruisselait.
Il me semblait que j'entrais dans une prison. Après
avoir franchi une dernière voûte, je débouchai sur une
place bordée par l'église, l'hôtel de ville, la sous-préfecture et une dizaine de maisons. — Un peu plus tard quand
je voulus voir ce qu'il y avait derrière cette place, je
m'aperçus que c'était là toute la ville, et qu'il n'existait plus au delà que des casernes, des magasins militaires et le rempart. — J'avais repris la chambre de
mon prédécesseur, située en face de la mairie ; j'y fis
porter mon petit bagage, puis j'allai déjeuner mélancoliquement à l'hôtel de l'*Ours*, un hôtel bien nommé,
solitaire et obscur, où ne descendait que rarement un
voyageur et où j'avais pour unique commensal un
vieux juge sourd comme un mur. Après déjeuner, la
pluie ayant cessé, je me promenai sur les remparts. On
en faisait le tour en dix minutes. De là, la vue plongeait sur des prés où serpentait une rivière jaunâtre et
sur des collines dont la nudité grise était çà et là coupée
par des bois sombres. Un brouillard planait sur ce
morne horizon et en adoucissait un peu les lignes
sévères et monotones. Je me sentis envahi par une
nostalgique tristesse. Je regagnai ma chambre, j'y
allumai du feu et, les pieds sur les chenets, je me mis

à relire mon La Fontaine, pour égayer ma mélancolie.

Derrière les triples murailles de cette forteresse, je
me voyais horriblement seul, privé de tout commerce
intellectuel; le bruit de Paris, quitté l'avant-veille,
résonnait encore à mes oreilles, et cela me faisait plus
durement sentir la somnolence de la petite ville,
qu'interrompaient seulement, de loin en loin, de
brèves sonneries de clairons ou de sourds roulements
de tambours. Le soir, à huit heures, clairons et tambours sonnaient la retraite, et je les écoutais avidement
jusqu'à ce que ces dernières vivantes rumeurs allassent
se perdre sous la voûte d'une caserne. Peu à peu, les
lumières qui étoilaient les façades s'éteignaient; la
cloche de l'église tintait à dix heures moins un quart
pour annoncer la fermeture des portes, puis la ville
haute s'ensevelissait en un plus profond silence, et je
n'entendais plus que le piétinement du soldat en faction
devant la mairie.

Dès le lendemain de mon arrivée, je m'étais installé
au bureau du receveur — une pièce d'aspect grisâtre,
prenant·jour sur une ruelle voisine du rempart. —
Des tables noires, des casiers poudreux supportant
des rangées de registres écornés, quelques sièges
épars, composaient tout le mobilier, avec un coucou
qui battait les secondes dans un angle du mur. Sur une
chaise de paille, un chien griffon qui se mourait de
vieillesse et répondait au nom de *Jacques* dormait
attaché; il bougeait si peu qu'il semblait lui-même
faire partie de l'antique et vermoulu mobilier. Le
receveur, M. H..., avec sa barbe blonde, ses yeux bleus
très doux, sa figure calme et rosée, son léger accent
alsacien, avait l'air d'un brave homme. Je lui avais
fait visite dès la veille, et il m'avait présenté à sa

femme ainsi qu'à ses filles, deux blondinettes de six à
huit ans, Mme H... comptait trente ans à peine, mais
au premier aspect on lui en eût donné cinquante.
Frêle, maigre, le teint fané, elle avait des cheveux
déjà blancs. Elle en formait deux grosses papillotes
qui encadraient de leur neige précoce des traits fins,
d'une délicatesse un peu maladive. Toute sa jeunesse
s'était réfugiée dans ses yeux d'un bleu limpide et profond. Elle avait une timidité presque sauvage; j'étais
moi-même réservé et peu communicatif, de sorte que
cette première visite me laissa une impression de froideur et que je ne fus guère tenté de la renouveler. Les
choses en seraient restées là probablement, n'eussent
été les fillettes, qui servirent de trait d'union entre
nos deux sauvageries. Chaque jour, à midi, le receveur
et son commis allaient déjeuner. Je restais seul au
bureau en compagnie du vieux chien assoupi sur sa
chaise. C'était l'heure que choisissaient les deux petites
filles pour pénétrer dans la pièce maussade où je
m'ennuyais ferme. Elles se tenaient d'abord à distance
et m'examinaient craintivement. Insensiblement elles
s'apprivoisèrent, nous liâmes conversation et je gagnai
leur amitié en leur débitant des contes de fées que
j'improvisais à mesure et qui semblaient les émer-
veiller. Un matin, la mère entra, avec elle pour me
remercier du plaisir que mes histoires procuraient à
ses enfants. Une ou deux réflexions qu'elle hasarda
timidement me révélèrent une nature toute différente
de celle des bourgeoises qui composent d'ordinaire la
société d'une petite ville. Dès ce moment, la glace fut
rompue, et je pénétrai peu à peu dans l'intimité de la
famille.

Avec sa frêle enveloppe et sa figure minée par de

douloureuses névralgies, Mme H... était plus un âme
qu'un corps, mais une âme d'une rare valeur. Elle joignait à une sensibilité vive, à une grande hauteur de
pensée, une sérieuse culture d'esprit et un goût très
sûr. Originaire des environs de Metz, elle connaissait
bien l'allemand et admirait Gœthe et Heine. Notre
commune sympathie pour le poète du *Buch der Lieder*
fut le commencement de notre amitié. Élève de Maréchal de Metz, elle peignait très joliment les fleurs; elle
savait leur donner une physionomie caractéristique et
presque une pensée. Ce fut elle qui m'initia à l'étude
de la botanique; elle me révéla l'intime poésie du
monde des plantes. Mais je dois à cette femme supérieure d'autres initiations encore. Bien qu'elle n'eût
rien d'un bas-bleu, elle comprenait merveilleusement
les belles choses, et elle fut pour moi un guide littéraire excellent. Elle m'ouvrit dans le domaine moral et
poétique des perspectives nouvelles et de plus larges
percées. Au sortir des milieux prosaïques où j'avais
vécu jusqu'alors, elle m'éleva vers une atmosphère
sereine où je me sentis transformé et affermi.

Ainsi, au moment où je me croyais plus séparé que
jamais de la vie intellectuelle et plus désespérément
abandonné à mes propres ressources, une heureuse
étoile me faisait rencontrer cette encourageante et précieuse amitié. J'ai, du reste, expérimenté plus d'une
fois que c'est précisément à l'heure où notre chemin
semble le plus encombré d'obstacles qu'une soudaine
évolution de la fortune nous aide à sortir des broussailles; le tout est de ne point jeter le manche après la
cognée. C'est cette expérience qui m'a préservé du pessimisme aujourd'hui à la mode. Certes, je ne prétends
pas que nous vivions dans le meilleur des mondes pos-

sibles; mais je crois la vie moins amère que nous ne
la faisons. Elle est mélangée de malheureuses et d'heu-
reuses conjonctures, et, la plupart du temps, si nous
savons agir et nous décider à propos, les secondes
servent à corriger les premières. — En somme, le
plus souvent, selon le mot d'Emerson : « L'homme fait
sa vie comme le colimaçon fait sa coquille. » Les maté-
riaux sont jetés pêle-mêle à notre portée; c'est à nous
de choisir ceux qui se trouvent propres ou impropres à
la construction.

Ce séjour à D... qui s'annonçait si mal, compte en
définitive au nombre de mes meilleurs souvenirs de
jeunesse. Je me rappelle encore avec plaisir nos promenades de chaque jour hors des remparts, lorsque
revint la belle saison. — M. H... était un enragé collectionneur de papillons. Dès que quatre heures sonnaient
il fermait méthodiquement son bureau; on déliait
Jacques, le vieux griffon, et l'on partait avec les fillettes pour les *Roches* ou pour le bois de Moncey. Le
dimanche, on poussait plus loin, jusqu'à la forêt des
Onze-Fontaines, qui est située de l'autre côté de la
Chière. Tandis que M. H..., filet en main, poursuivait
un *flambé* ou guettait un *morio*, Mme H... et moi nous
battions les buissons pour trouver de nouvelles plantes.
— Il y a telles fleurs, comme la pulmonaire et la pari-
sette, que je ne revois jamais sans me remémorer doucement nos causeries sous les hêtres, en vue de D...,
que la grise et triple ceinture de ses remparts à pic
faisait ressembler de loin à une ville mauresque. Nous
rentrions à la brune, et la soirée s'achevait en lisant
Faust ou l'*Intermezzo*, tandis que les deux enfants
s'endormaient à demi dans l'enfoncement des grands
fauteuils rouges.

Cette forteresse de D... renfermait en ses hautes
murailles quelques figures intéressantes qui en
égayaient l'austérité. J'avais été pris en amitié par le
greffier du tribunal : un chasseur intrépide, rageur,
aux façons de sanglier, mais brave homme au fond.
Ce bourru bienfaisant, qui faisait de terribles scènes à
sa femme lorsque le dîner était en retard de cinq
minutes, portait le nom pastoral de Némorin. Il orga-
nisait chez lui de petites soirées où l'on mangeait des
gaufres et où l'on dansait en famille. Parmi les invités
se trouvaient la veuve d'un forestier et sa fille. La
veuve, grande, blonde et bien faite, était encore très
séduisante ; la jeune fille, âgée de dix-sept ans à peine,
avait toutes les grâces naïves d'une ingénue. Avec
mes dispositions romanesques, je ne manquai pas de
m'éprendre de toutes deux à la fois. Selon que j'avais
lu Balzac ou Bernardin de Saint-Pierre, je m'enthou-
siasmais tour à tour pour la beauté mûre de la mère
ou pour les yeux bruns candides de l'ingénue. Ces deux
dames habitaient la ville basse et, comme les portes de
la ville haute se fermaient à dix heures, nos soirées
étaient forcément brèves ; mais cette brièveté même
donnait une saveur plus rare à nos plaisirs. Quand la
cloche de l'église tintait à dix heures moins un quart,
nous accompagnions la veuve et sa fille jusqu'à la
poterne, et, pendant ce court trajet, je sentais ma
fièvre d'amour s'accélérer en raison inverse de la distance. Des déclarations me venaient aux lèvres, audacieuses ou tendres, suivant que j'avais au bras la mère
ou la fille, et nous arrivions toujours sous la voûte
avant que j'eusse le temps de les formuler de vive
voix.

Par un beau dimanche de juin, on décida qu'on irait

dîner en pique-nique dans les bois d'Iré-les-Prés, près
d'un arbre connu dans le pays sous le nom du *Chêne
de l'attaque*. Tous les hôtes ordinaires du greffier
étaient de la partie : un avocat à la voix retentissante,
qui ressemblait à Mirabeau et qui se croyait, de par
cette ressemblance, tenu d'avoir des opinions avancées ;
un clerc d'avoué bellâtre et prétentieux, un juge sup-
pléant long comme un jour sans pain, qui chantait des
romances sentimentales ; puis un lot de vieilles et de
jeunes filles. Nous cheminions pédestrement, par
couple, comme une noce de campagne. Pendant le
trajet, je n'eus d'yeux que pour la blonde veuve qui
avait daigné accepter mon bras. L'herbe verte, le
grand air et le soleil me mettaient en verve ; je débitais des galanteries que je trouvais très spirituelles, et
il me semblait que la dame les accueillait avec beaucoup d'indulgence. Elle était tout simplement fort
coquette et respirait avec un égal plaisir l'odeur de
toutes les fleurettes qu'on lui contait ; mais la fatuité
de mes vingt ans m'aveuglait, et j'estimais que les sou-
rires et les œillades de l'aimable blonde m'étaient
spécialement réservés. On arriva et l'on déballa les
provisions. L'endroit était choisi à souhait : un ruisseau, bordé de reines des prés, courait à vingt pas, et
le *Chêne de l'attaque* couvrait de son ombre hospitalière une herbe rase et douillette où l'on pouvait dîner
à l'aise. Tandis que les bouteilles rafraîchissaient dans
l'eau courante, on joua aux petits jeux et l'on dansa
des rondes ; le dîner fut très gai, mais une désillusion
m'en gâta le plaisir. Au champagne, je constatai que
la veuve flirtait avec le clerc d'avoué, et récompensait
ses fades compliments des mêmes souriantes œillades
dont j'avais cru avoir le monopole. Cela me dégrisa et,

au retour, j'offris mon bras à la jeune fille aux yeux
bruns limpides.

Les couples, longuement espacés, marchaient lentement, enveloppés et comme isolés par les premières
ombres du crépuscule. Chemin faisant, l'ingénue cueillait des marguerites et les effeuillait mystérieusement.
Cette opération sentimentale provoquait de ma part
des réflexions qui devenaient de plus en plus tendres
et que la jeune fille accueillait avec un naïf étonne-
ment. Au-dessus de nous, les étoiles se levaient une à
une et, à l'horizon, D... profilait dans la vapeur les
lignes sévères de ses remparts, que dépassait à peine
la pointe d'un clocher. Tout en semant la route de
pétales de marguerites, nous nous confiions de ces
riens qui sont le délicieux prélude de l'amour. En
même temps que je contemplais le lever des étoiles,
j'épiais avec une émotion croissante l'adorable éclosion
de la tendresse dans un cœur de jeune fille. Tout cela
restait très pur, vaporeux et voilé comme le crépuscule.
Ce fut une soirée exquise, mais qui malheureusement
n'eut pas de lendemain, car la semaine d'après, je
quittai D... pour préparer mon premier examen de
droit, et je ne revis plus l'ingénue aux yeux bruns...

J'arrivai à Paris au commencement de juillet, et je
me mis à piocher sérieusement. Il me fallait à tout
prix éviter un échec. Je savais d'avance que mon père
ne plaisantait point et que, si j'étais refusé à mon
examen, il ne m'autoriserait pas à tenter une nouvelle
épreuve. Cela me donnait du courage pour surmonter
les dégoûts des Institutes et du Code civil. Chaque
matin, j'empoignais mon Mourlon et je l'étudiais jusqu'à onze heures; parfois même, je l'emportais avec
moi dans un coin peu fréquenté de la Pépinière, et je

passais mon après-midi à m'enfoncer dans le cerveau
les titres de l'*usufruit* et des *servitudes*. Néanmoins, si
préoccupé que je fusse du succès de l'examen, je ne
perdais pas de vue le véritable but de mon séjour à
Paris, et le soir je relisais les poésies inédites que
j'avais apportées avec moi. En changeant de milieu,
elles me paraissaient avoir perdu une partie de leurs
qualités ; je les repolissais et je les mettais au point,
tout en me demandant de quelle façon je m'y prendrais
pour les faire lire au public. — Depuis deux ans, la
Revue de Paris, fondée par Maxime Du Camp, Théophile Gautier et Laurent Pichat, paraissait à la Librairie
nouvelle de Victor Lecou. Elle était déjà très répandue
et avait la réputation d'être plus accessible aux
« jeunes » que la *Revue des Deux Mondes*. Je résolus
de frapper à cette porte hospitalière, et un soir j'allai
à la Librairie nouvelle demander l'adresse de Louis
Ulbach, le directeur de la *Revue*. On me dit qu'Ulbach
demeurait, 12, rue de Monceau, et qu'il recevait tous
les jeudis.

Le jeudi suivant, ayant mis mes vers en poche, je
partis, fort ému, de la rue Corneille, et je gagnai
pédestrement le logis du directeur. En ce temps-là, le
parc Monceau n'était pas encore livré au public et la
rue de Monceau semblait un quartier perdu. On pouvait
s'y croire à la campagne. A mesure que j'approchais
du but de mon voyage, je sentais mon émoi redoubler.
Louis Ulbach logeait au troisième, dans une maison de
modeste apparence, voisine d'une institution de jeunes
filles. Je grimpai lentement les trois étages, en me
répétant les phrases destinées à expliquer l'objet de
ma visite. Je sonnai timidement. Ce fut Ulbach qui
vint m'ouvrir.

Il achevait à peine de déjeuner et croquait les reines-Claude de son dessert, tout en m'introduisant dans un étroit cabinet de travail dont la fenêtre donnait sur des jardins et sur le parc. — Il avait alors déjà un commencement d'embonpoint et une grasse figure de prélat, éclairée par un regard très fin et un malicieux sourire. Il me vit fort intimidé, se douta de ce qui m'amenait, et me rassura d'un bienveillant geste ecclésiastique. Je débitai d'une voix étranglée mon petit boniment. Je lui contai que j'étais un poète — fort inconnu — arrivant du fond de sa province — et que j'apportais des vers à la *Revue*. Il ne me cacha pas que la poésie foisonnait dans ses cartons, et me montrant dans un tiroir ouvert un monceau de paperasses : « Ce sont, me dit-il, avec un sourire ironique, tous les vers qui attendent leur tour. » Néanmoins, il prit mon manuscrit et le lut séance tenante. Quand la lecture fut achevée, il reconnut que mes trois petites pièces ne manquaient pas d'une certaine grâce ; « mais, ajouta-t-il, vos rimes sont faibles et vous avez certains provincialismes dont il faudra vous défaire ». En même temps, il me signala deux ou trois rimes incorrectes. Dans le Barrois, on prononce de la même façon les désinences *ée* et *aie*, de sorte que je faisais rimer sans scrupule *futaie* et *ensanglantée*.

Je l'écoutais en rougissant, désolé d'être ainsi surpris en flagrant délit d'ignorance. Il vit ma confusion, en eut pitié, et me redonna du courage en m'engageant à revenir le voir et à lui apporter d'autres vers.

J'usai de la permission ; je grimpai plusieurs fois l'escalier de la petite maison de la rue de Monceau ; je trouvai toujours chez Ulbach un accueil cordial et

d'excellents conseils. Il avait débuté par un volume
de vers qui était resté ignoré : ses romans eux-mêmes,
à l'exception de *Monsieur et Madame Fernel*, n'ont
eu qu'un succès d'estime, et il est plus connu comme
journaliste et conférencier que comme romancier. On
a prétendu que le dépit de cet insuccès relatif avait
influé sur son caractère; on l'a accusé de méchanceté
envers des confrères qui avaient mieux réussi que lui.
Pour mon compte, je n'ai jamais eu qu'à me louer de
sa bienveillance et de son amitié. Dans mon souvenir
Louis Ulbach demeure tel qu'il m'est apparu la première fois au troisième étage de la rue de Monceau,
avec sa grasse figure ecclésiastique, son œil fin, ses
souriantes et gourmandes lèvres de prélat, qui cro-
quaient si joliment des reines-Claude. Quelque chose
du suc et du fondant de ces savoureuses prunes est
toujours resté depuis dans nos relations de confrère à
confrère.

Vers le 15 août, je passai mon premier examen de
droit. Ce ne fut pas brillant, mais enfin je fus reçu
avec deux *rouges* et une *blanche;* et, comme un
bonheur n'arrive jamais seul, en rentrant chez moi je
trouvai un numéro de la *Revue de Paris* où l'un de
mes petits poèmes était publié.

6

IX

LA JEUNESSE EN PROVINCE — BOISFLEURY — PÉRÉGRINATIONS ADMINISTRATIVES

Pendant que je préparais mes premiers examens de droit à Paris, mon père obtenait enfin la conservation des hypothèques de Bar-le-Duc et la famille H... quittait D... Peu de temps après, je profitai moi-même d'une vacance et je vins achever mon surnumérariat à Bar. A mon retour, je trouvai le chef-lieu terrifié par l'invasion du choléra. Il mourait trente personnes par jour et, dans une ville de quinze mille âmes, cette mortalité anormale mettait l'effroi au cœur des survivants. Les cloches ne sonnaient plus pour les enterrements, qui se faisaient en hâte et d'une façon quasi clandestine. Les maisons gardaient leurs portes et leurs volets clos, les rues étaient désertes, et chaque soir on y allumait de grands feux de genévrier, dont les flammes fumeuses ajoutaient je ne sais quoi de tragique à l'aspect désolé des carrefours taciturnes que de rares passants traversaient d'un pas précipité. L'épidémie sévissait surtout dans les faubourgs habités par les tisserands et les ouvriers des filatures. Comme les médecins étaient sur les dents, on avait organisé à la mairie un comité chargé de visiter les malades, de centraliser les demandes de secours et de donner chaque

nuit les indications nécessaires aux docteurs. Des
jeunes gens appartenant à la bourgeoisie s'étaient
spontanément offerts pour ce service. Parmi eux, je
retrouvai plusieurs anciens condisciples qui venaient
de terminer leurs études de droit ou de médecine. Les
uns médicamentaient les indigents afin de se créer un
embryon de clientèle, les autres travaillaient chez le
notaire ou l'avoué auquel ils espéraient succéder,
quelques-uns avocassaient au tribunal. Tous avaient à
peu près le même âge que moi, tous regrettaient la vie
parisienne qu'ils venaient de quitter et d'où ils rap-
portaient, avec une culture littéraire assez développée,
des goûts de libre discussion et d'indépendance, dont
les habitudes provinciales gênaient fort l'expansion.
Bientôt s'établit entre nous une étroite intimité qui se
continua après la disparition de l'épidémie et qui
charma nos soirées d'hiver.

Nous ne fréquentions ni les cafés ni les cercles du
cru, nous nous préservions soigneusement du contact
des philistins, vivant à l'écart entre nous, et formant
un petit groupe très fermé. Ce fut le commencement
d'une sorte de cénacle qui nous isola du reste de la jeunesse locale et nous préserva de l'influence endormante
ou débilitante de la province. Pendant le jour, nous
nous retrouvions fidèlement, aux mêmes heures, sur
les trottoirs d'une longue rue plantée d'arbres, qui
sert de promenade aux indigènes ; le soir nous réunissait au coin du feu. Nous avions offert notre concours
à la bibliothèque municipale, ce qui nous permettait
d'avoir des livres à discrétion, et, comme nous étions
très amoureux de théâtre, nous organisions à huis clos
des représentations où nous jouions pour nous-mêmes
des saynètes à deux ou à trois personnages. Quand

revint la belle saison, nous nous prîmes d'un goût
très vif pour la campagne, et nous éprouvâmes le
besoin de changer nos quotidiennes réunions en de
vagabondes déambulations à travers champs.

Un matin d'avril, pendant une de ces promenades
nous fîmes halte dans un petit bois de bouleaux et de
sapins, situé au sommet de la *Chalaide* de Véel, à une
demi-lieue de la ville. Ce boqueteau, clos de haies
vives et contenant environ deux hectares, semblait
délaissé par le propriétaire; les arbres y avaient
poussé à la bonne aventure, les sentiers étaient devenus
des fourrés et l'herbe envahissait les allées. Il nous
plut précisément par cet air d'abandon et de sauvagerie. On y trouvait une maisonnette, un grand chaume
rustique servant de salle à manger, une citerne et
même un potager où ne croissait que de la folle avoine.
Il y avait surtout une ombreuse avenue de sapins,
bordée de fin gazon, étoilée de stellaires blancs, qui
nous séduisit. Nous découvrîmes que ce coin de bois
abandonné appartenait à l'oncle de l'un de nos amis et,
à force de diplomatie, nous obtinmes qu'il nous en
accorderait la jouissance. La prise de possession eut
lieu un beau dimanche de mai, et comme *notre*
domaine était, à ce moment, plein de fleurs sauvages,
nous le baptisâmes du nom de « Boisfleury ». A dater
de ce jour, le cénacle s'y rendit assidûment, le matin
dès l'aube, et le soir après dîner. Nous nous propo-
sions de défricher le potager et, chaque matin, mettant
habit bas, nous béchions le sol couvert de mauvaises
herbes. On meubla la maisonnette d'une batterie de
cuisine et de quelques douzaines de vieilles faïences à
fleurs et à coqs, on installa un hamac sous le chaume
— et la colonie de Boisfleury fut fondée. — D'après les

statuts, le nombre des colons — tous célibataires —
était limité à douze ; les élections des nouveaux venus
devaient avoir lieu à l'unanimité, et, pour éviter tout
ferment de discorde, l'entrée du domaine était formel-
lement interdite aux femmes et à la politique.

Joyeux enclos de Boisfleury, maintenant déboisé et
défriché, tu méritais d'être chanté sur le mode épique !
— Il y avait une ombre si fraîche et si aromatique sous
tes allées de sapins, tant de soleil et de fleurs sur tes
pelouses, tant de chansons d'oiseaux, au printemps,
parmi tes fourrés ! — Sifflets de merles, gazouille-
ments de fauvettes, appels sonores et mystérieux du
coucou, trilles flûtés des loriots. — Du tertre gazonneux
où s'ouvrait ta porte à claire-voie, on apercevait les
rondes collines de la vallée de l'Ornain, toutes drapées
de vignes vertes, et l'on distinguait les pointes des
clochers de la Ville haute. — Dans les après-midi d'été,
il régnait en ce coin de terre un profond silence. Assez
souvent, tenté par cette ombre silencieuse, je fuyais le
bureau, et je venais travailler sous bois à une nouvelle
qui s'appelait le *Mariage d'Urbain* et qui n'a jamais vu
le jour. Une fois même, la soirée était si tiède, le ciel
si fourmillant d'étoiles, que je me décidai à passer la
nuit en plein air. Je me couchai dans le hamac, sous le
chaume, et je m'y endormis délicieusement, bercé par
le susurrement des sapins. Le réveil fut exquis. Des
centaines d'alouettes montaient en chantant dans la
plaine de Véel et leur musique aérienne me mettait
l'âme en joie...

Et les colons de Boisfleury !... Il faudrait les célébrer
dans un dénombrement à la façon homérique. Chacun
d'eux avait une individualité bien marquée et portait
un surnom qui résumait les traits de cette originale

physionomie. — Le *Docteur* était un mystificateur de
premier ordre : svelte et alerte, le nez au vent, l'œil
et la lèvre ironiques, il passait son temps à inventer
des charges, se relevait la nuit pour planter des
salades monstres ou des asperges en branches dans le
potager, et, le lendemain, d'un air de pince-sans-rire,
nous complimentait sur la fécondité des jardins de
Boisfleury. A ses heures de loisir, il élevait des héris-
sons et préparait un traité pour démontrer les vertus
domestiques et sociales de cet animal. — Le *Guichetier*,
détenteur des clefs et de la caisse de la colonie, était
pharmacien de son métier ; il en abusait pour faire
avaler aux colons des sirops inédits et d'étranges
liqueurs de son invention. — *Norellas*, brun, trapu,
méditatif et taciturne, n'avait eu qu'un rêve : entrer au
théâtre et débuter dans les rôles comiques. Il était prosaïquement stagiaire chez un avoué, et s'en dédomma-
geait en se faisant l'impresario de nos fêtes théâtrales.
Condamné à une profession casanière, il employait son
temps à combiner des projets de voyage à pied, dans
les Vosges, à étudier des plans et à piocher le guide
Joanne. — Le *Mousquetaire Aramis* avait par contre
des goûts sédentaires ; délicat, tiré à quatre épingles,
il soignait sa santé, ne faisait que de courtes apparitions
à Boisfleury et ne s'asseyait jamais sur l'herbe, par
peur des insectes et de l'humidité. — L'un des plus
remarquables membres de la colonie était un grand
garçon robuste, rose, blond, timide, solidement charpenté et d'une force herculéenne — un géant, mais un
bon géant. — Il vous maniait un sapin comme une
canne et démolissait une porte d'un coup de poing ; ces
qualités lui avaient valu naturellement le surnom de
Porthos. Avec cela il avait des rougeurs de jeune fille et

des douceurs d'agneau. Son cerveau était farci de doctrines utilitaires, et il ne rêvait qu'au bien-être de
l'humanité. Il se promenait à travers champs, les
poches pleines de graines et de boutures : lorsqu'il
rencontrait un prunellier ou un aubépin, vite, avec
son sécateur et une cire de sa composition, il y greffait
un bourgeon de cognassier ou de prunier ; dans les
friches nues qui s'étendent sur nos plateaux, il semait
à la volée des châtaignes ou des graines de pin, et déclamait tout haut :

> Nos arrière-neveux me devront cet ombrage !

Les châtaigniers et les pins n'ont jamais poussé, mais
la Providence a récompensé Porthos de ses bonnes
intentions, en l'appelant à un poste qui convenait de
tous points à son esprit et à son âme candide — il est
devenu juge de paix dans une petite ville de la Champagne.

Chaque jour, en été, et même très avant dans la
mauvaise saison, le bois de sapins recevait la visite de
quelques-uns des colons. On y allait comme au cercle.
Mais, indépendamment de ces réunions privées, le
cénacle, à certaines dates consacrées, festinait solennellement dans la salle à manger rustique, que *Norellas*
en son amour pour la pompe théâtrale avait surnom-
mée le « Palais des fêtes ». En l'honneur de ces *grands
jours*, toute la colonie faisait l'école buissonnière ; on
plantait là l'étude, le bureau et la clientèle, et la journée
était employée à décorer le domaine. On suspendait
des lanternes vénitiennes dans les arbres, on enguir-
landait de fleurs et de feuillages des lustres de bois, et,
le soir venu, nous nous donnions un dîner de gala,
avec des intermèdes de chant et des comédies improvi-

sées. En ma qualité de rimeur, j'étais chargé de la
partie lyrique, et il me revient encore aux lèvres des
vers que nous répétions tous en chœur sur l'air de
Roger Bontemps :

> Un vieux palais de mousse
> Où se font les festins ;
> Des tapis d'herbe douce
> A l'ombre des sapins ;
> Puis une cave pleine
> D'un vin trop tôt tari ;
> Et gai, c'est le domaine
> Qu'on nomme Boisfleury !...

On ne se séparait guère avant minuit. La gaieté était
bruyante, sans dégénérer jamais en grossièreté. La
sève exubérante de la jeunesse s'y extravasait en chansons, en plaisanteries salées, en charges d'atelier. Nous
nous grisions de paroles et de rires, bien plus que de
vin. Pourtant, emportés par notre verve tapageuse,
ivres de bruit, nous rentrions parfois un peu tumul-
tueusement en ville, sans nous soucier de l'heure
indue ni du repos des habitants. — Une nuit, après
un de ces dîners d'été, nous nous en revenions en
bande, par la rue de la Banque, tenant toute la largeur
de la chaussée et précédés de l'un des nôtres qui jouait
du fifre. Nous chantions en chœur, et le fifre accompagnait les refrains de sa petite voix aigre et perçante.
Tout à coup, à un premier étage, une fenêtre s'ouvre
et un monsieur, en bras de chemise, nous somme « au
nom de la loi » de ne plus troubler la paix publique.
— Nous avions oublié que nous passions devant le
logis du commissaire de police. — Les chants et la
musique cessent un moment, puis reprennent de plus
belle, cent pas plus loin, et se continuent irrévéren-

cieusement à travers la ville endormie ; mais, au
détour d'une rue, le commissaire reparaît, en uniforme
cette fois et accompagné d'un sergent de ville. Il saute
sur le malheureux fifre, lui confisque son instrument et
se met en devoir de verbaliser. Sauve qui peut !... La
bande s'égaille, enfile des ruelles, gagne la campagne,
en conspuant l'officier de paix. A travers les huées, on
distinguait surtout la voix de clairon du gigantesque
Porthos. Le futur juge de paix arpentait les vignes ; il
avait déraciné un jeune cerisier et, le brandissant,
il criait tout du haut de sa tête : « Exterminons les
alguazils !... » Chacun finit par réintégrer son logis.
Mais le fifre, appréhendé au corps, prit peur et se laissa
arracher des aveux. La chose aurait pu mal tourner ; la
police du second empire ne supportait pas qu'on lui
manquât de respect. Heureusement, l'un des colons était
attaché au parquet, et il obtint qu'on étouffât l'affaire...

Comme tout cela est loin, maintenant !... Boisfleury
a disparu. Un ancien boucher enrichi a acheté le bois,
un beau jour, et a jeté bas le chaume et la maisonnette ;
puis il a arraché les arbres, labouré le sol, planté des
betteraves. Maintenant, quand j'y vais en pèlerinage,
j'ai peine moi-même à reconnaître la place où j'ai dépensé
si gaiement trois années de jeunesse. De tous ces compagnons qui avaient failli comparaître en simple police
quelques-uns sont morts, d'autres sont devenus de graves pères de famille. Je garde précieusement dans mes
archives l'album qui contient les portraits des colons et
le compte rendu fantaisiste des fêtes de la colonie. Je le
feuillette de temps à autre, et je donne un souvenir de
gratitude à ce cénacle de Boisfleury, grâce auquel j'ai
pu doubler sans péril le cap scabreux de la vie de jeunesse en province.

Les folles journées de Boisfleury ne m'empêchaient
pas de m'occuper de mes travaux préférés, ni de continuer mes études de droit. Je passais de temps en temps
deux mois à Paris, et j'y préparai successivement trois
examens que je subis sans encombre. J'en profitais pour
porter des vers aux bureaux de la *Revue de. Paris*,
situés rue Louis-le-Grand, où je contemplais avec respect Théophile Gautier se promenant comme un gros
ours ensommeillé dans la salle de rédaction, et où j'étais
accueilli avec une bienveillante bonne grâce par Lau-
rent-Pichat et Maxime Du Camp. La *Revue* publiait de
loin en loin une de mes poésies, et je me trouvais heureux. — L'administration ne me laissait pas non plus
inactif. En qualité de surnuméraire, j'étais chargé
d'aller remplacer dans les bureaux de canton les rece-
veurs en congé. Cela s'appelait « faire un intérim ».
Ces intérims, considérés généralement comme des corvées par mes collègues, avaient cela de bon qu'ils m'i-
nitiaient aux détails familiers de la vie campagnarde.
— Quand il s'agit de discuter ses intérêts avec le fisc, le
paysan, tout à travers ses ruses et ses détours, met
inconsciemment son âme à nu. Les roueries des rede-
vables essayant de payer le moins d'argent possible au
Trésor, les discussions intimes des héritiers à propos
de la succession du défunt, les mœurs originales des
rôdeurs de bois et des délinquants forestiers, tout cela
était pour moi autant de curieux sujets d'études. Je me
disais qu'il fallait tirer parti pour la littérature des
aubaines que m'offrait une profession acceptée à contre-
cœur — et je m'y appliquais de mon mieux.

Pour mon début, je fus envoyé à Varennes-en-Ar-
gonne, la petite ville où Drouet fit arrêter Louis XVI.
Le bureau était situé dans une vieille maison isolée,

entre une cour gazonneuse et un grand jardin à l'extrémité duquel coulait la rivière d'Aire. De l'autre côté de
l'eau, le terrain se relevait jusqu'aux épais massifs de
la forêt d'Argonne, qui bordait l'horizon. C'était la première fois que je tenais une caisse, et l'idée d'être res-
ponsable des deniers de l'Etat me mettait martel en
tête. Je me couchais avec un sac d'écus sous mon tra-
versin, et, la nuit, je me réveillais en sursaut, redou-
tant toujours d'être dévalisé dans cette grande bâtisse
abandonnée, où rien ne fermait, ni portes ni volets. —
Mais on s'habitue à tout, et la crainte même s'affaiblit
par le retour régulier des mêmes vaines inquiétudes.
Au bout de quelques semaines, je dormais tout d'une
traite et ne me souciais pas plus de ma caisse que d'un
sac de haricots. — Je prenais ma pension au *Grand
Monarque*, une auberge tenue par une veuve, mère de
deux filles, dont la cadette, nommée Lise, était fort jolie :
dix-huit ans, grande, bien faite, la peau blanche, avec
des cheveux châtains, de langoureux yeux noirs et d'af-
friolantes fossettes au coin des joues.

Je ne manquai pas d'en devenir amoureux. Nous
jouions, le soir, aux dominos, quand Clémence, la
sœur aînée, s'absentait ; tout en mêlant les dés, nos
mains se rencontraient, et je m'enhardissais jusqu'à
baiser le bout des doigts de Lise. Elle les retirait lentement, avec des mines scandalisées, car elle était prude
et fort dévote, mais au fond elle ne me rebutait pas
trop.

Le bureau me laissait quelques loisirs, et j'en profitais pour parcourir les gorges de l'Argonne, en compagnie d'un jeune garde général des forêts, qui était mon
commensal. Je rapportais de mes promenades des
bruyères et des branches de fruits sauvages que j'offrais

à Lise, attention qui la flattait et détendait un peu sa pruderie.

Le soir de la Saint-Nicolas, fête patronale de Varennes, il fut convenu que nous irions tous au bal : Clémence, Lise, le garde général et moi. Je m'étais constitué le cavalier de la sœur cadette et je fis mon entrée avec elle dans la salle de la mairie. Pour la circonstance cette grande pièce froide et nue avait été décorée de branches de sapin, et on avait arrosé le parquet raboteux afin d'abattre la poussière. Je m'arrangeai pour danser presque tout le temps avec Lise. Sous l'influence de la musique et de la danse, son cœur de dévote s'attendrissait. Elle livrait sa taille et s'appuyait à mon bras avec un plus mol abandon ; ses yeux pétillaient, un joli sourire creusait les fossettes de ses joues. Cela déplut à Clémence qui faisait tapisserie et qui en était fort dépitée. Elle reprocha à sa cadette son laisser-aller et comme la petite répliquait, elle lui allongea une maîtresse gifle, afin sans doute d'affirmer aux yeux de tous son autorité de sœur aînée. La pauvre Lise s'en alla pleurer dans un coin et je dois dire qu'elle était adorable quand elle pleurait. Ses lèvres ne grimaçaient point, la pureté des lignes de son visage n'était nullement altérée par son chagrin ; seulement deux grosses larmes descendaient de ses cils baissés et coulaient lentement sur ses joues à fossettes. Très ému moi-même, je m'efforçais de la consoler, tandis que le garde général s'employait à pacifier l'irascible Clémence. Enfin les deux sœurs s'embrassèrent en signe de réconciliation, et nous nous en revînmes à minuit, bras dessus bras dessous, par un ciel clair et plein d'étoiles.

L'auberge était obscure et plongée dans un profond sommeil. Tandis que Clémence et le garde général dres-

saient la table du souper, Lise m'emmena dans une
sorte d'office afin d'y chercher une assiette de fruits.
Elle tenait entre ses doigts un minuscule bout de bougie·
et, à la lueur de ce lumignon, elle me parut si jolie que
je ne résistai pas à la tentation de lui appliquer un
baiser sur les joues. Elle poussa un léger cri, laissa
tomber le lumignon; la grande sœur accourut, nous
dévisagea sévèrement, et nos amours en restèrent là,
car mon intérim prit fin quelques jours après.

Longtemps plus tard, en 1876, je parcourais l'Argonne à pied avec Bastien-Lepage. Nous nous arrêtâmes
à ce même hôtel du *Grand Monarque*, et, dans la salle
à manger, je vis une femme de quarante ans — svelte,
brune, fanée, mais gardant encore des restes de beauté
— qui achevait de déjeuner en tête à tête avec un gar-
çonnet de dix à douze ans.

C'était Lise. Nous renouâmes connaissance. Elle
s'était mariée à un négociant qui habitait l'Algérie.
Nous évoquâmes avec un demi-sourire les souvenirs du
temps passé; au bout d'une heure, je pris congé d'elle,
mais pendant le reste de notre course à travers les bois
que rougissait l'automne, je restai hanté par la mélancolie des printemps défunts et des heures de jeunesse
envolées...

Je fus moins chanceux pour mon second intérim, qui
eut lieu en plein été à Damvillers, un chef-lieu de canton situé en pays plat, entre Verdun et Montmédy. Je
m'y ennuyai royalement, et je pris ce bourg en grippe,
sans me douter combien il me deviendrait cher par la
suite, grâce à l'amitié de Bastien-Lepage, qui y est né
et qui l'a illustré. Le bureau me donnait peu de besogne; je n'avais aucune ressource de conversation ni de
lecture; il me fallait faire plus d'une lieue en plein

7

soleil pour gagner les bois, et cela m'ôtait le goût de la
promenade. Je me rejetai vers la poésie.

Le souvenir de la pauvre miss C… et du triste dénouement de nos innocentes amours me hantait. Je revoyais
à toute heure la pensive figure de ma « pâle verveine »
du Poitou ; je commençai une série de petits poèmes où
je revivais ma vingtième année et où je m'efforçais de
ressusciter mes amours mortes dans le paysage où elles
s'étaient épanouies.

Quand je rentrai à Bar-le-Duc, je trouvai la colonie
de Boisfleury en rumeur. Le *Docteur* et *Norellas* avaient
décidé de mettre enfin à exécution le fameux projet du
voyage à pied dans les Vosges et cherchaient des compagnons de route. Tous les soirs on étalait la carte de
l'état-major sur le gazon et on discutait l'itinéraire. On
devait visiter, sac au dos, Saint-Dié, le col du Bonhomme, le lac Blanc, la Schlucht, les lacs de Gérard-
mer, le ballon d'Alsace et revenir par Strasbourg — le
tout à des prix modérés. C'était tentant, et j'étais fortement travaillé du désir de me joindre à mes amis. Je
venais de passer mon dernier examen de licence, je m'attendais à être prochainement nommé receveur de canton, et, avant d'aller m'ensevelir dans quelque trou de
village, il me semblait doux de me payer quinze jours
de libre école buissonnière. J'enjôlai si bien ma famille
que j'obtins la clé des champs et les fonds nécessaires
pour le voyage. — Un matin d'août, dès la prime aube,
nous montâmes tous trois dans un train qui devait nous
mener à Lunéville. Nous avions pris naturellement les
troisièmes, car notre bourse était légère : nous possédions chacun à peine cent cinquante francs. Norellas
avait décidé que cette somme devait suffire à nous
défrayer, pendant quinze jours, les longues étapes

devant.être faites à pied, et les gîtes choisis dans de
modestes auberges de village.

Cette partie du programme fut exécutée ponctuellement, car sur dix nuits nous en passâmes au moins
cinq dans des greniers à foin. Ayant tous la tête farcie
des *Voyages en zigzag* de Topffer, nous avions poussé
jusqu'à l'exagération la simplicité de nos costumes de
touristes : blouse grise, feutre mou, sac de toile, guêtres
de coutil et la gourde en sautoir ; pour plus de couleur,
le *Docteur*, toujours facétieux, avait cru devoir chausser
d'énormes bottes de tranchée à courroies de cuir rouge
qui avaient servi à son frère le commandant, pendant
la guerre de Crimée. Cette exagération du pittoresque
faillit nous jouer un vilain tour à Lunéville, où un agent
de police nous prit pour des *camps volants* et nous
somma d'exhiber nos papiers.

A partir de Saint-Dié, on dit adieu aux voitures, à la
vie civilisée, et l'on s'enfonça au cœur de la montagne.
Pendant dix jours, nous menâmes une vie de Bohême à
travers monts et vallées, au bord des lacs et sur les
chaumes des ballons ; — dormant sur la paille des
granges, soupant avec les paysans, déjeunant d'airelles
et de framboises, lavant nous-mêmes nos chaussettes
au fil des ruisseaux. — L'écumeuse fraîcheur des cas-
cades ruisselant dans les taillis ; le vert miroir des lacs
encadrés de rochers ; les profondes futaies de sapins
aux branches desquels pendaient d'antiques barbes de
lichen ; la rougeur parfumée des fraises sauvages, à
côté de l'épanouissement des balsamines jaunes au trem-
blant éperon d'or ; la magie des levers de soleil, épiés
du haut d'un Ballon et nous découvrant les plantureuses
plaines d'Alsace, le Rhin vermeil, les massifs de la
Forêt-Noire — toute cette féerie des pays de montagnes

était nouvelle pour nous et nous enchantait. — Je me
souviens avec délices d'une halte matinale à Sultzeren,
au pied de la Schlucht. — Le village était éparpillé
sous des noyers, au long d'un ruisseau; les hommes y
cheminaient gravement, coiffés de tricornes et engon-
cés dans de longues redingotes à taille courte; les
femmes, en corsages à bretelles et en jupes vertes,
portaient les cheveux relevés au sommet de la tête
et noués d'un large ruban en forme de papillon noir.
Nous nous croyions transportés dans un conte de
Hoffmann.

A Strasbourg, la proximité de Bade nous tenta. Le
trio se mit en frais de toilette; on tira des sacs les redingotes fripées et le linge blanc, et l'on débarqua fièrement à l'hôtel de la Cour de Darmstadt. Bade était
alors dans tout son éclat. Le spectacle de ces élé-
gances nous tourna la tête; nous fûmes pris d'une
fringale de luxe et de plaisir, et nous résolûmes de
tenter la fortune. Chacun confia vingt francs à *Norellas*,
qui se chargea de les jouer prudemment à la roulette.
Nous comptions sur notre gain pour nous livrer à
toutes les jouissances de la haute vie. Au bout d'un
quart d'heure, notre ami revint la tête basse : nos
soixante francs avaient été raflés par le râteau des
croupiers.

Nous jouâmes ensuite chacun sous notre responsabilité, et je perdis jusqu'à mon dernier florin. Il fallut
qu'un de nos amis de Boisfleury, qui nous avait rejoint
à Strasbourg, me prêtât l'argent nécessaire pour reprendre les troisièmes jusqu'à Bar-le-Duc, où je revins
comme le pigeon de La Fontaine :

> Traînant l'aile et tirant le pied.

A la maison, une désagréable surprise m'attendait. L'administration venait de me nommer receveur des domaines à Auberive, un village perdu au fond des forêts de la Haute-Marne.

X

AUBERIVE. — LA VIE A L'AUBERGE. — MON AMI TRISTAN
LA FORÈT. — DÉBUTS A LA « REVUE DES DEUX MONDES »

J'avais toujours rêvé, pour mes débuts administratifs
d'être envoyé très loin, dans un milieu nouveau, au
fond de quelque pittoresque province du Midi ou de
l'Ouest. Ma nomination dans la Haute-Marne me causa
d'abord une désagréable déception. Auberive ne disait
rien à mon imagination ; je craignais d'y retrouver les
mêmes paysages cent fois vus et les mœurs peu originales des campagnes meusiennes. Je me préparai sans
enthousiasme au départ ; je fis de mélancoliques adieux
aux amis de Boisfleury et je quittai, le cœur gros, ma
famille, qui, elle, au contraire, se réjouissait de la proximité de ma nouvelle résidence et se louait des attentions paternelles de l'administration. Mon père choisit
dans sa bibliothèque ses meilleurs ouvrages de jurisprudence et de droit fiscal et me les donna, en ajoutant
à ce cadeau un sermon sur les devoirs qui incombent à
un agent zélé du Trésor. Ma mère me rappela que dans
ma caisse tout était rangé par douzaines, et qu'il fallait soigneusement replacer en dessous de chaque pile
les chemises rapportées du blanchissage, afin de ne pas
toujours se servir du même linge ; puis tous deux
m'embrassèrent tendrement, et je montais dans le train,

en compagnie d'une antique malle recouverte de poils
de sanglier, qui contenait toute ma fortune.

Je remplaçais un receveur qu'on soupçonnait d'infi-
délité; on l'avait suspendu, et l'employé supérieur
chargé de cette exécution, s'était déjà rendu à Auberive,
où il devait me remettre immédiatement le service.
Sans prendre le temps de souffler, il me fallut filer sur
Langres, où je débarquai dans l'après-midi. Le courrier
était parti, et je me mis à errer par les rues en quête
d'un moyen de transport. Un loueur consentit enfin en
rechignant à me voiturer et, à la tombée du jour, nous
détalâmes dans un mauvais cabriolet, traîné par un
cheval qui s'effarait au moindre accident de terrain. —
C'était, il m'en souvient, le 31 octobre 1856, par un
vent âpre, sous un ciel couleur de suie, ce qui ne contribuait pas à dissiper mes humeurs noires. La route
traversait le plateau de Langres, qui est particulière-
ment nu, glacial et désert. Je songeais que j'allais tomber au milieu d'un service en désordre, et que j'aurais
pour mes débuts un mois au moins de besogne supplé-
mentaire; je savais, en outre, que le bureau était installé dans une auberge, et ce gîte ne me souriait guère.
Cette perspective, assombrie encore par l'aspect désolé
du paysage, me faisait fort mal augurer de ma future
résidence. — Après avoir couru pendant trois lieues sur
cette plaine monotone et pierreuse, la route tout à coup
dévala le long d'une rampe boisée, et je vis se dérouler
devant moi, dans la pénombre, plusieurs plans de forêts
onduleuses, coupées de gorges humides et profondes.
Je venais de plonger brusquement en plein pays forestier, et les bois ne cessèrent plus qu'à l'entrée du bourg.
— L'odeur de feuilles tombées, particulière aux taillis
à l'arrière-saison, la nature mouvementée du sol, l'im-

posante majesté des grands massifs, me rassérénèrent
peu à peu. Je me sentis replacé dans mon élément, et
ce fut de meilleure humeur que je franchis le seuil de
l'auberge du *Lion d'or*.

Je trouvai le vérificateur à table, en tête à tête avec
mon prédécesseur, qu'il saboulait vertement. Ce dernier était petit, malingre, ratatiné et somnolent. La
tenue fort négligée, l'œil atone, il semblait abruti par
trois ans de vie de bureau et d'auberge ; il ne répondait
aux remontrances de l'employé supérieur qu'en pliant
les épaules et en se fourrant dans le nez de copieuses
prises de tabac. Je contemplais avec apitoiement ce garçon de vingt-cinq ans, sans initiative et sans ressort, à
la mine vieillotte, aux vêtements fripés ; je songeais
qu'il était peut-être arrivé dans ce village avec des
rêves ambitieux, de l'entrain, de la jeunesse, et je me
demandais avec effroi : « Est-ce ainsi que tu seras, toi
aussi, dans trois ans ? » — Après dîner, nous montâmes
au bureau ; on passa la nuit à arrêter des comptes fort
embrouillés, puis le lendemain, le vérificateur retourna
à Langres, l'ex-receveur regagna piteusement son pays,
et je demeurai seul dans mon *home* administratif.

J'employai mes premières heures de liberté à visiter
ma résidence. Auberive est un village d'une soixantaine
de maisons groupées au bord de l'Aube, qui prend sa
source dans les bois à une lieue de là. C'était autrefois
une riche abbaye de Cisterciens. Les bâtiments abba-
tiaux, qui existent encore, ont été affectés à l'installation d'une maison centrale de femmes. Une chaussée
plantée de tilleuls centenaires, et bordée de chaque
côté par un bras de l'Aube, relie l'ancienne abbaye à
une confortable habitation moderne et à un grand parc.
Plus haut, sur une sorte de terrasse de rochers, des

maisons bourgeoises et quelques chaumières sont épar-
pillées un peu au hasard. Des vergers et des étangs
s'allongent entre le bourg et les bois qui l'enserrent de
toutes parts. — C'est une solitude forestière arrosée
d'eaux vives, peuplée de braves gens où les bruits mondains et le tapage de la politique n'arrivent qu'à l'état
de rumeurs vagues. — Je l'ai revisitée récemment,
trente ans après l'avoir quittée, et je l'ai trouvée toujours la même. Les vieillards de mon temps dormaient
au cimetière, les enfants étaient devenus des hommes
mûrs, mais le bourg avait conservé son hospitalière et
paisible physionomie dans l'encadrement de ses admi-
rables futaies. — Ce pays sylvestre m'alla droit au
cœur dès le premier jour, et je me promis d'y flâner
avec délices, sitôt que j'aurais rétabli un peu d'ordre
dans le bureau.

Malheureusement la température vint contrarier mes
projets. Le climat est rude à Auberive, l'hiver y est
long et, dans certaines gorges exposées au nord, il gèle
même au mois de juin. Je n'étais pas installé depuis une
semaine que la neige se mit à tomber — une neige
drue, tourbillonnante, qui ne cessa pas durant trois
jours et couvrit les bois, les vergers et les chemins d'une
épaisse couche blanche, haute de plus d'un pied. Pendant un mois, il fut impossible de sortir du village.

Ma vie de bureaucrate commença alors à me sembler
passablement pesante. J'occupais au *Lion d'or* deux
pièces du premier étage : la chambre à coucher, donnant sur le jardin neigeux de l'ancienne abbaye, et le
bureau prenant jour sur une arrière-cour étroite, bor-
née par un mur de soutènement au-dessus duquel on
n'apercevait qu'une bande de ciel blafard. L'auberge
n'était pas précisément le temple de la paix ; fréquentée

7

surtout par des rouliers et des marchands de bois, elle
résonnait du matin au soir de discordants tapages.
L'hôte, un gros Bourguignon, qui ressemblait à frère
Jean des Entommeures, la remplissait la nuit du bruit
d'orgue de ses ronflements ; l'hôtesse, excellente femme
avait le verbe haut et la main leste, et, tout le jour, on
entendait monter les notes aiguës de sa voix de tête,
tandis qu'elle gourmandait ses garçons, deux jeunes
drôles, l'un noir comme une mûre, l'autre blond comme
de l'avoine, et que, pour cette raison sans doute, le
père avait plaisamment surnommés la *Bourgogne* et la
Champagne.

Je mangeais seul en compagnie de mon colossal
maître d'hôtel, dont la conversation roulait le plus souvent sur les crus des vins qu'il avait en cave. Je passais le reste de mon temps dans mon bureau aux
casiers noirs et aux poutres enfumées. La besogne
n'abondait guère, et souvent je ne voyais pas trois con-
tribuables dans la journée. Cette quasi-oisiveté rendait
les heures encore plus longues et plus ternes. Je n'avais
aucun goût à lire les quelques livres que j'avais apportés. Dès mon arrivée, j'avais fait les visites d'usage aux
notables du bourg : maire, notaire, percepteur, juge de
paix ; on me les rendit, et ce fut tout. D'ailleurs, avec
ces braves gens, tous enragés chasseurs, les sujets d'en-
tretien étaient vite épuisés ; les choses qui les intéressaient m'étaient indifférentes. Le curé seul me parut
offrir plus de ressources. Quadragénaire, long, maigre,
légèrement voûté, il avait une mine d'ascète passionné
et intelligent. Son austérité n'était pas néanmoins,
exempte d'un peu de faiblesse humaine ; comme il était
marqué par la petite vérole, il avait la coquetterie de
s'asseoir à contre-jour, afin de rendre moins visible les

trous de grêle dont le visage était criblé. Il mit sa bibliothèque à ma disposition, et j'y pris les *Pères de
l'Eglise grecque*. Ce choix le prévint en ma faveur, et il
vint me visiter; mais mon paganisme ne sympathisait
guère avec son ascétisme intolérant, et nos relations
restèrent toujours cérémonieuses.

Forcément claquemuré dans mon bureau maussade,
je glissais insensiblement au fond d'un ennui noir. Les
heures se succédaient si lentes et si vides, la solitude me
devenait si odieuse, que je me sentais à la veille de
commettre quelque sottise. Je commençais à trouver des
grâces à la petite paysanne boiteuse qui blanchissait
mon linge, et la rougeaude chambrière qui allumait
mon feu me semblait de jour en jour moins répugnante;
je ne voyais plus que ses luisants yeux noirs et la
vigueur de ses vingt ans. J'en arrivais peu à peu à de
lâches compromissions nées de l'intoxication des heures
d'ennui, quand tout à coup la figure veule, morne et
hébétée de mon infortuné prédécesseur se dressa
devant mes yeux. Je fus pris de la peur de devenir semblable à lui et je me ressaisis violemment. Un travail
assidu pouvait seul me sauver. J'empoignai Gœthe et
Théocrite, que j'avais apportés avec moi; je m'imposai
chaque jour des essais de traductions en vers, qui fini-
rent par m'absorber et qui me dérobèrent aux lamentables suggestions des journées de désœuvrement. Je me
remis également à ma thèse de licence, que je devais
soutenir en avril. J'atteignis ainsi la mi-décembre. La
neige s'était fondue, le temps s'était radouci; je pus
sortir, et les marches forcées à travers bois achevèrent
de rétablir mon équilibre moral un moment ébranlé.

Vers la même époque, j'appris que j'avais pour voisin, à Grancey-le-Château, un receveur qui avait fait

son surnumérariat à Montmédy et dont j'avais entendu
parler dans la famille H... Mme H... m'avait lu quelques-
unes de ses lettres, qui révélaient une âme préoccupée
de rêve et de poésie. Il se nommait Camille Fistié, et
je l'ai depuis souvent dépeint dans mes livres sous le
nom de *Tristan*. Je lui écrivis pour lui parler de nos
amis communs, et il me répondit par une cordiale invitation. Trois lieues nous séparaient. Par un clair matin
de décembre, je partis en compagnie d'un facteur rural
qui me servait de guide, car les deux chefs-lieux de
canton n'étaient reliés à cette époque que par des chemins de traverse difficiles à suivre.

Non loin de Grancey, à l'orée du bois de La Faye,
j'aperçus sur la route poudrée de givre un grand garçon de vingt-six ans, vêtu d'un paletot gris et marchant
le nez plongé dans un livre qu'il tenait entre ses mains
gantées de vieux gants de soirée.

— Voici le contrôleur, me dit le piéton en prenant
congé de moi.

J'allai droit au promeneur ganté de gris perle, je me
nommai, nous nous serrâmes la main, et je dévisageai
pour la première fois celui qui fut mon fidèle compagnon de jeunesse et qui est resté depuis trente ans mon
meilleur ami.

Mon collègue logeait comme moi à l'auberge, mais
son auberge — presque un hôtel — était plus calme et
plus confortable que la mienne. Il trouvait dans son
village des ressources de société qui m'étaient refusées;
il pouvait causer littérature avec un jeune avocat fort
lettré, nommé Allix, chez lequel il rencontrait un clerc
de notaire, très épris de George Sand, qui n'était autre
qu'Eugène Spuller. De plus, il avait ses entrées dans le
parc du comte de Grancey — dont le château, bâti dans

le goût du XVIIᵉ siècle, dominait du haut d'une terrasse une magnifique futaie close de murs. Il me promena tout le jour à travers son « domaine » et m'en détailla complaisamment les beautés. Il ne me fallut pas long-temps pour deviner que le receveur de Grancey était, comme moi, piqué de la tarentule littéraire. Je le lui dis, et il ne se fit pas tirer l'oreille pour l'avouer. Le soir, au coin du feu, il me lut quelques-uns de ses essais : des récits très simples et peu mouvementés, de naïfs tableaux de la vie campagnarde, un peu dans le genre des *Histoires de village* de Berthold Auerbach.

A mon tour, je fis part à mon voisin de mes ambi-tions et je lui lus l'ensemble des petits poëmes que j'avais composés à Damvillers. Cet échange de confi-dences et cette communauté de goûts créèrent entre nous une camaraderie que le temps a transformée en une vieille et solide amitié. Nous nous visitions sou-vent. Les veilles de dimanche, nous franchissions à pied les trois lieues de bois qui nous séparaient, et nous passions, chez l'un ou chez l'autre, quarante-huit heures à flâner en forêt et à causer au coin du feu. Que de lyriques promenades faites dans les pâtis de Buxières et sous les futaies d'Amorey ! Que d'enthousiastes veil-lées, à la lueur de la lampe, dans l'obscur bureau plein de vieux registres ! Nous discutions philosophie, nous lisions à haute voix Musset et Gœthe, et parfois nous étions étonnés de voir poindre à la fenêtre les pre-mières blancheurs de l'aube, tant la veillée nous avait paru courte. — Fistié avait de l'humour et un tour d'esprit original, mais son style était embroussaillé d'images trop touffues et de subtilités germaniques ; il n'avait pas, comme on dit aujourd'hui l'*écriture artiste*. Je le poussais à prendre plus de soin de la composition et à nettoyer ses phrases. Lui, en revanche, me faisait mieux sentir l'intime poésie de la nature et me tournait vers l'observation minutieuse de la vie paysanne. Grâce à lui, je devins plus assidûment épris de la forêt, et je m'initiai aux mœurs des gens des bois. J'appréciai alors pleinement les beautés de ce sauvage pays d'Auberive, et je bénis l'heureux hasard administratif qui m'y avait amené. — Les combes ombreuses où de minces filets d'eau sourdaient au fond des entonnoirs feuillus, les fermes solitaires enclavées dans les bois, les silencieux pâtis semés de genévriers, les futaies solennelles comme un temple, les campements de charbonniers ou de bûcherons au revers des coupes ensoleillées ; tout ce monde mystérieux d'arbres, d'oiseaux et de fleurs agrestes, me devint familier et cher. Je m'appliquai à profiter des aubaines que me procurait ma profession d'employé pour pénétrer plus avant dans l'âme des paysans. Je les étudiais en forêt, dans mon bureau, à ma table d'auberge ; je les faisais causer des choses qui les intéressaient, je recueillais leurs chansons rustiques, je notais leurs pittoresques et énergiques expressions patoises ; chaque soir, je rentrais avec une nouvelle trouvaille, et les journées maintenant me semblaient trop brèves.

Le printemps arriva. Ma thèse était prête, et je demandai un congé d'un mois pour l'aller soutenir. Je débarquai à Paris au commencement d'avril ; l'impression et la soutenance de la thèse ne me prirent pas plus d'une quinzaine. Mais dès que je fus débarrassé des soucis de la licence, je m'occupai d'une affaire qui me tenait bien plus au cœur et qui était le véritable but de mon voyage.

J'avais terminé mes poèmes du Poitou. Une dernière

lecture m'avait donné la conviction qu'ils n'étaient pas
sans valeur ; ils formaient un ensemble d'un millier de
vers, et j'espérais frapper un grand coup en les publiant.
J'avais assez pratiqué la *Revue de Paris* pour savoir
qu'elle ne consentirait pas à insérer à la fois mille vers
signés d'un nom inconnu. D'ailleurs je me disais que,
tant qu'à frapper à la porte d'une Revue, mieux valait
tout de suite s'adresser à la plus considérable. Les
chances d'être éconduit étaient les mêmes partout, et
si, par aventure, on accueillait mes vers, j'aurais du
moins le bénéfice d'une grande publicité. La *Revue des
Deux Mondes* était la seule qui donnât de loin en loin
des poèmes d'une certaine étendue et, bien que François
Buloz eût la réputation d'être d'un abord peu facile, je
pensai que la hardiesse d'un débutant se présentant
avec un gros paquet de vers éveillerait peut-être sa
curiosité. Je joignis à mon manuscrit une courte lettre
où je m'excusais de ma hardiesse présomptueuse et où
je priais néanmoins Buloz de lire ou de faire lire mes
poèmes; puis je me dirigeai rue Saint-Benoît, où étaient
les bureaux de la Revue. Arrivé devant la porte cochère
du n° 20, ma timidité me reprit, et je n'eus pas le courage de déposer mon manuscrit à la rédaction. Je me
bornai à l'introduire, non sans peine, dans une massive boîte de bois peint, fixée à l'un des battants de la
porte — et je m'esquivai.

J'attendis dix jours; point de réponse. Mon congé
allait expirer, et je voulais cependant connaître le sort
de mes vers avant de regagner Auberive. Je pris mon
grand courage, je retournai rue Saint-Benoît, j'entrai
tout transi de peur dans les bureaux de l'administration, et je demandai à parler à M. Buloz. C'était le
1er mai, *jour de numéro*, le seul jour où Buloz ne reçût

pas. Cependant un jeune employé nommé Deschamps,
qui est devenu plus tard l'un des plus affables administrateurs de la *Revue*, consentit à aller s'informer si le
directeur voulait me recevoir. Le numéro, sans doute,
avait été bon, et Buloz était d'agréable humeur. Il
daigna m'accorder audience, et je suivis, avec le cœur
palpitant, mon introducteur dans cet escalier et ce jardinet de l'entresol où avaient défilé tant de célèbres
écrivains. Buloz m'attendait debout dans l'une des pièces
ouvrant de plain-pied sur le jardin planté de maigres
lilas.

Je me trouvai en face d'un homme entre deux âges,
le cou planté sur de robustes épaules et portant une
tête chauve, au front intelligent et volontaire, à l'os-
sature massive, à la bouche chagrine.

— Que me voulez-vous ? demanda-t-il brusquement.

Très ému, je lui exposai d'une voix étranglée et timide
l'objet de ma visite.

— Hein ! cria-t-il, je n'entends pas !

Je m'aperçus qu'il était sourd, et qu'il me fallait
hausser la voix, ce qui redoubla mon trouble.

— Je viens, repris-je plus distinctement, savoir des
nouvelles d'un manuscrit que j'ai envoyé il y a dix jours.

— De la prose ?

— Non, des vers.

Ici, un pli dédaigneux des lèvres chagrines :

— Je ne sais pas de quoi il s'agit... C'est sans doute
de Mars qui a reçu vos vers. Avez-vous laissé votre
adresse sur le manuscrit ?

— Oui, monsieur.

— Eh bien, on le lira et on vous répondra... Allez,
mon garçon, allez !

J'étais congédié ; je me retirai gauchement et je me trouvai dans la rue, encore ébaubi.

Je rentrai à Auberive sans grand espoir et, au bout de quinze jours, ne voyant rien venir, je me décidai à redemander des nouvelles de mon manuscrit. Par le retour du courrier je reçus une réponse. Buloz m'écrivait :

« Si vous aviez donné à Paris des instructions pour le renvoi de vos lettres, vous auriez reçu celle que je vous ai écrite à l'adresse que vous aviez indiquée. Je vous y disais que vos vers seraient publiés dans la *Revue*, que nous désirions en causer avec vous et vous demander quelques modifications. Ce serait déjà fait, si vous étiez venu nous voir ; mais vous êtes parti sans rien dire !... »

Pour ne pas avoir l'air trop provincial, j'avais mis sur mon manuscrit l'adresse de l'hôtel où j'étais descendu à Paris, et la lettre de Buloz, arrivée après mon départ, avait été refusée par un concierge oublieux ou indifférent. Mais enfin le mal était réparé, puisque j'avais maintenant la certitude du bon accueil fait à mes poèmes. Je relus vingt fois la lettre brève et bourrue de Buloz, puis, ne pouvant tenir en place, je m'enfuis à travers bois.

Du fond de sa verdoyante tombe des Palatriés, la « pâle verveine » du Poitou m'avait porté bonheur. Mes vers étaient acceptés et allaient être publiés dans le plus important et le plus fermé des recueils français, dans cette *Revue des Deux Mondes* dont l'autorité et la notoriété étaient européennes !... J'étais doublement heureux : d'abord parce que cet accueil fait à mon millier de vers par le difficile Buloz me rassurait sur la valeur de mon manuscrit et me donnait confiance en

moi-même ; puis parce que je me figurais que cette
publication allait aplanir toutes les difficultés de mes
débuts. En province, la *Revue des Deux-Mondes* exerçait un merveilleux prestige sur les bourgeois lettrés et
même sur ceux qui, ne l'étant pas, désiraient le paraître.
Ma famille, qui ignorait la persistance de mes tentatives littéraires, serait certainement flattée en apprenant
que j'étais devenu l'un des collaborateurs de la grande
Revue et n'oserait plus mettre obstacle à ma vocation.
Je me voyais déjà débarrassé de mes entraves administratives, appelé à Paris, — peut-être par Buloz lui-
même, désireux de s'attacher un jeune poète qui donnait des espérances ; — les éditeurs ne me manqueraient
pas, ils viendraient spontanément me demander de
publier mes vers. Je mènerais la vie indépendante de
l'homme de lettres qui gagne honorablement sa vie avec
ses livres... Que de félicités glorieuses je me forgeai
pendant les trois heures enchantées que je passai à
errer sous les hêtres, en caressant dans ma poche la
précieuse lettre de Buloz !

Je retombai dans la réalité en songeant qu'il me priait
de venir à Paris pour exécuter les légères modifications
préalables à la publication. Il en parlait bien à son aise !
Paris était loin, j'étais réinstallé à peine et ma bourse
se trouvait fort dégarnie. Je chargeai un colon de
Boisfleury, devenu Parisien, de passer à la *Revue* et de
s'entendre avec M. de Mars au sujet des changements
exigés. Après quelques pourparlers, les choses s'arran-
gèrent finalement par correspondance. On désirait la
suppression d'une pièce dans laquelle je parlais avec
enthousiasme du *Lac* de Lamartine. Pour certaines
raisons mystérieuses, Buloz avait pris en grippe deux
grands écrivains contemporains, Balzac et Lamartine,

et défendait que leurs noms fussent prononcés dans sa
Revue. Je m'exécutai et, peu de temps après, je reçus
des épreuves que je me mis à corriger avec un saint
respect. Mon poème, comprenant une dizaine de pièces,
avait pour titre *In memoriam*. C'était l'histoire très
simple de mon platonique amour pour miss C... Des
paysages poitevins, peints avec assez de vérité, l'encadraient. Bien des vers étaient faibles, la langue manquait souvent de précision et de fermeté, mais l'ensemble avait plu sans doute au directeur de la *Revue*
par une sincérité émue et une fraîcheur d'impression
qui donnaient à l'œuvre une sorte de beauté du diable.

Je me suis appesanti un peu longuement sur ces
détails, d'abord parce qu'ils prouvent avec quel soin
attentif Buloz lisait tout ce qu'on lui envoyait, avec
quel flair il savait deviner les pages qui annonçaient ou
tout au moins promettaient un écrivain ; — et puis
peut-être convaincront-ils quelques débutants de l'inu-
tilité des recommandations près des directeurs de
périodiques. C'est surtout en littérature et en art qu'il
ne faut s'attendre qu'à soi seul.

In memorian parut dans le numéro du 15 août 1857.
Deux jours après, je reçus un billet de mon ami Tristan :
« Eh bien, m'écrivait-il, vous voilà connu... Avez-vous
déjà vérifié la justesse du mot de Vauvenargues sur
les premiers feux de la gloire, qui sont plus doux que
les rougeurs de l'aurore ?... » J'étais, en effet, à ce
moment-là, illuminé par une charmante lueur d'aube.
Je songeais ingénûment que, tandis qu'au fond de mon
obscure solitude forestière, je relisais mes vers imprimés dans la *Revue* à couverture saumon, cette même
livraison était dans toutes les mains, et mon nom sur
toutes les lèvres. L'envoi du numéro avait été accom-

pagné d'une aimable lettre du secrétaire, M. de Mars,
qui me félicitait et m'engageait à continuer ma colla-
baration à la *Revue*. Je me disais fièrement : « Je suis
de la maison ! » et je me demandais déjà à quel éditeur
je donnerais mon premier volume de vers... Hélas !
cette belle lumière d'aube n'était qu'un mirage, et les
véritables difficultés de la vie littéraire allaient commencer.

Ce premier succès inespéré marquait seulement la fin
de mes printanières, insoucieuses et rêveuses années de
jeunesse. Si j'avais été moins abasourdi par l'émotion
et l'ivresse de ma vaine gloire, j'aurais entendu le
plaintif bruit d'ailes de ces années de grâce, qui s'envolaient pour toujours. Le cycle des illusions candides
se fermait. J'entrais maintenant dans la réalité. J'allais
connaître les angoisses, les découragements, les perpé-
tuels recommencements qui sont le lot des écrivains et
des artistes. Peut-être les raconterai-je plus tard ; pour
aujourd'hui je veux m'en tenir au récit de ces impressions de jeunesse. Je m'y attarde avec une joie mélancolique, pareil à un voyageur qui a gravi les premières
rampes de la montagne, et qui se retourne pour contempler, avec des yeux pleins de regrets, la fraîcheur des
vallées et les lisières fleuries des taillis où il ne revien-
dra plus.

JOURS D'ÉTÉ

JOURS D'ÉTÉ

I

Mes vingt-quatre ans venaient de sonner. Après avoir commencé dans une calme petite ville de province, l'épanouissement de ma prime jeunesse s'achevait dans la profonde solitude d'Auberive, où le bon plaisir d'une administration financière m'avait envoyé gérer le domaine de l'Etat. Au fond de ce village ignoré que trois lieues de forêts isolaient du reste du monde, les semaines et les mois se passaient quiètement, en lectures et en écritures pendant l'hiver; en courses vagabondes à travers bois, dès que revenait le printemps. Là, je communiais dévotement avec la nature, dont chaque saison tour à tour me faisait goûter les changeantes beautés. En été, ce pays sauvage avec ses hautes futaies moutonnantes, ses combes herbeuses, ses fermes enclavées, et ses prairies arrosées d'eaux vives, était pour moi comme une immense forêt enchantée. L'odeur des tilleuls épanouis à l'orée des taillis pénétrait dans ma chambre par la fenêtre ouverte. La nuit, parmi les

vergers prochains, les sérénades des rossignols me ber-
çaient comme une musique de rêve. Le jour, tandis que
le soleil de juin flambait sur les routes blanches et les
prés mûrissants, la futaie me réservait de fraîches retraites d'ombre, où la grâce des floraisons sylvestres
s'étalait partout et où la double note mystérieuse de
l'invisible coucou jetait à travers la fête du mois de mai
un rappel mélancolique. En automne, par de rares journées bleues, la forêt semblait vouloir se donner tout
entière. Elle me prodiguait ses plus opulentes et ses
plus magiques couleurs : la gamme chantante des
jaunes dorés, des rouges sanglants, des bruns fauves
et des violets foncés. Les noisettes, les faines et les
glands pleuvaient du haut des branches et s'éparpillaient avec un son mat sur la terre humectée ; les baies
rouges des senelles et les grappes noires des troènes
foisonnaient dans les fourrés, d'où s'envolaient des
bandes d'oiseaux gourmands, et je m'en revenais grisé
par les parfums pénétrants de l'arrière-saison.

A mesure que les arbres s'effeuillaient et que les
pluies mêlées de grésil, les froids noirs, les tombées de
neige rendaient les chemins impraticables et me cloî-
traient au logis, je me reprenais d'un bel amour pour
mes livres. Les veillées studieuses auprès d'un grand
feu de souches de hêtres succédaient aux flâneries
automnales. Tandis que la neige tourbillonnait au
dehors et que la bise soufflait dans les couloirs de mon
auberge, je traduisais Théocrite. J'essayais de rendre le
plus exactement possible en vers français le charme et
la couleur des paysages de Sicile. Les *Idylles* du poète
de Syracuse remplaçaient pour moi le soleil absent ;
elles mettaient dans mon maussade logis campagnard
un peu de belle lumière et de chaude poésie. Il me sem-

blait entendre sous les pins murmurants la chanson
alternée des bergers, et respirer la savoureuse odeur
d'été qui s'exhale des *Thalysies*. A force de lire *Daphnis*,
les *Magiciennes*, les *Moissonneurs*, je devenais un
païen enthousiaste et convaincu. Quelle sève de vie et
quelle sobre et puissante couleur dans Théocrite ! quelle
grâce et quelle passion ! quelle vaillante robustesse
aussi !

> Le travail, Diophante, est fils de pauvreté.
> L'art s'éveille à sa voix, car la Nécessité
> Ne laisse point dormir ceux qui peinent pour vivre,
> Et si le doux sommeil un moment les enivre,
> Aussitôt les soucis se tenant par la main,
> Chantent à leur chevet un douloureux refrain...

Je me répétais avec délices ce couplet qui clôt la description de la Coupe dans *Daphnis* :

> Au dehors, souple et frais, l'acanthe corinthien
> Se répand sur la coupe et lui sert de soutien.
> Admire ! elle n'a pas encore touché ma lèvre.
> J'ai donné pour l'avoir et ma plus belle chèvre,
> Et du lait le plus gras un fromage pétri ;
> Je te l'offre pour prix de ton chant favori.
> Va chante ! Pour l'Hadès aux muettes demeures
> En vain tu garderais tes chansons les meilleures...

Cette jaillissante liqueur de poésie me réconfortait
comme le « vin de mai » que les gens des bois fabri-
quent avec les fleurs de l'*aspérule odorante*, infusées
dans du vin blanc. Elle me montait à la tête et réveillait
mes ambitions de poète débutant. En même temps, elle
suscitait en moi un sourd désir de rompre un moment
avec ma solitude et d'aller me retremper pour quelques
jours en plein courant littéraire. La *Revue des Deux
Mondes* avait déjà deux fois publié de mes poèmes. Cela

8

faisait quelques milliers de vers et je songeais qu'il serait bientôt temps de leur chercher un éditeur. Je n'aurais pas été fâché de savoir ce qu'en pensait Buloz, le directeur de la *Revue*, et s'il serait disposé à me servir d'introducteur près des Lévy ou de Charpentier. Cette préoccupation, et quelque diable aussi me poussant, m'induisaient fortement à planter là mon bureau et à faire une fugue vers Paris.

A la fin, je n'y tins plus et résolus de mettre mon projet à exécution. Bien que la besogne chômât, je ne pouvais cependant m'absenter longtemps et, afin de gagner un jour, il me fallait voyager la nuit. A cette époque, les communications étaient peu faciles. Le courrier d'Auberive partant à quatre heures du matin, impossible de songer à l'utiliser, attendu que le train de Paris passait à la station de Langres, à dix heures du soir, et que je ne pouvais quitter mon bureau avant la fin de l'après-midi. Six bonnes lieues de pays me séparaient du chef-lieu. J'obtins du boulanger du village qu'il me voiturerait jusqu'à mi-chemin. Donc, le 14 janvier 1858, après avoir arrêté mes registres, je montai dans la carriole de mon conducteur et le cheval nous mena à très petit trot jusqu'à la sortie des bois. Une bise d'est soufflait sur le plateau; il était tombé dans la matinée ce qu'on appelle dans le pays une « *sucrée* de neige », juste de quoi saupoudrer la terre d'une mince couche de frimas. Vers la nuit, le ciel s'étant éclairci, le froid piquait si vif que nous grelottions morfondus sur la banquette. Nous dûmes gagner une ferme voisine pour nous réchauffer devant la cheminée flambante du fermier. Là, après avoir avalé un verre d'eau-de-vie de marc, nous nous quittâmes. Le boulanger rebroussa vers Auberive, et je me mis en devoir d'achever à pied le long ruban de route qui me séparait de Langres.

Je hâtais le pas, car j'avais encore trois lieues à faire pour atteindre la gare, située au pied de la ville, dans la vallée de la Marne.

Le plateau était absolument désert. Le faible scintillement des étoiles en indiquait à peine les ondulations, que la neige blanchissait et qui se prolongeaient dans l'obscurité jusqu'à de lointaines et confuses lisières de forêts. Perdu en pleine nuit dans cette blafarde solitude, je ne laissais pas d'éprouver un secret malaise. Non que je redoutasse d'être détroussé par quelque rôdeur : la population de la montagne langroise est foncièrement honnête et on n'y entend jamais parler d'attaques à main armée. Mais si les hommes sont inoffensifs, il n'en va pas de même des loups. A cette époque, ils étaient nombreux dans le pays et, l'hiver, ils s'enhardissaient jusqu'à suivre les voitures. Par moment, à travers le silence nocturne, je percevais de lointains hurlements dans la direction des bois, et j'étais médiocrement rassuré. Aussi lorsque j'eus traversé le village déjà endormi de Saint-Geosme et que je débouchai sur la grande route de Dijon, sillonnée de voitures de rouliers, je me sentis agréablement rasséréné. Après avoir cheminé pendant deux heures en pleine sauvagerie, il me semblait rentrer tout à coup dans la vie civilisée. Les claquements de fouet des rouliers, la lueur des lanternes accrochées aux ridelles, le tintement des sonnailles, avaient pour moi je ne sais quoi d'amical et me donnaient une soulageante sensation de sécurité.

Comme je m'approchais de la citadelle, j'entendis neuf heures sonner à la cathédrale. Vingt minutes après, j'arrivais à l'hôtel où stationnait l'omnibus et où on

avait déposé mon petit bagage. A dix heures, je m'installai joyeusement dans un compartiment de l'express;
je m'y assoupis presque aussitôt et à cinq heures du
matin je débarquai à la gare de l'Est, d'où un fiacre me
transporta à l'hôtel *Corneille*. Tout y sommeillait
encore. Le garçon de service, qui dormait tout habillé
sur un matelas étendu en travers du bureau, vint m'ouvrir en se frottant les yeux, et me dit en allumant un
bougeoir :

— Monsieur ne sait pas les nouvelles?

— Non, j'arrive de Langres.

— Il y a eu un attentat contre l'Empereur, hier,
devant l'Opéra.

En effet, la veille au soir, tandis que je m'acheminais
pédestrement vers Langres, Orsini lançait sa bombe
sous la voiture impériale. Napoléon III avait été préservé, mais l'explosion avait fait de nombreuses victimes. Tout Paris était en émoi. Les journaux remplissaient leurs colonnes avec les détails de l'attentat; dans
les restaurants et les cafés, c'était l'unique sujet de conversation. On parlait de répressions sévères et de la
mise de la ville en état de siège. Franchement, j'étais
peu chanceux et j'avais mal choisi mon moment pour
faire une fugue. Cela ne m'empêcha point de passer
mon après-midi au Louvre et d'y renouveler connaissance avec mes tableaux favoris. Le soir, je me rejetai
avec délices dans le plein courant de la vie parisienne,
en compagnie de vieux amis auxquels j'avais donné
rendez-vous; puis le lendemain, je me dirigeai vers les
bureaux de la *Revue des Deux Mondes*. Je gravis d'un
air crâne cet escalier de l'entresol de la rue Saint-
Benoît, où l'année d'avant j'étais monté avec des frissons dans le dos. Ayant depuis lors été publié plusieurs

fois dans la *Revue*, je me donnais maintenant l'aplomb
d'un vieux collaborateur. Tout en escaladant les marches, je ruminais le discours que je tiendrais à Buloz. Je
comptais, pour peu qu'il se montrât de bonne humeur,
lui insinuer que, tout travail méritant salaire, il juge-
rait sans doute équitable de me payer mes vers, maintenant que j'étais devenu un collaborateur assidu ; sub-
sidiairement, je me proposais de lui demander une
recommandation pour Michel Lévy, sur lequel certainement le directeur de la *Revue* devait exercer une
sérieuse influence.

Je fus reçus par le secrétaire, M. de Mars, avec lequel
je n'avais eu jusqu'alors que des relations par lettres.
Vêtu de noir, légèrement obèse, ayant l'œil doux, la
mine craintive, la figure glabre, il tenait à la fois du
sacristain et du précepteur de bonne maison. Il me
sembla presqu'aussi timide que je l'étais moi-même. Soit
par suite d'une prédisposition à l'emphysème, soit par
l'habitude prise de frémir devant Buloz, sa grassouillette personne donnait l'impression d'une de ces gelées
qui tremblottent au passage des voitures, derrière les
vitrines des charcutiers. — Quand je me fus nommé :
« Je vais, me dit-il, vous annoncer à M. de Buloz. » Il
parlait à voix basse comme dans une église. Il revint
peu après et m'introduisit dans une pièce contiguë où le
terrible directeur de la *Revue* se chauffait devant un
maigre feu de bois. On était au lendemain du numéro
et Buloz daigna se montrer aimable. Il me fit asseoir en
face de lui, me dit que mes vers avaient plu à ses abonnés et m'en demanda d'autres. « Quoi qu'on prétende le
contraire, ajouta-t-il, je suis tout disposé à encourager
les jeunes gens et à leur ouvrir les portes de la *Revue*. »
Profitant de cette bienveillante disposition, j'avais la

8.

langue levée pour traiter la délicate question du paiement de ma rédaction : je ne sais si, avec son œil unique, ce diable d'homme pénétra mes intentions, mais,
brusquement, et sans me donner le temps de m'expliquer, il changea la conversation, la mit sur le terrain de
politique et me confia ses appréhensions au sujet des
conséquences de l'attentat d'Orsini. L'empereur en rendait les journaux responsables ; des mesures de sévérité allaient être prises contre les journalistes. On venait
de nommer le général Espinasse au ministère de l'Intérieur et c'était une menace pour l'indépendance des
penseurs et des lettrés. — Il ne tarissait plus sur cette
situation fâcheuse et ne me laissait pas placer un mot.
J'eus honte de l'interrompre au milieu de ces graves
considérations, pour traiter une misérable question
d'argent ; je me bornai à lui insinuer que j'étais à la
recherche d'un éditeur, et que je serais heureux d'avoir
une recommandation pour Lévy. « J'y penserai, répondit-il, mais actuellement, l'heure est mauvaise pour la
publication d'un volume de vers ; nous en reparlerons
quand l'apaisement se sera produit. »

Là-dessus je pris congé, mais en me retrouvant dans
le cabinet de M. de Mars, je me sentis plus hardi
en face de cet homme doucement timoré ; je le consultai sur la possibilité de tirer de ma poésie un
juste salaire et je lui confiai mon intention d'en tou-
cher un mot à Buloz. Son visage glabre exprima la
stupéfaction et l'effroi : « Gardez-vous-en bien !
balbutia-t-il, c'est contraire aux habitudes de la maison... Si vous nous apportiez une nouvelle, vous
pourriez espérer passer à la caisse, mais avec des vers,
impossible... M. Buloz n'a jamais payé qu'un seul
poète : Alfred de Musset... Quant à MM. Brizeux,

Autran et de Laprade, ils ont toujours donné gratuitement leurs vers à la *Revue*. »

Et c'était vrai. Plus tard, Victor de Laprade m'avoua
que non seulement il n'avait jamais touché un sou de la
Revue, bien qu'il y eût publié la plupart de ses poésies,
mais que Buloz lui faisait payer son abonnement. Je
regagnai, fortement déconfit, mon hôtel de la rue Corneille. Au fond de ma solitude forestière, j'avais bâti de
magnifiques châteaux en Espagne, fondés sur ma collaboration à la *Revue des Deux Mondes*. Je me voyais
déjà, grâce aux honoraires de ma rédaction et à la
vente d'un volume édité chez Lévy, en situation de
remercier le gouvernement et vivre indépendant à
Paris. Il fallait déchanter. Le soir même, je pliai bagage
et montai dans le train qui devait me ramener à Auberive.

J'y repris mon existence de saint Antoine fort tenté,
et, après une courte crise de découragement, je me
remis au travail. Les observations de M. de Mars
m'avaient éperonné, je me retournais les ongles pour
déterrer un sujet de nouvelle — et exécuter enfin une
œuvre en prose qui eût chance de m'ouvrir la caisse de
Buloz. Mais je me creusais en vain le cerveau, je ne
trouvais rien que des platitudes. Chose singulière : le
pays où je vivais était le plus suggestif qu'on pût
rêver. Il y avait là des types étranges de gens des bois,
des mœurs peu connues, des sites d'une poésie sauvage
et savoureuse, et je n'en voyais quasi rien. Je m'entêtais
à chercher mes inspirations dans des milieux mondains
que je connaissais mal. Ce fut bien plus tard seulement que je compris l'originale beauté de la montagne
langroise et que j'eus l'idée de tirer parti d'impressions emmagasinées en quelque sorte inconsciemment.

Pour le moment, je me contentais de vivre, de sentir et de profiter des loisirs que me faisait le gouvernement.

J'étais aidé dans l'accomplissement de ce facile programme par mon voisin et collègue de Grancey, qui, comme moi, avait de nombreux loisirs, et aussi de vagues ambitions littéraires. Bien qu'il entrât dans sa vingt-septième année, Fistié me rendait des points sous le rapport de la naïveté et de l'ignorance de la vie. C'était un rêveur et un mystique amoureux de la nature. Depuis, je l'ai portraituré bien souvent dans mes livres sous le nom de *Tristan*. Séparés par trois lieues de forêt, à peine, nous nous visitions fréquemment et, quand nous ne pouvions nous voir, nous échangions une active correspondance. Parfois nous nous donnions rendez-vous à moitié chemin de nos bureaux respectifs, près d'un carrefour où se croisaient cinq tranchées herbeuses et qu'on appelait pour cette raison la « Belle Etoile ». Là, sous les retombées des hêtres nous ne nous lassions pas d'agiter sans cesse les mêmes questions philosophiques et religieuses. J'étais panthéiste, Tristan penchait pour le système de Leibniz ; il croyait à l'harmonie préétablie et à la migration des âmes voyageant d'étoile en étoile pendant toute une éternité. Emportés par la discussion, nous nous reconduisions tour à tour jusqu'à la lisière du bois et nous ne rentrions bien souvent chez nous qu'à la nuit serrée.

D'autres fois, Tristan m'arrivait à l'improviste, tout poudreux de la longue route parcourue, apportant avec lui la bonne odeur forestière des taillis et des plantes aromatiques des pâtis. Il s'affalait dans mon fauteuil, se déchaussait, buvait un grog, puis une fois les pieds à l'aise dans mes pantoufles, il tirait de sa poche un gros cahier manuscrit : « Et maintenant, disait-il, je vais vous lire quelques pages que j'ai élucubrées l'autre semaine, et dont je ne suis pas trop mécontent. » C'étaient généralement de longues méditations sur la vie ou sur la mort. entrecoupées de paysages lyriquement décrits. La forme en était laborieuse, assez obscure, fortement imprégnée de germanisme; (Tristan appartenait à la Lorraine allemande); mais il se dégageait de ce fouillis enchevêtré un vif sentiment de la nature, une sauvage mélancolie, qui ne manquaient ni de saveur, ni de parfum. Cela ressemblait à une verte broussaille de ronces emmêlées d'où s'exhalent des bouffées de marjolaine et de muguet. Quand il était las de lire et moi d'écouter, je l'entraînais en de longues courses dans la forêt prochaine. Nous allions, promeneurs infatigables, des futaies aux clairières; nous dévalions au bas des friches semées de bouquets de bois; nous longions les étangs baignés par la lune, où les rainettes flutaient dans les roseaux, puis nous nous replongions dans la nuit des forêts profondes. Il nous arrivait de toutes parts des haleines embaumées : odeurs de feuilles froissées, de genêts fleuris ou de serpolets. Ces senteurs se mêlaient, s'éloignaient, puis revenaient plus grisantes dans l'obscurité... Et pris d'enthousiasme, nous nous mettions à chanter en nous tenant la main.

O vertes poussées des sèves de la jeunesse, débordante exaltation de la vingt-cinquième année! La dernière promenade que nous fîmes ensemble, dans les bois d'Auberive, eut lieu la veille de la Chandeleur, parmi les taillis tout blancs de givre, dont la poussière irisée s'envolait autour de nous. J'attendais d'un jour à l'autre mon changement de résidence et nous devions nous quitter le lendemain avant l'aube. Tandis que le

chemin s'enténébrait, nous nous sentions tous deux
sourdement imprégnés de tristesse, et, cependant, désireux de nous cacher l'un à l'autre notre émotion, nous
essayions de plaisanter ; mais notre gaîté était lourde,
nos bons mots tombaient péniblement de nos lèvres,
sans éveiller plus d'écho que la chute du givre sur les
feuilles mortes. Le moment était venu de nous séparer.
Au milieu d'une brume à travers laquelle les lumières
du village brillaient comme de vagues points rouges,
nous nous serrâmes les mains et Tristan brusquement
s'écria :

— Mon cher, ne croyez-vous pas à l'immortalité de
l'âme ?

— Mon brave ami, l'heure est mal choisie pour enta-
mer une discussion philosophique. Je crois, du moins,
à une longue durée du souvenir, et le vôtre m'accompa-
gnera jusqu'à la fin.

— Non, non, tout n'est pas fini, protesta-t-il ; nous
nous retrouverons ; au revoir, mon ami... Encore une
fois, au revoir !

Et ainsi nous prîmes congé... Je m'enfonçai dans les
ténèbres du taillis, tandis que le bruit de son pas
décroissait sur la route fuyante. Le lendemain, je reçus
un pli de l'Administration. J'étais nommé rédacteur à
la Direction des Domaines de Tours.

II

J'arrivai en Touraine à la fin de février par un beau
dimanche gras, clair et bleu. Passant ainsi, presque
sans transition, de l'âpre solitude des forêts langroises
à la vie mollement joyeuse et confortable de la cité tourangelle, je me faisais l'effet d'un sauvage brusquement
jeté en pleine civilisation. Au sortir de la maussaderie
des rues de Langres, je fus ébaubi par l'aspect gai et
brillant de la rue Royale, qui coupe la ville en deux et
allonge en ligne droite, depuis les arbres verdoyants du
Mail jusqu'au grand pont de quinze arches jeté sur la
Loire, sa double rangée de maisons à mine cossue et de
luxueux magasins s'étalant au rez de-chaussée. La foule
endimanchée encombrait les trottoirs, des femmes aux
toilettes élégantes s'accoudaient aux fenêtres, quelques
voitures de masques circulaient sur la chaussée, et tout
cela était doré d'un soleil déjà printanier. Un peu avant
le crépuscule, je descendis en flânant jusque sur le
Grand-Pont.

Le soleil se couchait en pleine Loire, derrière les
arches d'un viaduc. Le large fleuve, avec ses îles boisées, reflétait les couleurs orangées des nuages, et sur
la droite, le coteau de Saint-Cyr, couvert de parcs et
de maisons de campagnes se découpait en brun sur le
ciel d'un bleu de turquoise. En face de cet heureux

paysage, je sentais monter en moi des bouffées de sensualité, douces comme un parfum de violettes.

— Enfin, j'allais donc vivre dans ce pays où Balzac avait placé tant de beaux romans. Je me promettais d'y mener une existence mêlée de travail, de poésie et de plaisir. J'y rêvais d'amoureuses aventures avec de grandes dames semblables à Mme de Mortsauf, ou avec d'aristocratiques Anglaises comme lady Dudley. Je me forgeais d'avance une félicité qui me plongeait en une béate et tendre griserie, et, le soir même, je me hâtai de communiquer mon ivresse à mon ami Tristan :

« M'y voici donc, lui écrivais-je, dans le « Jardin de la France » dont parle Le Tasse ! Depuis mon arrivée je savoure la douceur de ce climat presque méridional, de cette molle terre où les fossés sont déjà pleins de primevères, où les amandiers s'épanouissent, où les friches mêmes sont couvertes d'ajoncs aux fleurs d'or... Quand j'y ai mis le pied par une claire soirée de février, j'ai failli entonner la chanson de Mignon :

> Un souffle tiède y descend du ciel bleu... »

Le lendemain, néanmoins, la réflexion calma un peu mon enthousiasme. A la vérité, le travail de correspondance dont j'étais chargé à la direction des Domaines était plutôt agréable et ne me prenait que six heures par jour. Mais s'il me laissait des loisirs, il était en revanche médiocrement rétribué. J'émargeais au budget cent cinquante francs par mois. Tours était, surtout à cette époque (1859), une ville de luxe et de plaisir, où l'on vivait chèrement et, avec mon modeste traitement, je prévoyais que j'aurais grand'peine à nouer les deux bouts. Je résolus tout d'abord d'économiser sur mon gîte où personne ne viendrait me voir. Je me logeai sur un des quais de la Loire, en face de Saint-Cyr, chez un peintre d'enseignes. Ma chambre, étroite et basse de plafond, ne possédait qu'une fenêtre ouvrant sur la radieuse et large perspective des arbres et de l'eau. Le soir, je me consolais de l'exiguité du logis, en contemplant les blanches villas du coteau d'en face. J'y pouvais faire évoluer, en imagination, les belles dames et les romanesques ladies dont je rêvais la conquête, à l'instar des Vandenesse et des Rastignac. Je jouissais en outre d'une récréation moins chimérique : parfois, à la fenêtre voisine, j'apercevais l'aimable silhouette de la locataire de l'appartement contigu, une jeune femme blonde, au teint clair, avec de caressants yeux bleus et un joli sourire. Peu farouche, elle semblait disposée à lier connaissance, mais trop enticé de mes idéales duchesses. je me tenais sur la réserve et nous nous bornions à échanger de furtifs regards.

Si j'avais lésiné sur le logement, par contre je n'hésitai pas à prendre pension à l'hôtel du *Faisan*, l'un des meilleurs de la ville et où la colonie étrangère descendait volontiers. J'espérais y rencontrer un jour ou l'autre quelque belle patricienne exotique, avec laquelle j'ébaucherais un roman à la Balzac. En attendant, j'y dînais fort prosaïquement en compagnie d'un contrôleur des contributions directes et d'un greffier du tribunal et quand, pendant les soirées pluvieuses de mars, je réintégrais mon entresol du quai, j'étais obligé de convenir que le gîte manquait de confort. On y accédait par un escalier obscur, en échelle de meunier, où l'on risquait de se casser le cou ; par surcroît, la chambre était froide, humide et la cheminée fumait. Je n'avais même plus la compensation d'apercevoir de temps à autre ma jeune voisine ; sa fenêtre

9

restai close, et j'appris peu de jours après, que la jolie
blonde était atteinte d'une angine diphtérique. En
effet, parfois, à travers la cloison assez mince, j'entendais les plaintes enfantines de la malade, tandis
qu'une voix plus mâle l'exhortait tendrement à la
patience.

Cet incident acheva de me dégoûter de mon logis. Je
me souvins que le grand médecin de Tours, le docteur
Bretonneau — celui même qui servit de modèle pour
le Bianchon de Balzac — affirmait que l'angine « se
gagne à une portée de fusil ». Ne me souciant pas de
m'exposer à la contagion, je donnai congé à mon
peintre d'enseignes et, le lendemain, je louai une
chambre située à l'autre extrémité de la ville. Il était
déjà trop tard. Un dimanche en m'éveillant, je sentis
une douloureuse constriction à la gorge; une fièvre
violente m'empoigna et quand le docteur que j'avais
fait appeler m'eut examiné, il constata tous les symptômes de l'angine couenneuse.

Je restai alité pendant deux semaines dans mon
obscure chambre, en tête à tête avec une brave sœur
de l'Espérance, qui me soignait de son mieux, mais
dont la conversation était peu faite pour me distraire
de mes pensées forcément lugubres. La bonne sœur,
assise devant la fenêtre cintrée qui donnait sur le
Grand-Pont, ne s'interrompait de ses lectures pieuses
que pour noter le passage des convois funèbres, s'ache-
minant vers le cimetière situé au delà de la Loire. De
temps en temps elle relevait la tête et murmurait :
« Encore un enterrement !.... C'est le troisième depuis
ce matin !... » Ces observations, qui se renouvelaient
chaque jour, n'avaient rien de rasséréniant; mon angine
étant d'un mauvais caractère et résistant aux cautéri-

sations, je ne pouvais m'empêcher de prévoir le cas où
je traverserais à mon tour le Grand-Pont dans un
corbillard semé de lames d'argent. Cette hypothèse ne
se réalisa pas, Dieu merci. Une médication énergique
me tira d'affaire et j'entrai en convalescence.

Dans l'intervalle, ma blonde voisine s'était guérie.
Dès qu'elle sut que j'avais attrapé son mal de gorge,
sa pitié féminine s'émut et elle s'ingénia à me consoler
par de délicates attentions. Elle m'envoyait à tout instant des consommés et des sirops. Lorsque j'eus la
permission de me lever, elle fit transporter chez moi
un confortable fauteuil. Peu à peu, des rapports quotidiens, quasi familiers, s'établirent entre nous, et avant
de quitter le logis où j'avais passé de si maussades
journées, j'allai la remercier. Je la trouvai dans une
gaie petite chambre tendue de bleu. Elle avait repris
de fraîches couleurs, ses yeux souriaient; elle m'accueillait presque tendrement. La communauté dans la
souffrance mettait plus d'intimité dans notre première
entrevue et la conversation devint tout de suite ami-
cale. Elle me conta qu'elle avait joué la comédie en
province et qu'elle s'appelait Angèle, de son nom de
théâtre. Touché par sa bonne grâce, je lui exprimai
avec effusion ma reconnaissance, et je la quittai à
regret, en me promettant bien de la revoir.

Pauvre fille, j'ai sur le cœur de ne l'avoir payée que
d'ingratitude!... Je la revis pourtant, mais avec une
tout autre disposition d'esprit. En province, où chacun
se connaît, j'avais été promptement renseigné sur la
position sociale d'Angèle. Elle appartenait au quart de
monde tourangeau et elle était pour le moment la maîtresse d'un voyageur en soieries. Les jeunes gens avec
lesquels je frayais ne se fussent pas fait tirer l'oreille

pour souper en sa compagnie, mais ils se gardaient
prudemment de l'aborder en public. Bien souvent je
l'aperçus sur le mail, où la musique militaire jouait
deux fois par semaine. Elle s'asseyait en belle vue,
mais fort esseulée : sa toilette légèrement tapageuse
suffisait pour que la foule mondaine s'écartât et fit le
vide autour d'elle. La première fois que nous nous
rencontrâmes, j'eus un moment d'hésitation. Elle me
regardait avec ses yeux riants et semblait compter tout
au moins sur un signe de tête amical. Un stupide sno-
bisme bourgeois me retint. Toujours féru de l'idée de
conquérir une duchesse, je craignis, en la saluant, de
me disqualifier aux yeux des gens comme il faut, et la
fausse honte l'emporta sur la gratitude. Tout en me
traitant de lâche, je passai près d'Angèle sans faire
mine de la reconnaître.

A la seconde rencontre, j'imposai silence à mes
remords en me disant qu'il était maintenant trop tard
pour réparer la grossièreté commise. De mois en mois,
je m'endurcis ainsi dans ma sécheresse de cœur; je
continuai d'éviter Angèle et finalement je l'oubliai...

Deux ans après, à l'époque du carnaval, j'étais allé
avec un ami au bal masqué du théâtre et, fatigué de la
la joie vulgaire des couples qui se trémoussaient dans
la salle, je traînais languissamment mon ennui à travers
les couloirs. Devant la porte d'une loge je retrouvai
mon compagnon, en train d'intriguer deux dominos
rigoureusement encapuchonnés et masqués. A mon
tour, j'essayai d'entrer en conversation avec l'une des
deux femmes, qui portait un costume entièrement noir,
garni de nœuds de satin blanc — conversation peu
animée, car mon interlocutrice me répondait que par
signes; — mais si elle demeurait muette, ses grands

yeux bleus parlaient pour elle ; on les voyait scintiller
à travers les trous du loup de velours noir, avec la
vivacité et l'agitation de deux oiseaux prisonniers qui
se débattent contre les barreaux d'une cage.

— Elles ont fait vœu de silence, dit mon ami, allons-
nous-en, nous n'en tirerons rien.

— Oui, nous sommes muettes pour ce soir ! répondit
le domino aux nœuds blanc, lassé sans doute de se
taire.

Sa voix bien timbrée, légèrement théâtrale, me fit
tressaillir... ; je l'avais déjà entendue, je ne savais plus
où.

— C'est dommage, repris-je en plaisantant, si j'en
juge par le son de ta voix, on ne doit pas s'ennuyer en
ta compagnie... Voyons, sois gentille, viens souper
avec nous !...

Le domino interpellé se retourna vivement de mon
côté, et avec cette même voix vibrante, où perçait une
pointe d'amertume :

— Merci, ça vous compromettrait... ; car vous êtes
devenu bien fier, vous, depuis que vous n'êtes plus
malade !

— Ah ! m'écriai-je, pardon !...

Je venais de reconnaître Angèle, et je me préparais
à faire amende honorable, quand j'aperçus, à l'autre
bout du couloir, un monsieur qui se dirigeait ostensi-
blement vers nous. C'était l'amant en titre, que notre
tête-à-tête agaçait sans doute.

— Quittez-moi ! chuchota précipitamment mon
ancienne voisine...

Elle m'avait déjà tourné le dos. Je m'exécutai piteusement et, sortant du bal, j'allai promener ma déconvenue sous les froides étoiles du ciel d'hiver.

— Bien envoyé! pensais-je, je n'ai que ce que je
mérite!... Elle était jolie, elle s'intéressait à moi,
qu'elle voyait souffrant, assez mal en point et sans
amis... Je lui ai fait sottement l'injure qui atteint le
plus cruellement une femme : j'ai blessé son amour-
propre en la reniant publiquement... Elle se venge et
me jette ma platitude à la face... C'est bien fait!...

Je n'ai jamais plus revu Angèle; mais dans l'arrière-
fond de mon cœur, le remords de mon stupide respect
humain demeure encore, aigre et ranci comme le relent
d'un vieux flacon à odeur. Et pour me soulager la
conscience, j'ai voulu aujourd'hui, après tant d'années,
confesser ici mon ingratitude et ma pleutrerie.

Je reviens maintenant à mes débuts dans le nouveau
gîte que je m'étais choisi. Cette fois, j'avais eu la main
heureuse : j'avais déniché, tout près du Mail, un petit
appartement, garni de vieux meubles, dont les fenêtres
orientées au levant donnaient sur la rue et sur les
pelouses anglaises, les massifs de marronniers et les
magnolias d'un jardin. La rue était fort calme; la
façade de la maison, blanche et proprette avec un pied
de vigne courant au long des fenêtres. Mon propriétaire, sa gouvernante et moi, occupions seuls le logis.
Le bonhomme me faisait penser au père Grandet de
Balzac. C'était un octogénaire au corps maigre et
courbé comme la lame d'une serpe. Il avait le nez
pointu, les lèvres minces, le regard fureteur et méfiant;
avec cela très riche, mais jouissant dans le quartier de
la réputation méritée d'un ladre vert. On prétendait
qu'il s'habituait peu à peu à ne pas manger et qu'il
allait chercher hors barrières son vin, bouteille par
bouteille, afin de ne point payer l'octroi. La gouvernante était une femme entre deux âges, à l'œil vif et

dur, au teint frais un peu couperosé; alerte, sautil-
lante et bavarde comme une pie; prévenante jusqu'à
l'obséquiosité, mais, tout aussi rapace que son maître
était avare. Pourtant, j'avais réussi à les apprivoiser
tous deux et à les rendre aussi aimables que le permettait leur nature revêche et méfiante. Le bonhomme
dans un accès de libéralité m'avait même octroyé la
faveur de me promener dans le jardin qui s'étendait
derrière sa maison; un étroit enclos qu'on laissait à
peu près en friche, parce que la main-d'œuvre coûtait
trop cher. De robustes figuiers en tapissaient les encoignures; une vigne quasi sauvage grimpait autour de
perches disposées au long de la muraille; au fond, une
tonnelle de chèvrefeuilles s'effondrait à demi sur un
puits béant à fleur de terre. Dans les carrés envahis
par les herbes folles, quelques choux poussaient à la
bonne aventure. On y voyait encore un pied de roma-
rin, des giroflées qui fleuraient l'amande, des touffes
de violettes, deux ou trois poiriers aux quenouilles
noueuses, et c'était tout. Le verdoyant fouillis de ce
jardin abandonné me plaisait; il était en harmonie
avec les figures falotes et surannées de mes hôtes; il me
semblait que dans ce logis hoffmannesque, je rimerais
plus à l'aise et avec une plus heureuse inspiration.

Maintenant que j'étais définitivement installé, il
fallait songer au travail. Même si mes goûts ne m'y
eussent pas poussé, le déséquilibre de mon budget m'y
invitait impérieusement. C'était le moment où jamais
de prendre plume en main et d'écrire la nouvelle ou le
roman qui devait m'ouvrir la caisse rétive de la *Revue*.
Mais, soit que je subisse inconsciemment l'influence
amollissante du climat tourangeau, soit que ma brusque
transplantation, dans un milieu où tout était nouveau

pour moi, me causât un éblouissement peu favorable
à la contention d'esprit, j'avais beau me creuser le
cerveau, il ne me venait en tête aucun sujet de nouvelle. Je renonçai à violenter l'inspiration, et, pour
me laisser le temps de me ravoir, je résolus de visiter
d'abord ce pays dont on disait merveille. Chaque
dimanche, dès l'aube, je partais à la découverte et je
m'en revenais ravi. En fait d'excursions, je n'avais que
l'embarras du choix. Je vis ainsi successivement la
vallée du Cher et Véretz, le village de Paul-Louis Cou-
rier, avec son église au svelte clocher pointu et sa
place au quatre rangs de tilleuls, sous lesquels une
fontaine jaillit d'une tonne de pierre, ventrue et rebon-
die, — joyeux symbole d'un pays où la vigne foisonne
et où de nombreux fûts de vin rouge s'entassent au
fond des caves creusées dans le *tuffeau*. — Je promenai
ma flânerie parmi les jardins foisonnants de lilas du
château d'Amboise, et le long des prairies de Montba-
zon où l'Indre, lente et sinueuse, coule à pleins bords
au pied de collines boisées et semées de villas. J'éprouvais une joie d'écolier à cheminer pédestrement le long
des levées de la Loire, à regarder le large fleuve couler
paresseusement entre les peupliers. Dans la verdure,
les tours de Luynes, la Pile de Cinq-Mars se découpaient finement sur le ciel bleu. L'odeur des vignes
fleuries imprégnait l'air; je la respirais avec délices.
Dans cette plantureuse vallée où avaient vécu des
maîtresses de rois, tant d'amoureuses haleines s'étaient
exhalées qu'il en restait encore une subtile émanation,
mêlée aux senteurs de la terre et de l'eau. Un jour de
mai, je poussai jusqu'au château de Langeais, ce
magnifique échantillon de l'architecture du xvᵉ siècle.
Après avoir visité la chambre à coucher de Charles VIII

et d'Anne de Bretagne, et parcouru la galerie où les portraits de Catherine de Médicis, des deux Mancini, de Louise de La Vallière s'épanouissaient dans l'ombre comme des fleurs vivantes, je me penchai à une fenêtre ouverte sur les jardins et j'eus un sursaut d'admiration...

Tout au bas, bourdonnait le bourg aux maisons ramassées et trapues sous leurs toitures d'ardoises ; un peu plus loin, d'un fouillis de lilas, de cytises et d'arbres de Judée, surgissaient des ruines grises couronnées de plantes grimpantes et dorées de soleil ; puis, sur la droite, s'étalait la luxuriante vallée, bordée d'une marge de collines basses, coupée de cultures aux couleurs changeantes, semée de noyers aux cimes arrondies. La Loire y étincelait comme une coulée d'argent fondu. Par intervalles, elle entr'ouvrait ses grands bras éblouissants et étreignait passionnément de vertes îles ceintes de hauts peupliers. Dans les embrassements de la royale rivière, les îles se succédaient de moins en moins distinctes et finissaient par se perdre en une sorte de brume verdissante. Le ciel était semé de nuages onduleux qui couraient dans l'azur comme de souples et blanches formes de femmes ; on eût dit la voluptueuse chevauchée des maîtresses princières du temps jadis : Agnès Sorel, Diane de Poitiers, Marguerite de Valois... Sur leur passage, le soleil un instant se voilait puis rayonnait de nouveau, et à chaque soleillée tout le paysage resplendissait : un ruissellement de lumière baignait la richesse des prés mûris, la verdure frissonnante des arbres, la majestueuse coulée du fleuve.

À ce moment la souveraine beauté de la Touraine me fut tout à coup et pleinement révélée. — Quand on

ne fait que le traverser, la réputation du « Jardin de la
France » semble d'abord surfaite. Il faut avoir vécu
longtemps dans l'intimité de la joyeuse province pour
en comprendre l'enchantement. Il faut avoir parcouru
les vallées si différentes d'aspect, si peuplées de mer-
veilles d'architecture, si diversement colorées, où la
Creuse, la Vienne, l'Indre et le Cher vont mêler leurs
eaux poissonneuses à celles de la grande Loire ; il faut
avoir longuement respiré cet air lumineux, contemplé
la splendeur des couchers de soleil, savouré la douceur
du climat, connu l'opulence des printemps, la gloire
des automnes tourangeaux. Alors on sent tout le
charme de cette terre d'élection et, comme je le fis par
cette splendide matinée de mai, on salue avec amour la
Touraine aux claires rivières, au ciel clément, aux
larges horizons ; la Touraine riche en fleurs et féconde
en fruits !

III

Tandis que je m'initiais avec ferveur à la beauté des
paysages tourangeaux, Napoléon III déclarait la guerre
à l'Autriche. L'attentat d'Orsini avait produit un fruit
que n'attendaient guère les conservateurs impérialistes
ni même les libéraux : l'Empereur de Décembre,
obsédé par le testament du condamné, avait résolu de
travailler à l'émancipation des peuples et il venait
d'entrer en Piémont, en promettant à ses alliés de
rendre l'Italie « libre des Alpes à l'Adriatique ». Déjà
nous parvenaient des bruits de combats heureux, et
instantanément les rues se pavoisaient de drapeaux. La
fibre patriotique était joyeusement remuée par ces
premières victoires ; même les ennemis du second
Empire se sentaient disposés à beaucoup pardonner à
l'homme du coup d'Etat, en considération de cette
liberté qu'il voulait donner aux Italiens.

Au commencement du mois de juin, nous vîmes
débarquer à Tours une trentaine d'officiers autrichiens.
Ils avaient été faits prisonniers à Magenta et, entre
plusieurs résidences offertes à leur choix, ils avaient
désigné Tours, probablement à cause de cette qualifi-
cation de « Jardin de la France » qui leur sonnait
agréablement aux oreilles. Ils arrivaient, endoloris par
les tristesses de la défaite autant que par les fatigues

de la route ; vêtus encore de leur uniforme de toile
blanche, noirci par la poudre. L'accueil qu'ils reçurent, l'aspect aimable de la ville où ils allaient être
internés, leur remirent un peu de gaîté au cœur. On
les traitait, du reste, avec une cordialité que ne connurent guère, après 1870, nos propres officiers prisonniers en Allemagne. On les laissait libres sur parole,
à la seule condition de rentrer tous les soirs en ville.
Enseignes, lieutenants ou capitaines, le plus âgé
n'avait pas trente ans, et la jeunesse eut vite fait de
prendre le dessus. En quelques jours ils s'apprivoisèrent, endossèrent des vêtements civils et trouvèrent
dans les quartiers commerçants des chambres meublées où on les choyait.

J'avais pour commensal à l'hôtel du *Faisan* un jeune
Berlinois, docteur ès lettres, venu à Tours pour étudier
les manuscrits précieux que possède la bibliothèque
locale. Comme je m'occupais de littérature allemande,
nous étions devenus bons amis. Tout naturellement il
se mit à la disposition des officiers autrichiens, dont la
plupart ne savaient pas deux mots de français. Je me
trouvai ainsi en communication avec les nouveaux
venus et, chaque soir nous allions en bande explorer
les environs de la ville. Pendant la première semaine,
ils demeurèrent fort mélancoliques. Ils racontaient
avec un feu sombre et des paroles amères les combats
qui avaient précédé Magenta. Tous rendaient justice à
la bravoure des soldats français, mais tous aussi, d'une
commune voix, ne ménageaient pas leur mépris pour
les Italiens : « *Ein miserabels Volk !* » s'écriait l'un
d'eux, un petit Viennois, mince, blond et svelte ; puis
laissant errer ses yeux tristes à l'horizon et aspirant
fortement l'air de la nuit, il ajoutait avec un accent

qui serrait le cœur : « *Ach! wo ist nun mein Regiment ?...* Ah! où est à cette heure mon régiment? » Parfois, dans nos promenades nocturnes, nous poussions jusqu'à Saint-Avertin, et nous nous arrêtions sous la tonnelle d'un cabaret. Nos compagnons appréciaient fort le vin de Touraine; ils le dégustaient à plein verre; les crûs de Vouvray, de Bourgueil ou de Chinon, leur déliaient la langue. Ils chantaient alors en chœur des *lieder* de Heine, et leur mélancolie s'évaporait avec les chansons du pays natal.

Je m'étais surtout lié avec un jeune capitaine nommé Friedrich de Holzhausen, originaire de Francfort et cousin éloigné de Gœthe. Il parlait assez bien français et avait une culture d'esprit très supérieure à celle de ses camarades; de plus, il était poète lui-même, ce qui rendait notre intimité plus étroite. Je retrouve dans un de mes cahiers seize vers écrits de sa main, dont la sobre énergie m'avait fortement empoigné; la pièce est intitulée *les Cigognes* :

Avant que les montagnes du Nord — se revêtent de leur robe de neige — les prévoyantes cigognes se rassemblent — pour émigrer en pays étranger. Elles essaient sagement leurs ailes, — avant de prendre leur rapide essor, — afin de s'assurer si, pour le grand voyage, — elles ont toutes une suffisante vigueur. — S'il en est une, à l'heure du départ — vieille et faible, à laquelle la force fait défaut; — les autres se hâtent de la tuer, — afin que le froid ne la tue pas en route.

— Pourquoi n'en est-il pas de l'homme — comme de ces oiseaux?

— Quand les ailes de son esprit défaillent — la mort devrait aussi le frapper dès le seuil de la porte.

Il y a presque jour pour jour, cinquante ans que ces vers ont été copiés sur mon cahier; l'écriture menue

semble dater d'hier, et je crois voir encore, dans ma
chambre de la rue de la Grandière, celui qui les écrivait : — de taille moyenne, les épaules robustes, le
visage rose, encadré dans des favoris roux et illuminé
par deux yeux bleus un peu saillants, le front haut, la
bouche bonne sous de grosses moustaches. Nous ne
nous quittions guère. Nous passions de longues soirées
avec le Dr Wollenberg en tiers, à lire *Herman et Doro-*
thée dans le texte. Mais tout en payant à son glorieux
cousin un juste tribut d'admiration, Holzhausen avait
une préférence marquée pour un illustre poète autrichien : Nicolas Lenau, dont la passion mélancolique et
le lyrisme fougueux répondaient mieux à son propre
état d'âme. — Quand nous étions en tête-à-tête, dans la
chambre haut perchée qu'il occupait rue du Grand-
Marché, c'était toujours à Lenau que nous en revenions.
Nous traduisions ensemble cet étrange poème de *Mis-*
chka qui a tant d'analogie avec la musique endiablée,
et si sauvagement triste des Tziganes, ou bien ces
Schilflieder d'une mélodie si légère et si subtile, —
une musique de rêve entendue la nuit sur le bord d'un
lac. Quand nous étions las de lire, Holzhausen me
racontait sa propre histoire, idyllique et sentimentale
comme les premiers chapitres du *Werther* de son
arrière-cousin.

Il était cadet de famille, sans fortune et pour ces
deux raisons, il avait pris du service en Autriche. Le
dépôt de son régiment était à Troppau (Silésie autri-
chienne). Pendant l'année qui précéda la guerre
d'Italie, il avait longuement séjourné dans cette silencieuse petite ville de province et s'y était sérieusement
épris d'une jolie fille nommée Tonele, qui vivait seule
avec sa mère. Leur liaison avait été bientôt très

intime ; il n'y manquait que le sacrement. En un discours enthousiaste, entrecoupé de maints soupirs de regret, Holzhausen me disait le charme à la fois sensuel et naïf de sa *Gretchen* silésienne, aux joues roses et aux yeux bleus comme la fleur du lin ; il ne tarissait pas sur la joie des calmes et amoureuses soirées d'hiver, passées au logis de Tonele, tandis que des pommes de terre rissolaient dans le four du poêle de faïence, et que la *Mutter* indulgente s'assoupissait en filant son rouet. Il croyait au reverdissement, à la régénération de la vieille noblesse par un croisement avec la race plébéienne, et il eût désiré immédiatement épouser Tonele ; malheureusement, la fillette ne possédait pas la dot réglementaire et lui-même vivait uniquement de sa solde de capitaine. Lors de la déclaration de guerre, à l'heure où le régiment quittait Troppau, la séparation avait été navrante. Tout en pleurant, les deux amants s'étaient juré une persévérante fidélité et la jeune fille avait fait promettre au capitaine que, pendant la durée de l'absence, il n'embrasserait aucune femme « sur la bouche ».

— Je le lui ai promis, ajoutait gravement Holzhausen, et je tiendrai ma parole.

Ça, c'était bien allemand, mais en ma qualité de Français sceptique et léger, je ne pouvais m'empêcher de sourire. Je songeais à la fragilité des serments et au péril des tentations ; j'admirais la candeur de ce brave poète, je la trouvais touchante ; et en mon pardedans je répétais un peu comme Ninon : « Le bon billet qu'a Tonele ! »

A quelque temps de là, un soir du commencement de juillet, j'emmenai le capitaine à une foire aux fleurs, qui se tenait place d'Aumont. Pendant toute une

semaine, les jardiniers y exposaient, sous des tentes de
toile, leurs plantes, alignées sur des gradins. A la
brune, des quinquets suspendus parmi les touffes verdoyantes y mettaient comme une clarté de féerie. Les
allées étaient grouillantes de promeneurs et de promeneuses; les grisettes de Tours venaient s'y approvi-
sionner de résédas et de basilics. Cette profusion de
fleurs embaumait et tout là-haut, dans le ciel assombri,
les tranquilles étoiles semblaient regarder curieusement le va-et-vient de cette foule à la fois flâneuse et
affairée. Holzhausen et moi, grisés par l'odeur des
héliotropes et des jasmins, émoustillés aussi par le
frôlement des jeunes femmes qui nous coudoyaient et
que rendait plus attrayantes cette demi-obscurité fleurie, nous commencions à être pris d'un appétit de
galantes aventures. A ce moment nous avisâmes deux
ouvrières jeunettes et accortes, qui se faufilaient devant
nous avec des mines demi provocantes, demi effarou-
chées, et nous les suivîmes. Pour toute emplette, elles
tenaient chacune à la main un chapelet d'échalotes. Le
capitaine en son jargon mi-français et mi-allemand
leur demanda pourquoi, au lieu de fleurs, elles avaient
acheté des oignons. Elles partirent d'un éclat de rire,
n'ayant rien compris au charabia de mon ami; je le
leur traduisis, en leur offrant d'échanger leurs échalotes contre une botte de roses, et elles acceptèrent.
Cette première requête une fois accueillie, nous
leur en adressâmes hardiment une seconde : c'était
de venir souper avec nous à Saint-Avertin, dans une
bonne voiture que nous prendrions chez le plus
prochain loueur. Elles n'eussent été ni grisettes ni
Tourangelles, si elles avaient boudé devant la perspective d'une partie de campagne. Après quelques

hésitations pour la forme, elles se laissèrent enlever.

Nous voilà partis, à la nuit, dans un landau fermé, ayant chacun le bras autour de la taille de nos compagnes de promenade. Les ouvrières de Tours sont coquettes et presque toujours gentiment atournées. Celles-ci étaient vêtues de robes claires et coiffées du petit bonnet tuyauté qui leur seyait à merveille : elles avaient de dix-huit à vingt ans, paraissaient fortement délurées, et n'en étaient certainement pas à leurs débuts. L'aînée qu'avait choisie Holzhausen se nommait Constance, — probablement par antiphrase. — La plus jeune répondait au nom biblique de Noémi. C'était une brunette svelte et souple, aux cheveux nattés sur le front et retroussés de chaque côté des tempes ; elle avait le nez au vent, de mignonnes lèvres et des yeux noirs, vifs comme la poudre. A l'auberge de Saint-Avertin, on dressa notre couvert au premier étage. Les fenêtres de la chambre s'ouvraient sur une île du Cher et sur des prairies d'où une odeur de foin fauché nous arrivait dans l'obscurité. On servit une volaille froide, des fruits, du café, du Vouvray mousseux, et nous fîmes honneur au souper. Au dessert, assis tous quatre sur le rebord des croisées, nous trinquions bruyamment à la nuit et à l'amour. Les étoiles se miraient dans l'eau, les feuillées de l'île frissonnaient, les lumières du village tremblotaient doucement entre les peupliers. Holzhausen chanta le *tied* de Heine : « *Du hast Diamanten und Perlen* », si ironiquement amoureux ; Constance entonna une chanson populaire tourangelle : « Belle rose du rosier blanc... » Jusque-là tout s'harmonisait avec la tiède et poétique nuit du dehors, mais bientôt les choses se gâtèrent : Noémi se plaignit que des gens attablés dans le jardin ricanaient

en la regardant : elle les traita de butors, ils ripos-
tèrent et finalement, comme un seau d'eau sale, la
grisette répandit sur eux toute une potée d'injures
grossièrement rabelaisiennes. Il se faisait tard, on
nous mit à la porte, et je remontai en voiture un peu
dégrisé.

Avec son réalisme ordurier, cette Noémi, dont la
mignonne bouche ne s'ouvrait que pour lâcher des
crapauds, comme la fille du conte de fées, avait tué en
moi la fantaisie pour ne laisser subsister que l'anima-
lité du plaisir charnel. Lorsque nous rentrâmes chacun
en notre chacunière, le cynisme de ses façons acheva
de me la dépoétiser. Elle était sèche, sotte et vulgaire,
et au matin nous nous quittâmes froidement. J'allai
rendre visite à Holzhausen. Au rebours de moi, il était
enchanté de son aventure.

— Cette petite, me dit-il, est très amusante ; il n'y a
que les Françaises pour mettre autant d'esprit à faire
l'amour...

— Ha ! ha ! répliquai-je railleusement, eh bien, et
Tonele... ; et votre promesse ?

— Je l'ai tenue, répondit-il gravement, je n'ai pas
embrassé Constance sur la bouche...

Cette façon de pratiquer la fidélité me parut aussi
commode que réjouissante. Le capitaine pensait de
même sans doute, car il continua pendant tout son
séjour à mettre ainsi d'accord son plaisir et sa conscience. Les occasions ne manquaient pas et les Tourangelles semblaient avoir à cœur de dédommager
les officiers autrichiens des ennuis de la captivité, qui
d'ailleurs ne dura pas longtemps. Le 11 juillet 1859
la paix fut signée à Villafranca et dans les premiers
jours d'août, les prisonniers furent mis en liberté.

Je vis partir Holzhausen avec grand'peine. Pendant
deux mois, notre intimité avait été si étroite, nous
nous sentions en une si sympathique communion de
goûts et de sentiments que nous nous regardions
comme de vieux amis. J'allai le conduire à la gare,
nous nous embrassâmes tendrement en nous promettant de nous écrire; je lui jurai même que j'irais le
voir à Troppau. Quand le train eut disparu dans la
direction de Saint-Pierre-des-Corps, je m'en revins
très triste et très esseulé vers mon logis de la rue de
la Grandière. Au bout d'un mois, je reçus de la part du
capitaine un volume des poésies d'Uhland, avec un
signet placé à la page où se trouvait le *lied* du *Bon
camarade*. Nous échangeâmes quelques lettres de
plus en plus espacées hélas! car en dépit de notre
bonne volonté les préoccupations de la vie opéraient
leur travail de dessaisissement. L'éloignement mit
entre nous, non pas l'oubli, mais le silence. En 1889,
pendant l'Exposition, j'eus un soir la visite d'un fonctionnaire autrichien. Il était inspecteur des forêts à
Troppau et m'apportait des nouvelles du capitaine.

Une bonne et chaude émotion me dilata le cœur et
en l'écoutant, j'éprouvai un soudain rajeunissement.
Comme par un brusque coup de soleil, je revis les chemins tourangeaux où le capitaine et moi avions flâné
ensemble, la petite chambre où nous lisions les poèmes
de Lenau :

— Que fait-il maintenant ? demandai-je à mon visi-
teur.

— Il a pris sa retraite et s'est fixé à Troppau.

— Et... et Tonele ?

— Il l'a épousée et ils ont six enfants...

Je chargeai l'étranger de remettre mon dernier livre
au vieil ami d'autrefois, et je suis bien sûr que, s'il est
encore de ce monde, mon brave Holzhausen donne souvent, comme moi, un souvenir ému au bon temps de la
Touraine.

IV

Après le départ des officiers autrichiens, je me replongeai en pleine solitude. Je n'étais jusqu'alors entré en relations avec aucun des jeunes gens appartenant à la société locale. Ceux que je rencontrais par hasard ne me semblaient que médiocrement sympathiques. Bien élevés, aimables, mais absolument dépourvus de culture intellectuelle, uniquement préoccupés de plaisir, ils passaient leur temps à jouer, à souper, à conduire des cotillons et à rêver de mariages riches. Le monde tourangeau ne me séduisait guère davantage. Je sentais que si je me laissais prendre dans l'engrenage des dîners en ville, des visites et des bals officiels, c'en était fait de mes ambitions littéraires, et je luttais courageusement pour sauvegarder la liberté de mes soirées. J'y fus aidé du reste par une heureuse conjonction d'étoiles. J'avais eu la chance, fort appréciable pour un fonctionnaire de mon espèce, de tomber sur un directeur veuf, valétudinaire et misanthrope : il ne sortait jamais, ne recevait personne et se souciait peu que son collaborateur fût ou non un mondain, pourvu qu'il expédiât lestement et habilement la besogne administrative. Mes occupations consistaient à préparer la correspondance avec les agents du département et avec l'administration centrale; à examiner les

questions contentieuses et à rédiger les mémoires en
matière de procédure fiscale. En ce temps-là, et je sup-
pose qu'il en va de même aujourd'hui, l'idéal administratif était d'éviter les procès et de terminer les affaires
à l'amiable. « Surtout pas d'instances, pas de conflits ! »
me répétait le patron en me remettant le courrier quotidien. Je le servais à souhait. Outre que j'avais le
travail facile, je possédais à fond l'art de « tordre
le cou à une affaire » et « d'enterrer un dossier ». Mon
directeur était content, et ma besogne ne me prenait
que six heures par jour, de sorte que mes matinées et
mes soirées demeuraient libres. J'employais mes loisirs
à lire, à vagabonder et à rimer. Ma promenade à Saint-
Avertin en compagnie de Noémi m'avait dégoûté des
aventures galantes avec les grisettes. En dépit des
influences amollissantes du climat de la Touraine, je
vivais très tenté, mais fort chaste, et mon isolement ne
me pesait pas trop.

La poésie me servait de dérivatif salutaire. Très
voluptueusement troublé par la sensuelle beauté de la
Touraine, j'essayais de rendre la griserie qui me montait
à la tête. Je cherchais à condenser en de courts poèmes
d'une quarantaine de vers tout le charme du paysage :
— l'air imprégné d'une langueur amoureuse, le ciel
d'un azur si léger, les prés d'une verdure si grasse, et
les larges rivières sinueuses, reflétant pendant le jour
la blanche silhouette des châteaux Renaissance, puis, à
la tombée de la nuit, étalant silencieusement leur nappe
d'un bleu sombre où venaient se mirer les étoiles. —
Dans ces menues compositions, je m'efforçais de donner
l'impression et comme le parfum de cette terre fleurie
et lumineuse. Mon rêve était de fuir l'amplification et
la rhétorique, de demeurer naturel et sincère, de trans-

porter en un mot, dans mes idylles, le sentiment, la
sobriété et la simplicité des chansons populaires. Dès
que j'avais composé une dizaine de morceaux, je les
envoyais à la *Revue des Deux Mondes* qui les publiait,
et alors je constatais avec ennui combien le résultat
obtenu était loin encore de l'idéal rêvé.

L'automne tourangeau, si admirablement tiède et
coloré, se passa à cette occupation. De temps à autre,
je recevais des lettres de mon ami Tristan. Tout ce que
je lui écrivais des splendeurs et des joies de la Touraine
lui mettait l'eau à la bouche. Il commençait à se lasser
des âpres solitudes boisées du Châtillonnais et me sup-
pliait de le faire venir auprès de moi. De mon côté, je
désirais fort cette réunion. L'ancien compagnon des
bois d'Auberive avait les mêmes goûts et les mêmes
ambitions que moi et j'aurais été heureux de trouver
dans mon voisinage un ami avec lequel je pusse
reprendre cette douce intimité littéraire, dont j'étais
sevré depuis mon arrivée à Tours. Je connaissais à
l'Administration centrale quelques gros bonnets dont
je résolus de stimuler la bonne volonté et, à force de
les éperonner, je finis par obtenir la nomination de
Tristan au Grand-Pressigny, un bourg situé dans
la région qui confine à la Vienne et à l'Indre. Au milieu
du mois de mars, mon ami arriva tout émoustillé et
j'allai moi-même le conduire jusqu'à sa nouvelle résidence. Mais Tristan était du nombre de ceux que la
nouveauté rend mélancoliques. Il ressemblait étrangement au *Hans von Grünenwald* de la chanson allemande : « Ce qu'il n'avait pas, il le voulait ; mais ce
qu'il possédait, il n'en voulait plus... » Dès qu'il touchait le pays désiré, il était tourmenté du pays qu'il
venait de quitter. A peine installé depuis trois semaines

à Pressigny, il exhalait en phrases désolées son désenchantement :

« Mon cher, m'écrivait-il, il y a quelque quinze ans
qu'on me donna en prix : *les Fleurs de l'éloquence,* un
volume relié en basane qui contenait une description
de la Touraine. Mon imagination se mit à chevaucher
et je m'écriai : « Oh ! si jamais j'allais en Touraine !...»
C'était pour moi le pays où les citronniers fleurissent...
J'y suis et je sens déjà sur mes lèvres la saveur amère
de la désillusion. Comme toute chose s'embellit en
proportion de l'éloignement ! Notre âme est le rebours
d'une lanterne et elle n'éclaire qu'au loin. Je ne me
suis encore promené que très peu. La Creuse coule à
six kilomètres, mais je ne l'ai pas vue. La Creuse ne
vaudra pas la Prêle, je le sais d'avance. Les bois d'ici ne
valent pas non plus nos forêts de Grancey : ce sont des
bois de pins, et l'immobile verdure grise des arbres
résineux à feuilles persistantes ne dit rien à mon cœur.
Qu'on me rende mes sympathiques futaies de hêtres, si
fraîches en été, si majestueuses en hiver ! O les doux
liens de l'habitude, quelle peine on éprouve en les
dénouant !... Si Grancey n'avait qu'une main et que
franchissant l'espace, elle vint se poser là, sur ma table.
je crois que je l'arroserais de mes larmes... Ah ! mon
cher, j'ai la nostalgie de Grancey. »

Ces regrets rétrospectifs dénotaient un état d'âme
inquiétant. Très alarmé, je résolus de profiter du premier jour de liberté pour essayer de raccommoder mon
ami avec sa nouvelle résidence. Je débarquai chez lui
un soir d'avril. Il était logé un peu en dehors du bourg,
chez de respectables vieilles filles qui lui avaient cédé
deux chambres au premier étage. On y accédait par un
escalier en échelle de meunier. Les deux pièces blan-

chies à la chaux, carrelées de brique rouge, étaient
sommairement et pauvrement meublées, et l'aspect de
ce gîte dépourvu de confort m'expliqua la nostalgie de
mon ami. J'eus tout d'abord un remords confus d'avoir
contribué à l'envoyer dans ce pays perdu et je crus
devoir débuter par des paroles de condoléance. Mais le
vent avait déjà tourné : le printemps était venu avec
sa profusion de fleurs, ses chants d'oiseaux, sa belle
lumière argentée et je trouvai Tristan tout rasséréné.
— « Ne me plaignez pas, s'écria-t-il, j'ai un bon lit,
deux bonnes chambres bien isolées, deux portes bien
closes. Ma cheminée est un amour de cheminée. La
rivière coule sous mes fenêtres, derrière un rideau de
peupliers ; l'été, en ouvrant les croisées, j'entendrai le
chant de la fauvette des roseaux se détacher sur le
bourdonnement de l'eau courante, et dès maintenant,
chaque soir, je suis réjoui par la musique des cloches :
de tous les bouts de ma vallée, j'entends tinter l'Angélus. »,
Il avait en effet complètement repris racine et s'était
remis au travail. Des projets de contes rustiques bourdonnaient dans sa tête : il se sentait heureusement inspiré par ce pays verdoyant, où tout était nouveau pour
lui : la physionomie, les coutumes et jusqu'à la flore
des prairies et des bois. De fait, ce coin de la Touraine,
encore assez distant des chemins de fer, avait gardé
une intimité charmante, une sauvagerie originale.
Deux rivières : l'Égronne et la Claise enserraient le fond
de la vallée dans leurs souples bras d'argent et mêlaient leurs eaux bourdonnantes à la sortie du bourg
étagé sur l'un des versants, d'où surgissait la svelte
tour hexagonale d'un donjon du XIIIe siècle. A une lieue
et demie, de l'autre côté d'un plateau boisé, la verte et

profonde coulée de la Creuse marquait la limite de la
Touraine et du Poitou, baignant à droite et à gauche
des châteaux abandonnés, des gentilhommières suspendues en encorbellement aux flancs de la roche, de
blancs villages éparpillés sur les deux rives. Toute la
région était coupée par des gorges sinueuses, arrosées
de ruisseaux poissonneux dont les jolis noms chantaient agréablement à l'oreille : — le Brignon, la Cail-
loutière, la Muanne. — De mai à octobre, pas un dimanche ne se passait sans que, dans un de ces nombreux
villages nichés aux plis des vallées, on ne célébrât la
fête, l'*assemblée* où l'on dansait de midi à minuit, aux
sons de la vielle et de la cornemuse. Ces *assemblées*
nous attiraient, Tristan et moi ; nous n'en manquions
guère, car nous étions convenus de nous visiter chaque
dimanche. Tantôt j'entraînais mon ami le long des
levées de la Loire et je le promenais à Amboise, à Langeais, à Ussé ; tantôt j'allais le rejoindre dans son
ermitage de Pressigny et nous courions à travers bois,
de l'aube au crépuscule.

Que de belles journées limpides, employées à vagabonder au long des berges herbeuses, sous les pins
mélodieux de ce coin de terre ignoré et exquis ! Je n'ai
pas connu d'étés plus lumineux, d'automnes plus parfumés que ceux de Pressigny. Les fleurs sauvages et
rares abondaient dans les prés ; de juin à septembre,
les arbres pliaient sous les fruits. Je nous vois encore
tous les deux, juchés à chevauchons sur un cerisier et
nous gorgeant de bigarreaux juteux, tandis qu'un frais
vent d'est nous rafraîchissait et qu'à travers les branches remuées, nous apercevions des coins de ciel azuré
ou bien le scintillement argenté des eaux de l'Égronne.

Cette savoureuse et gourmande station dans le ceri-

sier abondamment affruité est pour moi comme le symbole de notre commune existence, pendant la période
de séjour en Touraine. Durant quatre années, nous y
avons délicieusement partagé les mêmes plaisirs, les
mêmes lectures et les mêmes rêves. Vers le mois d'août,
le gouvernement nous octroyait à chacun un congé de
vingt jours, et nous en profitions pour donner carrière
à notre humeur bohème. Nous ne connaissions ni la
mer ni la grande montagne et nous ne résistions pas à
la tentation des longs voyages. Nous avions commencé
par l'Océan ; une fugue en Bretagne, une flânerie de
cinq jours le long de la côte rocheuse qui va du Croisic
au bourg de Batz, nous avait mis en appétit. L'année
suivante, nous partîmes pour les Pyrénées. Je me rappelle notre émotion lorsque à Tarbes, dès le matin,
nous vîmes devant nous surgir la chaîne bleue et den-
telée des pics de Bigorre et de Cauterets. Dans une
caserne du voisinage, une musique joua juste au même
moment le *Chœur des soldats de Faust*, et ces allègres
notes cuivrées furent un prélude à souhait pour notre
entrée en montagne.

Puis vint le tour de la Suisse. Nous la parcourûmes
depuis Bâle jusqu'au canton du Tessin et quand, au col
du Saint-Gothard, nous vîmes moutonner les châtaigneraies d'Airolo, quand nous entendîmes pour la première fois résonner à nos oreilles la langue italienne,
pris d'une belle exaltation, nous ôtâmes nos chapeaux
et nous nous mîmes à danser sur la route, pour saluer
l'Italie qui bleuissait là-bas à l'horizon. Le lac Majeur,
les îles Borromées, la route du Simplon nous virent
passer, alertes, joyeux, les yeux écarquillés par l'admiration, et nous nous en revînmes en Touraine, fourbus,
mais émerveillés. Nous étions pauvres et nous ména-

gions parcimonieusement notre mince budget. Nous
voyagions à pied, sac au dos; nous logions dans de
médiocres auberges et il nous arriva plus d'une fois de
coucher dans le foin, sous la toiture à claire-voie d'un
chalet; mais nous faisions bon marché du confort, nous
étions riches de poésie et de jeunesse; il n'y avait
qu'une chose sur laquelle nous ne lésinions pas : l'enthousiasme.

L'hiver, au coin du feu où pétillait la vive flamme
des pommes de pin, nous remâchions nos souvenirs de
voyage et nous formions de nouveaux projets d'excursions pour l'année suivante. Je récitais à Tristan les
vers que je venais d'achever pour la Revue de Buloz et,
à son tour, il me lisait le manuscrit d'un conte villa-
geois. Impitoyablement sévères l'un pour l'autre, nous
ne nous épargnions pas les critiques. Nous les suppor-
tions mal et nous nous rebiffions mutuellement. Mais
quand le premier moment d'amertume était passé, nos
bouderies ne duraient pas ; nous finissions par convenir de nos erreurs, et plus d'une fois nous jetâmes dans
la braise des pommes de pin la page de prose ou de
vers qui avait déplu.

Une nouvelle jouissance d'art, la musique, s'ajouta
bientôt à nos tranquilles joies de l'hiver. Nous avions
fait la connaissance d'un de nos collègues des Domaines, qui se nommait Berruyer et qui gérait le bureau
de Sainte-Maure, situé à moitié chemin de Tours et de
Pressigny. Berruyer était un garçon de notre âge, plein
d'entrain, tête vive et cœur chaud, peu curieux de littérature, mais ayant un sérieux talent de violoniste. Il
était marié à une charmante femme aussi bonne musicienne que lui. Tous deux, possédant une fortune indépendante, vivaient fort largement. Ils habitaient assez

loin du village une ancienne maison de poste aux vastes couloirs sonores, au large escalier de pierre, où l'on croyait entendre encore sonner les bottes des voyageurs de marque qui, au temps du premier Empire, y avaient fait halte aux heures de relais, en allant de Paris à Bordeaux. L'appartement du rez-de-chaussée, aux spacieuses pièces hautes de plafond, avait été décoré à la fin du XVIIIe siècle. Souvent, pendant les dimanches d'hiver, nous nous y donnions rendez-vous, Tristan et moi. L'hospitalité était cordiale ; les dîners exquis. La femme de Berruyer recevait avec une infinie bonne grâce et avait l'art de mettre ses hôtes à l'aise. Le soir, après le café, on passait au salon. Mme Berruyer s'asseyait au piano ; un ecclésiastique, ami de la maison, l'abbé Mercier, avait apporté son violoncelle ; Berruyer tirait son violon de l'étui, et les trois virtuoses exécutaient avec amour des trios de Beethoven, de Mozart et de Haydn. Nous étions leurs seuls auditeurs et nous dégustions avec délices cette musique tantôt passionnée, tantôt idylliquement suave, qui s'harmonisait si parfaitement avec la décoration du salon aux boiseries blanches, relevées d'un filet d'or assourdi. Tout en savourant un *adagio* ou un *scherzo*, nos yeux se reposaient agréablement sur les aimables physionomies des exécutants : la maîtresse du logis, au calme visage amène et aux doux yeux de violette ; l'abbé Mercier, replet et remuant, avec sa grosse figure rubiconde et spirituelle ; Berruyer, petit, alerte, le nez en bec d'oiseau, l'œil émerillonné, maniant son archet avec un entrain endiablé. Dans la haute cheminée de marbre noir veiné de jaune, les bûches se consumaient silencieusement, le cartel Louis XVI tintait discrètement ; les heures s'envolaient légères, mélodieuses, et

10.

nous étions tout étonnés de nous apercevoir que la
pendule avait depuis longtemps sonné minuit...

L'été, Berruyer, qui avait un cheval rapide et une
victoria confortable, nous promenait à travers les can-
tons environnants, et nous poussions parfois ainsi des
pointes jusqu'en Berry et en Poitou. Que d'amusants
vagabondages à la découverte d'une étroite vallée ignorée ou d'un curieux manoir du XVIᵉ siècle ! Je vois
encore ces coins de paysage, comme si c'était hier. Je
me souviens d'un village riverain de l'Indre, aux maisons creusées dans le *tuffeau* et communiquant avec la
route par de longs escaliers de pierre blanche. C'était
au mois d'avril, toute la population grouillait au dehors,
installée sur les marches de ces escaliers. Hommes,
enfants, jeunes ou vieilles femmes, ayant à leurs pieds
des bottes d'osier, s'occupaient à écorcer les tiges destinées à la vannerie, en faisant passer chaque brin
entre des pinces de bois, et l'écorce rouge, humide de
sève, glissant comme un souple vêtement qu'on enlève,
laissait voir la tige satinée et blanche. Ces vanniers
éparpillés le long des marches inégales, tous affairés à
la besogne ; cette curieuse toilette de l'osier, tandis que
les amandiers et les pêchers poussés sur les vieux murs,
effeuillaient leurs fleurons dans la brise d'avril ; tous
les moindres détails de ce tableau animé et printanier
me restèrent gravés dans la mémoire, et peu de temps
après me donnèrent l'idée de cette *Chanson du Vannier*, qui est devenue presque populaire et que je
retrouve maintenant dans les anthologies destinées aux
écoliers :

>   Brins d'osier, brins d'osier,
> Courbez-vous assouplis sous les doigts du vannier...

Je me remémore également avec un indicible charme
une autre promenade printanière, au retour d'une visite
à la Trappe de Fontgombault. La victoria suivait lentement les bords de la Creuse encaissée dans des rochers.
De chaque côté de la route, des acacias fleurissaient et
l'air était saturé de leur parfum. Heureux tous quatre,
nous nous acheminions vers la vallée de l'Englin, où
nous devions coucher. A un tournant, nous eûmes tout
à coup la vision du vieux château d'Angles, dressant
au sommet de la colline ses ruines ébréchées, que le
soleil déclinant teintait de rose. Tout au fond de la
vallée étroite et boisée, l'Englin au cours capricieux
serpentait entre des peupliers aux jeunes feuillées. Le
disque rouge du soleil s'enfonçait derrière les bois et
la pourpre coloration des nuages se reflétait dans l'eau
calme, où un pêcheur manœuvrant sa barque, allait
et venait occupé à relever des verveux. A cette heure
pacifique, voisine du crépuscule, les acacias plantés en
bordure continuaient d'exhaler leur odeur mielleuse et
leurs fleurs pleuvaient dans l'air léger. Nous eûmes
tous quatre en même temps la sensation rapide d'une
plénitude de joie et, pris d'une tendresse émue, nous
nous serrâmes les mains en murmurant : « La Touraine !... C'est là seulement qu'il fait bon vivre !... »

Un dernier souvenir encore avant de dire adieu à
« la molle terre » dont les vins sentent la framboise ;
aux ciels légers, aux paresseuses rivières, aux maisons
tapissées de roses et de jasmins du pays tourangeau.

Un matin d'été, Tristan m'avait écrit : « Mon cher,
le notaire d'ici marie sa fille demain et on dansera
après la cérémonie. Si vous désirez voir un bal de la
bourgeoisie campagnarde et faire des observations
pour votre futur roman, arrivez vite à Pressigny et

apportez votre habit ; je vous mènerai à la noce... » Je
partis par le premier train de l'après-midi et l'idée
me vint de m'arrêter à Sainte-Maure pour y prendre
Berruyer, dont je savais la femme momentanément
absente, et dont je connaissais l'humeur vagabonde.

— Mon cher, lui criai-je en faisant irruption dans
son bureau, Tristan m'écrit qu'il va ce soir à une noce
de campagne et me convie à lui tenir compagnie...
Plus on est de fous, plus on rit... Je vous emmène,
vous, votre cheval et votre voiture... En marchant bon
train, nous serons à Pressigny juste pour la première
contredanse.

— Mais... je ne suis pas invité !

— Ni moi, peu importe !... Tristan nous présentera...
D'ailleurs, emportez votre violon ; vous passerez pour
un virtuose en tournée et les artistes sont partout reçus
à bras ouverts...

Berruyer se laissa séduire. Il aimait à s'amuser et
cette partie de bal improvisée n'était pas pour lui
déplaire. Nous dînons lestement, on attelle, et nous
voilà roulant sur la route. Le crépuscule veloutait
finement les collines ; l'odeur des foins coupés, montant du fond de la vallée, achevait dans nos cerveaux
la griserie commencée par une bouteille de Vouvray
vidée au dessert. Nous plaisantions sur l'ébahissement
de Tristan quand il nous verrait deux au lieu d'un, et
d'avance, nous nous réjouissions de la surprise. Bref,
au moment où la nouvelle lune montrait son mince
croissant au-dessus de la tour de Pressigny, nous
débarquions chez notre ami avec de larges éclats de
rire.

Pour une surprise, oui, c'en était une. Tristan ne

m'ayant pas vu descendre de l'omnibus à l'heure du
dîner, ne m'attendait plus. A l'aspect de Berruyer en
habit, balançant sa boîte à violon et chantant à tue-
tête le *La, ci darem la mano* de *Don Juan,* il écar-
quilla les yeux, resta bouche bée et nous considéra avec
l'indulgente pitié d'un homme à jeun, qui écoute les
divagations de deux aimables pochards.

— Comment ! m'écriai-je, vous n'êtes pas prêt?... A
quelle heure commence donc le bal?

— Le bal? répliqua-t-il en bâillant, je n'y pensais
ma foi plus... Ne vous voyant pas venir, à six heures,
j'ai cru que vous y aviez renoncé et j'allais me
coucher.

Je protestai, Berruyer fit chorus ; et le brave Tristan
s'étant résigné à endosser son habit, nous nous diri-
geâmes vers le bourg où la maison du notaire, illu-
minée et résonnante de musique, égayait seule l'obscurité de la rue endormie.

La fête battait son plein. Les invités avaient été
choisis parmi la fine fleur de la bourgeoisie et de la
gentilhommerie des environs. Toutes les pièces du rez-
de-chaussée étaient converties en salles de bal ; des
feuillages verts tapissaient les murs, et le carrelage de
briques était pour la circonstance tendu de toile cirée.
Tristan, d'un air gauche et penaud, nous introduisit
en bredouillant je ne sais quelle explication. A notre
entrée les quadrilles s'interrompirent et les notables
dévisagèrent, non sans défiance, ces deux intrus que
personne ne connaissait. Pour s'excuser de son indis-
crétion, Tristan se faufilait à travers les groupes et
vantait tout bas « l'immense talent de Berruyer, un
artiste de première force sur le violon ». Moi, je lor-
gnais les danseuses et tout d'un coup mes regards en-

chantés s'arrêtèrent sur une jeune fille assise non loin de l'orchestre.

Elle pouvait avoir dix-huit ans et elle était fort jolie : une taille souple, un corsage mignonnement modelé, une bouche charnue, souriante, et d'épais cheveux châtains encadrant un teint mat, moucheté d'un signe noir au coin de la joue. Avec ses grands yeux bruns mystérieux, elle avait dans sa robe de crêpe blanc la pâleur et l'indéfinissable attrait d'une ondine. Les lis d'eau qui fleurissaient sa coiffure aidaient à l'illusion. Pareil au berger de Théocrite, je la vis, je l'admirai et comme, depuis de longs mois je vivais en cénobite dans la solitude et l'abstinence, une chaude bouffée d'amour me monta au cœur. Brûlant déjà d'un beau feu, j'allai tout droit inviter la jeune fille pour la première contre-danse. Elle accepta. Au rebours des jeunes bourgeoises auxquelles on recommande de ne répondre aux danseurs que par monosyllabes, elle n'était ni prude ni guindée et causait gentiment, avec un abandon naïf. Pendant les repos, nous devisions familièrement ; on eût dit que nous nous connaissions depuis des années. Elle m'apprit qu'elle était du pays de Mme Sand et que, comme son illustre compatriote, elle se nommait George de son nom de baptême. La singularité de ce prénom lui donnait à mes yeux une pointe d'étrangeté et je l'en trouvais encore plus séduisante. Elle s'en aperçut et ne s'en offusqua point. Au contraire, elle me prouva qu'elle était flattée de mon admiration, en me donnant la préférence pour une valse qu'on joua après le quadrille.

Peu à peu, ma tête se montait en écoutant son babil ingénu, en sentant plier sous mon bras sa taille ronde et flexible. Mon imagination, depuis longtemps sevrée

de nourritures amoureuses, se forgea insensiblement
de sentimentales chimères.

. De temps à autre, en mon isolement de célibataire,
des idées de mariage me traversaient l'esprit, semblables à de timides oiseaux qui se posent un moment sur
une branche avant de reprendre l'envolée. Elles me
revinrent soudain avec plus de persistance, au milieu
de la joie honnêtement bruyante de ce bal de noce. Je
me disais, tout en valsant : « Qui sait? le bonheur
passe peut-être en ce moment près de moi ; on ne le
rencontre guère plus d'une fois à portée et si ce soir je
le laisse fuir, je risque fort de ne plus me croiser avec
lui... Epouser cette charmante fille, avoir une maisonnette au bord de la Creuse ou de l'Englin, vivre en
Touraine pour le restant de mes jours et y faire souche
de robustes enfants... cela ne vaudrait-il pas mieux
que d'aligner des vers ou de la prose que personne ne
lira ?... »

Un intermède de musique succéda à la valse. Berruyer, cédant aux sollicitations de la maîtresse du logis,
consentait à payer son écot en donnant aux invités un
échantillon de son talent. Accompagné au piano par la
mariée, il exécutait l'*Ave Maria* de Gounod. Tandis
que les notes s'envolaient vers le plafond, je regardais
George assise en face de moi, le coude au genou, le
menton dans la main. Je lui trouvais une vague ressemblance avec la Polymnie. Parfois nos regards se
rencontraient et, fondus l'un dans l'autre, suivaient de
concert le courant de la mélodie. Ils y voguaient ensemble comme sur un lac enchanté. Le dernier coup
d'archet de l'exécutant se perdit au milieu d'un tapage
de claquements de mains, puis les danses reprirent
plus familières, plus abandonnées, surtout après le

souper précédant le cotillon. Le petit jour qui pointait
nous surprit, George et moi, accoudés à une fenêtre
ouverte sur le jardin, où les merles et les loriots flû-
taient déjà. La jeune fille me décrivait sa maison paternelle, une modeste gentilhommière enfouie parmi les
châtaigniers, à cent pas au-dessus de la Creuse, et je
lui promettais de l'y aller voir :

— Vous la reconnaîtrez facilement, me disait-elle
avec un confiant sourire ; des berges de la rivière on
aperçoit les deux tourelles grises où une vieille glycine
monte jusqu'au premier étage. La fenêtre de la tourelle où grimpent les plus grosses branches est justement celle de ma chambre...

J'écoutais ces confidences où son cœur naïf s'épan-
chait pour la première fois ; je me grisais de son sourire. Des réminiscences de *Hermann et Dorothée* mettaient pour moi comme un nimbe de poésie autour du
pâle visage de mon interlocutrice. Je voyais en imagination la tourelle fleurie de glycines lilas. A mesure
que l'aube rosait le ciel de mai, une divine aurore
m'illuminait intérieurement. Je murmurais des mots
de tendresse et, en les écoutant, George rougissait à
l'égal du ciel empourpré...

O jours dorés de la jeunesse où tout semble facile, où
à chaque détour s'ouvrent des routes verdoyantes nous
invitant à cheminer d'un pied allègre vers le pays de
Fantaisie !... Berruyer et moi, nous quittâmes Pressigny le lendemain et, depuis, je n'ai plus revu la jeune
fille aux cheveux châtains semés de lis d'eau. Je ne suis
jamais allé visiter la châtaigneraie qui se mire dans la
Creuse, ni la maison aux tourelles vêtues de glycine.
Peu de jours après, je quittai la Touraine et mon joli
roman d'amour finit là. Le souvenir seul est resté ; le

souvenir, cet embellisseur de toutes choses, qui a l'impalpable délicatesse des arbres reflétés dans le courant
d'une rivière. L'eau s'enfuit et se renouvelle incessam-
ment; seul, le reflet demeure, toujours insaisissable et
délicieusement tendre.

V

Au retour du voyage en Suisse (août 1862), nous étions rentrés en Touraine, Tristan et moi, pleins d'ardeur au travail et bien décidés à écrire une œuvre où nous donnerions enfin la mesure de nos aptitudes littéraires. Nous voulions faire un sérieux effort et, une fois réinstallés, lui à Pressigny, moi à Tours, nous nous étions enfermés chacun dans notre *home*. Nous y piochions ferme, dès le fin matin, et, le soir, jusqu'à minuit. J'avais entrepris de mener à bien un poème d'un millier de vers, une sorte d'idylle forestière que j'appelais *Sylvine*. Tristan, lui, travaillait à une nouvelle intitulée : *le Cousin*, et il s'y était mis tout entier, fermant sa porte aux fâcheux et vivant comme un cénobite. « Je suis dans tout le feu de mon *Cousin*, me mandait-il ; le plan est fini et vingt pages sont déjà recopiées. Je pense vous lire cela à la Toussaint. Je crois que le *Cousin* vous plaira ; je soigne le style, vous verrez!... Il y a du cœur et des réflexions, seulement ce ne sera pas également intéressant pour tout le monde... Aussitôt après mon dîner, je pars pour les bois où je cueille les idées qu'à mon retour je jette sur le papier. Je suis content de m'être à nouveau affirmé à moi-même. Je ne dis pas que le *Cousin* soit bon, mais je dis qu'il est meilleur que tout ce que j'ai encore fait... »

Nous étions convenus de nous revoir à Pressigny
pendant les fêtes de la Toussaint et de nous communiquer nos œuvres terminées. Je fus exact au rendez-vous,
mais je n'apportai point mon poème qui était encore
sur le métier. En revanche, Tristan avait achevé sa
nouvelle. Le soir même de mon arrivée, après souper,
il m'installa au coin du feu, avec toutes les attentions
et les gâteries réservées à un auditeur sympathique,
auquel on va lire un manuscrit de soixante pages, puis
il entama le premier chapitre du *Cousin*. Le sujet était
en effet intéressant; il s'agissait d'un timide curé de
campagne, entré au séminaire à la suite d'un amour
contrarié, et qui, plus tard, dans sa paroisse, recueille
un orphelin, s'attache à cet enfant adoptif, en fait un
homme et rêve de le marier avec la propre fille de la
bien-aimée d'autrefois, de celle qui, à vingt ans, l'a
dédaigné pour en épouser un autre. Toute l'ambition de
l'abbé est de faire naître et fleurir en ces deux enfants
l'amour dont lui-même a été sevré. Cette donnée heureuse était traitée avec une inexpérience d'écolier.
Les caractères maladroitement esquissés demeuraient
vagues : le milieu où les personnages vivaient et agissaient se trouvait à peine indiqué. Le récit, à part
quelques pages émues et d'une jolie intimité, se noyait
dans des longueurs et des enfantillages; enfin le dénouement était tout à fait raté. Je le déclarai net à Tristan,
sans lui ménager les critiques. Il se rebiffa tout d'abord
et n'accepta point mon jugement. La nuit passa là-
dessus et, le lendemain, au réveil, la discussion recommença. Il était déjà moins épris de son œuvre et moins
rebelle aux objections. « Votre idée première, lui dis-je,
est une trouvaille ; vous avez déterré une pierre fine,
mais la pierre est mal taillée, et montée dans du

chrysocale. Si j'étais le possesseur de votre sujet, j'en ferais certainement tout autre chose. Voulez-vous reprendre le récit à nous deux? Vous me confierez votre manuscrit ; je le remanierai, je me réserve même le droit de modifier les personnages et d'en introduire de nouveaux, si besoin est. Ce travail terminé, nous présenterons notre œuvre à une Revue, sous une signature commune. En un mot, nous ferons ce que font, depuis trois ou quatre ans, Erckmann et Chatrian. Réfléchissez, et si la proposition vous agrée, apportez-moi le manuscrit à Noël... »

Il fit d'abord la sourde oreille et essaya de remanier sa nouvelle en tenant compte de mes critiques ; puis, convaincu de son impuissance à tirer à lui seul le *Cousin* hors de sa gangue, il m'arriva à Tours, la veille de Noël, avec son manuscrit et me donna pleins pouvoirs. J'en avais fini avec mon poème et, tenant ma promesse, je me mis immédiatement à relire son œuvre, plume en main. Mon premier travail consista à pratiquer des coupes sombres dans le fouillis enchevêtré de mon ami ; je me préoccupai ensuite de situer son récit dans un milieu réel, exactement décrit et suffisamment pittoresque. L'intimité de la nouvelle et les caractères des personnages me décidèrent à choisir pour le lieu de la scène ce cher pays tourangeau où je vivais depuis quatre années, et de faire évoluer mes héros aux environs mêmes du bourg où demeurait Tristan. Mais tandis que je me livrais à ces opérations préliminaires et que j'écrivais à mon ami : « Dès demain j'entame le *Cousin*... », un changement de résidence venait brusquement m'interrompre. Le jeune rédacteur qui remplissait les mêmes fonctions que moi à Bar-le-Buc, — et qui est aujourd'hui sénateur après avoir été premier

président de la Cour des Comptes, — M. Boulanger, avait
reçu de l'avancement et l'Administration m'avisait que
j'étais appelé à le remplacer dans la Meuse. Ma famille
habitait Bar-le-Duc où j'avais été élevé ; elle désirait me
garder le plus longtemps possible auprès d'elle : refuser
le poste qu'on m'offrait eût passé pour égoïsme et sécheresse de cœur. Je pliai donc bagage fort tristement.
Cela me peinait de quitter la Touraine où j'avais vécu
d'une vie studieuse, libre, ignorée et charmante. Le
soir où je reçus avis de ma nomination, j'allai promener ma mélancolie sur le Grand-Pont. La nuit descendait, le ciel était d'une rare beauté. Le couchant vermeil
se striait de nuées lilas, au milieu desquelles brillait
l'étoile de Vénus. Du côté de l'est, montait une légère
brume argentée par la lune. L'*Angelus* sonnait au couvent des *Dames-Blanches*. Je me sentais pris d'une
tendresse profonde pour ce délicieux pays de Touraine
et je m'en arrachais à regret. — Le dimanche suivant,
Tristant vint me rejoindre à Sainte-Maure, chez notre
ami Berruyer, et là, nous bûmes le vin des adieux. Son
dernier mot fut : « Surtout quand vous serez là-bas,
n'allez pas oublier le *Cousin !* »

Je m'arrêtai à Paris pour y prendre l'air de la *Revue*
et je fus reçu par M. de Mars. Sans se départir de ses
façons de sacristain funèbre, il me déclara que mon
poème de *Sylvine* avait plu aux lecteurs de la *Revue* et
me demanda de la copie. Je lui confiai alors que je travaillais à une nouvelle ; je lui contai l'histoire de ma
collaboration avec Tristan et il fut convenu que je lui
enverrais le manuscrit du *Cousin,* dès que la refonte
serait terminée. En quittant la rue Saint-Benoît, je
grimpai sur l'impériale d'un omnibus qui allait à Passy.
Un de mes camarades de Tours m'avait donné une lettre

pour Jules Janin, qui était un peu son parent, et je me
réjouissais d'être admis à contempler le célèbre critique
des *Débats*. On entrait en plein printemps ; le ciel était
bleu ; la Seine transparente et ensoleillée ; les marronniers et les lilas, couverts de fleurs ; enfin un après-
midi à souhait pour visiter un des princes de la littérature de ce temps-là. La rue de la Pompe où il habitait
n'était alors qu'une sorte d'impasse bordée de murs. Je
sonnai, le cœur battant, à une petite porte bâtarde et
une vieille domestique m'introduisit dans 'un jardin
fleuri, au milieu duquel se dressait une sorte de chalet,
avec des galeries enguirlandées de vigne vierge et un
escalier extérieur. Je trouvai le critique assis à l'ombre
de cet escalier et lisant. Il était obèse, avec des jambes
courtes et des pieds enflés par la goutte. Son visage
rond et grassouillet, ses lèvres charnues et gourmandes
s'harmonisaient avec cet embonpoint de chanoine ; ses
yeux pétillaient de malice, de gaîté et de jeunesse. Je
lui tendis ma lettre d'introduction ; il la parcourut, me
demanda des nouvelles de son parent, puis se déclara
tout disposé à m'aider de son influence, lorsque je
publierais mon premier livre. Il m'avait fait asseoir en
face de lui et m'interrogeait d'une voix sonore agréablement timbrée. On devinait qu'il aimait à causer. Sa
conversation gauloise était assaisonnée de mots très
salés dont s'étonnait un peu ma pudibonderie provinciale. Quand il souriait en lançant ces « mots de
gueule », sa physionomie avait une épicurienne expression d'aimable polissonnerie. Il me faisait l'effet d'un
Chérubin de cinquante-cinq ans...

— J'aime les poètes, moi, s'écria-t-il, et j'aime
la poésie ! Je lis tous les vers qu'on m'envoie et
j'apprends par cœur ceux qui me plaisent le mieux...

Faites une comédie en vers, n'eût-elle qu'un acte...

Je lui avouai que j'avais peu la veine comique et que je préférais la poésie intime et agreste.

— Vous aimez la poésie rustique ?... Je comprends ça... Il y a tant de choses à décrire dans la campagne, quand on sait observer... Tenez, voyez-vous là-bas ce lilas en fleurs ?.... Eh bien ! je le contemple pendant des heures sans me lasser... N'importe, essayez d'écrire une comédie en vers !...

La poésie rustique nous avait amenés à parler de Théocrite et il en causait en homme très documenté, avec un sincère enthousiasme. Je faisais chorus. Nous nous rappelions l'un à l'autre les *Magiciennes*, les *Thalysies*, les *Pêcheurs*, et aussi le *Moretum* de Virgile. A propos de ce dernier poëme, je lui citai un passage de son roman des *Gaîtés champêtres*, où il avait très ingénieusement transporté le début du *Moretum*. Un jeune sourire épanouit sa bouche gourmande.

— Ha ! ha ! s'écria-t-il avec satisfaction, vous vous en souvenez ?... Eh bien, croiriez-vous que personne n'en a rien dit, à l'exception de Sainte-Beuve ?... Vous êtes le second qui ayez remarqué ce passage. Le livre est oublié ; il s'est mal vendu ; c'est pourtant un de mes meilleurs... J'aime mes livres ! je n'en parle pas le premier, mais quand on m'en parle, je ne fais pas la bégueule... Oh ! les poètes grecs, leurs moindres fragments sont des pierreries lumineuses qui mettent l'esprit en joie... Vous rappelez-vous ce vers d'Homère, à propos d'un jeune homme tué dans la mêlée : « Il tomba, sourit et mourut... » Est-ce beau ?... Il ne s'arrêtait plus, les citations poétiques coulaient sur ses lèvres, tandis que le soleil de mai inondait le jardin, que les fauvettes rossignolaient et que les lilas balan-

çaient leurs tiges empanachées. J'admirais cet esprit
alerte et bienveillant. Il venait d'échouer à l'Académie
et il n'avait pas une parole amère contre ceux qui lui
avaient préféré Dufaure. Une heure s'était passée. Je
me levai tandis qu'il répétait encore avec une sorte de
délectation : « Il tomba, sourit et mourut... »

— C'est beau, le printemps, reprit-il, c'est beau, la
jeunesse !... Tenez, hier, à cette place, j'ai ramassé un
moineau, un paillard de moineau... Il s'en était tant
donné qu'il ne pouvait plus bouger... Eh bien, il en est
revenu, le drôle !... et il a repris sa volée pour aller de
nouveau courir le guilledou... Ma parole, il me faisait
envie !

Là-dessus, toujours riant, il me tendit la main et
comme je touchais le seuil, il me cria encore ; « Quand
votre volume aura paru, apportez-le-moi !... » Je m'en
allai, enchanté de ma visite et, le lendemain, je pris à
regret un train qui me déposa à Bar-le-Duc dans la
soirée.

Pendant le premier mois qui suivit ma transplantation, j'eus grand'peine à me ravoir. Le temps était
pluvieux ; les rues solitaires et boueuses donnaient à
la ville l'aspect d'un grand village maussade. J'avais la
nostalgie de la Touraine. A travers la pluie, la vallée
de l'Ornain étroite et monotone, balayée par un vent
âpre, m'apparaissait, inhospitalière et sans couleur. Un
dimanche soir pourtant, après une ennuyeuse journée
de visites officielles, comme je descendais de la ville
haute, j'aperçus, par delà les côteaux de vignes, nos
bois de hêtres aux cimes moutonnantes. Je les revoyais
pour la première fois, les bois de ma prime jeunesse !
et j'éprouvai tout à coup une sourde joie, une réconfortante émotion, pareille à celle de ces soldats grecs

dont parle Xénophon, lorsque, après les anxieuses
péripéties de la retraite des Dix-Mille, ils virent enfin
la mer de Grèce bleuir à l'horizon. Le temps qui était
redevenu plus aimable, m'aida à me réaccoutumer à
nos modestes collines où les vignes allaient fleurir, à
nos forêts où les muguets foisonnaient. Ce pays du
Barrois est généralement sec et un peu uniforme. Les
collines sont basses ; les horizons bornés ; les plaines
sans relief ; mais les forêts y sont étendues, accidentées,
profondes et cela sauve tout. C'est une nature sobre,
assez rude, mais elle a la saveur d'un pain de ménage
odorant et sain, qu'on goûte d'autant mieux, après
s'être nourri de pain de luxe. J'arrivai ainsi insensiblement à savourer les humbles beautés de la terre natale ;
je pus de nouveau travailler et annoncer à Tristan que
je m'étais remis au *Cousin*, et que je comptais le lui
envoyer, complètement refondu, vers la fin du mois
de juin.

J'espérais, en effet, en avoir fini avec mon manuscrit à l'époque indiquée, mais j'avais compté sans les
distractions imprévues qu'allait m'offrir la vie de province, si calme et monotone d'ordinaire. Par suite de
circonstances exceptionnelles et trop longues à détailler,
il y avait en ce moment dans ma petite ville une société
mondaine très en l'air et fort amoureuse de plaisir. Elle
était composée de cinq ou six jeunes femmes et jeunes
filles du cru, de professeurs du lycée, tout frais émoulus
de l'Ecole normale, et d'un jeune ménage parisien en
villégiature. Pendant les chaudes soirées d'été, cette
société se réunissait dans un bois voisin des faubourgs,
on y soupait et on y jouait des charades sous les arbres,
avec accompagnement de musique. Les musiciens
étaient recrutés parmi les harpistes napolitains qui

11.

erraient sur le champ de foire et·qu'on embauchait
pour la soirée. J'avais été choisi comme impresario et
chargé de composer le scénario de ces comédies impro-
visées. Rien d'exquis comme nos réunions à la nuit
tombante, tandis que la lune se levait à l'horizon et
qu'au loin scintillaient les lumières de la ville assoupie.
Dans l'air tiède flottait l'odeur des vignobies en fleurs,
qui avoisinaient le taillis. Les jeunes femmes en robes
claires, avec des roses au corsage et dans les cheveux,
jouaient leur rôle à merveille. C'était un aimable déca-
méron où chacun se livrait librement aux fantaisies de
son imagination. Dans ce milieu très artiste, un peu fou
et nullement prude, on se serait cru à cent lieues de la
province. Les massifs de verdure étaient semés de lanternes vénitiennes, qui éclairaient d'une mystérieuse
lueur les mousselines neigeuses, les bras nus, les yeux
brillants et les têtes enguirlandées. On se promenait en
groupe sur les terrasses, on fleuretait, on se murmurait des madrigaux, et parmi les feuillages argentés
par le clair de lune, le long des allées de rosiers,
planait comme un ressouvenir des fêtes galantes de
Watteau.

Parfois aussi, avant le dîner, on exécutait des fugues
à travers les champs et les vignes. Je me rappelle
toujours, sous l'oblique soleil de juin, un grand champ
de blé onduleux, où les jolies promeneuses disparaissaient jusqu'à mi-corps ; on n'apercevait plus que le
haut du buste légèrement décolleté et les figures rieuses
aux cheveux envolés. Et ce fut, dans ce carré de blé
doré, que je rencontrai pour la première fois la charmante fée, qui devait dix ans plus tard être pour moi
la compagne des bons et des mauvais jours, et que j'ai
chantée sous le nom de « la Payse ». En ce temps-là,

elle comptait vingt ans à peine : grande, svelte, blanche
avec les cheveux d'un blond fauve frisottants sur le cou,
elle avait toutes les grâces de l'esprit et du corps. Elle
habitait Paris, mais était Lorraine d'origine, avait été
élevée dans un village, et unissait à une culture raffi-
née-un goût très vif pour les choses et les gens de la
campagne. Primesautière, naturelle et franche, elle
était surtout d'une beauté et d'une sensibilité rares.
Comme une source limpide, une réveillante gaîté jail-
lissait de ses lèvres spirituelles, tandis que parfois,
cependant, une soudaine tristesse embuait ses expres-
sifs yeux verts. Je la revois encore faisant parmi les
épis une razzia de coquelicots et de bluets. A un certain
moment, une tige rebelle ne cédant pas assez vite sous
ses doigts impatients, elle se pencha, la bouche entr'ouverte, et se mit en devoir de couper la plante avec ses
dents. Comme je lui remontrais qu'elle risquait de se
meurtrir les lèvres, nos regards se croisèrent et je
demeurai troublé par la magnétique lueur de ses grands
yeux verts. Je ne me doutais guère alors de ce qu'elle
serait pour moi dans l'avenir, mais ce regard me remua
jusqu'au fond du cœur et je cheminai tout rêveur dans
le sentier, tandis que les promeneuses en robes blanches
s'en revenaient coiffées de folles herbes et de fleurs
sauvages...

Cette existence dissipée n'était guère propice à un
travail suivi ; néanmoins elle me mettait en verve et
donnait à mon imagination un branle et une envolée
dont la nouvelle, je crois, profita. Vers la fin de juillet,
j'adressai à Tristan le manuscrit entièrement refondu :
« Voici le *Cousin*, lui écrivais-je ; comme vous le
verrez, il a été un peu changé en nourrice. Le début a
été abrégé ; dans la seconde partie surtout, le récit à

été remanié et j'y ai ajouté trois chapitres entièrement
neufs. Lisez attentivement et indiquez vos observations
à l'encre rouge; j'en tiendrai compte en recopiant le
manuscrit que j'expédierai ensuite à Buloz. » Cinq
jours après, Tristan ravi me répondait : « J'ai relu
plus de trois fois la nouvelle et je la trouve maintenant
très intéressante, très poétique et bien menée. Mes
compliments pour les chapitres qui sont de vous seul
et mes compliments pour les corrections. La lecture de
cette œuvre refondue a été pour moi une initiation,
une leçon de goût, de tact et d'art... Je suis persuadé
que la *Revue* acceptera le *Cousin*... Bravo... collabo-
rons encore ! »

Tandis que je recopiais le manuscrit, mon ami recevait à son tour son changement et, par une heureuse
coïncidence, il était nommé sous-inspecteur à Langres,
dans le pays même où nous nous étions connus et liés. Le
Cousin fut envoyé à la *Revue* vers la fin d'août et j'attendis impatiemment une réponse. Les jours s'écoulaient,
je ne voyais rien venir et je passais par toutes les alter-
natives de l'espoir et du désenchantement. Tantôt je
me disais que le *Cousin* ne pouvait être refusé, je m'en
remémorais toutes les belles qualités et le succès me
paraissait certain; tantôt je ne lui voyais que des
défauts, des longueurs, des invraisemblances et des
fadeurs, et je n'aurais pas mis un liard dans son jeu.
Le temps lui-même, devenu mauvais, ajoutait à mes
tristes pressentiments; l'automne était grincheux : un
grand vent mêlé de pluie courait dans les arbres, les
premières feuilles jaunes tourbillonnaient. Partout un
parfum de déclin et de défaillance. Au fond de mon
cabinet d'étude, j'entendais la rafale pleurer dans les
couloirs; les gouttières des toits s'écoulaient avec des

clapotements monotones et dans un angle des boiseries,
une araignée ourdissait sa toile, avec un petit bruit
semblable au tic tac d'une montre. Je me sentais
imprégné de découragement et de mélancolie... Enfin la
réponse de la *Revue* arriva en octobre. Le *Cousin* était
reçu et on me l'envoyait en première épreuve. « Il ne
reste plus, écrivait de Mars, que deux questions : le
titre et la signature. Sur ce dernier point, nous
croyons qu'il y a moyen de tout concilier. Cette première œuvre devant être suivie de quelques autres, au
lieu d'une signature collective nous pensons qu'il vau-
drait mieux adopter une signature *alternée* — tantôt
la vôtre, tantôt celle de votre collaborateur. La série
pourrait prendre un caractère d'unité, grâce à un titre
général : *Etudes* ou *Récits de la Touraine.* Pour le
moment, on placerait votre signature au bas de la
première nouvelle, et un autre récit, dont vous réuni-
riez tous deux les éléments sans peine, porterait la
signature de votre ami... Quant au titre, je proposerais
« l'Abbé Daniel » avec un sous-titre, indiquant une
série. J'attends sur ce point un mot de vous, avec
l'épreuve que vous recevrez ce soir... »

En ce monde il n'est point de parfaite allégresse.

Cette question de la signature me laissait tout décontenancé. Je communiquai immédiatement la lettre de
M. de Mars à Tristan. Par retour du courrier celui-ci me
répliqua : « Quant à la signature, je m'abandonne
entièrement à vous. Tout ce que vous ferez sera bien
fait. J'aurai le moins d'arrière-pensée qu'il sera possible à mon égoïsme... Ce n'est pas vous qui avez
demandé cela. On nous y contraint. Ou la nouvelle ne
paraîtra pas ou elle sera signée d'un seul nom, et

j'aime mieux qu'elle paraisse sous votre nom seul que
de ne paraître pas. Insistez encore cependant pour la
double signature, mais tout en insistant, ne résistez
pas et n'en faites pas une condition *sine qua non*. Si
vous ne réussissez pas, signez seul, je vous y autorise
et je vous le demande... » Mon insistance, hélas! se
heurta contre le parti pris de Buloz et la nouvelle parut
le 1er novembre 1863, sous ma signature et sous le
titre de *l'Abbé Daniel, étude de la vie de campagne*.

Quelques jours après la publication, je reçus une
nouvelle lettre de M. de Mars : « M. Buloz, qui est
absent, a fixé avant son départ le montant de vos droits
pour *l'Abbé Daniel* et je vous envoie la somme qui vous
est allouée sur le taux de deux feuilles, selon l'ancien
usage de la *Revue* (400 francs). » La nouvelle avait
trois feuilles, mais l'usage établi par le Directeur voulait que les deux premières feuilles comptassent seules
pour le paiement. Buloz prétendait qu'il agissait ainsi
pour forcer les auteurs à être concis et sobres! M. de
Mars ajoutait : « Le numéro du 1er novembre a été
envoyé à votre collaborateur. Nous espérons que la
série ainsi commencée se continuera, que votre ami
y interviendra à son tour, comme signataire, et nous
ne demanderons pas mieux que de resserrer, par le
roman, les liens qui s'étaient déjà formés entre nous
par la poésie. » J'expédiai à Tristan la lettre et la moitié
de nos honoraires. D'après ce qui me revenait de
droite et de gauche, *l'Abbé Daniel* avait un joli succès;
on louait la simplicité émouvante de cette idylle tourangelle, la fraîcheur des paysages et surtout le caractère original de l'abbé. Il fallait battre vivement le fer
et j'exhortai mon ami à profiter de la réussite pour
reprendre promptement notre collaboration. Tristan

éperonné par l'aubaine des 200 francs, et par la perspective de signer seul notre prochaine œuvre, se mit à
la besogne et m'envoya six semaines après le scénario
de la seconde nouvelle. Cette fois, il contait l'histoire
d'un amour très pur, éclos au fond de la campagne
entre un juif et une jeune fille catholique. Comme pour
le *Cousin*, il ne s'était nullement préoccupé de préciser
le milieu ; cela se passait dans un village imaginaire
quelconque. De plus, les caractères étaient à peine
dessinés et le sujet, moins intéressant que *l'Abbé
Daniel*, manquait de nouveauté. Il fallait se rattraper
sur les détails. J'eus fort à faire pour mettre la nouvelle sur pied. Je la récrivis tout entière, je m'efforçai
de donner de la vie aux personnages et de les bien
envelopper dans l'atmosphère du pays tourangeau où
je les avais placés ; j'y ajoutai des scènes de mœurs
locales et je m'ingéniai à trouver un dénouement moins
prévu. Quand j'eus terminé mon travail, qui me prit
une partie de l'hiver de 1864, je communiquai le
manuscrit à Tristan ; il approuva ce que j'avais fait et
j'adressai le récit à la *Revue*... Il fut accepté, — mais à
correction. On demandait des coupures, et en même
temps quelques additions pour rendre le dénouement
plus neuf ; enfin on me priait de renvoyer le tout avant
le 15 avril. Je m'exécutai ; mais je ne me dissimulais
point que, malgré les remaniements, *Suzanne* (c'était
le titre de la nouvelle) ne valait pas *l'Abbé Daniel*.
« Telle qu'elle est, écrivais-je à Tristan, je ne la crois
pas très empoignante ; et j'ai bien peur que Buloz
n'élève encore des objections. » Enfin les premières
épreuves arrivèrent ; seulement, ainsi que je l'avais
prévu, elles étaient accompagnées d'une lettre où M. de
Mars demandait un autre dénouement. Cela devenait

grave et je partis pour Paris afin de m'en expliquer
verbalement avec les gens de la *Revue*. Je fus reçu par
Buloz, que je trouvai tisonnant au coin du feu. En me
voyant entrer il prit son air le plus grognon : « J'ai
passé la matinée à vous lire, ah !.., ça ne vaut pas *l'Abbé
Daniel!*... Les personnages manquent de relief et puis
il y a trop de *religiosité* et de *sentimentalisme*, il faut
revoir tout cela et changer le dénouement. » Là-dessus,
je m'emportai. Je déclarai que la nouvelle me semblait
suffisamment intéressante, qu'il ne s'agissait pas de
religiosité, mais d'une question religieuse qui était
dans l'air, et que, de plus, les personnages avaient du
charme et de la vie. Je fis en outre remarquer au féroce
Directeur de la *Revue*, qu'il trouvait mauvais tout ce
que M. de Mars avait précisément trouvé bon. « De
Mars ne fait que des sottises, s'exclama Buloz; je lui ai
cent fois répété que lorsqu'un manuscrit ne l'empoignait pas à la première lecture, il fallait le refuser!...
Or votre nouvelle n'est pas empoignante... Elle finit en
queue de poisson!... Tenez, passez dans la pièce à côté,
on vous donnera une plume et de l'encre et vous récri-
rez le dénouement... Il faut que vous nous tiriez de là! »
Pour le coup, je me révoltai tout net; je lui déclarai
que je n'étais pas homme à improviser un dénouement, le couteau sur la gorge, et que je refusais de me
laisser claquemurer. Je consentis néanmoins à remporter l'épreuve, j'y opérai quelques retouches et la
renvoyai, en jurant que je ne la modifierais plus.

Je supposais que Buloz ayant dépensé 200 francs de
composition et de corrections, finirait par s'amadouer
et publier le récit tel qu'il était; mais j'avais affaire à
plus entêté que moi. Le numéro du 1ᵉʳ mai parut sans
nouvelle ni roman et je n'entendis plus parler de rien

jusqu'au 16, où je reçus une épître écrite de la propre
main du tyran de la *Revue*, qui me pressait de lui
donner satisfaction : « Votre silence, me disait-il, m'a
fait relire deux fois votre nouvelle pour savoir froidement si je me trompais. Faut-il vous le dire, monsieur,
je ne me suis trompé qu'en étant plutôt indulgent que
sévère. Je suis sûr que vous conduiriez votre ami à un
échec certain. Voilà pourquoi, dans son intérêt et dans
le vôtre aussi, bien que vous ne signiez pas, j'ai cru
devoir différer la publication de *Suzanne*. Et pourtant,
si vous vouliez écouter les conseils de ma longue expérience, si vous étiez surtout disposé à faire un effort,
vous pourriez tout réparer... Mais il faut un effort
sérieux. Pour moi, je crois que vous devez au moins le
tenter, d'autant mieux que c'est la signature de votre
ami qui est en jeu... »

Comme la sœur de M. Dombey, dans Dickens, il
répétait : « Faites un effort » ; mais je n'étais plus
d'humeur à l'écouter et la seule idée de relire *Suzanne*
me donnait des nausées. Je répondis que je me sentais
incapable de trouver un autre dénouement et je le priai
de s'adresser directement à Tristan, qui se montrerait
peut-être plus docile. Ce fut ce qu'il fit, et Tristan,
moins sage ou moins entêté, consentit à tenter l'effort
demandé. On lui renvoya les épreuves et, pendant
deux mois, il se retourna en vain les ongles pour satis-
faire les gens de la *Revue* qui sollicitaient toujours de
nouveaux remaniements; un beau jour, n'en pouvant
plus, il jeta le manche après la cognée, et la malheureuse *Suzanne* resta *sur le marbre*.

Je m'imaginais que tout était fini et j'en avais fait
mon deuil, quand, un an après, à Paris, je reçus la
visite d'un secrétaire de la *Revue*. La nouvelle était

toujours sur le marbre, Buloz s'impatientait et tenait à
ne pas perdre ses frais de composition; il me conjurait
de me laisser attendrir et de trouver un dénouement.
Je l'envoyai promener, mais il ne se tint pas pour
battu. Ce diable d'homme avait l'âme persévérante.
Chaque année, pendant quatre ans, vers la fin de
décembre, je voyais arriver un de ses secrétaires :
« M. Buloz est désolé, murmurait-il, il voudrait en
finir avec *Suzanne*... Ne pourriez-vous faire un dernier
effort? » Je m'obstinais à répondre : « Jamais de la
vie! » et nous en restions là pendant un an.

Dans l'intervalle, j'avais publié deux nouvelles qui
avaient été bien accueillies et Buloz me traitait déjà
avec plus de confiance. A la fin de 1869, il me dépêcha
de nouveau Deschamps, l'administrateur de la *Revue*,
qui recommença l'antienne : « M. Buloz vous supplie
en grâce de terminer *Suzanne*; vous lui rendrez un
signalé service et il vous en saura gré. » L'entêtement
de l'ours savoyard me touchait, et de guerre lasse je
répondis : « Eh bien! dites à M. Buloz que je lui rendrai
le service qu'il demande, à une condition : c'est qu'à
l'avenir, il me paiera mes vers. » Deschamps jura que
son patron en passerait par où je voudrais, et on
m'envoya une épreuve. A cette époque, j'avais déjà
plus d'expérience et plus de métier. J'inventai un
dénouement heureux, je récrivis la fin de la nouvelle
et elle parut le 15 janvier 1870, avec la signature de
Tristan, sous le titre de : *Suzanne Descharmes, Souvenirs du Poitou.*

Seulement quand, confiant dans la parole du patron,
j'envoyai un mois après un paquet de vers à la *Revue*,
Buloz ne refusa pas de les payer, oh! non...; mais il
refusa le manuscrit, sous prétexte qu'il était trop long...

VI

L'histoire de *l'Abbé* et de *Suzanne* m'a entraîné plus
loin que je n'aurais voulu. Je reviens en arrière et
reprends le récit de mes impressions en pays barrois.
Je savais que j'y devais rester un an tout au plus, et
maintenant que j'étais ressaisi par le charme de cette
province où s'étaient écoulées mon enfance et ma première jeunesse, je me hâtais d'en déguster l'originale
saveur, d'en respirer à pleins poumons la senteur
forestière. J'avais été introduit dans la famille d'un
pasteur protestant qui habitait la Ville haute et dont
les ancêtres avaient émigré en Angleterre, à la révoca-
tion de l'Édit de Nantes. Je rencontrais chez lui une
petite colonie anglaise installée dans les quartiers solitaires de la vieille ville, et je m'étais lié notamment
avec une dame écossaise, nommée Mrs Jenkin, qui
collaborait à plusieurs périodiques d'outre-Manche.
Elle avait déjà publié à Londres deux ou trois romans:
Cousin Stella, Skirmishing, etc., très appréciés de
l'autre côté du détroit, et elle correspondait amicalement avec Ruffini, Lanfrey et Henri Martin. C'était
une femme d'une quarantaine d'années, peu jolie,
assez bien faite, avec de petits yeux perçants et très
spirituels. Aimable et bonne, ayant une grande largeur
d'esprit, elle appartenait au parti protestant libéral et

comptait parmi les fervents partisans de l'unité italienne. Abonnée de *la Revue des Deux Mondes,* elle
y avait lu *Sylvine* et, comme elle aimait la poésie, elle
m'accueillit avec cette cordialité britannique qui vous
met sur-le-champ *at home.* Je passais dans sa maison
de nombreuses soirées, et je m'y trouvais en plein
milieu lettré et artiste. Je m'étais remis à l'anglais;
nous lisions ensemble Wordsworth, Keats, Shelley,
Tennyson, et de plus j'entendais chez elle d'excellente
musique. Son salon, dans ce petit coin du Barrois, était
pour moi une véritable oasis poétique; elle joignait à
une culture variée, un jugement très sûr, un goût très
exercé, et ses conseils me faisaient grand bien.

Après avoir redouté le séjour de Bar-le-Duc, j'y
vivais au demeurant fort heureux, partageant mes
journées entre un agréable commerce littéraire et de
longues promenades à travers bois. Pendant les premières semaines de l'été, la vallée de l'Ornain est pleine
de fraîcheur; toutes les nuances du vert s'y succèdent:
vert doré des prairies, vert tendre des vignobles, vert
bleu et vaporeux des forêts à l'horizon. Au mois de
juin, ces forêts du Barrois sont adorables. Partout des
chants de rossignols, des sifflets de merles, des rou-
coulements de ramiers et le double appel mélancolique
du coucou invisible. Partout un foisonnement de
fleurs sauvages dont les noms seuls suggèrent des rêves
idylliques et de mythologiques symboles : l'ancolie
bleue, l'acté en épis, la circé, l'anémone Sylvie, la dame
d'onze heures, l'aspérule odorante, le mayanthème...
Je me plongeais dans la verte profondeur des futaies
comme en un bain enchanté. J'y évoquais des ombres
fuyantes de dryades et de napées. C'était une amoureuse griserie, mais tout autre que la sensuelle griserie

de la Touraine. Elle avait quelque chose de plus pur,
de plus fort, de plus idéal. Je trouvais dans la verdure
de la forêt une inspiration féconde, réconfortante,
autrement efficace que dans la molle atmosphère tourangelle. J'y buvais une sève de poésie tonique et
salubre, et j'en revenais mieux préparé à la lutte pour
la vie.

J'allais, en effet, avoir besoin de toutes mes forces
pour triompher des résistances opposées à la réalisation
de mes projets. J'arrivais à un tournant de route où
devait se décider mon avenir. J'attendais chaque jour
ma nomination à un emploi supérieur, mais je n'avais
aucune ambition administrative et mon seul désir était
d'obtenir un poste à Paris. Ma famille, au contraire,
voulait me conserver près d'elle et m'y voir suivre
tranquillement la filière. Or plus que jamais je me
répétais le mot de Balzac : « Tout artiste qui reste en
province passé trente ans est perdu pour l'art. » Je
sentais qu'à Paris seulement je pourrais trouver un
éditeur, publier mes vers et me frayer un chemin dans
le monde des lettres. Je ne me souciais pas de contre-
carrer ouvertement la volonté paternelle, en donnant
ma démission et en me jetant sans ressources pécu-
niaires dans les hasards de la vie parisienne. Il me
fallait donc avant tout m'assurer d'une position qui me
permît de vivre honnêtement à Paris, en attendant que
la littérature me donnât le moyen de subsister sans
rien coûter à ma famille. Précisément mon nouveau
Directeur général venait de créer des emplois de rédacteurs à l'Administration centrale et les titulaires
devraient être choisis parmi les rédacteurs de province. C'était tout à fait ce qu'il me fallait ; seulement
il y avait beaucoup d'appelés et peu d'élus : neuf ou dix

tout au plus pour toute la France. Je posai bravement
ma candidature et je fis plusieurs voyages à Paris afin
de me ménager des intelligences dans la place. Malheureusement je n'avais au ministère aucun ami influent
et on ne me cachait pas que les protecteurs jouaient un
grand rôle dans l'affaire. Je savais toutefois que le
Directeur général, ayant lu *l'Abbé Daniel*, se montrait
bien disposé et j'espérais un peu être compris dans la
première promotion. Il n'en fut rien ; au lieu de m'appeler à Paris, on me nomma à Amiens où je fus chargé
du service domanial maritime dans la zone comprise
entre la baie d'Authie et le Tréport. A la vérité, on me
fit entrevoir que ce n'était qu'un acheminement vers
l'Administration centrale et, avec ce bon *billet à la
Châtre* en poche, je m'en allai prendre possession de
ma nouvelle résidence.

De ce séjour dans la Somme je ne garde en mon souvenir que l'impression confuse de six mois de vie
nomade et laborieuse. Allées et venues continuelles
d'Amiens à Saint-Valery, pérégrinations à travers les
renclôtures de l'Authie, les dunes du Crotoy, les sables
mouvants de Cayeux et les prés salés de la Bresle. Sur
le fond grisâtre de cette existence vagabonde deux ou
trois épisodes à peine se détachent avec un peu de
netteté et de couleur :

D'abord mon passage à Paris au moment de ma
nomination. Je me revois dans une chambre de l'*Hôtel
Sainte-Marie*, en compagnie de l'ami Tristan qui est
venu y passer cinq jours avec moi. La matinée est
pluvieuse, le jour maussade. Tristan, encore au lit, me
regarde d'un air apitoyé endosser ma redingote noire
et me préparer à rendre visite aux gros bonnets de
l'Administration. Tristan n'a pas un grain d'ambition

et, en se recroquevillant dans ses couvertures, il me
plaint ironiquement de courir au ministère par cette
pluie battante. Me voilà cheminant le long des arcades
de la rue de Rivoli et de la rue Castiglione. Je monte
avec un léger frisson l'escalier J de l'administration
des Domaines et j'entre dans l'antichambre encombrée
de solliciteurs. Enfin mon tour arrive et je suis admis
dans le cabinet directorial : une grande pièce à boiseries blanches, décorée dans le style du premier Empire,
avec, au milieu, un magnifique bureau aux cuivres
ciselés par Gouttières et qui a dû appartenir à quelque
fermier général. Mon grand chef est adossé à la cheminée; c'est un homme d'une quarantaine d'années,
svelte, maigre, blond et pâlot, avec des moustaches et
une impériale, des yeux vifs, froidement fouilleurs. Il
est vêtu négligemment d'une jaquette noire, d'un pantalon à carreaux bleus, dans les poches duquel ses
mains s'enfoncent sans souci du décorum. Je le remercie
de m'avoir nommé à Amiens, mais je ne lui cache pas
que mes prédilections sont toujours pour l'emploi de
rédacteur à Paris. Il sourit vaguement et me répond
d'un ton bref que le nombre des emplois disponibles
est petit et le nombre des solliciteurs très grand, mais
qu'il se souviendra de moi, le cas échéant : « Je sais,
ajoute-t-il, que vous vous occupez de littérature ; mon
Dieu, je ne m'oppose pas à ce que mes agents emploient
leurs loisirs « à des jeux d'esprit »; mais leurs loisirs
seulement !... Je vous ai nommé à un poste de combat,
tâchez de vous y distinguer... » Puis avec un beau
geste administratif : « Allez, et faites-nous de bonne
besogne !... » Et me revoilà dans l'escalier, regrettant
de n'avoir pas insisté davantage...

   — Saint-Valery, au mois d'août, pendant les régates.

Un matin bleu et limpide. J'ai quitté la ville en compagnie d'un ancien camarade de collège retrouvé à
Amiens, et bâton en main, nous avons projeté de longer
la mer jusqu'au Tréport. Nous gagnons Cayeux, un
triste village à demi enfoui sous les sables et où l'on a
comme un avant-goût du Sahara. Un talus de galets
sépare la dune de la mer grise et sauvage, dont le
ressac bat la grève avec un bruit lugubre. De là, en
cheminant sur le sable à marée basse, nous atteignons
le Bourg d'Ault, qui semble un village breton égaré en
Picardie. Bâtie dans l'échancrure de deux hautes
falaises crayeuses, l'unique rue du Bourg dévale vers
la mer, avec ses maisons à pignons sculptés et la
vieille tour normande de son église rongée de mousse.
Nous y faisons halte pour déjeuner et n'en repartons
qu'au soleil déclinant. Le soir tombe, une cloche tinte
dans l'église ; des baigneurs et des baigneuses regagnent
languissamment leur logis et, dans le fond, la mer hou-
leuse et verdâtre poursuit sa plainte. Nous grimpons
sur la falaise et nous continuons notre route dans une
demi-obscurité. La nuit est tout à fait descendue ; un
profond silence nous enveloppe ; le ciel fourmille
d'étoiles. A cent pieds au-dessous de nous, nous enten-
dons les vagues qui s'enflent et remontent à l'assaut
du rocher. Puis la lune qui se lève du côté de Dieppe,
jette sur la Manche un long réseau d'argent et nous
permet de nous rendre compte de la beauté de cette
mouvante étendue. Au loin, le phare tournant de
Dieppe apparaît et disparaît tour à tour comme un
énorme feu follet. Pas un bruit, si ce n'est la profonde
respiration de la mer. Nous montons et redescendons
un sentier capricieux qui longe la marche de la falaise.
Nous récitons des vers, nous évoquons les souvenirs

communs de notre vieux collège et notre enthousiasme nous empêche de nous apercevoir de la fatigue.
Enfin vers dix heures nous distinguons les lumières du
Tréport et nous y descendons, affamés, pour souper et
nous coucher...

— Saint-Valery encore, mais cette fois par un tiède
déclin d'automne. La saison tire à sa fin ; pourtant on
prend encore des bains de mer mitigés d'eau de
Somme. Dans cette modeste station assez mal fréquentée, tout est à l'avenant : demi-toilettes, demi-fortunes,
demi-monde, demi-vertus. Un après-midi, à l'heure du
bain, nous voyons arriver sur la jetée deux dames très
coquettement habillées. La plus jeune a dix-huit ans
au plus ; la mère, assez bien conservée, est une petite
brune, grassouillette, avec des traits chiffonnés et
fanés. La jeune fille est bien faite, agréablement formée, brune comme sa mère, avec un teint d'une blancheur éblouissante. Tandis que la maman s'assied à
l'ombre pour lire un roman, la fille, entrée dans une
cabine, en sort dix minutes après, vêtue d'un costume
de bain très collant, très écourté, et coiffée d'un filet de
chenille rouge qui emprisonne la masse de ses cheveux
noirs. Elle descend vers la plage, plonge dans l'eau,
s'y ébroue, puis brusquement enlève sa résille qu'elle
lance sur le sable. Son opulente chevelure ruisselle,
encadrant étrangement ce blanc visage, où brillent
deux yeux noirs, vifs et câlins... — Le soir, je les
retrouve à la table d'hôte. La mère est veuve d'un
gentillâtre du voisinage, qui l'a épousée *in extremis*
pour régulariser une liaison déjà ancienne et pour
légitimer la petite, qui se nomme Jacqueline. Ces
dames habitent hors de la ville, aux Corderies, un
pavillon situé à la lisière des bois. Entre baigneurs,

on se lie vite... Je suis le voisin de table de Jacqueline
et je ne me prive pas de causer avec elle. — Intelligente
expansive, nullement façonnière, elle a une certaine
culture et semble fort avancée pour son âge. Elle a dû
être élevée à la diable, dans un milieu demi-artiste et
demi-bohème ; mais elle garde avec cela des étonne
ments candides et une inconscience du mal qui empê-
chent de prendre avec elle de trop grandes libertés. Sa
conversation est assez amusante. Elle raffole de Musset
et a lu Balzac. Un soir que nous dissertons sur les parfums préférés, je lui cite un passage du *Lys dans la
Vallée* où Vandenesse parle de la senteur qui émane
des prés en fleurs : « Une petite herbe, la *Flouve odorante,* est un des principes de cette harmonie de parfums amoureux. Aussi personne ne peut la garder im-
punément près de soi... »

— Vraiment, dit Jacqueline, en ouvrant tout grands
ses yeux noirs humides, il y a une herbe pareille?... Je
voudrais la connaitre!...

La mère ne gêne nullement nos entretiens ; au contraire, elle paraît charmée de cette intimité. J'accom-
pagne ces dames à la promenade ; nous prenons le thé
ensemble, en rentrant — et parfois, avec quelques
baigneurs et baigneuses, nous organisons des pique-
nique aux environs. La campagne est charmante : très
verte, très accidentée, ayant déjà la fraîcheur plantureuse et robuste de la nature normande. Un après-midi,
nous allons dîner en bande au bois des *Bruyères.* La
compagnie est assez mêlée : le côté des hommes, où
des peintres et des officiers de la garnison prochaine
sont en majorité, a encore un peu de tenue ; mais le
côté des dames exhale une forte odeur de balais rôtis.
La présence de Jacqueline, la seule jeune fille de cette

société panachée, ne refrène ni les langues ni les gestes ; elle n'arrête ni les plaisanteries salées, ni les pri-
vautés gaillardes. Au dessert, on se jette des fruits à la
tête et on boit dans le verre de sa voisine. Agacée et
très nerveuse, Jacqueline se lève brusquement et an-
nonce qu'elle va cueillir un bouquet dans les prés. Je
quitte ma place à mon tour et j'offre de l'accompagner.

— C'est ça, dit la mère avec empressement ; allez,
jeunesse !... Ne vous perdez pas en chemin surtout...

— Appelez-nous quand vous partirez, recommande
la jeune fille, nous vous rejoindrons sur la route !...

Serrée dans un mantelet, dont ses bras croisés ten-
dent l'étoffe sur son jeune buste ; avec une ondulation
lente de tout le corps, elle descend un sentier caillou-
teux. Je la suis, admirant la grâce voluptueuse de sa
démarche. Derrière nous, le jour se meurt doucement ;
le vent nous apporte les rires des convives du pique-
nique. Nous arrivons à la prairie déjà veloutée par la
vapeur du soir.

— Voici, dit Jacqueline en riant, le cas de nous édi-
fier sur la flouve odorante. Trouvez-moi cette herbe
merveilleuse...

Je lui montre la frêle graminée aux épis blonds, qui
donne au foin son odeur amoureuse. Elle cueille çà et
là des menthes, des reines des prés et des flouves, pen-
che son blanc visage sur ce sauvage bouquet et entre
les tiges, je vois luire ses yeux ensorcelants. Cependant
la prairie s'enténèbre ; il est temps de revenir sur nos
pas. Nous regagnons la pelouse où on a dîné... Plus
personne ! Nos compagnons sont partis sans s'inquiéter
de nous. Jacqueline reste suffoquée et se mord les
lèvres. Elle essaye de sourire d'abord pour masquer
son humiliation, puis ses yeux se mouillent et tout d'un

coup son chagrin éclate violemment. Je veux la consoler, je lui prends affectueusement les mains. Dans une
crise de larmes, elle se laisse tomber dans mes bras en
sanglotant :

— Voyez comme on me traite !... Ma mère me plante
là... Pourvu qu'elle s'amuse, le reste lui importe peu...
Ah ! je suis trop malheureuse !...

Ces larmes, cette jolie tête roulée sur ma poitrine, le
parfum de ces cheveux noirs à portée de mes lèvres,
me troublent absolument ; je murmure des phrases
incohérentes, je couvre de baisers les yeux et le cou de
Jacqueline... Elle se serre tendrement contre moi en
criant : — Je suis lasse de cette vie-là... Je voudrais
m'en aller bien loin... bien loin !

Ces derniers mots me ramènent dans le sentier battu
de la réalité. Je compte repartir le lendemain pour
Amiens. Je ne veux ni épouser Jacqueline ni abuser de
cette minute d'abandon ; par conséquent je m'efforce de
rattraper mon sang-froid.

— Calmez-vous, dis-je paternellement, votre mère a
sans doute pensé que nous prenions les devants...
D'ailleurs, les Corderies ne sont pas loin et nous y arri-
verons dans une demi-heure.

Je lui offre mon bras et nous cheminons rapidement
le long de la route obscure. Elle est devenue taciturne.
Un frisson lui secoue les épaules ; de temps à autre elle
lève vers moi un regard humide qui semble me murmurer : « Emmenez-moi... voulez-vous ? » et qui me
met une inquiétante chaleur dans les veines. Mais je
tiens bon, je suis héroïque. Nous continuons à marcher silencieusement et nous atteignons enfin les Corderies, où je remets mon Ariane entre les mains de sa
mère, plus surprise qu'émue de nous revoir sitôt... On

m'invite à entrer, je refuse... Alors Jacqueline se retourne vers moi, me lance un regard farouche : « Adieu ! » s'écrie-t-elle et elle disparaît...

— Et maintenant je me revois encore à Amiens par une sombre matinée de janvier. Je suis en train d'écrire à la lueur de ma lampe. Ma porte s'ouvre comme poussée par un coup de vent et.mon Directeur, le sourire aux lèvres, s'avance avec une lettre à la main :

« Cachotier, murmure-t-il, tous mes compliments ! Vous nous quittiez et vous ne nous en disiez rien ! »

Je le regarde ébaubi ; il me tend la dépêche officielle et je la parcours avec un sursaut de joie : le ministre m'informe que je suis nommé rédacteur à l'Aministration centrale et m'invite à me rendre à Paris avant le 15 janvier...

VII

Le jour de mon arrivée au ministère, le premier camarade qui me fit accueil fut Edmond Gondinet. Il avait été nommé rédacteur un an avant moi et je l'avais connu pendant les voyages que je faisais à Paris pour poser ma candidature. Un commun point de départ avait servi à nouer notre intimité — tous deux fils de fonctionnaires, nous étions entrés dans l'administration pour obéir à nos familles et tous deux nous désirions en sortir, dès que la littérature nous assurerait le pain quotidien. — Nous nous rencontrâmes dans un couloir, au moment où, sur le coup de midi, il grimpait l'escalier qui menait à son bureau. Il portait la moustache et l'impériale, ce qui lui donnait une allure militaire qui le faisait prendre, sur le boulevard, pour un officier habillé en civil. Sa physionomie ouverte, éclairée par de beaux yeux au regard fin et pénétrant, souriait avec une expression de bonne humeur. Toute sa personne avait une rondeur cordiale, une simplicité bonne enfant, qui vous mettaient immédiatement à l'aise.

— Ha ! ha ! s'écria-t-il en m'apercevant, vous voici enfin des nôtres ! Tant mieux !... Vous verrez qu'on est très bien ici pour travailler... »

Il y était très bien, en effet. Même il avait installé

dans son cabinet un hamac afin de pouvoir y rêver
plus à son gré. On lui laissait les coudées franches.
Grâce à l'amitié d'Augustine Brohan, qui l'avait recom-
mandé à un personnage haut placé dans le monde officiel du second Empire, on ne le tracassait guère sur
l'emploi de ses heures de bureau. Son chef, beau-frère
de Sully-Prudhomme, aimait passionnément le théâtre
et s'efforçait de lui ménager des loisirs. Gondinet demeurait hors de Paris, à Fontenay-sous-Bois, et ne
donnait son adresse à personne, afin, disait-il, de dépis-
ter les fâcheux. Il arrivait de la campagne vers midi;
sitôt installé dans son étroit cabinet éclairé par le jour
terne d'une cour intérieure, il endossait son veston de
travail, coiffait sa calotte noire, puis tirait d'un carton
une cafetière à la Dubelloy et une lampe à esprit-de-
vin. C'était l'heure du café et on voyait entrer à la file
deux ou trois camarades qui venaient « tailler une
bavette », tandis que la bouilloire chantait sur la table
encombrée de paperasses. On tournait la clef en dedans; on lisait les journaux, on récitait des vers; des
discussions politiques ou littéraires s'engageaient; on
s'invectivait même un peu, et tout cela était entrecoupé
de sonores éclats de rire qui scandalisaient fort les
employés sérieux du couloir.

Vers deux heures, chacun retournait à sa besogne.
La mienne consistait dans « la suite et la surveillance
du travail » des agents d'une vingtaine de départements. Sous la revision de mon chef et de mon administrateur, j'examinais les rapports des employés de la
province, j'appréciais les résultats de leurs recherches
et de leur contrôle, et je distribuais avec impartialité
l'éloge ou le blâme. Il y fallait du tact et du flair, mais,
en somme, ce n'était pas la mer à boire. Au bout de

quelques semaines, j'avais acquis le tour de main nécessaire pour rédiger avec concision et mesure les brèves
réponses qu'on envoyait dans les départements. Sauf
pour les circonstances graves et exceptionnelles, cela
se bornait à une série de formules, dont on se servait
invariablement quand les mêmes cas se représentaient.
C'était comme une collection de moules à gaufres de
toute dimension : « L'Administration regrette que l'emploi du temps soit si mal justifié... L'Administration
exprime à M. X toute sa satisfaction... Si M. Z continue
à manquer de zèle, l'Administration se verra obligée
de lui infliger un blâme sévère. » Tout en me servant
de mes clichés, je me rappelais la crainte respectueuse
avec laquelle les vieux employés de province accueillaient ces admonestations. Je revoyais mon père parlant avec une religieuse terreur des décisions administratives: « Si l'Administration le savait... » ou bien :
« Qu'en pensera l'Administration?... » Dans mon cerveau d'enfant je me figurais cette sacro-sainte Administration comme une vieille dame sévère et rechignée,
armée d'un martinet et d'une balance, occupée sans
cesse à peser rigoureusement les méfaits des employés
et à leur donner de la férule sur les doigts. Et tout d'un
coup j'étais pris d'un fou rire, en songeant que pour le
quart d'heure cette vénérable « Administration », c'é-
tait moi, un jeune poète plus affairé à trouver des rimes
riches qu'à tourmenter les malheureux agents... J'ex-
pédiais rapidement l'éloge et le blâme, et souvent après
« la collation » je remontais dans le bureau de Gondinet, pour lui lire un fragment de poème ou un scénario
de nouvelle. Il me donnait d'excellents conseils, car il
avait une entente parfaite de l'art de la composition.
Ses qualités d'homme de théâtre lui faisaient deviner

sur-le-champ les détails dont on pouvait tirer un effet
et qu'on devait mettre en saillie. A quatre heures, il
quittait ponctuellement le ministère, courait à ses
affaires, puis, rentré à la campagne, travaillait une
bonne partie de la nuit.

Il achevait à ce moment une comédie en trois actes
en prose : *les Victimes de l'argent*. Quand la pièce fut
au point, on réunit « le Cénacle » dans le cabinet du
troisième étage pour en entendre la lecture. On avait
choisi un après-midi où les administrateurs étaient
rassemblés en Conseil et où l'on risquait moins d'être
dérangé. La lecture prit trois heures et je vous réponds
qu'elles furent bien employées. Tout d'une voix on
proclama que *les Victimes* étaient une œuvre remarquable et qu'aucun directeur ne s'aviserait de les refuser. La pièce fut reçue, en effet, au Gymnase, et jouée
en plein été. Elle n'eut qu'un succès d'estime et fut
fort malmenée par les critiques du lundi. Le bruit courait dans les couloirs du théâtre que l'auteur était fonctionnaire et qu'il avait usé d'influences politiques pour
faire jouer sa pièce. Il n'en fallait pas davantage, en ce
temps-là, pour indisposer la presse et on le fit bien voir
à Gondinet. Saint-Victor et Sarcey furent particulière-
ment durs. Barbey d'Aurevilly, dans *le Figaro*, traita
dédaigneusement l'œuvre et l'auteur, auquel il reprochait jusqu'au peu de prestige de son nom : « Il s'appelle Gondinet, » écrivait-il, et usant de cette jonglerie
de mots dont il était coutumier, il ajoutait : « Gondinet,
pas même un gond !... »

Le lendemain, au ministère, les camarades qui n'é-
taient pas du « Cénacle » se jetèrent sur les journaux
et, non sans une intime satisfaction, commentèrent les
sévérités de la critique avec des mines hypocritement

condoléantes. Les employés piocheurs avaient pour la
littérature la haine sourde du bureaucrate absorbé tout
entier par sa besogne et par les préoccupations de l'a-
vancement. Quand on n'y a pas vécu, on ne se doute
pas de ce qu'il s'amasse de sourdes animosités, de mes-
quines jalousies, de venimeuses rancunes dans ces
capucinières administratives des ministères. L'esprit
s'y rétrécit, le cœur s'y endurcit, la dignité s'y abaisse
et la fierté s'y perd. Pour une décoration, pour une
augmentation de cinq cents francs, ardemment convoi-
tées, on ne ménage ni les intrigues, ni les démarches
humiliantes, et quand cette croix, quand ces cinq cents
francs, si impatiemment attendus, sont distribués ailleurs, à la suite d'un caprice ou d'un passe-droit, il
faut entendre les désespoirs, les cris de colère, les récriminations amères de la troupe déçue. On s'y chamaille,
on s'y déteste avec d'autant plus de virulence qu'on est
condamné à demeurer porte à porte. Dans tous ces
cerveaux irrités par la convoitise se développent rapidement des germes de vilenie et de férocité. Derrière
les piles des cartons verts, des machinations perfides
s'ourdissent silencieusement. On ne pardonnait pas à
Gondinet les loisirs qu'on lui avait ménagés dans sa
division, et les collègues, jaloux de nos réunions intimes à « l'heure du café », se rattrapaient en prenant
texte des feuilletons du lundi pour dauber le malheureux auteur et lui refuser toute espèce de talent.

Gondinet laissait gloser ; l'insuccès des *Victimes*
l'avait attristé, mais non découragé. « Je me suis
trompé, disait-il, c'est à recommencer. » Il se remit au
travail, passant les nuits, rebâtissant vingt fois une
scène, réduisant trois actes en un seul ; luttant contre
les mauvais vouloirs, avec cette dignité modeste, cette

énergie têtue dont sont doués les talents réellement
viables. En 1866, il reparut au Gymnase avec un acte
en vers : *les Révoltées*, qui fut très bien joué par
Mlle Delaporte et Mme Fromentin et eut un nombre assez
respectable de représentations. Le succès néanmoins
resta douteux et la presse ne désarma pas encore ; mais
Gondinet, pendant les répétitions, avait conquis l'amitié de Montigny. Le Directeur, reconnaissant en lui un
homme de théâtre, l'engagea à écrire pour le Gymnase
une nouvelle pièce en vers et à la fin de l'année, notre
ami lui apportait *la Cravate blanche* : une saynète à
trois personnages, en vers libres, pleine de mouvement
et de gaîté. Cette fois le succès fut très franc et la pièce
très applaudie. Blanche Pierson, qui y jouait un rôle
d'ingénue, nous séduisit tous par sa grâce et sa beauté
printanière. Je retrouve dans un vieux carnet de ce
temps-là un sonnet que je rimai pour elle, au sortir de
la « première » et que Gondinet lui apporta le lendemain :

Elle est blanche, elle est blonde et son grand œil mutin
A travers les cils bruns luit, noyé de tendresse ;
Son épaule pulpeuse a des tons du satin ;
Ses pieds sont d'une enfant, ses bras d'une duchesse.

Mais ce qui charme plus encor, c'est la jeunesse
Et l'exquise fraîcheur de son rire argentin :
Le rire aime sa lèvre, il y revient sans cesse
Comme l'abeille d'or revole aux fleurs du thym.

Sa gaîté jaillit comme une source d'eaux vives.
Elle a ces airs de vierge et ces mines naïves
Qui font perdre la tête aux Chérubins rêveurs.

C'est une comédienne et c'est une ingénue :
Sa grâce prend les yeux, son talent prend les cœurs
Et l'Art à sa beauté chante la bienvenue.

Le nom de Gondinet émergeait de la pénombre. Un détail caractéristique affirma pour nous cette notoriété naissante. A partir des représentations de *la Cravate blanche*, l'escalier administratif qui conduisait au bureau du rédacteur fut souvent gravi par de jolies personnes qui venaient solliciter un rôle ou une audition. Les quêteurs de collaborations commençaient également à envahir le cabinet aux cartons verts. Dès cette époque, Gondinet savait mal résister aux demandes des fâcheux et nous voyions se succéder chez lui d'excentriques visiteurs au cerveau plein de chimères, aux poches bourrées de manuscrits. Il y avait, entre autres, un musicien grec auquel Edmond avait eu l'imprudence de parler d'un projet de drame épique sur les Souliotes et Ali de Tebelen. Ce Grec, qui s'exprimait dans un étrange baragouin levantin, s'était offert à collaborer à la pièce pour la partie musicale. Chaque jour, on l'entendait du fond des couloirs entonner d'une voix de fausset de prétendues mélodies albanaises.

Gondinet le recevait avec sa bonté ordinaire, mais il n'utilisait pas une note de sa musique, et ce fut, je crois, Léo Delibes qui se chargea de l'orchestration, lorsque le drame de *Libres*, fut représenté à la Porte-Saint-Martin. A cette époque, Edmond avait totalement oublié le musicien grec, quand tout à coup il vit surgir ce Levantin qui réclamait sa part de collaboration. Il menaçait de faire un procès et Gondinet ne se débarrassa de ses récriminations qu'en lui signant un bon sur la caisse de la Société des Auteurs.

A périodes fixes, on voyait aussi apparaître un grand garçon, expéditionnaire ou commis d'ordre aux Douanes. Il s'asseyait résolument au coin du feu, tirait de sa poche une comédie en cinq actes en vers, et la lisait

tout d'une traite sans laisser à l'auditeur le temps de
dire ouf ! Inutile d'ajouter que la pièce était inepte.
Gondinet essayait de le décourager en douceur. L'autre
écoutait avec déférence, saluait... et reparaissait, la
semaine d'après, avec une nouvelle pièce en cinq actes,
mais en prose, cette fois. Trop bienveillant pour le
mettre à la porte, Edmond aux abois s'avisa d'un biais
pour l'éconduire. Dès que le gêneur était installé avec
son manuscrit, le garçon de bureau auquel on avait
donné le mot, entrait d'un air de pontife et s'excla-
mait : « Monsieur Gondinet, on vous demande chez
M. l'administrateur pour l'affaire Pallix... » Gondinet
s'excusait, reconduisait poliment l'homme aux manuscrits jusqu'au bout du couloir et revenait chez lui s'enfermer à double tour.

Vers janvier 1868, il donna au Gymnase une comédie en vers, *le Comte Jacques*, qui réussit médiocrement et ne tint pas longtemps l'affiche. Il avait
travaillé sa pièce avec amour et espérait un succès. Néanmoins ce mécompte ne découragea ni l'activité d'Edmond ni le bon vouloir de Montigny. Le directeur avait
foi en l'auteur débutant, et il lui suggéra l'idée d'un
acte où se trouveraient groupées toutes les actrices du
Gymnase — il y en avait beaucoup et de très char-
mantes. — Au bout de quelques semaines, Gondinet
paracheva le joli tableau de genre qui a pour titre :
les Grandes Demoiselles, et après quinze jours de
répétitions, la pièce fut représentée. Elle réussit merveilleusement. Tous ceux qui fréquentaient le théâtre,
à cette époque, se souviennent de ce petit acte mis en
scène avec un goût parfait, où une action rapide et
légère montrait dans leur prime fleur la beauté et le
talent de Mlles Pierson, Angelo, Massin, Judic et Céline

13

Chaumont ; où la gaieté et la verve pétillaient comme la sève mousseuse d'un vin généreux. Tout Paris venait applaudir *les Grandes Demoiselles*, et l'auteur passait brusquement du demi-jour à la pleine lumière de la notoriété. Il était lui-même stupéfait de ce succès inespéré, arrivant tout à coup à propos d'une piécette à laquelle il avait attaché si peu d'importance. Il ne réfléchissait pas que c'est là un phénomène assez fréquent dans la vie littéraire. Chez un écrivain bien doué, les tentatives mêmes infructueuses servent au développement du talent ; la production persévérante accumule en lui, à son insu, des forces cachées, des ressources nouvelles, qui n'attendent qu'une secrète conjonction d'astres pour se manifester d'une façon éclatante. Vienne une occasion propice, et le succès récompense largement l'auteur de tous ses efforts obscurs, de tous ses recommencements douloureux.

Maintenant la fortune souriait à Gondinet. Les directeurs le choyaient. Il était dans le plein épanouissement de ses qualités maîtresses : l'esprit alerte avec une fine pointe d'observation railleuse, le rire sain et franc sans grossièreté, la mesure et une certaine délicatesse même dans le gros comique, le don du mouvement et une remarquable entente de la scène. Il résigna ses fonctions de rédacteur au ministère et se donna tout entier à la littérature théâtrale. C'en était fini de nos journées de camaraderie et de bon voisinage. Le courant de la vie littéraire nous emportait dans des directions différentes et, absorbés tous deux, lui par des sujets de pièces, moi par mes projets de romans, nous passions des mois sans nous rencontrer. Mais je prenais part aux émotions de chacune de ses « premières ». Elles se succédaient avec une étonnante rapidité. Pendant vingt ans, la fécondité de Gondinet fit l'admiration des gens de théâtre. Comédie sérieuse ou bouffonne, drame, opéra-comique, saynète et féerie, il abordait tous les genres avec la même périlleuse habileté. Beaucoup de ses pièces réussissaient à souhait comme *Gavaut, Minard et Cⁱᵉ*, *Le plus Heureux de Trois* (avec Labiche) ; *le Panache, le Club, le Homard, Tête de Linotte* ; d'autres avaient un succès contesté ; quelques-unes tombaient à plat. Il jouissait des victoires ou subissait les revers avec une égale philosophique bonne humeur. « J'ai, me contait-il en riant, un excellent criterium pour être fixé sur la valeur de mes pièces. Quand, au lendemain d'une première, je me promène sur le boulevard et que de simples connaissances viennent me taper dans le dos, je me dis : « Je tiens un succès ; » si, au contraire, je vois mes amis faire un écart et se dérober, je n'ai plus de doute : « c'est un four. »

L'habileté scénique de Gondinet l'entraîna malheureusement sur une pente où il ne trouva que les mécomptes et les fatigues d'un travail excessif. Les directeurs abusaient de lui et l'engageaient, souvent à son insu, dans des aventures dont il acceptait ensuite vaillamment la responsabilité. Les débutants dont la pièce ne marchait pas le harcelaient pour obtenir un conseil ou une promesse de collaboration. En vain il se réfugiait aux environs de Paris, en des retraites mystérieuses où ses plus intimes amis n'avaient même point accès ; les solliciteurs le guettaient à la porte des théâtres ou sur le seuil des gares. Pris tout le jour par des répétitions, passant une grande partie de la nuit à écrire ses pièces ou à rebâtir celles des autres, il se surmenait à ces besognes fiévreuses. Un jour, je le

rencontrai, excédé, énervé, découragé. « Ah! mon
ami, s'écria-t-il, que vous êtes heureux de faire des
romans... Au moins, vous, vous avez la sécurité dans
le travail... Au théâtre, on ne peut compter sur rien et
c'est toujours à recommencer ! »

Sa santé s'altérait. On lui ordonna de se reposer et de
voyager, mais il ne pouvait supporter l'oisiveté et
revenait impatiemment se remettre à la chaîne. La dernière fois que je l'aperçus, ce fut à une messe de
mariage. Je le trouvai terriblement changé et vieilli.
Il ne put rester jusqu'à la fin de la cérémonie et, quand
je le cherchai pour lui serrer la main, il avait déjà
regagné sa chambre de malade.

Je ne devais plus revoir que son cercueil voilé de
noir et jonché de fleurs, au seuil d'une villa de Neuilly,
où il mourut en novembre 1888. Tandis que les feuilles
des arbres pleuvaient silencieusement sur la pelouse
du jardinet où nous attendions le départ pour l'église,
je songeais aux années lointaines et à cet étroit cabinet
où j'avais connu Edmond Gondinet si vivant, si affec-
tueux, si plein d'entrain. Je me rappelais nos bonnes
heures de causerie, alors que nous nous lisions nos
scénarios de pièces ou de romans, et je pensais que tout
cela n'était plus qu'un impalpable souvenir. Démoli, le
petit cabinet aux cartons verts; disparus pour la plupart, les camarades qui s'y réunissaient, et mort aussi,
le garçon au cœur loyal, à l'esprit charmant, qui nous
y accueillait avec un rire si cordial !... A la place qu'occupaient nos bureaux, l'hôtel Continental allonge maintenant ses files de chambres banales, qui servent de gîte
à des hôtes d'un jour sans cesse renouvelés.

VIII

Quand on me nomma à Paris, je crus tout d'abord
avoir ville gagnée. Attaché au ministère à poste fixe,
avec des fonctions agréables et faciles, je me voyais
déjà dans le plein courant de la vie littéraire et mes
plus ardents désirs se trouvaient réalisés. Il me semblait qu'il me suffirait de tendre la main pour atteindre
et cueillir les succès que j'ambitionnais. Je m'aperçus
bien vite que j'étais loin de compte. D'abord, à part
quelques amis de ma famille, bons bourgeois paisibles
qui se souciaient de la littérature comme d'une guigne,
je n'avais à Paris aucune relation d'intimité. Mon refus
de remanier de nouveau *Suzanne* m'avait à demi
brouillé avec Buloz et il venait de me supprimer le
service de la *Revue*. Mes anciens amis de l'École
de Droit étaient tous retournés en province. Quant aux
camarades de l'Administration, je vivais en bons
termes avec eux ; mais au coup de cinq heures, à la
sortie des bureaux, chacun tirait de son côté, et notre
camaraderie cessait au seuil du ministère.

En attendant de pouvoir me mettre dans mes meubles,
je m'étais logé économiquement dans un modeste hôtel
de la rue Jacob, où je prenais mes repas à table d'hôte ;
ma sauvagerie provinciale m'empêchait de me lier avec
mes commensaux, qui d'ailleurs m'attiraient médiocre-

ment. Après dîner, peu tenté de remonter dans ma
chambre, dont la banalité lamentable me dégoûtait du
travail, j'errais mélancoliquement par les rues du quartier latin. J'entrais dans un café ou dans un cabinet de
lecture; mais, bientôt fatigué de cette claustration dans
une salle à l'atmosphère surchauffée et aux lumières
aveuglantes, après avoir parcouru un journal ou feuil-
leté un livre, je me remettais à longer les trottoirs.
Semblable à l'homme dont parle Edgar Poe, je recher-
chais les rues où la foule grouillait épaisse et bruyante.
La sensation de mon lugubre isolement n'en devenait
que plus pénible. La nuit d'hiver était le plus souvent
pluvieuse et maussade. Je stationnais devant les magasins les mieux éclairés, amusant mon désœuvrement à
la contemplation des boutiquières accoudées à leur
comptoir. Je suivais d'un œil d'envie les couples d'étudiants et d'étudiantes qui montaient gaiement vers
Bullier. Puis, las d'errer sans but, je reprenais, à travers les rues boueuses, le chemin de mon hôtel. Dans
mon esseulement, j'éprouvais une sorte de soulagement à être frôlé et interpellé au passage par les filles
qui cherchaient aventure à l'angle des carrefours. Je
subissais jusqu'à la nausée l'horreur de la solitude en
plein Paris, cent fois plus affreuse et déprimante que
la solitude de la province, et je rentrais découragé
dans mon inhospitalière chambre meublée.

Pour comble de malchance, je tombai malade. Il y
avait dans mon quartier une épidémie de petite vérole,
et, en ma qualité de nouveau venu, je fus l'un des plus
sévèrement atteints. Pendant un mois, je restai claquemuré dans ma chambre, en compagnie d'une garde
loquace et vulgaire qui m'assommait de son bavar-
dage. Ma seule consolation était de conter ma détresse

à l'ami Tristan. Quant à me plaindre à ma famille, je
m'en serais bien gardé. J'avais voulu venir à Paris, et
je sentais bien que je devais supporter seul la responsabilité de mes actes. Enfin le vent contraire qui m'avait
accueilli à mon arrivée, se lassa de souffler. Dès que je
fus sur pied, je résolus de quitter l'hôtel, de chercher
un gîte meilleur, où j'aurais de l'air et de la lumière
et que je meublerais à ma fantaisie.

. Après bien des perquisitions, je découvris, rue de
Fleurus, un petit appartement au cinquième, qui me
sembla tout à fait à souhait et où je m'installai aux
premiers jours de printemps. Mon cabinet de travail et
ma chambre à coucher donnaient sur la rue. Les
fenêtres ouvraient sur un balcon d'où mes regards
embrassaient les verdures du Luxembourg et les coteaux de Sèvres et de Meudon. C'était un vrai nid de
poète et dès que je l'eus accommodé à mon gré, je
repris goût au travail. Levé avant cinq heures, je voyais
les premiers rayons roses courir sur les cimes moutonnantes des marronniers ; la rue, tout au fond, était
encore silencieuse, mais déjà les martinets viraient
dans l'air bleu en jetant des cris aigus ; l'Angélus sonnait à Saint-Sulpice, aux Carmes et dans tous les cou-
vents du voisinage, et ces notes matinales étaient
comme une allègre invitation à l'activité de l'esprit.

J'avais résolu, cette fois, d'écrire une œuvre en prose
et de la faire accepter à la *Revue*. Je commençai un
petit roman de la vie de province — l'histoire d'un
amour délicieusement coupable, qui se développait en
pleine nature, dans un coin du Poitou où j'avais vécu
autrefois, et qui finissait d'une façon tragique. Je travaillais avec un entraînement joyeux à cette nouvelle
qui avait pour titre *Lucile Désenclos* et que je terminai

vers la fin de 1865. Je la portai à de Mars, qui me promit de lire promptement mon manuscrit; malheureusement une maladie de cœur l'emporta dans le courant
de 1866 et ce fut à Buloz en personne que j'eus affaire,
lorsqu'il s'agit de la lecture et de l'acceptation définitive
de ma copie. Cela n'alla pas tout seul. Ce fut alors que
j'appris à bien connaître ce terrible homme, bourru et
hérissé comme la bogue d'une châtaigne, et chez
lequel tant de solides et de rares qualités s'unissaient à
d'insupportables défauts de caractère. Ce fut aussi sous
sa férule que j'appris sérieusement mon métier. Il avait
le verbe amer, la main rude et ne ménageait pas
l'amour-propre des jeunes auteurs. Dur pour lui-même
et pour les siens, il frappait comme un sourd sur ceux
qui l'entouraient. Très chiche de compliments, il était
en revanche prodigue de remarques désobligeantes.
Ses remontrances, si elles avaient le mérite de la franchise, n'en étaient que plus cruelles et il ne se lassait
jamais de les répéter. Il avait l'humeur hargneuse et
les tenaces morsures d'un bouledogue. Sa bouche chagrine semblait avoir désappris de sourire. Ses enfants
tremblaient à son approche. Ayant, à dix ans, débuté
par garder les troupeaux dans les Alpes savoisiennes,
il avait été amené à Genève par un pasteur, M. Naville,
étonné de sa précoce intelligence. D'abord apprenti
imprimeur, puis prote, il était devenu, à force d'énergie,
directeur de Revue, puis Administrateur du Théâtre-
Français; mais il avait gardé ses rudes habitudes de
pâtre. Il entendait mener les artistes, les gens de sa
famille et ses collaborateurs, comme les moutons qu'il
faisait paître jadis sur les versants du Salève.

Oui, Buloz était un terrible homme, mais c'était un
caractère et une volonté. Il a été pour beaucoup de ses

collaborateurs un désagréable mais précieux éducateur.
Il était doué d'un impeccable flair littéraire. Quand il
vous avait signalé, avec sa rudesse coutumière, un passage défectueux, il était incapable d'indiquer lui-même
ce qu'il fallait faire pour le corriger, mais on pouvait
être sûr qu'il avait raison et que la phrase ou la page
marquée au crayon rouge devait être remise à la forge.
Les longueurs, les obscurités, les fautes de composition
n'échappaient jamais à son attention sans cesse en
éveil ; il mettait sûrement le doigt sur les morceaux
mal venus et les auteurs se repentaient rarement d'avoir
écouté ses conseils tyranniques. Pour mon compte,
pendant les mois qui précédèrent la publication de
Lucile, je reçus plus d'un coup de boutoir et je passai
plus d'une heure pénible en tête à tête avec ce directeur têtu et bougon, mais ce douloureux apprentissage
me fut profitable. J'y appris à être court et à chercher
le mot juste, à établir les préparations nécessaires à la
clarté du récit et à la logique du dénouement. Je dois
beaucoup à Buloz et je me fais un devoir de rendre à
sa mémoire ce témoignage de reconnaissance. Bien
qu'il fût ménager de son argent, il ne lésinait pas sur
les épreuves et ne se plaignait jamais quand on les lui
renvoyait zébrées de corrections. Tout en regimbant
contre ses exigences, je remaniais, je raccourcissais
ma nouvelle et j'étais forcé de reconnaître la justesse
de ses objections. Buloz ne vivait que par et pour sa
Revue et il avait réussi à donner à ce recueil pério-
dique une autorité et une notoriété jusque-là inconnues
en France. Parfois, le matin, je le trouvais au coin de
son feu, assénant avec colère des coups de pincettes
sur ses tisons et rêvant sans doute qu'il tapait sur l'un
de ses rédacteurs. « Comment allez-vous, lui deman-

dais-je timidement. —Mal, répondait-il d'un air maussade, mal... puisque votre nouvelle ne marche pas... »
Lucile parut enfin, en octobre 1866, diminuée de
moitié, mais certainement ayant gagné comme forme
et comme intérêt. Il me la paya à raison de deux
feuilles, suivant les habitudes de la *Revue*, mais il
n'ajouta pas à mon salaire la moindre parole compli-
menteuse. J'ai déjà dit qu'il était chiche de paroles
aimables ; il pensait sans doute que les éloges gâtent
les écrivains et leur suggèrent des prétentions fâcheuses.
Je ne lui ai entendu exprimer sans réserve son admiration que pour deux de ses collaborateurs : Alfred de
Musset et Henri Heine ; — il est vrai que tous deux
étaient morts. — « Ah ! me disait-il, Heine, quel
homme ! quel génie !... Quand il m'apportait de la
copie, je n'avais jamais rien à y corriger !... » Il était,
du reste, peu expansif et peu charitable, quand il parlait des contemporains... surtout de ceux qui avaient
cessé d'écrire dans la *Revue*. Dans les derniers temps
de sa vie, cependant, son humeur était moins âcre et
son caractère s'était assoupli. Il causait plus volontiers
et avec plus de bonhomie. Un soir, chez lui, à dîner,
on parlait des relations de Musset et de Mme Sand :
« J'ai gardé, dit-il, toutes leurs lettres et la véritable
histoire de leurs amours est là, dans mon secrétaire. »
Je lui demandai s'il était vrai que Musset eût battu
Mme Sand, et je lui citai un passage d'une des *Causeries
du lundi* où Sainte-Beuve prétendait avoir assisté dans
les bureaux de la *Revue* à une scène très vive entre le
poète et l'illustre romancière. D'après le critique,
Musset aurait même levé sur son amie une badine qu'il
tenait à la main, et chaque coup, cinglant la robe de la
dame, marquait une raie de poussière sur la jupe de

velours mal brossée......« Sainte-Beuve, interrompit
Buloz, était une méchante langue. Non, une seule fois
Musset s'est livré à des voies de fait... George et lui
demeuraient alors quai Saint-Michel, et moi, j'habitais,
rue des Beaux-Arts, un petit appartement contigu avec
les bureaux de la *Revue*. Une nuit, on frappe à ma
porte, j'ouvre et j'aperçois Sand qui se précipite chez
moi, le visage bouleversé et les cheveux en désordre.
« Alfred m'a battue, me dit-elle, j'en ai assez et je ne
veux plus rentrer quai Saint-Michel... Pouvez-vous,
pour cette nuit, me donner l'hospitalité?... — Dame !
repartis-je, je n'ai qu'un lit.... Mais si vous voulez en
accepter la moitié!... » Elle réfléchit un moment,
ajoutait naïvement Buloz, puis elle rouvrit ma porte en
disant : « Eh bien ! non, décidément j'aime encore
mieux retourner là-bas... »

Tandis que j'écrivais *Lucile Désenclos*, j'avais fait la
connaissance d'André Lemoyne, un poète vers lequel
depuis longtemps je me sentais sympathiquement
attiré. Il aimait comme moi la nature et trouvait pour
exprimer la beauté des paysages normands ou parisiens des notes très justes, un sentiment très délicat.
J'ai rarement vu un poète plus convaincu, plus épris
de son art, plus noblement et simplement courageux
qu'André Lemoyne. Ayant perdu sa fortune, il avait
accepté à l'imprimerie Didot un emploi de 2.400 francs
qui l'astreignait à travailler pendant dix heures chaque
jour, dans un grand hall vitré où étaient rassemblés
tous les commis de la maison. Il expédiait conscien-
cieusement sa besogne et trouvait encore le temps de
composer d'exquis petits poèmes qu'il publiait en de
précieuses plaquettes tirées à un nombre très restreint
d'exemplaires. Petit, maigre, alerte, avec un profil

d'oiseau, l'œil émerillonné et la bouche gourmande
sous une moustache coupée en brosse, il avait à cette
époque dépassé la quarantaine, mais paraissait plus
jeune que son âge. Vif et léger cemme une alouette, il
traversait les chemins de la vie en les effleurant du
bout de l'aile et ne s'y posait que lorsqu'il rencontrait
une place ensoleillée à son gré. Pour lui, il n'y avait
de sérieux au monde que ce qui touchait à son art. Le
reste, philosophie, politique, morale, était classé dans
la catégorie des choses prosaïques et ennuyeuses.
Chercher le mot juste, l'épithète rare, faire chanter un
beau vers, rendre avec précision un coin de paysage,
c'était son unique préoccupation. Il produisait peu,
travaillant mystérieusement et minutieusement. De
temps à autre, il publiait dans une revue un court
poème d'une forme irréprochable, plein de détails
charmants et vrais. Dès qu'un peu d'argent lui tombait
du ciel comme une manne, il satisfaisait voluptueusement une enfantine sensualité d'artiste, plus éprise de
la sonorité des mots que de la réalité des choses. Son
enthousiasme montait comme une mousse de champagne, à propos d'une fleur nouvelle, d'un beau vers,
d'un joli profil de femme ; et de même, cette exaltation
tombait à plat pour un rien : — une page mal écrite,
une fausse note, une pluie intempestive...

Nous nous étions intimement liés et nous dînions
souvent ensemble, tantôt rue Jacob, en compagnie de
Georges Lafenestre, un autre délicat poète très-épris
de l'art italien ; tantôt à la pension Laveur où nous
nous asseyions avec le paysagiste Lansyer, à la table
où pontifiait Courbet, qui ressemblait à frère Jean des
Entommeures. Ce dernier nous chantait au dessert des
chansons populaires comtoises. Quand il en avait trouvé

une à son gré, il la commentait avec une verve amusante et en détachait les plus jolis vers, qu'il répétait à satiété, en les faisant valoir comme autant de joyaux.

« Ses cheveux qui flottent au vent
Ont une odeur de marjolaine... »

« Hein ! s'écriait-il en caressant sa barbe assyrienne, est-ce beau ? Votre Homère n'a jamais rien dit de mieux !... »

Le dimanche, en été, nous nous en allions, Lemoyne et moi, déjeuner dans la vallée de l'Yvette ou aux Vaux de Cernay. La campagne le grisait comme un vin pur. Le passage d'un martin-pêcheur au fil de l'eau, la trouvaille d'une fleur non encore vue, le mettaient en verve. Il daubait alors les ingénieurs et les architectes, ses deux bêtes noires. Il les accusait d'avoir la haine des arbres et l'amour de la ligne droite. Or s'il y avait au monde une chose que détestât l'ami Lemoyne, c'était le plus court chemin d'un point à un autre. Il adorait les sentiers perdus, dont on ne voit pas la fin et, par une curieuse contradiction, ce poète naturaliste avait un faible pour les faux semblants et les belles chimères. Quand il mangeait, dans une auberge de village, un maigre poulet, il se récriait sur la saveur de cette volaille, « qui avait été certainement rôtie au *feu de bois* » : pour lui, un vin décoré d'un nom sonore était toujours excellent. Quand on essayait de le tromper, son visage se rembrunissait et il vous en voulait longtemps de lui avoir ôté ses illusions.

Peu à peu, je rompais ainsi la solitude dans laquelle j'avais mélancoliquement vécu en arrivant à Paris. Un jour, un professeur de chant, Antonin Guillot de Sainbris, auquel j'avais accordé l'autorisation de mettre la

Chanson du Vannier en musique, m'invita à dîner
chez lui, et je devins bientôt un des habitués de ce
salon Sainbris où une hôtesse aimable se plaisait à
réunir chaque vendredi un groupe d'artistes et de
poètes, tous jeunes pour la plupart et avides de se faire
un nom dans les lettres ou dans les arts. Le premier
soir où je vins dans cette hospitalière maison, la maîtresse du logis avait rassemblé autour de sa table
Gounod, Amédée Achard, Sarasate, Diémer, Nadaud et
un jeune poète, Sully-Prudhomme, dont le premier
recueil : *Stances et Poèmes*, venait d'éveiller l'attention, non seulement des gens du métier, mais aussi du
public lettré. Ce fut une fête charmante où la poésie
alternait avec la musique. Sarasate et Diémer exécu-
tèrent une fantaisie sur les motifs de *Faust ;* Gounod
chanta lui-même de sa voix à la fois voilée et pénétrante, deux de ses mélodies encore inédites : *Medjé* et
le *Printemps ;* et Sully-Prudhomme, pour se mettre à
l'unisson, dit un sonnet qui devait faire partie de son
nouveau livre : *Les Épreuves,* où se trouvent ces beaux
vers :

> La note est comme une aile au pied du vers posée ;
> Comme l'aile des vents fait trembler la rosée,
> Elle le fait frémir plus sonore et plus frais...

A ce moment (1866), Sully était dans le plein de sa
jeunesse ; svelte, élégant, il avait un profil qui rappelait celui de Musset : la bouche légèrement sensuelle, à
demi cachée sous une barbe châtaine ; des yeux bleus
imprégnés de rêverie et de tendresse, et d'épais cheveux bruns onduleux. Sa parole discrètement vibrante,
était câline et persuasive. Sa personne charmait comme
une suave mélodie de Mozart, comme une limpide ma-

tinée d'été. Il était précisément à l'aube claire de sa
renommée. Applaudi et fêté par les poètes, il avait conquis également la sympathie des femmes ; leurs lèvres
ravies répétaient avec admiration les jolis vers du
Vase brisé. Étrange et capricieuse destinée des poèmes !
Dans ce premier volume des *Stances*, on rencontre de
nombreuses pièces où la pensée est plus profonde, le
sentiment plus intime, la forme plus parfaite. Il y a
la Chanson de l'air, *les Yeux*, *la Mémoire* ; il y a ces
belles strophes qui commencent par :

> Le meilleur moment des amours
> N'est pas quand on a dit : Je t'aime !...

et ce magnifique poème intitulé : *Dans la rue*, où le
poète chante l'agonie d'un grand arbre traîné, verdoyant encore, dans les rues de Paris, au milieu de la
foule qui s'arrête, rêveuse, à contempler le géant mutilé.

> Car ce chêne avait l'air d'une forêt qui passe,
> Et son dernier frisson serrait le cœur d'ennui...

Mais non, le public routinier et moutonnier s'est
buté à cette petite pièce dont l'ingéniosité le charme, et
pour beaucoup de bourgeois, Sully-Prudhomme est
resté longtemps « l'auteur du *Vase brisé* ».

Quelle hospitalière et délicieuse maison que celle des
Sainbris, et comme l'accueil y était cordial, comme on
y respirait un bon parfum d'art et d'intimité ! Tout
l'hiver, on y entendait d'excellente musique et on y
rencontrait la plupart des *jeunes* d'alors, devenus plus
tard presque tous célèbres : Henry Regnault y fréquen-
tait, et Saint-Saëns, aussi François Coppée ; Coquelin
aîné y disait des monologues, Henri Cazalis, Villiers de

l'Isle-Adam, Armand Renaud, d'autres poètes encore,
y apparaissaient par intervalles. Quand l'hiver finissait, les réunions se continuaient, plus attirantes et
plus intimes, à Versailles où Mme de Sainbris possédait
une agréable habitation, dans le voisinage des bois de
Satory.

Au commencement de juillet 1866, la maîtresse du
logis m'y avait invité à dîner : « Ne manquez pas de
venir, m'écrivait-elle, vous vous trouverez en compagnie de fervents amis de la poésie ; de plus, je vous
ménage une surprise, pour le dessert. » Je n'avais garde
de faire faux-bond. A six heures, je débarquais à Versailles, et gagnant l'une des plus calmes rues du quartier Saint-Louis, je sonnais à la porte d'une blanche et
avenante maison, qu'entourait à demi un jardin plein
de grands arbres et de rosiers en fleurs. La plupart
des convives étaient déjà là. J'en connaissais quelques-
uns de nom, pour avoir lu leurs vers dans le premier
Parnasse contemporain. L'un d'eux Villiers de l'Isle-
Adam, petit, pâlot, l'air fatal, le sourire sardonique et
l'œil un peu égaré, était le plus intransigeant des
Impassibles. Pour lui, la poésie consistait uniquement
dans le choix et la juxtaposition de certains mots
étranges, aux sonorités bizarres, aux assonances suggestives. A ses yeux, un sonnet sans défaut était celui
où l'on faisait entrer le plus possible de coupes ingénieuses et d'épithètes rares, sans un soupçon d'émotion
ni même d'idée. Comme je lui objectais qu'une pareille
poétique devait produire des œuvres d'une froideur
glaciale, il me lança un regard de dédaigneuse pitié et
me répondit avec une solennité hiératique : « Monsieur, le marbre aussi est froid. » Un autre, Henri
Cazalis, l'œil extatique, le sourire aimable ; très naïf et

très enthousiaste malgré ses poses d'homme désabusé,
chantait le *Nirvanah* et la vanité des illusions ter-
restres. Il nous récitait d'un air bon enfant des vers
tout embrumés de mélancolie :

> Oh ! je suis hanté, hanté par un rêve,
> Une idée étrange à me rendre fou !
> Le soir, quand sur moi la lune se lève,
> Je sens qu'en mon crâne il se fait un trou...

La maîtresse de la maison, avec un sourire indulgent,
écoutait cette poésie funèbre, tout en parant la table
qu'on avait dressée dans le jardin, sous un couvert de
tilleuls. Nous étions déjà assis autour du potage, quand
un dernier convive arriva en coup de vent. C'était
Henri Regnault. Je fus très fortement frappé de l'impé-
tueuse énergie, de l'originale physionomie de ce garçon
loyal et prime-sautier. Il y avait de la jeunesse et de
l'*en-avant* dans toute sa personne ; dans sa tête fière au
front large, surmontée d'une forêt de cheveux crépus ;
dans ses yeux chercheurs, profonds, étincelants ; dans
sa voix vibrante. Il était en loge depuis quelques
semaines, à l'Ecole des Beaux-Arts, d'où il s'échappait
pour venir dîner avec nous. En proie à la fièvre de
l'exécution, il nous contait, tout en s'attablant, les
doutes et les préoccupations qui l'énervaient. Il s'était
mis avec ardeur au travail, très emballé d'abord par le
thème imposé aux logistes : *Thétis apportant à Achille
les armes forgées par Vulcain.* Mais l'inspiration ne
venait pas, la figure de sa *Thétis* lui déplaisait ; il la
trouvait banale et, n'ayant plus que deux semaines
devant lui avant la clôture des concours, il se décourageait et voyait déjà tout compromis. Néanmoins, la
jeunesse remontait à la surface de ce découragement, et

il faisait gaiement honneur à l'excellent dîner de notre hôtesse.

Le vin de Bourgogne avait délié les langues ; les discussions sur l'art et la poétique parnassiene recommençaient de plus belle, quand un froufrou de jupes soyeuses frôlant les bordures de buis, nous fit tourner la tête. C'était la surprise annoncée pour le dessert.

Dans l'encadrement fleuri des massifs de rosiers une jeune fille de dix-huit ans s'avançait. Assez grande, admirablement faite, blanche, blonde, avec des yeux et des sourcils noirs, un large front intelligent, une bouche mignonne et impérieuse, des traits fermes et purs, elle avait la démarche d'une jeune déesse. Je viens de retrouver et de relire des vers écrits en son honneur; (nous lui en avons tous fait, alors, car tous nous avions pris feu à première vue). J'essayais à mon tour de rendre l'impression de cette

> Figure saisissante
> A la lèvre mobile, à la mate pâleur :
> Blonds cheveux, longs yeux noirs, narine frémissante,
> La bouche d'une enfant et le front d'un penseur....

Je la reconnus tout d'abord pour l'avoir remarquée au concert Pasdeloup, où elle applaudissait frénétiquement la symphonie en *ut mineur* et le prélude de *Lohengrin*. Pendant que les parnassiens s'empressaient autour d'elle, Mme de Sainbris me conta en quelques mots son histoire. Elle se nommait Augusta Holmès et habitait Versailles avec son père, un vieux savant qui l'avait élevée d'une façon excentrique. Très musicienne, remarquablement douée, elle composait des mélodies d'une couleur singulièrement originale sur des vers qu'elle

rimait elle-même. Après qu'on eut pris le café et fumé
au jardin, on rentra et la jeune fille se mit au piano sans
se faire prier... On ne nous avait pas trop vanté son
talent. Pendant plus de deux heures, elle nous ensorcela
avec son étrange voix de contralto, tantôt sourde et
presque rauque, tantôt extraordinairement vibrante.
Ses mélodies d'une éclatante couleur avaient un rythme
bizarre, caressant et berceur comme le murmure d'une
source ; saccadé et emporté, pareil à une galopade de
chevaux sauvages. Elle les chantait d'un air inspiré ; la
tête haute, les narines palpitantes, avec la fougue capricieuse des tsiganes.

Nous battions des mains, nous ne nous possédions
plus. Regnault surtout était enivré par l'originalité de
cette musique et par la beauté de la chanteuse. Dans son
enthousiasme exubérant, il s'écriait : « C'est une déesse,
c'est une Walkyrie !... » Quand le piano fit silence,
il était près de minuit ; mais nous étions montés à un
tel diapason que nous ne pouvions plus nous quitter.
Quelqu'un suggéra une promenade dans les bois de
Satory ; on accueillit la proposition avec des cris de
joie, et nos hôtes, toujours indulgents, eurent la bonté
de nous accompagner, ne voulant ni gâter notre plaisir
ni laisser sans chaperon la jeune musicienne, au milieu
de cette bande de poètes écervelés. Nous voilà grimpant
le long des sentiers de chèvre jusqu'au sommet du
bois. La nuit était tiède, le clair de lune promenait sa
féerie à travers les futaies ; les châtaigniers en fleurs
exhalaient une odeur pénétrante. De temps en temps
une voix chantait, ou bien une furieuse discussion esthé-
tique s'élevait sous les branches. Henri Cazalis, très
monté, lançait des imprécations lyriques aux bourgeois :

> Vivez donc, mangez donc, dormez comme des bêtes,
> Mais n'allez pas dans nos chemins,
> Et prenez toujours garde, en raillant les poètes,
> Aux foudres qu'ils ont dans les mains.

Je ne suis pas bien sûr qu'à ce moment-là chacun de nous ne fût pas sérieusement persuadé qu'il était en train de passer demi-dieu, tout au moins. Regnault inquiet et nerveux, allait d'un groupe à l'autre, parlant de poésie, de musique, puis tout d'un coup tombant en de profonds silences. A une lisière, les étoiles reparurent; on se mit à causer astrologie et Augusta Holmès proposa à Regnault de lui dire la bonne aventure. Je la vois toujours, la tête à demi encapuchonnée dans un châle rouge, tenant gravement la main de l'artiste, tandis que Villiers de l'Isle-Adam frottait des allumettes pour permettre à la devineresse de distinguer la ligne de vie de la ligne de chance...

Nous revînmes par la pièce d'eau des Suisses. En rentrant à Versailles, près de la grille qui ouvre sur la rue de l'Orangerie, les gens de l'octroi, dévisageant d'un œil soupçonneux cette bande de promeneurs attardés, nous demandèrent si nous n'avions rien à déclarer:

— Nous avons de la poésie! cria l'un des plus emballés, et nous continuâmes notre route, en emplissant de rires fous la rue ensommeillée. Cela dura jusqu'au petit jour et les premières roseurs de l'aube nous surprirent groupés autour de Villiers qui récitait à voix haute le monologue de *Hamlet*...

Oh! l'heureux temps des illusions toujours renouvelées et des enthousiasmes sans rime ni raison! Nous croyions tous n'avoir qu'à tendre la main pour cueillir la renommée comme un beau fruit, aux branches du

chemin. La tête pleine de rimes, de projets de drames
et d'épopées, nous partions à la poursuite de la gloire
ainsi que les Argonautes à la conquête de la Toison
d'Or...

Quelques semaines après, l'exposition des concours
de peinture pour le prix de Rome s'ouvrait à l'Ecole
des Beaux-Arts. J'y courus et la première chose qui me
frappa dans la toile d'Henri Regnault fut la tête de
Thétis, où je retrouvai la saisissante figure de notre
chanteuse des bois de Satory. C'étaient bien les traits
purs et fiers, l'attitude, l'*incessu patuit dea* d'Augusta
Holmès. Le lendemain de notre course à travers bois,
le peintre était rentré tout en fièvre dans sa loge, il
avait bouleversé son tableau, modifié la composition et
substitué à la *Thétis* banale et conventionnelle cette
jeune et majestueuse déesse qui s'avance en soulevant
le rideau de la tente, la tête haute avec une épaisse
chevelure d'or retombant sur son dos comme une cri-
nière. Regnault eut le prix et partit pour Rome en 1867.
La blonde musicienne de Versailles continua, avec une
persévérance et une force de volonté, rares chez une
femme, à marcher en quête de la Toison d'Or. Bientôt
le grand public connut et applaudit l'œuvre d'Augusta
Holmès, et aujourd'hui beaucoup de ses mélodies sont
devenues populaires... Quant à l'hospitalière maison
de Versailles, elle est depuis longtemps close et la mort
a emporté les hôtes excellents qui nous y accueillaient
si cordialement. Les enthousiastes compagnons de
notre poétique nuit d'été se sont dispersés ou ont disparu. Villiers de l'Isle-Adam s'est éteint, non sans
gloire, dans un lit d'hôpital, et tout le monde connaît l'héroïque fin d'Henri Regnault. Coïncidence
étrange : ce sinistre bois de Buzenval où le grand artiste

expira frappé par une balle prusienne, est séparé par deux lieues à peine de la futaie de Satory où jadis Augusta Holmès, encapuchonnée dans son châle rouge, avait dit à Henri la bonne aventure, à la clarté des étoiles...

IX

J'étais installé depuis tantôt deux ans à Paris, et ne
me voyais guère plus avancé qu'au remier jour de
mon arrivée. Je publiais de loin en l t des vers dans
la *Revue des Deux Mondes*, mais je n avais pas encore
réussi à découvrir la librairie providentielle qui consentirait à les éditer. Buloz, à la vérité, m'avait donné une
lettre pour les Lévy et, un soir du printemps de 1866,
je m'étais acheminé vers la rue Vivienne, où se trouvait
à cette époque la fameuse librairie des deux frères.
Après un quart d'heure d'attente, je fus admis en présence de Michel. C'était un homme aimable et courtois.
Il me fit bon accueil, me complimenta sur *l'Abbé Daniel*;
mais quand je lui demandai d'éditer mon volume de
vers, il se refroidit notablement : « Si vous aviez un
volume de prose, me dit-il, je le prendrais volontiers;
les vers ne sont pas « une affaire »; le public ne les
achète pas. Publiez encore deux ou trois récits comme
l'Abbé Daniel, puis revenez nous voir, nous pourrons
alors nous arranger; j'éditerai vos vers gratuitement
en échange de vos nouvelles. » Cela me renvoyait
aux calendes grecques. Je m'en allai fort déconfit
et, quelques jours après, je me décidai à frapper à
la porte de l'éditeur Charpentier. On m'introduisit
dans un cabinet fort coquet, aux meubles tendus de

velours gris, où des vitrines, aménagées dans les boiseries peintes en blanc, laissaient voir toute la série des volumes jaunes formant la « bibliothèque Charpentier ». Une porte s'ouvrit et je me trouvai en présence d'un petit homme au teint bilieux et à la mine médiocrement avenante. Dès que j'eus exposé le motif de ma visite, le visage peu ouvert du libraire se renfrogna encore davantage. « Je n'édite pas de vers, me répondit-il brièvement, ou du moins je ne publie que ceux des poètes devenus presque classiques. » Comme, pour le rassurer, je lui déclarais que j'avais l'intention de payer mon volume : « Inutile, répliqua-t-il sèchement, ma maison ne fait point de ces affaires-là.... Adressez-vous à Dentu ! » Là-dessus, il me congédia et je redescendis, fort penaud, l'escalier de la librairie. Je ne me décourageai pas cependant et je m'adressai, non à Dentu, mais à Hetzel. La réponse de ce dernier fut également négative : « La poésie ne se vend pas et, depuis longtemps, j'ai renoncé à publier des volumes de vers.... »

Et ils disaient vrai, hélas!... A cette période du second empire, la poésie était absolument dédaignée non pas seulement par le gros des lecteurs, mais aussi par les lettrés, qui se contentaient de lire Hugo et Musset, et accueillaient avec une froide méfiance les vers signés de noms nouveaux. Malgré leur rare talent, Gautier, Leconte de Lisle et Banville ne se vendaient pas. Baudelaire, seul, trouvait quelques acheteurs. L'attention et le goût du public allaient ailleurs, vers les romans et surtout vers le théâtre. Les volumes de poésie, publiés aux frais des auteurs, demeuraient enfouis dans les catacombes des librairies ou venaient s'entasser dans les boîtes des bouquinistes du quai Voltaire. Jamais les poètes ne connurent de plus terribles années de sécheresse et d'isolement que celles qui s'écoulèrent entre 1851 et 1866.

Complètement désemparé, j'allai confier mes tristesses et mes mécomptes à mon ami André Lemoyne. Les ayant lui-même maintes fois éprouvés, il avait l'âme compatissante et, avec une souriante philosophie, il essaya de me remonter : « Je connais, dit-il, un jeune éditeur qui aime la poésie et les poètes; il a le courage de son opinion et vient de rééditer luxueusement les *Poèmes antiques* et les *Poèmes barbares* de Leconte de Lisle. Toute la jeune école se réunit dans sa librairie et y fait paraître périodiquement les fascicules du *Parnasse contemporain*. Vous verrez là des garçons de beaucoup de talent : Léon Dierx, Sully-Prudhomme, François Coppée, Verlaine et plusieurs autres. Lemerre publie leurs vers sur papier de luxe et en caractères elzéviriens, avec fleurons, culs-de-lampe, etc., comme au bon temps du XVI⁰ siècle. Je vais vous mener chez lui et il consentira sans doute à éditer les vôtres, aux mêmes conditions, c'est-à-dire à vos frais, car il n'est pas riche et ne peut courir les risques d'un bouillon probable..... » J'acceptai avec joie et, le soir même, par une petite pluie battante, nous nous rendîmes au passage Choiseul, où la librairie d'Alphonse Lemerre occupait alors l'encoignure du couloir qui débouchait sur le Théâtre-Italien. Cette étroite boutique, où s'est installé ensuite un marchand de parapluies, je la connaissais depuis longtemps. C'était là qu'à mon premier voyage à Paris, en 1851, j'avais acheté les *Comédies et Proverbes* de Musset. Cette coïncidence me parut un heureux présage et j'entrai gaiement dans la librairie, où Lemoyne me présenta à l'éditeur.

Je vis un jeune homme de vingt-huit à vingt-neuf

14

ans, solidement charpenté, au teint clair, aux beaux
yeux intelligents, surmontés d'un front carré sur
lequel des cheveux châtains poussaient droits et courts.
Il avait la mine avenante et ses lèvres souriaient finement dans sa barbe blonde. Lemoyne dit que j'étais un
des collaborateurs de *la Revue des Deux Mondes* et
expliqua l'objet de ma visite. En quelques instants l'affaire fut conclue. Lemerre accepta d'éditer mon volume,
tiré à cinq cents exemplaires, et de le déposer chez ses
correspondants. Il faisait l'avance des frais d'impression,
montant à huit cents francs environ ; je m'engageais à
les lui rembourser au moyen du versement de deux
cents francs comptants et du règlement du surplus en
billets échelonnés de trois mois en trois mois. C'étaient
les conditions qui avaient été stipulées pour la publication de recueils de deux jeunes débutants : Paul Verlaine et François Coppée, et je les acceptai avec empressement. Je partis enchanté et nous allâmes, Lemoyne et
moi, dîner en tête à tête au cabaret, où nous trinquâ-
mes au succès du futur volume.

Dès le lendemain, je me mis à préparer mon manuscrit et à trier sur le volet les vers que j'avais publiés
dans *la Revue*. Je me montrai fort sévère. En relisant
ces petits poèmes écrits de 1857 à 1866, je rejetai impitoyablement tout ce qui me semblait faible d'expression ou d'une facture défectueuse. Je ne pris que la
fleur du panier, de manière à obtenir un ensemble harmonieux, ayant une saveur personnelle et une forme
suffisamment artiste. « Ne bourrez pas trop votre
volume, me disait Lemoyne, et n'ayez pas peur des
pages blanches; le blanc, c'est le linge des livres de
vers. » Je lui obéis et portai, quelques jours après, à
Lemerre ma copie revue et très émondée. Le volume

devait avoir tout au plus 200 pages et paraître au commencement de mars 1867. Dans cet intervalle, la correction des épreuves me ramena souvent passage Choiseul
et peu à peu je devins l'un des habitués de cette librairie, qui vit l'éclosion et le développement d'un nouveau
groupe littéraire et d'où sortit l'école parnassienne.

Quel curieux spectacle offrait alors, entre cinq et sept
heures, cette modeste boutique, composée d'un étroit
magasin de vente au détail et d'un plus étroit entresol,
auquel on accédait par un escalier en colimaçon! Tous
les jeunes poètes, amis des beaux vers et préoccupés de
rendre à la poésie lyrique la place qu'elle avait perdue
dans le domaine de l'art pur, s'y donnaient rendez-
vous, au sortir du bureau où pour la plupart ils
gagnaient le pain quotidien. L'encombrement parfois
était tel qu'on s'y coudoyait et que les derniers venus
se voyaient obligés de refluer sur les marches de l'escalier. C'était une ruche bourdonnante. On y entendait
voler des mots sonores, des exclamations admiratives,
et souvent aussi des huées où l'on conspuait les rimeurs
de l'école « du bon sens »; on y récitait des sonnets, on
y disputait à grands cris sur la césure mobile et la con-
sonne d'appui; si bien que les passants intrigués s'at-
troupaient devant la porte ouverte en toute saison, et
que les clients effarés par ces clameurs hésitaient à entrer. Le commis préposé à la vente, un petit bossu,
nommé Emile, s'indignait de ce tapage qui effarouchait
la clientèle. Il tenait en un profond mépris ces rimeurs
aux longs cheveux, aux faces rasées ou barbues, qui
n'achetaient jamais un livre et désachalandaient la maison. Le jeune éditeur lui-même, malgré sa foi robuste,
ne pouvait réprimer un anxieux sourire; tout en distri-
buant des poignées de main à ses turbulents amis, il se

sentait troublé dans ses habitudes de commerçant correct et se demandait avec inquiétude s'il n'était pas en
train de lâcher la proie pour l'ombre. Comme pour con-
firmer ses craintes, le vieux romantique Asselineau,
drapé dans sa cape à la mode de 1830, debout sur la
plus haute marche de l'escalier en colimaçon, criait de
son ton de pince-sans-rire, à travers le brouhaha : « A
vendre après faillite, le fonds de la librairie Lemerre! »
De formidables éclats de rire accueillaient cette mauvaise charge et, derrière son comptoir, le bossu Emile
haussant ses épaules inégales, bougonnait piteusement:
« Ils sont tous mûrs pour Charenton! »

Ils étaient un peu fous, en effet, fous de lyrisme et
ivres de jeunesse. Il faudrait un dénombrement à la façon
homérique pour citer tous les jeunes gens qui s'agitaient
dans ce coin du passage Choiseul et qui pour la plupart sont devenus des écrivains aimés du public. Il y
avait Albert Mérat et Léon Valade son inséparable ;
Léon Dierx, Henri Cazalis, Anatole France, Stéphane
Mallarmé et Villiers-de-l'Isle-Adam ; Catulle Mendès,
beau comme un jeune Christ, mais un Christ ironique
à la façon de Léonard de Vinci. A côté d'eux, José-
Maria de Heredia, exubérant, fier comme un caballero
de la vieille Castille, dissertait avec le blond et rabelai-
sien Armand Silvestre, sur les beautés des sonnets
impeccables. Puis venaient André Lemoyne, Georges
Lafenestre, fraîchement arrivé de Florence, Sully-Prudhomme à demi enfoncé dans un rêve philosophique ;
Paul Verlaine, avec sa face camuse de satyre mélancolique; François Coppée, aux cheveux noirs, aux beaux
yeux bleus, au visage pâle, scrupuleusement rasé,
dont le profil ressemblait à celui de Bonaparte, premier
consul ; et enfin le plus jeune de tous, Jean Aicard, âgé

de vingt ans à peine, mais ayant l'aplomb et la fougueuse intrépidité d'un Provençal qui ne se laisse pas intimider par les gens de Paris.

De loin en loin, Théophile Gautier, Théodore de Banville, Leconte de Lisle apparaissaient dans la boutique du passage, et on les entourait d'un respect que ne connaissent plus guère les jeunes écrivains d'aujourd'hui. Le bon Théo, déjà un peu alourdi, était sobre de paroles et nous traitait avec une bienveillance endormie. Banville, au contraire, se montrait un merveilleux causeur, plein de grâce, de verve, et de malicieuse bonhomie. Ses yeux pétillaient dans sa face glabre de mime ; de ses lèvres fines les saillies très parisiennes, les contes salés, les paradoxes littéraires, s'envolaient ainsi que des abeilles d'or, et ces abeilles ne se contentaient pas de distiller le plus exquis miel attique ; elles savaient au besoin se servir de leur dard pour infliger de cuisantes piqûres. Ceux qui ne connaissent Banville que par ses vers, d'un art raffiné mais froid, et d'une émotion factice, ne peuvent s'imaginer quel charmeur il était dans la conversation. Dans un seul livre, il s'est laissé aller à sa belle humeur naturelle : je veux parler de son *Traité de prosodie*, qu'il faut lire parce qu'il est d'une fantaisie très spirituelle, mais dont il faut n'adopter les doctrines qu'avec une sage circonspection. L'absolue intransigeance des théories de Banville sur la rime a certainement déterminé cette réaction qui nous a valu l'école de l'assonance et du vers libre.

Bien plus magnifiquement doué et ayant au plus haut point le respect de son art, Leconte de Lisle ne comprenait la poésie que comme la souveraine expression de la Beauté, et cette beauté des choses, il s'efforçait

de l'évoquer à l'aide de suggestives et nobles images.
Il était lui aussi un intransigeant, mais son intransigeance s'attaquait plutôt aux idées qu'aux questions
de forme. Il détestait les élégiaques, prêchait l'impassibilité et proscrivait l'émotion ; or, par une contradiction singulière, aucun poète n'a enfermé dans ses vers
plus de passion concentrée, plus de farouche amertume... Ses cheveux rejetés en arrière et légèrement
bouclés, son front despotique, son œil à l'éclat ironiquement aigu, son visage rasé, ses lèvres minces,
dédaigneuses et désillusionnées, lui donnaient l'air
d'un prêtre en habits laïques. Il avait du reste des
façons de pontife et parlait peu ; sa bouche sarcastique
ne s'ouvrait guère que pour laisser tomber des paroles
virulentes et acérées, dont la pointe était bien autrement cruelle que les innocentes piqûres de Banville.
Cet homme, qui avait le mépris des foules, ne pardonnait pas au grand public d'ignorer ses œuvres. Les
succès bruyants et productifs des romanciers ou des dra-
maturges, qui ne le valaient pas, l'irritaient sourdement ; les plaisanteries des petits journaux l'exaspé-
raient. Tout cela contribuait à l'enfoncer dans un
impitoyable pessimisme. Bien que fort pauvre, il vivait
dignement et honorablement. Tous les samedis soirs,
il recevait les jeunes poètes du Parnasse, dans le
modeste appartement qu'il occupait au cinquième d'une
maison du boulevard des Invalides. Mme Leconte de
Lisle, petite, brune et vive, faisait les honneurs du
logis avec beaucoup de grâce. Lemerre et presque tous
les habitués de sa librairie y venaient assidûment ; on
y rencontrait également Henry Houssaye et Judith
Gautier, alors dans la prime fleur de sa blanche et placide beauté. On y disait des vers inédits, on y jouait du

Wagner; on y médisait aussi du prochain, tout en
buvant une tasse de thé. C'était un milieu éminemment
intellectuel, très imprégné d'art et de poésie, mais un
milieu peu charitable. Les visiteurs pressentaient
vaguement qu'une fois dehors, on n'attendrait pas
qu'ils fussent en bas de l'escalier pour dauber sur leur
compte ; celui qui partait le premier était sûr de son
affaire. Aussi s'arrangeait-on généralement pour s'en
aller en bande, au coup de minuit.

On se retrouvait presque tous les dimanches chez
Pasdeloup, au Cirque d'hiver. On s'y grisait de musique. Coppée, bien que médiocrement mélomane, y
venait avec Judith Gauthier, Cazalis et Catulle Mendès;
on y voyait aussi Augusta Holmès, remarquable à ses
blonds cheveux, à son profil d'impératrice et à sa chemise russe d'un rouge éclatant. Villiers-de-l'Isle-Adam
ne manquait pas une séance et lorsque l'orchestre
jouait le *Prélude de Lohengrin* ou l'ouverture du *Vais-
seau-Fantôme*, il se renversait dans son fauteuil, en
roulant des yeux et en faisant des gestes de convulsion-
naire extatique. Pas un jour ne se passait sans qu'on
se rencontrât. On se serrait les coudes, on sentait le
besoin de faire tête à l'ennemi, c'est-à-dire au bourgeois, et comme tous ces jeunes poètes étaient également inconnus, aucun d'eux ne jalousait encore les
camarades.

Vers la fin du mois de mars 1867, mon volume de
vers parut sous le titre : *Le Chemin des Bois*. Imprimé
par Jouaust, en caractères italiques, sur un joli papier
légèrement teinté; il avait très bon air et je savourai
délicieusement la sensation de tenir enfin entre mes
doigts mon premier livre artistement édité. J'en distri-
buai une centaine d'exemplaires à la presse, aux amis

et aux poètes, puis j'attendis. Dans ma naïveté de
débutant, je m'imaginais que l'édition entière serait
enlevée en un mois. Je rôdais devant les étalages de
librairies du boulevard et j'étais tout mortifié en
m'apercevant que les deux exemplaires déposés par
mon éditeur chez chaque détaillant demeuraient toujours à la même place. Chaque soir, je courais fié-
vreusement chez Lemerre, au sortir de mon bureau :
Une pile de *Chemins des bois* se dressait à l'entrée
du magasin, sur un tabouret, avec cette alléchante
étiquette : « Vient de paraître » ; mais le tas ne diminuait guère. Si les acheteurs demeuraient rétifs,
en revanche les journaux se montraient aimables. En
ce temps-là, on n'avait pas encore mis en usage le
déplorable système des réclames payées, et les critiques
avaient leurs coudées franches pour parler des livres.
Le Figaro, la *Liberté*, l'*Illustration*, le *Constitution-
nel*, le *Temps*, la *Revue de l'Instruction publique*
publièrent des entre-filets ou des articles sur *le Chemin
des Bois* et en citèrent avec éloge quelques extraits. La
seule *Revue des Deux Mondes*, sur laquelle je comptais,
me gratifia d'une note bibliographique aigre-douce.
Sainte-Beuve, en me remerciant du volume, m'avait
complimenté et je savais qu'il était sincère, car il avait
dit à plusieurs de mes confrères en leur montrant mon
livre : « Cela sent bon la forêt ! » Les poètes qui fréquentaient passage Choiseul, me regardaient maintenant
comme un des leurs, bien que je n'appartinsse pas à
l'école du Parnasse. Enfin Lemerre lui-même paraissait
satisfait. Au commencement de mai, il m'annonça qu'il
avait vendu cent exemplaires et que pour un livre de
vers signé d'un nom nouveau, ce débit, si mince qu'il
fût, devait être considéré comme un succès relatif.

J'avais espéré mieux et je le lui avouai, mais il me répéta qu'à l'heure où nous étions, le public se préoccupait de tout autre chose que de poésie. — « C'était déjà bien joli que cent bourgeois se fussent trouvés d'humeur à tirer trois francs de leur poche pour lire un volume de vers... »

En effet, l'Exposition de 1867 venait de s'ouvrir et c'était la grande affaire. Après l'accalmie qui avait suivi la guerre austro-allemande, l'Europe se ruait chez nous pour y jouir des attractions et du merveilleux spectacle que lui offrait la capitale. Paris devenait l'auberge du monde et le rendez-vous des têtes couronnées. Le second Empire connut alors quelques mois de splendeur et de magnificence inoubliables. Ce fut comme la fête de Balthazar avant l'apparition menaçante du mystérieux et omineux *Mané, Thecel. Pharès*. L'Exposition était admirablement réussie dans l'ensemble et dans les moindres détails. Elle donnait l'illusion d'une grandiose féerie. Les types, les physionomies, les couleurs y prenaient une intensité qui tenait du rêve. Pour les artistes et les poètes, elle gardait des trésors en réserve. Nous y passions des journées entières, attirés par des spectacles tout nouveaux et singulièrement suggestifs : la galerie des tableaux de l'école anglaise, la musique endiablée des tsiganes de Patikarius, l'*isba* russe, la petite maison japonaise, et le grand cirque où Strauss, avec ses valses viennoises, faisait courir dans les foules des frissons de voluptueuse sensualité.

Pour récréer les hôtes illustres qui arrivaient de tous les coins du monde, il avait été décidé que les théâtres subventionnés remonteraient les principaux chefs-d'œuvre de leur répertoire et, quand on en vint à la Comédie-Française, il parut difficile d'éliminer complè-

tement le théâtre de Victor Hugo. Malgré l'opposition
d'une partie de l'entourage impérial, il fut convenu
qu'on reprendrai *Hernani*. Ce qui détermina peut-être
cette apparente condescendance, ce fut chez beaucoup
la conviction que la pièce réussirait médiocrement. La
plupart des critiques des grands journaux, les chefs de
la direction des Beaux-Arts et les acteurs eux-mêmes
ne croyaient guère qu'à un succès d'estime. La nouvelle
de cette reprise transporta de joie les poètes du passage
Choiseul et nous fîmes des bassesses pour assister à la
première. Grâce à Vacquerie et à Meurice, nous fûmes
tous casés à la troisième galerie. La reprise eût lieu en
juin devant une salle comble. La pièce était parfaitement montée : Mme Favart jouait *Dona Sol ;* Worms,
Charles-Quint ; Bressant, *Hernani ;* Maubant, *Ruy
Gomez.* Dès la seconde scène du premier acte, de sou-
dains applaudissements éclatèrent au parterre et dans
les galeries supérieures. Toute la jeunesse des écoles
était là, et aussi les vieux de 1830. Des rafales d'enthousiasme montaient du rez-de-chaussée houleux jusqu'aux frises ; les bravos grondaient comme des coups
de tonnerre. Les vers pouvant donner lieu à des allu-
sions étaient immédiatement soulignés par de longs
et bruyants battements de main. Lorsque Hernani
s'écria :

> J'écraserai dans l'œuf ton aigle impériale,

des centaines de spectateurs se levèrent, tournés vers la
loge occupée par le prince Napoléon, et applaudirent
ironiquement. Interrompus à chaque instant par des
salves frénétiques, les comédiens se regardaient, quasi
désorientés. Aux premières loges, les personnages officiels contemplaient avec effarement cette salle orageuse

comme une mer démontée. Les critiques qui avaient,
prédit un four semblaient absolument démoralisés ;
Sarcey, qui s'était signalé parmi les plus sceptiques,
exécuta un mouvement tournant et se décida à applaudir. Quand le rideau tomba, ce fut du délire ; la moitié
du public était debout, trépignant, criant : « Vive
Hugo ! » Il semblait que la salle allait crouler. Le père
Dumas, dans une loge de second rang, pleurait comme
un jeune veau. Au foyer, l'enthousiasme reprit de plus
belle ; on se serrait les mains ; pour un peu, on se serait
embrassé. Naturellement, les poètes du Parnasse figuraient parmi les plus allumés et les plus tumultueux ;
Mérat, Verlaine, Coppée, Valade, Mendès, Cazalis, Villiers se démenaient fièvreusement. Un rédacteur bonapartiste, remarquant notre groupe extravagant, et vexé
de nous voir si expansifs, s'écria : « Quel tas de vilains
bonshommes ! » Nous accueillîmes cette exclamation
par des huées, et, ramassant l'épithète qu'on nous lançait, nous résolûmes, séance tenante, de fonder un dîner
mensuel qui s'appellerait : « Le dîner des *Vilains Bonshommes.* » D'acte en acte, le succès devenait formidable, et notre enthousiasme se changeait en une tapageuse folie. Au sortir de cette représentation mémorable, Jean Aicard et Elzéar Bonnier, complètement
grisés de poésie, s'en allèrent par les rues, déclamant
des scènes entières d'*Hernani.* Au soleil levant, ils se
trouvèrent dans la plaine de Montrouge, au milieu des
blés mûrs, sans savoir comment ils y étaient venus.
Quant à moi, j'avais applaudi avec tant de violence
que pendant trois jours les paumes de mes mains en
restèrent endolories.

Le lendemain, Coppée montait mon escalier de la rue
de Fleurus et m'emmenait au café de Bobino, où les

poètes de passage étaient en train de rédiger une adresse à Victor Hugo. Dans ce manifeste nous exprimions au maître exilé à Guernesey la joie causée par le triomphe d'*Hernani*, nos regrets de son absence et « notre admiration sans bornes ». L'adresse, signée par Coppée, Dierx, Heredia, Lafenestre, Mérat, Silvestre, Sully-Prudhomme, Valade, Verlaine et moi, fut publiée par la plupart des journaux de Paris et suivie de commentaires plutôt ironiques. Un échotier de la *Liberté*, après avoir cité les noms des signataires, ajoutait dédaigneusement :

Si j'en connais pas un, je veux être pendu !...

En effet, aux yeux du public des journaux, ces poètes nouveaux venus manquaient absolument de notoriété ; mais il faut convenir qu'ils se sont bien rattrapés depuis !... Victor Hugo nous remercia par une lettre collective où, dans son style métaphorique, il déclarait que nous étions « la couronne d'étoiles de son ciel poétique ». En outre, en réponse aux regrets que nous témoignions de sa persistance à demeurer en exil, il adressa séparément, à chacun de nous, deux pages arrachées aux *Châtiments*, signées V. H., et où se trouvait souligné de sa main le vers fameux :

Et s'il n'en reste qu'un, je serai celui-là...

Peu de jours après, le premier dîner des *Vilains bonshommes* eut lieu rue Cassette, à l'Hôtel Camoens, dans une petite cour que décoraient des caisses de fusains et de lauriers-roses. Parmi les convives figuraient Philippe Burty, Coppée, Mérat, Lafenestre, Lemoyne, Aicard et Camille Pelletan. Le menu était sobre et tout à fait en harmonie avec la minceur de nos porte-monnaie; mais tandis que les cloches de Saint-Sulpice tintaient dans le crépuscule, Coppée nous lut son poème d'*Angelus* qu'il venait de terminer, et la poésie remplaça le dessert absent. — Nous nous étions tous remis au travail et la ruche du passage Choiseul recommençait à bourdonner. Lemerre réunissait les éléments de son beau livre *Sonnets et eaux-fortes,* où parut pour la première fois le célèbre sonnet de Heredia qui a pour titre *Les Conquérants;* Sully-Prudhomme corrigeait les dernières feuilles de son recueil des *Épreuves,* où la rare perfection de la forme s'unit à la hardiesse et à la profondeur de la pensée; Verlaine composait ses *Fêtes galantes.* Quant à moi, j'étais revenu à la prose et j'essayais de peindre dans un roman campagnard les mœurs si originales des derniers gentilshommes verriers de l'Argonne. La plupart d'entre nous avaient à cœur de sortir de l'obscure pénombre où nous reléguaient les dogmes un peu étroits de l'école parnassienne. Nous avions la conviction que l'heure était proche où nous pourrions élever la voix. Pareils à ces *Conquérants,* que chantait J.-M. de Heredia, « dans la rougeur du ciel occidental »,

Nous regardions monter des étoiles nouvelles...

et nous nous demandions si la nôtre n'allait pas se lever à son tour.

X

L'un de nos collègues des *Vilains Bonshommes*, Philippe Burty, était rédacteur à la *Gazette des Beaux-
Arts*, et Lemerre l'avait chargé de s'aboucher avec les
artistes qui devaient concourir à l'illustration du livre
des *Sonnets et Eaux-fortes*. Mon sonnet, un souvenir
des futaies du Bas-Bréau, fut confié à Michelin, jeune
aqua-fortiste plein de talent qui mourut peu de temps
après. Quand l'eau-forte fut terminée, Burty, qui désirait me montrer l'une des premières épreuves, m'invita
à passer une soirée chez lui. Il habitait tout près des
Gobelins, rue du Petit-Banquier. J'y allai un soir d'hiver
avec Coppée. — Quand nous arrivâmes, plusieurs visiteurs étaient déjà réunis dans le salon. Parmi eux, deux
hommes de quarante à quarante-cinq ans causaient
alternativement d'un ton bref, quasi tranchant, et on
les écoutait avec une visible déférence. L'un, petit et
d'apparence délicate, avait des façons élégantes, une
physionomie très parisienne et très raffinée ; l'autre,
grand, robustement charpenté, avec une forêt de cheveux bruns, un front volontaire, un œil vif et fouilleur
sous d'épais sourcils, des mâchoires saillantes et une
forte moustache masquant à demi une bouche peu bienveillante, donnait l'impression d'un gentilhomme campagnard intelligent et brusque. Un détail surtout me

frappa : ces deux causeurs affectaient de parler comme
s'ils n'eussent été qu'une seule et même personne.
Ainsi l'un d'eux commençait : « Je suis allé voir
Edouard Thierry... », et l'autre reprenait : « Il m'a dit
que le Comité serait convoqué très prochainement pour
entendre notre pièce... » Après quoi, le premier continuait : « Je compte lire moi-même le manuscrit aux
comédiens. » Je demandai à Coppée quels étaient ces
singuliers discoureurs et il me chuchota : « Ce sont les
frères Goncourt »

Ma curiosité fut d'autant plus éveillée, que le nom des
Goncourt figurait dans les souvenirs de ma première jeunesse. Ils étaient d'origine lorraine et j'avais connu une
de leurs tantes qui habitait Bar-le-Duc. Leur grand-père,
député à la Constituante pour le baillage de Neufchâ-
teau, s'appelait simplement Huot, et ce ne fut que plus
tard, pour se distinguer sans doute d'autres Huot, qu'il
ajouta à ce nom patronymique, celui du village de Goncourt où se trouvaient les propriétés de sa famille. La
tante de Bar-le-Duc ne portait que ce nom très plébéien
de Huot. Mais les deux Goncourt l'avaient radicalement
supprimé et semblaient tenir très fort à leur noblesse
de fraîche date. Ils se montraient même très ombrageux
sur ce point. Vingt ans après cette première rencontre,
dans des « Souvenirs d'enfance » que je publiais à la
Revue bleue, il m'échappa de mentionner cette tante
qui s'était mariée à un ancien soldat du premier Empire,
très original et brasseur de son métier. A quelques jours
de là, je rencontrai Edmond de Goncourt chez Lemerre :
« J'ai lu, me dit-il, l'article où vous citez mon nom à
propos d'une de mes parentes de Bar-le-Duc... — Oui,
repris-je, sans penser à mal... Je l'ai beaucoup connue,
elle avait épousé un de nos voisins. » Il resta un

moment pensif, puis répliqua sèchement : « En effet...
C'était une mésalliance... »

A l'époque où je vis pour la première fois, chez Burty,
les deux Goncourt, ils venaient de publier *Manette
Salomon* et avaient déjà fait représenter à la Comédie-Française *Henriette Maréchal*. Peu lus par le
gros public, ils étaient très appréciés par les lettrés et
les artistes. *Manette, Sœur Philomène, Germinie
Lacerteux, Renée Mauperin* — leur chef-d'œuvre —
ainsi que des études sur la Société française au
xviiie siècle et sous le Directoire, leur avaient assuré
une place à part, et non des moindres, parmi les écrivains du second Empire. Doués d'une originalité native,
ils s'étaient efforcés de l'accuser davantage en se façon-
nant un style parfois étrange, souvent précieux et
entortillé, mais très propre à exprimer le déséquilibre,
la nervosité et les plus subtiles nuances des états d'âme
de la société contemporaine. Leur langue curieuse,
chatoyante, grouille de néologismes et d'épithètes
rares, de vocables dont les couleurs vives papillottent;
mais ce grouillement et ces couleurs sont suspects ; ils
présentent les symptômes d'un organisme en voie de
décomposition. Sans le vouloir, les deux frères ont eu
une influence détestable sur les jeunes écrivains qui se
sont succédé de 1875 à 1885 et qui ont cherché, en les
imitant, à exagérer leurs défauts. Cela nous a mené
tout droit au charabia de l'école décadente. Comme
romanciers, les Goncourt avaient le don de la vision,
de l'observation aiguë ; mais, hantés par la chimère de
« l'écriture artiste », il leur arrivait de sacrifier la
vérité à la recherche de l'effet. Avec une apparence
d'exactitude minutieuse, leurs descriptions bourrées de
détails manquent de sincérité. Souvent, ainsi que l'a

remarqué Tourgueneff, on peut les prendre en faute
sur ce point. Il cite à ce propos certaine peinture de la
campagne à la tombée du jour, où les nuances des sau-
laies sont indiquées avec une précision purement imaginaire, car à cette heure du crépuscule où les feuillages
s'enlèvent en noir vers le ciel, il est absolument impossible d'en distinguer les teintes. — On peut appliquer
cette critique à maints passages de l'œuvre des deux
frères. On y sent je ne sais quoi de factice et d'artificiel.
Ce défaut est bien plus visible dans les livres écrits par
Edmond seul, après la mort de Jules, qui date de 1870.
La sensibilité y laisse à désirer autant que l'invention ;
ce ne sont, à proprement parler, que des squelettes de
romans. Dans cette collaboration fraternelle, il semble
qu'Edmond était surtout le collectionneur de notes et
de menus faits, tandis que Jules était vraiment le
romancier, — le poète — à prendre ce mot dans l'ac-
ception que lui donnaient les Grecs.

Tout en formulant des réserves, j'étudiais alors avec
un très vif intérêt l'œuvre des Goncourt, car, à ce
moment, je m'essayais moi-même à écrire un roman et
j'expérimentais toutes les difficultés de l'exécution.
Comme tous les débutants, j'étais tenté d'imiter quelqu'un de mes devanciers et j'avais grand'peine à
échapper à l'influence de l'école naturaliste, alors à
l'état naissant. Pour ne point succomber à la tentation,
je résolus de ne peindre que les milieux où j'avais vécu,
et de rendre les impressions reçues, très simplement,
très sincèrement, en cherchant à faire passer directement mes sensations et mes émotions dans le cœur du
lecteur. Il n'est pas besoin de beaucoup de mots pour
exprimer un état d'âme ou un paysage ; mais il faut
que les mots choisis soient à la fois justes et suggestifs ;

ils doivent évoquer, comme des magiciens, dans l'esprit
de celui qui nous lit, la vision nette et lumineuse des
choses et des gens dont nous les entretenons. Je m'éver-
tuai à mettre en pratique cette théorie dans le roman
sur les verriers de l'Argonne, que j'avais intitulé :
Madame Véronique. J'y travaillai jusqu'au commencement de 1868 et, quand l'œuvre me parut à point, je
remis mon manuscrit au fils aîné de Buloz qui remplissait momentanément les fonctions de secrétaire de la
Revue, en attendant qu'on trouvât à de Mars un digne
successeur. — Ce ne fut pas facile. Pendant quelques
mois, Challemel-Lacour, revenu d'exil, accepta cet
emploi près de Buloz; mais entre ces deux hommes
également volontaires et intraitables, la paix ne dura
pas longtemps et, après une discussion des plus orageuses, on se quitta fort mal. — Louis Buloz, lui, était
un garçon bien élevé, intelligent et aimable ; seulement,
s'il n'avait rien de la rudesse paternelle, il ne possédait
par contre ni l'expérience ni le flair intuitif, qui étaient
les qualités maîtresses du fondateur de la Revue. Il me
promit de lire promptement mon manuscrit et me tint
parole; mais les mœurs et les caractères singuliers de
mes personnages l'effarouchèrent ; il souleva de telles
objections, me demanda de si radicales modifications
que je repris ma copie. M. de Kératry venait de fonder
la *Revue Moderne*, à l'aide de laquelle il comptait préparer sa candidature au Corps législatif. Séance tenante,
j'allai lui porter mon roman. Il le lut, le trouva de son
goût, l'accepta sans la moindre objection et, au mois de
mai, la publication de *Madame Véronique* commença.
Elle occupa trois livraisons. Hélas! personne n'eut l'air
de s'en douter. Comme tous les périodiques qui débu-
tent, la *Revue moderne*, malgré l'habileté de son direc-

teur, était ignorée du public; elle n'avait que très peu d'abonnés et la vente au numéro était nulle. Ce fut alors que je compris, à mon dam, la différence qui existait entre la *Revue des Deux Mondes* et les recueils qui essayaient de lui faire concurrence. Toujours est-il que le complet silence dans lequel fut enseveli mon infortuné roman me mortifia à fond et me plongea en une noire mélancolie.

J'en fus tiré par un événement heureux et inattendu. Sur les conseils de quelques amis, j'avais envoyé *le Chemin des Bois* à l'un des concours de l'Académie française. Je ne connaisssais aucun académicien et ne fondais pas grand espoir sur cette tentative. L'examen de mon livre échut à Pierre Lebrun, l'auteur de *Marie Stuart,* et il rédigea un rapport favorable. Sainte-Beuve, de son côté, plaida chaudement ma cause, et l'Académie me décerna un prix de 1.500 francs. Je courus remercier les membres de la commission et principalement M. Lebrun, qui occupait un appartement au cinquième, sur le quai Voltaire. J'eus la chance de le rencontrer. C'était un grand vieillard de quatre-vingts ans, très droit et très vert encore. Il me reçut avec affabilité, loua beaucoup le sincère sentiment de la nature dont mon volume était imprégné, et m'assura que son opinion avait été partagée par tous les membres de la commission. Cela me remit un peu de baume au cœur et, comme les bonheurs vont parfois deux à deux, dès que la décision académique fut publiée dans les journaux, la vente du *Chemin des Bois,* qui s'était fortement ralentie, repartit de plus belle, de sorte qu'en moins d'un mois la première édition fut épuisée.

Dès que j'eus touché mes 1.500 francs à la caisse de Pingard père, je résolus de les employer à un voyage.

Depuis longtemps — depuis que j'avais lu Brizeux —
je désirais connaître la Bretagne, et surtout la baie de
Douarnenez, dont un ami de Lemoyne, le peintre
Lansyer, m'avait vanté l'originale et lumineuse beauté.
Je sollicitai un congé et je partis pour Quimper à la fin
d'août. A cette époque, le chemin ce fer s'arrêtait là, et
je fis le surplus du trajet en diligence. Cette lourde
guimbarde marchait lentement et me laissait le loisir de
contempler le paysage, d'une sauvagerie à la fois tendre
et mélancolique. Les bois à la verdure foncée ; les prés
enclos de hauts buissons épais et fleuris, arrosés de
ruisseaux somnolents ; les manoirs gris, entrevus à
l'extrémité d'une longue avenue de hêtres, les landes
semées d'ajoncs et de fougères, me donnaient un séduisant avant-goût de ce poétique pays de Cornouaille où
j'allais vivre pendant un mois. A chaque détour de la
route, des vers de Brizeux chantaient doucement dans
ma mémoire. La diligence me déposa à la tombée du
jour devant l'*Hôtel du Commerce*, où Lansyer prenait
pension. On sonnait la cloche du dîner et immédiatement il me présenta à ses commensaux. C'étaient pour
la plupart des peintres, et ce fut pour moi une bonne
fortune de me trouver dans ce milieu raffiné où tous,
jeunes ou vieux, appartenaient au monde de l'art. Il y
avait là, attablés: Mme Trélat, accompagnée d'une
étrange et jolie fille qui me rappelait la *Renée Mauperin* des Goncourt ; Jules Breton et sa famille ; l'aqua-
fortiste Valerio ; Ulmann, qui venait de décorer la Cour
des Comptes ; Jules Massenet et sa jeune femme, qu'il
avait épousée au sortir de l'École de Rome, et qui était
dans tout l'éclat de sa délicate beauté de brune à la
peau blanche et aux vifs yeux noirs. Cette société vivait
en une joyeuse familiarité. Après le déjeuner de midi,

on accompagnait en bande les peintres qui allaient travailler au Riz, à Tréboul, ou sous les vertes hêtraies de
Ploaré. A sept heures, on se retrouvait autour de la
table commune et la soirée s'achevait, soit en intimes
causeries sur le banc de l'hôtel, soit en promenades sur
le môle, devant la mer phosphorescente.

Quel séjour heureux et quel pays suggestif pour un
poète ! La première fois que j'aperçus la baie de Douarnenez des hauteurs de Plô-mâr, je demeurai muet
d'admiration. Il me semblait entendre chanter en moi
comme un *sursum corda*. A mesure que les vapeurs du
matin se dissolvaient à la chaleur du soleil, je distinguais les barques des pêcheurs doublant l'extrémité du
môle et s'éparpillant, toutes voiles ouvertes, sur la mer
d'un bleu laiteux. Insensiblement l'air devenait d'une
limpide transparence. La nappe azurée avait d'éblouissants scintillements argentés, et le profil des côtes
rocheuses s'accusait plus net. La lumière tombant d'un
ciel bleu sans tache revêtait les îlots, les pointes de
granit, les landes lointaines, d'adorables couleurs qui
allaient du gris rosé au lilas foncé. A gauche, au delà
de Tréboul, la côte fuyait à perte de vue avec ses plans
étagés, ses pointes dentelées et battues du flot ; à droite,
au-dessus des sables dorés de la *lieue de grève*, la montagne du Méné-hom découpait sa double croupe aux
nuances mauves. Le ciel était traversé par de blancs
vols de mouettes, la mer était semée de voiles blanches.
Des cris d'enfants et des grincements de poulies montaient du port ensoleillé ; des bruits de battoirs tintaient à l'ombre des lavoirs de Plô-mâr. Et dans ce
tapage matinal, dans cette fine lumière, dans cette profonde étendue de la mer céruléenne et des côtes d'un
lilas clair, il y avait une fraîcheur, un essor, une gran-

deur, qui emportaient l'âme bien haut, vers une atmosphère d'idéale sérénité. Je n'ai rien vu de plus merveilleux que ce paysage de mer. Et aujourd'hui encore,
tandis que j'écris ces lignes en face de cette radieuse
baie de Douarnenez, j'éprouve, après trente ans passés, les mêmes impressions de fraîcheur rassérénante
et de lumineuse beauté.

En ce coin de la Cornouaille, dont les chemins de fer
n'avaient pas alors altéré la physionomie, les paysa-
gistes trouvaient des aspects de nature très neufs et
très variés : — pâtis ombragés par de vieux arbres dont
les branches trempaient jusque dans la mer, chemins
creux fleuris de digitales roses et de silènes rouges;
antiques manoirs enfouis sous les chênes et devenus
d'humbles métairies ; vastes landes onduleuses, embaumées de chèvrefeuille, où parfois une source solitaire
dormait parmi les touffes d'iris, et où de loin surgissait
l'aiguille d'un menhir, dominant quelque pointe battue par le flot. La marée montante de la civilisation
n'avait pas encore enlevé au pays sa couleur locale et
ses vieilles mœurs. Les femmes étaient fidèles à leurs
costumes si pittoresques ; les paysans conservaient les
braies et les longs cheveux tombant sur l'épaule. On pouvait faire des lieues sans entendre parler d'autre langue
que le *brezonnec*, la vieille langue des Celtes, aux notes
gutturales et austères. A chaque pas, dans la campagne, on se sentait pénétré par la mélancolique et
sauvage poésie des races celtiques. Pour mon compte,
j'en goûtais avec délices l'âpre saveur. Les moindres
manifestations de la persistance des traditions bre-
tonnes m'imprégnaient le cœur d'une tendresse mystique et me remuaient profondément.

Je me rappelle avec un revif d'émotion une après-

midi passée en compagnie de la famille Breton, au
pardon de la Clarté, non loin du village de Kerlaz. La
chapelle où se célébrait l'office se dressait solitaire au
milieu d'un cordon de vieux chênes. Il n'y avait, sauf
nous, que des paysans cornouaillais ; les coiffes des
femmes agenouillées semaient de taches blanches
l'herbe courte du pâtis ; autour du chevet de l'église,
les hommes en chapeaux ronds à larges bords se
tenaient debout ; des mendiants dignes de Callot grouillaient aux creux des fossés. Tout à coup, dans l'air
léger de septembre, une cloche tinta et la procession
déboucha du portail. En avant, deux vieux tambours,
aux longs cheveux gris, vêtus de vestes bleues et chaus-
sés de larges braies, battaient énergiquement une marche ; bannières déployées, les filles du rosaire en robes
blanches les suivaient escortant une statue de la
Vierge, portée à bras ; puis venaient le curé sous son
dais rouge, et derrière lui, de longues files de femmes
aux coiffes neigeuses, et d'hommes, tête nue, le cierge
en main. Aux battements héroïques des tambours, le
pieux cortège se déroulait lentement dans la direction
d'un calvaire rongé par la mousse. Parmi l'ombre verdoyante des chênes, cette rustique procession avait un
caractère de si antique simplicité, de si naïve ferveur,
que je sentis la foi morte se réveiller en moi et que mes
yeux s'emplirent de larmes.

Quelle vie charmante j'ai menée là, dans la modeste
chambre que j'occupais à deux pas de l'église ! Je
m'éveillais au tapage des sabots des sardinières, réson-
nant sur les pavés de la grand'rue et, toute la matinée,
je travaillais à condenser en quelques vers les impressions de la veille. L'après-midi était employée en promenades sur la grève du Riz, aux moulins de Tréboul

ou à travers la lande. Puis le soir, quand les peintres courbés sous leur sac revenaient à l'auberge, leur pique à la main, on s'attablait gaiement. Souvent, après la nappe enlevée, nous restions en tête-à-tête, Jules Breton et moi, et je lui lisais les vers que j'avais rimés le matin, sans me douter alors que ce maître peintre était doublé d'un poète, et que lui aussi, sans en rien dire, composait sournoisement une série de poèmes sur la Bretagne.

Les pluies de l'équinoxe de septembre mirent fin à ces douces journées, et les convives de l'*Hôtel du Commerce* s'enfuirent les uns après les autres. Les Trélat et les Massenet partirent les premiers, puis Lansyer et Valerio. Moi-même, mon congé tirant à sa fin, je repris à regret la diligence de Quimper, tandis qu'une brume grise enveloppait le paysage et me dérobait la vue de la baie, comme pour amoindrir mes regrets.

Je revins à Paris, retrempé par ce séjour à Douarnenez où, à cette époque, comme le disait Sully-Prudhomme,

On respirait du sel dans l'air:

Hélas ! maintenant on n'y respire plus que l'odeur de la *rogue* et des sardines gâtées !... N'importe, aujourd'hui encore je ne puis voir cette vieille petite ville aux maisons étagées autour du port, sans me rappeler les jours heureux et sans lui envoyer au passage un salut reconnaissant.

Je retrouvai mes amis les Parnassiens très occupés. Lemerre méditait de publier, à ses frais, cette fois, une nouvelle série du *Parnasse contemporain* et avait convié le ban et l'arrière-ban des poètes à contribuer à cette œuvre, qui devait être comme le Salon de la poésie.

Chacun parachevait un poème ou ciselait des sonnets.
De tout le cénacle, le plus affairé encore était Coppée. Il
venait de publier *Les Intimités*, une exquise plaquette
de vers amoureux et de fins tableaux parisiens, et
presque en même temps, grâce à l'affectueuse entremise
de la tragédienne Agar, il avait fait recevoir à l'Odéon
un acte en vers ayant pour titre : *Le Passant*. Le travail des répétitions l'absorbait. Parfois, au sortir du
théâtre, il s'arrêtait rue Jacob pour dîner à notre pension, inquiet et tout fiévreux des luttes qu'il avait à soutenir pour s'assurer une interprétation selon ses désirs.
La première représentation du *Passant* eut lieu le 14
janvier 1869, en même temps que celle d'une comédie
de Du Boys, — un poète dramatique qui jouit pendant
quelques années d'une certaine notoriété et qui est
maintenant complètement oublié. — La direction de
l'Odéon comptait beaucoup sur cette comédie en trois
actes. Avec ce flair illusoire dont les directeurs de
théâtre se croient doués par grâce d'état, MM. de Chilly
et Duquesnel la regardaient comme le morceau de
résistance de la soirée. Quant au *Passant*, ils le consi-
déraient comme une saynète sans importance et ne fondaient sur lui aucun espoir. Les trois actes de Du Boys,
ennuyeux et incolores, n'eurent pas même un succès
d'estime ; ils tombèrent à plat. Lorsque le rideau se
releva pour *le Passant*, sur un charmant décor représentant les jardins d'une villa florentine, baignés par le
clair de lune, et qu'on aperçut la blanche et sculpturale
forme d'Agar, accoudée à la balustrade d'une terrasse,
il y eut dans la salle un murmure de satisfaction qui
était de bon augure. La pièce n'avait que deux personnages, interprétés par Agar et Sarah Bernhardt, qui en
était alors à ses débuts. Agar, les yeux perdus dans la

nuit, exhalait poétiquement une plainte désenchantée.
Soudain la ballade du *Passant* résonnait dans la coulisse et Sarah, costumée comme *le Chanteur florentin*
de Paul Dubois, surgissait dans la clarté lunaire, ainsi
qu'une svelte apparition de la prime jeunesse. Alors,
entre Sylvia la courtisane, et Zanetto, le page errant,
s'engageait un dialogue d'une exquise fantaisie, d'une
grâce savoureuse et fraîche comme la feuillée au printemps. Ce n'était plus le vers traînant, prosaïque et mal
rimé des disciples de l'école du bon sens ; c'était la vraie
poésie ailée, chantante, pleine d'images neuves et suggestives, de notes tantôt gaies, tantôt émues, qui la rendaient parfaitement scénique. Le public était surpris et
ravi. Les applaudissements éclatèrent, sincères et nour-
ris et ne cessèrent plus pendant la brève demi-heure
que dura la pièce. Quand ce fut fini et qu'on nomma
l'auteur, la salle entière acclama ce jeune talent qui se
levait ainsi qu'une vermeille aurore. Nous étions en-
thousiasmés. Pendant l'entr'acte, Lemerre, entouré de
tous les Parnassiens, agitait triomphalement les
bonnes feuilles du *Passant* déjà imprimé, et lorsqu'au
sommet de l'escalier qui conduisait au premier étage,
Coppée apparut, encore tout pâle des émotions de la
coulisse, nous lui fîmes une ovation.

On sait le succès de ce petit acte. Pendant tout l'hiver, il fut représenté chaque jour et fit monter la loca-
tion de l'Odéon à des hauteurs que ce théâtre ne connaissait plus depuis lpngtemps. Dans le magasin de
Lemerre, les éditions de la pièce s'épuisaient avec une
rapidité inouïe, et le nom de l'auteur, resté jusque-là
dans la pénombre, émergeait brusquement en pleine
lumière. La gloire lui arrivait avec la popularité, et
une popularité de bon aloi puisqu'elle était due à une

œuvre d'art pur. Coppée s'en aperçut du jour au lendemain, en se voyant tout à coup choyé par les journaux
et les gens du monde ; il s'en aperçut aussi à un autre
signe moins plaisant : l'envie, maladroitement dissi-
mulée, qu'excitait son succès au théâtre. A partir de ce
moment, il fut amèrement jalousé, non seulement par
certains de ses jeunes compagnons du Parnasse, mais
par de vieux maîtres qu'il admirait, lui, dans la simplicité de son cœur, et qui, eux, ne lui pardonnaient
pas d'avoir réussi là où ils avaient échoué.

XI

Vers 1868, je fus conduit par un ami dans le salon
alors très fréquenté de Mme Mélanie Waldor. Cette
vieille muse romantique devait surtout sa notoriété à la
passion qu'elle avait jadis inspirée à Alexandre Dumas
père. Leurs amours orageuses n'étaient plus, à cette
époque, un secret pour personne, car le célèbre romancier les avait racontées tout au long dans ses *Mémoires*.
De nombreuses années avaient neigé sur cette tempê-
tueuse passion, dont on peut retrouver les éclats dans
le drame d'*Antony*, et depuis, Mme Waldor, pour rache-
ter ses péchés, était devenue dévote, tout en demeurant
très mondaine. Un jour, Dumas ayant témoigné le désir
de revoir l'idole d'autrefois, une entrevue avait été
ménagée chez des amis communs. La scène fut tout à
fait digne des beaux temps du romantisme : « Mélanie,
s'écria Dumas d'une voix mouillée de larmes, autrefois
vous étiez charmante, maintenant vous êtes belle !...
— Alexandre, reprit la muse en vibrant, croyez-vous
en Dieu?... — Certes ! répliqua galamment le père
Dumas, repris soudain d'un accès de gauloiserie, je
vénère le créateur, mais je crois surtout à la beauté de
ses créatures... » La dévote eut un beau geste de pudibonderie choquée, et ils se séparèrent pour ne plus se
revoir. Mme Waldor appartenait à cette société catho-

lique du second Empire, qui était dévouée à l'empereur, tout en maudissant la politique italienne et le régime libéral, vers lesquels le fils d'Hortense inclinait visiblement. Elle avait rendu, avant le coup d'État, je ne sais quels services à Napoléon III, qui se montrait reconnaissant en la pensionnant sur sa cassette et en la logeant dans un vieil hôtel de la rue Saint-Roch. Les méchantes langues prétendaient même que la dame continuait à le servir en qualité d'informatrice, et qu'elle envoyait des notes à la police particulière du souverain.

Quoi qu'il en fût, les mercredis littéraires de Mme Waldor étaient à ce moment très courus. On y disait des vers, on y jouait la comédie et on y rencontrait une société curieusement mélangée : sénateurs, députés, fonctionnaires de l'Empire, membres du haut clergé, jolies femmes, journalistes et gens de lettres. Des cardinaux et des monsignori en bas violets y coudoyaient des comédiennes aux blanches épaules et ne paraissaient nullement étonnés de cette promiscuité troublante. La maîtresse de la maison semblait très fière d'avoir réussi à réunir dans ses salons, tendus d'une étoffe gros vert, des éléments aussi disparates. A cette époque, Mélanie Waldor était déjà de l'autre côté de la soixantaine. Maigre avec des traits irréguliers, elle n'avait jamais dû être jolie, mais ses yeux noirs pleins de feu éclairaient d'une lueur d'orage son visage étrangement passionné. Elle avait conservé une tournure jeune, une taille svelte, de beaux bras, et l'on s'expliquait très bien qu'aux environs de 1832, elle eût régné despotiquement sur le cœur inflammable d'Alexandre Dumas. Elle avait l'art d'attirer les gens chez elle et je me souviens d'y avoir vu Paul Féval, Henri de

Bornier, Camille Doucet, Hippolyte Lucas, Agar, Hortense Damain, Fanfan Benoîton, Edouard Thierry,
administrateur de la Comédie-Française, Marie Rose, le
cardinal Donnet, Conti, le sénateur Larabit et jusqu'au
vice-empereur Rouher. Ce monde bonapartiste était une
fréquentation singulière pour un poète républicain et
parfois je m'y sentais fort mal à l'aise ; mais dès le premier soir où Edmond Gondinet m'y présenta, j'y fus
retenu par un irrésistible aimant.

Au milieu des jolies mondaines qui faisaient le prin-
cipal attrait de ce salon, j'avais retrouvé la fée aux yeux
verts, admirée quatre ans auparavant dans les champs
de blé de Bar-le-Duc ; la « payse » dont la séduisante
beauté et le vivant esprit m'avaient laissé un si exquis
souvenir. J'eus un sursaut de joyeuse surprise,
quand, sous la caressante lumière des lustres et des
lampes, je l'aperçus, assise dans un fauteuil, vêtue d'une
robe gris perle et coiffée de narcisses, dont les corolles
blanches étoilaient la crépelure de ses cheveux châtains. Je reconnus immédiatement les profonds yeux
verts et le sourire à la Vinci, qui jadis m'avaient ensorcelé. Dans ce salon où s'ourdissaient des intrigues politiques, où s'ébauchaient de frivoles aventures galantes
et où les vanités littéraires, le cabotinage des gens de
théâtre, mettaient je ne sais quoi de frelaté et de factice,
je crus tout à coup, en la revoyant, respirer la salubre
verdeur de mes forêts lorraines. Sa beauté était plus
accomplie encore qu'autrefois, mais aussi plus imprégnée de mélancolie. Jusque dans le sourire de ses fines
lèvres retroussées, on surprenait de loin en loin une
expression désenchantée, et une humide lueur de tristesse embuait parfois ses limpides yeux pers. En effet,
elle n'était pas heureuse. Mal mariée, presque aban-

donnée à elle-même, il lui fallait toute sa native droi-
ture, toute l'honnêteté de son cœur, toute la santé de
son clairvoyant esprit, pour ne point perdre pied dans
ce monde plein de perfides embûches.

De communs souvenirs du pays d'origine nous rap-
prochèrent dès le premier soir et notre amitié, commencée dans la serre chaude de ce salon parisien, se
fortifia bien vite en un milieu plus discret et plus sain.
Nous nous rencontrions, l'hiver, au concert Pasdeloup,
où Beethoven, Haydn et Mozart nous emportaient loin
des réalités trop douloureuses, sur une mélodieuse mer
de musique et de rêve. Au retour de la belle saison, je
partais avec elle et ses filles pour les bois prochains de
Bellevue, de Sèvres et de Chaville. Les premières anémones écloses sous les chênes évoquaient devant nos
yeux les forêts du Barrois et du Verdunois, et ressaisis
par la captivante souvenance du terroir familier, nous
nous surprenions à reparler le patois de chez nous.
Son sang paysan se réveillait alors dans ses veines.
Elle redevenait primesautière, allègre et pétillante ainsi
qu'au temps où elle cueillait des bluets et des coquelicots dans les champs de blé de Bar-le-Duc. C'était
comme un coup de soleil filtrant entre deux nuées; son
mobile visage s'illuminait et il me semblait alors voir
passer dans ses yeux agrandis tous les paysages de
mon enfance, les vignes à la lisière des grands bois, les
prairies semées de reines-des-prés et la Meuse courant
au travers...

La « payse », à ses précieux dons de spontanéité, de
naturel et de franchise, joignait un esprit cultivé, un
tact, un goût affinés par la pratique de la vie parisienne
et un jugement très droit. Je lui lisais mes vers, mes
projets de drames ou de romans; elle me donnait son

avis avec une entière sincérité, et mettait avec une
sûreté merveilleuse le doigt sur les passages qui manquaient de force et de justesse. Non seulement elle
avait le sens critique naturellement aiguisé, mais elle
était très *suggestive* : finement observatrice, douée d'une
sensibilité exquise et d'une féconde imagination, elle
avait des trouvailles de mots et d'images qui ravissaient
les artistes. D'un seul trait, d'un seul magique coup de
baguette, elle faisait naître les idées : elles s'éveillaient
à sa voix, comme un essaim de blondes abeilles qui
accourent toutes au rucher, avec des ailes chargées de
miel. Je lui dois le peu que je suis; c'est grâce à ses
encouragements, à ses conseils et à ses inspirations que,
jeté tardivement dans la mêlée littéraire, j'ai pu m'y
frayer un chemin où j'ai marché jusqu'au bout, sans
trop me fourvoyer et surtout sans choir dans quelque
fatale ornière.

A cette première période de notre amitié (1869) elle
me poussait vivement à travailler pour le théâtre. Le
succès du *Passant* de Coppée nous avait du reste mis à
tous l'éperon aux flancs, et tous, peu ou prou, nous
ruminions en secret l'acte en vers qui nous ouvrirait
toutes grandes les portes de la notoriété. Pour mon
compte, j'avais déjà ébauché plusieurs scénarios de
pièces, qui n'avaient pas trouvé grâce devant la sévérité
de ma conseillère et qui avaient été rejetés au fond
d'un tiroir. Un jour, ma vieille amie, mistress Jenkin,
me communiqua la ballade écossaise de *Auld Robin
Gray*, et quand j'en eus achevé la lecture, il me sembla
qu'elle renfermait l'embryon d'un petit drame à la fois
très simple et très empoignant. J'étais revenu de Douarnenez, féru de poésie bretonne; je résolus de transporter la situation émouvante d'*Auld Robin Gray*, en

pleine Cornouaille et d'en tirer une pièce en un acte.
En quelques semaines, je bâtis le scénario et je me mis
à l'œuvre. On ne connaît guère en France cette ballade
écossaise, qui est très populaire chez nos voisins
d'Outre-Manche. C'est l'histoire d'un marin qui a fait
naufrage au loin et qu'on a cru mort. Il revient un jour
au pays et trouve sa fiancée mariée au vieux Robin
Gray : elle lui explique qu'elle ne pensait plus le revoir
et qu'elle l'a longtemps pleuré ; mais que, restée seule
et pauvre, elle a fini par céder aux prières de Robin et
l'a épousé. Le marin, désespéré, se résigne à subir sa
destinée et, après un baiser d'adieu, les deux amoureux
se séparent pour ne plus se revoir jamais. — Très pénétré des impressions que j'avais rapportées de mon
séjour dans le Finistère, je transformai les trois personnages de la ballade en Bretons bretonnants et je les fis
vivre sur une plage située entre la lande et la baie de
Douarnenez. La poésie, qui demeure inconsciemment
fond de l'âme des races celtiques, riveraines de l'Océan,
me permettait de faire parler mes héros en vers, sans
trop d'invraisemblance, et je m'efforçai de donner à
mon drame le caractère de ce pays d'Ar-mor où rien ne
meurt, où un obscur idéal s'épanouit encore, vivace
comme les rudes fleurs d'ajonc qui parfument la lande.
Je n'y réussis pas du premier coup. Je voulais faire
œuvre de poète, tout en restant simple et sincère, et
j'avais à éviter deux écueils : le vers plat, terre à terre,
sans relief et sans couleur, et une forme trop lyrique,
manquant de naturel et de vérité. Je tâtonnai longtemps
avant de trouver un langage approprié à l'humble condition de mes personnages. Je remis plusieurs fois mes
vers à la forge, et le travail d'exécution me prit trois
grands mois. Vers les premiers jours de 1870, ma pièce

fut sur pied et je pus enfin la lire aux amis qui dînaient
avec moi, rue Jacob.

Cette pension de la rue Jacob était devenue un petit
cénacle d'artistes et de gens de lettres. Elle était tenue
par une honnête hôtesse qui nourrissait ses clients pour
des prix très doux et ne se montrait point exigeante
pour la date des règlements. Une brave cuisinière, née
au bord du lac d'Annecy, y cuisinait des plats savoyards
dont on se léchait les doigts, et qu'on arrosait d'un vin
d'Auvergne un peu âpre, mais naturel. On vivait en
famille et, une fois le dessert enlevé, on s'attardait
autour de la nappe à fumer et à causer littérature. Là
étaient venus successivement s'attabler Georges Lafenestre, André Lemoyne, Gabriel Monod, un peintre
anversois nommé Van den Bussche, un jeune composi-
teur hongrois, Alexandre de Bertha, et enfin R. Chantelauze, qui s'occupait alors de réunir les éléments d'une
histoire de Marie Stuart. On y était moins intransigeant
moins exclusif, mais non moins épris de poésie qu'au
passage Choiseul. Lafenestre qui revenait de Florence,
nous y donnait la primeur de ses *Idylles* pénétrées de
la grâce lumineuse et du parfum des collines toscanes ;
Lemoyne rapportait de ses courses en Normandie de
sobres petits poèmes où, dans une langue colorée et
précise, il chantait les marins de Granville et « le banc
d'azur du cap Fréhel » , Chantelauze rompait des lances
en faveur de la vertu très controversée de Marie Stuart,
dont il était devenu l'amoureux passionné.— Une originale et charmante personnalité, que celle de ce cham-
pion de la reine d'Ecosse ! Légèrement boiteux et d'une
pétulance juvénile, malgré la cinquantaine sonnée, il
dressait sur un corps replet et trop court, une grosse
tête narquoise et spirituelle. Son front carré sous une

perruque bouclée, ses yeux émerillonnés, pétillants de
malice, sa bouche ronde aux lèvres sensuelles, lui donnaient l'air d'un chanoine déguisé en laïque. C'était un
galant homme, d'un commerce très agréable et très sûr;
c'était aussi un gai compagnon, très amateur du beau
sexe et, comme on disait au xviie siècle, grand *abatteur
de bois*. Dans sa chambre, décorée dans le style
Louis XVI, il y avait un lit de bois peint en blanc, dont
les pieds droits étaient finement sculptés et qu'il prétendait avoir appartenu à Marie-Antoinette. Ce lit royal,
s'il s'était avisé d'écrire ses mémoires comme le *Sopha*
de Crébillon, en aurait pu raconter de belles sur le
compte de son nouveau possesseur?... Si Chantelauze,
pour sa part, pratiquait peu la vertu de continence, en
revanche il croyait dur comme fer à celle de Marie
Stuart. J'ai rarement vu un écrivain plus plein de son
sujet que ce consciencieux et enthousiaste historien. Il
avait compulsé en France et en Angleterre tous les
documents relatifs à son héroïne. Il vivait positivement
de la vie de la rivale d'Elisabeth et s'intéressait à ses
aventures comme si elles eussent été les siennes. Parfois, quand il apercevait un ami dans la rue, il accou-
rait vers lui de son pas claudicant et l'abordait la mine
souriante : « Mon cher, s'écriait-il en l'agrippant par un
des boutons de son habit, mon cher, j'ai une bonne
nouvelle à vous annoncer! » L'autre, tout entier à ses
propres préoccupations, souriait à son tour, alléché par
ce préambule, et questionnait naïvement son interlocu-
teur, croyant apprendre l'heureuse conclusion de quelque affaire l'intéressant directement: « Eh bien ! reprenait triomphalement Chantelauze, je viens de découvrir
que le poète anglais Swinburne a menti impudemment
en prétendant que Marie Stuart avait eu une intrigue

galante avec Chastelard... C'est une odieuse calomnie..
J'ai les preuves en mains!... »

Il était légitimiste et plaidait la cause de Marie Stuart
avec d'autant plus de feu qu'il croyait défendre la réputation d'une lointaine parente de ses rois. A notre table,
tous les partis étaient représentés et les discussions
parfois devenaient si violentes que la maîtresse de
l'hôtel, effarée, fermait prudemment les fenêtres. On ne
s'entendait que sur un point : la littérature, et encore!...
Nous avions fondé un dîner mensuel où venaient Coppée, Jules Claretie, Joubert et Jules Amigues, du *Moniteur universel*, le critique d'art Grangedor et Crespet,
l'auteur d'une très remarquable anthologie des poètes
français. Là, nous sentant bien chez nous, loin des philistins et portes closes, nous ne nous génions guère et
les opinions subversives prenaient une belle envolée.
Un soir, au champagne, les têtes étaient tellement
échauffées que Claretie proposa un toast à la République
et que, sauf deux ou trois récalcitrants, chacun leva son
verre, et trinqua avec enthousiasme à la chute prochaine du régime napoléonien.

Ce fut à l'un de ces dîners que je lus mon petit drame
breton, auquel j'avais donné pour titre le nom de l'un
des personnages : *Jean-Marie*. J'obtins un succès
d'émotion. D'une commune voix, on déclara que la
pièce ne pouvait manquer de réussir et qu'il fallait la
présenter sans retard à l'un des théâtres subventionnés.
Je la fis recopier par un expéditionnaire de mon bureau
qui était un artiste en calligraphie et, au commencement de janvier 1870, je me décidai à la porter à
l'Odéon.

Le moment n'était guère bien choisi. L'horizon politique devenait singulièrement sombre. Le ministère

libéral, dirigé par Emile Ollivier, avait une mauvaise
presse, et l'assassinat de Victor Noir par le prince Pierre
Bonaparte marquait ses débuts d'une tache sanglante.
Je me souviens que, le soir des obsèques de la victime,
je me trouvais chez Auguste Barbier, qui habitait rue
de Rivoli. L'auteur des *Iambes* était alors un petit vieillard timide et doux, qui ressemblait bien plus à un
notaire retraité qu'à un poète satirique républicain.
Assis au coin du feu, nous causions paisiblement de
Brizeux, avec lequel il avait été intimement lié, quand,
du côté de la rue Saint-Honoré, nous entendîmes
comme un roulement de marée grondante, accompagné
de clameurs sauvages. C'était la foule des gens qui
avaient assisté à l'enterrement de Victor Noir. Ils défi-
laient en masses profondes dans la direction du Palais-
Royal et hurlaient des menaces confuses, au milieu desquelles on distinguait parfois le refrain du *Ça ira*. Le
poète qui jadis avait chanté dans *la Curée*

> La grande populace et la sainte canaille,

releva vivement sa petite tête placide, dressa les oreilles
et montra une mine de lièvre effarouché. Il ne paraissait guère en ce moment enthousiasmé du réveil de la
Liberté, « cette fille aux puissantes mamelles ».

> Qui mettait tout le peuple en rut...

Il hocha le menton, tisonna pensivement les bûches et
murmura d'un ton mélancolique : « Voilà un vilain son
de cloche !... Mon cher ami, nous vivons dans un temps
qui n'est guère doux pour les lettrés et la littérature !... »

En dépit de ces fâcheux pronostics, je n'hésitai pas à
présenter ma pièce à l'Odéon. Je la déposai moi-même

entre les mains du secrétaire du théâtre, qui se nommait Salvador. C'était un petit vieux à la moustache grise en brosse, à l'air sceptique et désabusé de toutes choses. Ancien romantique malchanceux, il terminait sa carrière littéraire en recevant des manuscrits, dans cette nécropole de l'Odéon où les siens avaient peut-être été refusés jadis. Il prit ma copie, l'inscrivit machinalement sur un gros volume qui ressemblait à un registre d'écrou, la numérota, puis me dit flegmatiquement : « Vous avez le n° 306... Maintenant attendez votre tour... On vous écrira. »

Je crus voir passer dans ses yeux éteints un faible éclair d'ironie et je retraversai mélancoliquement l'antichambre pleine de comédiens, qui devisaient en compagnie du père Constant, le cerbère du théâtre, à la mine impassible et fermée sous sa calotte noire. J'avais le numéro 306 ! Ainsi depuis le 1er janvier, 305 pièces avaient été déposées avant la mienne. Qu'allait devenir mon pauvre drame breton, noyé dans ce flot montant de manuscrits? Je ne voyais personne qui pût me recommander aux directeurs du théâtre, où je ne connaissais aucun des artistes influents. Il y avait, par conséquent, de nombreuses chances pour que mon petit acte dormît oublié dans les cartons du vieux Salvador. Il ne me restait, selon les conseils du sceptique secrétaire, qu'à me cuirasser de patience. Pourtant, un jour, André Lemoyne, auquel *Jean-Marie* avait plu, se rappela avoir eu pour commensal un brave opticien qui faisait sa partie de whist avec Chilly, et il me promit de parler de ma pièce à ce fabricant de lunettes, qui pourrait peut-être user de son intimité avec le directeur de l'Odéon pour m'obtenir un tour de faveur. La démarche bienveillante de l'opticien fut-elle efficace, ou bien la direction, obligée par son cahier des charges à jouer chaque année un certain nombre d'actes en vers, pratiqua-t-elle une fouille dans les cartons et tomba-t-elle providentiellement sur mon manuscrit, dont la perfection calligraphique devait tirer les yeux du lecteur ? Je l'ignore. Mais au commencement du mois d'avril, je reçus une lettre timbrée de l'Odéon, qui me fit sursauter le cœur. On m'y avisait que *Jean-Marie* avait été lu et on me priait de passer au théâtre, le jour même à une heure précise.

Comme vous le pensez bien, je fus exact au rendez-vous. J'escaladai vivement l'escalier raboteux de l'administration, et l'austère Constant, daignant soulever sa calotte de soie noire, m'introduisit dans le cabinet directorial. Je m'y trouvai en tête-à-tête avec MM. Chilly et Duquesnel.

« Monsieur, me dit le premier, nous avons pris connaissance de votre pièce, elle nous plaît... Je l'ai moi-même lue à ma femme et elle nous a fait pleurer. Nous avons donc résolu de la jouer immédiatement et nous vous avons écrit afin de conférer avec vous sur la distribution... Pour le rôle de la femme, je pense que vous êtes de notre avis : nous le donnerons à Sarah Bernhardt ; le personnage de *Jean-Marie* sera parfaitement interprété par Pierre Berton qui est un charmant amoureux... Il ne nous reste plus d'hésitation que pour le rôle du vieux Joël..... »

Je proposai de le confier à un acteur nommé Laray, que j'avais vu dans *le Bâtard* de Touroude et dont le jeu plein de naturel et de rondeur m'avait vivement intéressé. On y consentit et il fut convenu qu'on ferait immédiatement copier le manuscrit et les rôles, afin qu'on pût lire dès le surlendemain la pièce aux acteurs.

La rapidité, la facilité avec lesquelles toutes ces choses
s'arrangeaient me confondaient; j'en étais presque
effrayé, tellement tout ce qui arrivait dépassait mes
plus audacieuses espérances. Ma pièce était reçue, j'avais
pour interprètes Sarah Bernhardt et Pierre Berton, les
répétitions allaient commencer dans deux jours, et dans
trois semaines on comptait me jouer! Cela me semblait
trop beau et je croyais marcher dans un rêve. Je sautai
dans l'omnibus de l'Odéon afin de porter mon manuscrit à l'agence des copies dramatiques de la rue Saint-
Marc, puis de là je regagnai lestement le ministère,
impatient d'informer mon ami Gondinet de ma bonne
fortune. Quand je lui annonçai que *Jean-Marie* avait
été reçu sans le moindre accroc, qu'on le montait immédiatement et qu'on le jouerait avant un mois, il me féli-
cita, mais en même temps, devant ma mine de jubila-
tion, il ne put réprimer un sourire légèrement sceptique :

— Réjouissez-vous, me dit-il, de ce qu'on ne vous a
pas fait croquer le marmot, mais ne vous emballez pas
trop! Rappelez-vous que les directeurs de théâtre ne
tiennent pas toujours leur parole avec la même conscience que Régulus, et qu'entre une pièce reçue et une
pièce jouée, il coule parfois beaucoup d'eau sous les
ponts...

J'étais tout à la joie et je ne prêtai aucune attention
à ces propos réfrigérants. Le surlendemain, à l'heure
fixée, je me trouvais déjà dans le cabinet de Chilly avec
Pierre Berton et Laray, quand Sarah Bernhardt entra.
Elle avait amené sa sœur Jeanne, qui débutait alors à
l'Odéon, et un petit bonhomme de cinq à six ans qu'on
me dit être son fils. A cette époque Sarah était dans le
plein printemps de sa jeunesse et de son talent. On ne

pouvait pas dire qu'elle fut belle : elle avait plus que
de la beauté, elle possédait un charme étrange et inou-
bliable. Longue, mince, élancée et souple comme un
jonc, elle était maigre, mais d'une maigreur originale.
Ses traits légèrement irréguliers avaient une expression
saisissante. Le dessin du nez manquait de correction,
mais la bouche était adorable. Les yeux profonds,
changeants, tantôt câlins, tantôt tragiques, illuminaient
la pâleur d'un visage presque exsangue. Sa voix fraîche
au timbre à la fois métallique et caressant, avait des
intonations d'une justesse et d'une netteté rares. C'était
une délicieuse musique. En scène, le nonchaloir de sa
démarche, son débit parfois traînant, et tout à coup
d'une ampleur, d'une envolée toute lyrique, agissaient
sur les auditeurs comme une fascinante incantation.
Elle savait trouver des attitudes d'une élégance et
d'une grâce enchanteresses ; une inexprimable poésie
émanait des lignes de son corps flexible et serpentin.
L'éclatant succès obtenu par elle dans *le Passant* avait
fait franchir les ponts à sa naissante renommée et tout
Paris était en train de s'éprendre de son jeune talent.

Ce fut Pierre Berton qui lut ma pièce aux comédiens,
et il la lut très bien. Elle eut un franc succès : les hommes essuyaient en tapinois leurs yeux humides. Sarah
pleurait toutes ses larmes. Elle se déclarait enchantée de
son rôle et se préoccupait déjà de son costume de paysanne bretonne, Chilly, d'une voix mouillée, me complimentait, en m'engageant à écrire pour l'Odéon un
drame plus important, en trois ou cinq actes. Bref,
nous nous retirâmes très contents les uns des autres.
Le lendemain, les répétitions commencèrent et on se
mit à déblayer les premières scènes. Pendant quatre
jours, tout alla bien, mais le cinquième, nous attendî-

16.

mes en vain Sarah. Elle ne vint ni ce jour-là, ni les
suivants; comme elle était en scène pendant toute la
durée de l'acte, on ne pouvait rien faire sans elle et les
répétitions furent forcément suspendues. Désolé, j'allai
trouver l'un des directeurs et lui contai ma déconvenue :
« Que voulez-vous? me répondit-il, Sarah est une créa-
ture fantasque ; elle se prétend malade, mais je vous
conseille de faire une démarche près d'elle. Elle joue ce
soir dans la pièce de Mme Sand (*L'Autre*). Allez la voir
dans sa loge, elle sera sensible à votre visite... Dites-lui
que si elle est fatiguée, nous sommes disposés à la faire
remplacer dans *L'Autre*..... » Je suivis le conseil et, le
même soir, pendant un entr'acte, je frappai à la porte
de ma capricieuse interprète.

Elle me reçut à merveille, mais quand je lui rappor-
tai les paroles de Duquesnel, elle éclata en imprécations : « Les directeurs sont des... mufles ! s'écria-t-elle,
ils savent bien que je ne peux pas lâcher le rôle que
m'a confié Mme Sand... S'ils n'arrêtent pas eux-mêmes
la pièce, je ne mettrai plus les pieds sur leur sale
théâtre !... » Là-dessus elle égrena, à l'adresse de la
direction, un chapelet de grosses-injures, et je vis avec
stupéfaction que sa jolie bouche articulait avec la
même netteté de diction les *mots de gueule* et les
vers lyriques. Elle tint parole et renvoya ses bulletins.
Comme on arrivait au mois de mai, on ajourna définitivement les répétitions. — Je fus ainsi amené à reconnaître que mon ami Gondinet était un sage et qu'il avait
eu raison de me prévenir qu'au théâtre tout arrive,
excepté les choses auxquelles on s'attend le plus.

XII

Pendant les mois qui précédèrent la réception et les premières répétitions de *Jean-Marie*, je n'avais pas perdu mon temps. Chantelauze m'ayant mis en rapport avec le directeur du *Correspondant*, je m'étais engagé à écrire pour ce recueil une œuvre de longue haleine et à livrer mon manuscrit au printemps de 1870. Pour la seconde fois, j'abordai le roman, un roman mi-bourgeois, mi-campagnard, auquel je donnai pour cadre les paysages du Barrois et où je m'efforçai de peindre avec sincérité et bonne humeur le milieu provincial dans lequel j'avais longtemps vécu. *Le Secret de Gertrude* parut en avril et mai, et malgré les tendances réalistes de l'œuvre, la noble et dévote clientèle du *Correspondant* lui fit bon accueil. En même temps, je publiais chez Lemerre un volume de prose où j'avais réuni, sous le titre de *Nouvelles intimes*, *l'Abbé Daniel, les Souffrances de Claude Blouet* et *Lucile Désenclos*. Je fondais grand espoir sur ce livre, les deux nouvelles principales, — *l'Abbé Daniel* et *Claude Blouet* — ayant eu du succès lors de leur apparition dans la *Revue des Deux Mondes*. Mais j'éprouvai une cruelle déception. Le volume passa inaperçu et on en vendit à peine deux cents exemplaires ; ce dont je fus mortifié et marri, pour mon compte d'abord, puis à cause de Lemerre qui avait édité le volume à ses frais. Je fis là une première et amère expérience de la résistance méfiante que met le public à adopter un nom nouveau. Il faut des circonstances tout à fait exceptionnelles et souvent très étrangères à la valeur de l'œuvre, pour que le livre d'un débutant, si plein de qualités qu'il soit, ait un succès de vente, ce qu'on appelle en librairie un *enlevage*. Je reçois parfois, à ce sujet, les doléances de jeunes auteurs pleins de talent, qui se désolent ou s'irritent de l'indifférence des acheteurs. « Eh, quoi ! s'écrient-ils, mon livre est bon, il est intéressant et bien écrit ; les gens du métier, les journalistes, tous ceux qui l'ont lu, sont d'accord pour le louer, et pourtant il reste invendu aux étalages des libraires ! » Que voulez-vous ? Le public est moutonnier et têtu ; il faut lui enfoncer plus d'un clou dans le crâne avant qu'il se décide à prendre l'habitude d'un nom qui lui est inconnu. Mais soyez convaincus que lorsqu'une œuvre est intéressante et faite de main d'ouvrier, elle arrive toujours à conquérir sa place au soleil. — Pour les consoler, je leur cite des livres excellents, comme *l'Abbé Tigrane*, de Ferdinand Fabre, *Dominique*, de Fromentin, qui après être restés longtemps à l'état de rossignols, ont fini par triompher de la méfiance injuste des lecteurs et sont maintenant admirés de tous.

Mes *Nouvelles intimes* n'eurent donc aucun succès. Le moment, d'ailleurs, était fort mal choisi pour le lancement d'un livre. La politique préoccupait tous les esprits. Les points noirs qu'on signalait à l'horizon avaient grossi et s'étaient changés en lourdes nuées d'orage. L'essai de « l'empire libéral » menaçait d'avorter ; les récentes élections venaient d'envoyer au Corps législatif une opposition renforcée des plus ardents adversaires du régime impérial. Pour raffermir son autorité ébranlée, le gouvernement s'était avisé de faire voter un plébiscite ambigu, dont le résultat équivoque n'avait point réussi à dissiper l'orage. A l'extérieur, l'horizon était plus sombre encore. Depuis Sadowa, la Prusse tenait toute l'Allemagne dans sa main et devenait de jour en jour plus arrogante. On prêtait à un homme d'État étranger un mot sanglant à propos de Napoléon III : « Il ne se tient debout, disait ce diplomate, qu'à l'aide des soufflets qu'il reçoit de tous côtés. » Depuis que la presse était libre, les journaux hostiles se multipliaient : *le Rappel, la Marseillaise, le Réveil...*, et les invectives les plus violentes contre le souverain et son gouvernement emplissaient leurs colonnes. Au milieu de cette tempête, l'Empereur malade et découragé, ne savait plus prendre une décision et subissait avec une apathique résignation la néfaste influence de l'entourage de l'impératrice. Ce fut alors que, dans l'imagination de cette coterie à la fois exaltée et ignorante, germa l'idée d'une guerre destinée à rétablir le prestige et à assurer l'avenir de la dynastie napoléonienne. Malgré de sages avertissements, on ne voulut rien voir : ni les préparatifs de la Prusse, ni la situation morale de l'Allemagne prête à se jeter dans les bras de Guillaume, ni notre propre infériorité militaire. La candidature d'un Hohenzollern au trône d'Espagne se produisit juste à point pour servir de prétexte à des provocations belliqueuses et, sans se demander si cet incident n'était pas une combinaison machiavélique, inventée par Bismack pour précipiter les événements, on se complut à une maladroite intransigeance qui rendait tout accord diplomatique impossible ; on se jeta de gaieté de cœur dans l'inconnu et, le 14 juillet, la guerre fut déclarée.

On sait quel fut le lamentable résultat de cette poli-

tique à la Gribouille. Malheureusement, au début des
hostilités, un coup de folie aveuglait non seulement
les hommes placés à la tête du gouvernement, mais
aussi, il faut bien l'avouer, la France tout entière. On
était persuadé que les choses se passeraient comme
pour la guerre d'Italie, que nos armées habituées à la
victoire auraient facilement raison des régiments prussiens ; on se grisait de mots sonores et de chimères
patriotiques. Dans les théâtres subventionnés, on chantait *le Rhin allemand*, et, debout au balcon de l'Opéra,
Emile de Girardin donnait le signal de *la Marseillaise*.
Les têtes s'exaltaient aux sons de ces hymnes héroïques
qu'on n'avait plus entendus depuis 1848. Je confesse
humblement que je fus comme tant d'autres atteint de la
contagion du chauvinisme, et que je rimai à mon tour
un sauvage chant de guerre que publia *le Moniteur
universel*. J'en fais ici humblement mon *meâ culpâ*. On
était si bien persuadé que cette folle aventure se borne-
rait à une promenade triomphante jusqu'à Berlin, que
peu de jours après la déclaration de guerre, je fus avisé
par la direction de l'Odéon qu'on allait remettre *Jean-
Marie* à l'étude.

Les répétitions recommencèrent, en effet, vers les
premiers jours d'août et nous nous mîmes bravement
à la besogne. Les comédiens, qui vivent plus que
d'autres au pays de Chimère, étaient pleins d'illusions.
Sarah parlait avec conviction de l'époque prochaine où
l'on irait représenter *Jean-Marie* à Compiègne... Hélas!
le réveil fut terrible. Coup sur coup des nouvelles désas-
treuses nous arrivèrent : Wissembourg, Wœrth, Spi-
cheren, Forbach. Partout nos armées en désordre battaient en retraite; les Prussiens victorieux assiégeaient
Strasbourg et envahissaient la Lorraine... Adieu les

répétitions ! Les théâtres brusquement fermaient leurs
portes. Huit jours plus tard, les journaux annonçaient
l'occupation de Bar-le-Duc par le corps d'armée du prince
royal et, à partir du 12 août, je demeurais sans nouvelles de ma famille. J'étais consterné. A la pensée de
la maison paternelle livrée aux caprices des envahis-
seurs, de mes chères forêts du Barrois saccagées par
les soldats de Bismarck, une angoisse me serrait la gorge
et les larmes me montaient aux yeux. A Paris, cependant, après les premières heures de désarroi, on reprenait courage et on songeait à s'organiser pour la défense.
On s'attendait à un siège et on espérait encore que les
Prussiens viendraient se faire écraser sous les murs de
Paris. Bien que j'eusse peu la vocation militaire, j'avais
pris comme les autres un fusil et je m'étais enrôlé dans
un des bataillons de la garde nationale. J'apprenais
l'école de peloton et je hantais la caserne du Louvre,
où un sergent des chasseurs à pied nous initiait au
maniement du chassepot. Le 19e bataillon dont je faisais
partie était surtout recruté parmi les artistes, les professeurs, les gens de lettres qui habitaient le quartier
du Luxembourg. J'avais pour compagnons d'armes
Carolus Duran, les sculpteurs Falguière, Moulin, Blanchard ; Gaillard, le graveur ; Garsonnet, professeur à
l'Ecole de Droit ; Albert Dumont, qui revenait de l'Ecole
d'Athènes ; René-Paul Huet, le fils du peintre, et bien
d'autres encore que j'oublie... Tous s'étaient mis avec
entrain et bonne humeur à ce métier si nouveau pour
eux et paraissaient décidés à vendre cher leur peau. Il
est certain que ces gardes nationaux dont on a tant
médit, s'ils avaient été mieux encadrés, plus intelli-
gemment commandés et si on les eût mobilisés plus tôt,
auraient pu rendre de sérieux services. Mal disciplinés,

mais pleins de bon vouloir, à ce moment, ils ne deman-
daient qu'à marcher. Les mauvaises nouvelles qui nous
arrivaient, chaque matin, nous enfiévraient, mais ne
nous décourageaient pas. La population parisienne
partageait notre fièvre et nos illusions. On vivait toujours dans l'espoir d'une revanche éclatante. Après les
batailles qui eurent lieu autour de Metz, le bruit d'une
grande victoire courut toute une après-midi. En un clin
d'œil, les rues se pavoisèrent; les boulevards s'emplirent
instantanément d'une foule passionnée, ivre de joie.
J'ai encore dans les yeux la vision des drapeaux cla-
quant au vent sous un pâle soleil d'orage, des trottoirs
houleux où des milliers de bras s'agitaient, où des milliers de voix acclamaient une artiste de l'Opéra qui,
debout dans une voiture découverte, s'avançait lentement sur la chaussée tumultueuse et chantait *la Marseillaise...* Hélas ! tout cet enthousiasme flambant
s'éteignit comme un feu de pâtre qu'une soudaine pluie
inonde. La victoire annoncée était imaginaire : les
drapeaux disparurent des fenêtres et une glaciale désillusion tomba de nouveau sur nos cœurs. Les journaux
officieux n'en continuaient pas moins à se remplir de
dépêches optimistes et d'articles rassurants. Mais, pour
moi qui lisais le *Times*, la réalité se montrait de jour
en jour plus navrante. Je savais que l'armée de Bazaine
était désormais immobilisée autour de Metz, et le correspondant du journal anglais laissait déjà entendre
que l'armée de Mac-Mahon, imprudemment fourvoyée
dans les Ardennes, marchait peut-être à un désastre
plus lamentable encore.

Le 3 septembre au soir, des rumeurs alarmantes
circulaient sur les boulevards grouillants de monde,
où une foule hostile criait aux escadrons chargés de

balayer la chaussée : « A la frontière, les carabiniers, à la frontière ! » Le lendemain matin, je venais de m'éveiller et je procédais tristement à ma toilette, quand René Huet se précipita dans ma chambre :

« Savez-vous les nouvelles ? me cria-t-il. L'armée de Mac-Mahon a été écrasée, Sedan a capitulé, Napoléon III est prisonnier... Mettez votre uniforme... Il s'agit d'aller protester sans armes au Palais-Bourbon et de demander la déchéance de l'Empire... »

J'étais devenu blême. La honte et l'indignation me suffoquaient en même temps. Je me harnachai en hâte et suivis mon compagnon à la mairie du VIᵉ où était le lieu du rendez-vous. Dans une salle du rez-de-chaussée, gesticulaient une cinquantaine de gardes en uniformes, parmi lesquels j'aperçus Carolus Duran et Blanchard. L'un des plus agités était un petit homme à la face pâle. dont la gibbosité soulevait étrangement la vareuse, et je reconnus Alfred Naquet, que j'avais jadis rencontré chez Laurent Pichat. Le commandant du bataillon était absent, mais le capitaine de notre compagnie, un ancien professeur à la mine pacifique, s'efforçait de nous calmer, en nous exhortant à patienter et à attendre la confirmation des mauvaises nouvelles. Il fut brusquement interrompu par un garde à la barbe noire, qui sauta sur une table et s'écria : « Nous avons assez attendu et les mauvaises nouvelles ne sont pas douteuses. Le temps n'est plus aux tergiversations et aux atermoiements... Citoyens, allons au Corps législatif demander la déchéance de celui qui nous a conduit à la défaite et à l'humiliation !» C'était l'avocat Hérisson, depuis maire du VIᵉ et député. On l'acclama et, en bon ordre, on se dirigea, par la rue Bonaparte et le pont des Saints-Pères, vers le Louvre où le général Trochu, nommé

17

gouverneur de Paris, venait de s'installer. Après une
courte halte, la petite troupe, que grossissaient à chaque
pas des gardes nationaux venus de différents quartiers,
défila rue de Rivoli dans la direction des Champs-
Elysées. Sur notre passage, des groupes nombreux
nous saluaient déjà du cri de : « Vive la République ! »
Il faisait beau temps, une blonde lumière baignait la
place de la Concorde où les gerbes d'eaux des bassins
scintillaient au soleil. A la tête du pont, un cordon
d'agents de police nous barrait la route. On s'élança
vers eux au cri de : « Vive la France ! » Le barrage fut
rompu et on s'engouffra victorieusement sur le pont.
Mais l'autre extrémité était murée par un régiment de
lignards qui défendait l'accès du Palais-Bourbon et
contre lequel nous vînmes nous heurter inutilement.
Pendant ce temps, le cordon des policiers s'était reformé
et épaissi derrière nous, de sorte que nous nous trouvions bel et bien prisonniers. On essayait en vain de
parlementer avec les officiers ; ils restaient inflexibles.

Ainsi resserrés entre les parapets, sans défense,
puisque nous avions naïvement laissé nos fusils à la
maison, nous risquions, si la troupe nous eût chargés,
d'être jetés à la Seine ou piteusement conduits au
poste. Accoudé contre le parapet, je regardais mélancoliquement l'eau couler, quand je fus rejoint par mon
ami le sculpteur Blanchard : « Je crois, me dit-il, que
nous sommes tombés dans un joli traquenard et nous
aurons de la chance si nous nous en tirons les culottes
nettes !... »

Heureusement, les lignards ne bougeaient pas. On
leur avait simplement ordonné de nous maintenir en
respect et ils exécutaient scrupuleusement la consigne.
Une heure se passa dans cette position critique. Notre

seule distraction consistait à contempler les gradins et
la colonnade du Palais-Bourbon, où parfois apparaissaient des députés de l'opposition qui agitaient les bras
en signe d'encouragement. Mais cette récréation était
mince et beaucoup commençaient à regretter d'avoir
donné dans ce godan de « la démonstration sans
armes ». Le soleil monté au zénith nous rôtissait la
nuque et les épaules, le miroitement de la Seine nous
aveuglait et, par surcroît, n'ayant pas pris le temps de
déjeuner avant le départ, nous avions le ventre affreu-
sement creux.

Cependant nous entendions au loin le rappel battre
dans les quartiers de la rive gauche et de la rive droite.
Insensiblement et de divers côtés à la fois, des bataillons
de la garde nationale débouchaient des rues prochaines. Ils n'avaient pas, ainsi que nous, eu la simplesse
de sortir sans armes. Ils s'avançaient le fusil sur
l'épaule, et, le long des quais, sur les hauteurs des
Champs-Élysées, du fond de la rue Royale, nous voyions
onduler des ruissellements de baïonnettes qui scintillaient dans la lumière. De moment en moment, leur
nombre augmentait. Comme des courants aux étranges
lueurs étincelantes, tous ces bataillons descendaient
dans la direction du pont de la Concorde. Bientôt l'immense place devint semblable à une éblouissante mer
d'acier où de longs éclairs métalliques se mêlaient,
sous le soleil, aux gerbes argentées des fontaines jaillis-
santes. Les terrasses des Tuileries étaient noires de
foules curieuses qui applaudissaient. Sans doute, les
officiers de la troupe remarquèrent comme nous cette
incessante crue de baïonnettes, car tout d'un coup, soit
par crainte d'être enveloppé, soit qu'il obéît à un ordre
apporté du gouvernement militaire, le régiment mit

l'arme sur l'épaule, fit demi-tour et disparut du côté de
la rue de Bourgogne. Au même instant, avec des cris
de victoire, les gardes nationaux qui occupaient le pont
se ruaient vers les grilles du Corps législatif et occupaient les degrés du palais, en poussant de confuses
acclamations. Je ne sus que plus tard ce qui se passa
dans l'intérieur de la Chambre. Pour mon compte, je
m'étais borné à suivre le torrent qui montait le long
des gradins de la façade. Là, on se livrait à d'enfantins
transports de joie, on se serrait les mains, on se con-
gratulait sans se connaître ; des soupirs de soulagement
s'exhalaient de toutes les poitrines. En face de ce clair
soleil qui inondait les quais, on saluait la liberté renais-
sante ; on oubliait que les Prussiens campaient à vingt
lieues de Paris, ou du moins on s'imaginait que le fra-
cas de l'Empire écroulé suffirait pour changer la face
des choses, puisque le roi Guillaume avait déclaré qu'il
faisait la guerre, non à la nation française, mais au
gouvernement impérial...

Pendant toute la soirée du 4 septembre, Paris eut un
air de fête. On y commentait joyeusement les dernières
nouvelles apportées par les journaux : la fuite effarée
de l'Impératrice, l'installation à l'Hôtel de Ville du
gouvernement de la Défense nationale, le départ de
Jules Favre pour Ferrières où se trouvait le quartier
général du roi de Prusse. Au sortir d'un cauchemar,
on semblait se mouvoir, extasié, dans l'azur limpide
d'un beau rêve. — On a aigrement reproché au peuple
parisien cette brève explosion de joie accompagnant
une révolution faite en présence de l'ennemi. On oublie
qu'après l'épouvantable et humiliant désastre de Sedan,
l'Empire s'était moralement effondré. Il n'y a pas eu, à
proprement parler, de révolution ; l'idée de la déchéance

était dans tous les esprits indignés ; ni le ministère, ni
les deux Chambres n'avaient plus l'autorité nécessaire
pour gouverner ; en fait ils avaient disparu avec l'Impératrice régente. Le pouvoir était à terre. En le ramassant, les membres de la Défense nationale, non seulement ne méritaient aucun reproche, mais assumaient
une redoutable responsabilité. Le seul blâme qu'on
puisse leur adresser, c'est de n'avoir pas immédiatement consulté la nation et réuni une Assemblée constituante.

Loin d'être criminel comme le 2 décembre, le 4 septembre fut un acte nécessaire, puisqu'il substitua un
gouvernement régulier à l'anarchie née de la décomposition spontanée du régime impérial. Le peuple de
Paris est donc très pardonnable d'avoir éprouvé quelques heures de joyeux soulagement et de s'être abandonné un moment à un beau rêve.

Il lui fallut, du reste, rentrer rapidement dans la
réalité, et le réveil fut brutal. Guillaume avait rejeté les
propositions de paix du nouveau gouvernement, et
Jules Favre, en quittant Ferrières, avait déclaré que la
France ne céderait « ni un pouce de son territoire, ni
une pierre de ses forteresses », — fières mais-téméraires
paroles, dont Bismarck avait dû cyniquement rire en
son par-dedans ! — Les armées allemandes continuaient
leur marche sur Paris. Un siège devenait inévitable.
A peine installés, les membres de la Défense nationale
étaient obligés de se diviser, et une délégation du gouvernement partait pour Tours. Encore quelques jours
et toute communication avec le reste du pays allait être
supprimée. Les rares trains disponibles emportaient
vers le midi ou l'ouest des familles de bourgeois épeu-
rés, qui jugeaient à propos de déménager pour se sous-

traire aux cruelles éventualités et aux angoisses d'un siège. Le 10 septembre, profitant d'un dernier courrier, j'adressais quelques lignes aussi rassurantes que possible à ma famille. En même temps, j'envoyais un suprême salut à mon vieil ami Tristan, bloqué lui-même dans la Haute-Marne, occupée en partie par l'ennemi. Je lui écrivais :

« Avant que nous soyons complètement séparés du reste de la France, je veux que vous receviez encore un mot de moi. Demain, ma compagnie ira pour la première fois aux remparts et dans quelques jours nous entendrons le canon prussien. Je ne vous parlerai pas de la suprême défaite de Sedan, vous en connaissez aussi bien que nous les lamentables détails. Rien que d'y penser, je sens des larmes de honte et des bouillons de colère me monter à la gorge. — Enfin, voilà du moins l'Empire renversé ! Si nous nous tirons du pétrin où nous sommes, il nous faudra vaillamment travailler à faire peau neuve, car ces vingt ans de servitude nous ont considérablement amoindris, moralement et physiquement.... Quand nous reverrons-nous ? Quand pourrons-nous causer de nouveau des choses de l'esprit ?... En ce moment, nous sommes au milieu d'une trombe et Dieu sait si nous en sortirons entiers ! Dans le cas où j'y resterais, je vous lègue mes papiers, livres et manuscrits. Vous vous entendrez avec mon éditeur et mes amis, lorsque la tourmente sera passée, pour surveiller, s'il y a lieu, la représentation future de mon petit drame. Pauvre *Jean-Marie*, on le répétait encore il y a quinze jours !... Vous trouverez dans mon tiroir un bout de testament où je mets ordre à tout cela.

« Sur ce, mon cher ami, je vous serre encore une

bonne fois la main, et je porte du fond de mon cœur un
toast idéal à notre vieille amitié, à la rénovation de la
France, à des temps meilleurs, à un jour où nous pourrons chanter de nouveau la chanson de Burns : « Les
joues verdissent !... » Bien affectueusement à vous.
Souvenirs à tous les vôtres. »

XIII

« Le cercle de fer », comme disaient les journaux d'alors, enserrait maintenant Paris et l'investissement était complet. Le premier contact entre les assiégés et les troupes prussiennes eut lieu à Châtillon et fut marqué par une piteuse reculade. Ce début mortifiant troubla un moment la population de Paris, mais ne refroidit ni ses résolutions belliqueuses ni son courage. Je ne sais quel mauvais plaisant prétendait qu'après avoir été privés pendant huit jours de leur café au lait, les Parisiens ne demanderaient plus qu'à capituler. Il n'en fut rien. Les esprits étaient montés à un tel diapason patriotique qu'on eût lapidé ceux qui auraient fait allusion à la possibilité d'une capitulation. La foi populaire eut raison du scepticisme des chefs de l'armée et les obligea à préparer vigoureusement la défense. La foule se montrait d'une crédulité naïve ; elle accueillait avec une enfantine confiance les nouvelles les plus invraisemblables ; excessivement ombrageuse, elle était hantée continuellement par des hallucinations de traîtrise et voyait des espions partout ; mais elle était animée d'un enthousiasme et d'un bon vouloir qu'on eût sans doute pu mieux utiliser. Les compagnies de la garde nationale se rendaient chaque jour avec entrain aux remparts. Notre bataillon avait son poste entre la porte d'Orléans et la Bièvre ; les compagnies y passaient chacune à tour de rôle vingt-quatre heures. Le milieu du mois de septembre fut exceptionnellement beau, et nos premières semaines de service ne nous parurent nullement pénibles. On couchait sous la tente, on faisait la popote en commun, à cinq ou six, et on acceptait gaîment les corvées, ainsi que l'ennui des longues heures de faction. Le métier militaire avait pour nous l'attrait de la nouveauté et, d'ailleurs, à des yeux d'artistes, la vue du rempart offrait un spectacle mouvementé et très pittoresque. On y voyait défiler à chaque instant des bataillons de mobiles, venus de la province, — Bretons, Angevins, Normands, Bourguignons, — aux jeunes physionomies alertes et ingénues, ayant conservé une originale saveur de terroir. On y rencontrait aussi des escouades de francs-tireurs aux uniformes fantaisistes et aux mines d'aventuriers. Il y avait dans ce va-et-vient amusant un côté théâtral qui nous séduisait inconsciemment. Je me rappelle avec quelle sérieuse conviction, dans les commencements, les gardes qui étaient de faction, la nuit, à la crête du rempart, se répétaient solennellement : « Sentinelles, prenez garde à vous ! » Ce naïf avertissement qui circulait nuitamment le long des fortifications et se perdait au loin dans les ténèbres, réveillait en nous de romantiques souvenirs rapportés de l'Ambigu ou de la Gaîté, et nous plaisait par sa couleur mélodramatique. Au bout de huit jours, on s'en lassa et les sentinelles se bornèrent à faire silencieusement leur faction de deux heures.

Après l'exode des Parisiens vers la province, nous assistions, depuis l'investissement, à l'exode des populations suburbaines vers Paris. Les troupes allemandes

s'étaient arrêtées en vue des forts et avaient occupé
les villages situés en arrière: Mais, dès l'approche de
l'ennemi, les populations de la banlieue s'étaient hâ-
tées d'abandonner leurs habitations et cherchaient un
refuge à l'abri des fortifications. Pendant huit jours, le
mouvement d'émigration ne se ralentit pas. Cette
retraite précipitée dans Paris était, elle aussi, d'une
couleur dramatique, avec un mélange d'épisodes comiques à la fois et navrants.

Un dimanche, où j'étais de faction à la porte d'Orléans, la longue procession de voitures, des bêtes et
des gens, s'écoulait dans la rue sans discontinuer. On
voyait passer à la file, parmi des troupeaux de bœufs
et de vaches qui meuglaient tristement, de grandes
charrettes avec les provisions et les meubles du ménage
entassés au hasard. Sur cet amoncellement de lits, de
tables et de matelas, souvent on apercevait, juchés, une
femme et des enfants, à l'air effaré; parfois aussi une
vieille aïeule tenant entre ses bras un chat qui jurait
ou une cage où voletaient des oiseaux. L'homme fouet-
tait le cheval, qui n'en pouvait plus, et les aînés de la
maisonnée suivaient par derrière. Quelquefois, à cause
des exigences de l'octroi, il se produisait devant les
grilles des encombrements formidables : les véhicules
s'accrochaient, les chevaux ruaient, les conducteurs
s'injuriaient et se menaçaient du fouet, au milieu des
cris de terreur des femmes et des pleurs des marmots.
Sous le ciel brumeux d'automne, cela avait je ne sais
quoi de sinistrement grotesque, qui vous faisait penser
involontairement à Callot et aux *Misères de la guerre*.

Tandis que, pour exécuter ma consigne, j'essayais de
mettre un peu d'ordre dans ce défilé qui ressemblait à
une déroute, j'aperçus au milieu des piétons Pierre

Berton et Berton père. Serrés dans leur vareuse, coiffés du képi et le fusil en bandoulière, ils revenaient des avant-postes. Nous échangeâmes des poignées de mains, puis, au milieu du brouhaha, Pierre Berton se retourna et me cria : .

— Hein !... Et *Jean-Marie ?...*

Pauvre *Jean-Marie,* je ne savais plus guère si on le jouerait jamais. L'Odéon avait été transformé en une ambulance où Sarah Bernardt s'exerçait à l'emploi de sœur hospitalière. Mon petit acte était arrivé à une heure mauvaise et son sort me paraissait bien compromis. Il me faisait l'effet d'un de ces oiseaux malchanceux que la vieille de tout à l'heure, du haut de sa charrette, balançait machinalement dans la cage où ils se recroquevillaient ahuris....

Toute la seconde moitié de septembre 1870 s'acheva sous les caresses d'un radieux soleil d'automne. Les matinées se levaient limpides, les journées étaient baignées d'une molle lumière. Si on n'eût entendu par intervalles la voix brutale des canons du mont Valérien, envoyant des projectiles aux cantonnements ennemis, on aurait pu croire qu'on jouissait comme d'habitude de la douceur des dernières journées de vacances. Les soirées surtout étaient d'une rare magnificence. Depuis une semaine, le couchant se teignait d'une immense et intense rougeur. Cette extraordinaire coloration, qui se prolongeait longtemps après le crépuscule et qui ressemblait à une aurore boréale, donnait à l'horizon une tragique grandeur. La persistance de ces sanglantes rougeurs, apparaissant ponctuellement à la tombée du jour, effrayait les âmes superstitieuses et elles y voulaient voir les signes fatidiques de prochaines catastrophes. Néanmoins la résolution et l'endurance ne

faiblissaient point en nous. Bien que les heures fussent
anxieuses et troublées ; encore que chacun se demandât
vers quelles orageuses destinées s'acheminait le pays
humilié et meurtri, personne ne se décourageait.
Tous nous étions unis dans la même volonté de défendre
le sol envahi et de faire notre devoir jusqu'au bout.
Au milieu de nos récents désastres, une frêle et verte
espérance germait. Nous nous disions qu'après l'effondrement du second Empire, un nouvel ordre de choses
s'établirait, où la France endolorie et pénitente retrou-
verait, sous un régime de liberté, la force morale nécessaire pour se régénérer et se retremper ; et cela soutenait tous les cœurs....

Peu à peu, certains théâtres avaient de nouveau
entr'ouvert leurs portes et donnaient des matinées au
profit des ambulances. On y récitait des vers patriotiques et on y quêtait pour les blessés. Les poëtes de la
maison Lemerre utilisaient leurs loisirs en composant
des poèmes où ils s'essayaient à faire vibrer la fibre
belliqueuse. Coppée venait de publier la *Lettre d'un
mobile breton* qui était rapidement devenue populaire ;
Bergerat célébrait les *Cuirassiers de Reischoffen ;* Léon
Dierx écrivait les *Colères d'un vaincu* ; Leconte de
Lisle lui-même, oubliant ses théories d'impassibilité,
exhortait les Parisiens à se lever en masse et à se précipiter hors des murs comme un torrent vengeur. Les
meilleurs artistes de la Comédie-Française et de l'Odéon
interprétaient cette poésie de combat, qui alternait
avec des morceaux tirés des *Châtiments.* A mon tour,
j'écrivis *les Paysans de l'Argonne,* un récit de l'invasion de 1792, dont l'idée première m'était venue en
lisant dans les *Mémoires* de Gœthe certains épisodes du
séjour des Prussiens parmi les défilés de l'Argonne.

Tailhade se chargea de lire mon poème dans une matinée donnée aux Bouffes-Parisiens, en même temps que Mlle Croisette récitait une *Odelette guerrière* de Catulle Mendès, et que Mme Favart disait la *Stella* de Victor Hugo. Le public, très vibrant, faisait un accueil enthousiaste à ces strophes enflammées où l'on ne parlait que de sacrifices héroïques et de sanglantes revanches. Il ne nous ménageait pas les applaudissements, et nous nous en allions tous, contents de notre journée et réconfortés.

Octobre vint avec ses brumes et ses pluies froides qui rendaient les factions du rempart moins poétiques et plus pénibles. En même temps que s'amassaient les brouillards de l'arrière-saison, les esprits s'assombrissaient. Les mauvaises nouvelles se succédaient et l'on commençait à s'apercevoir que la fameuse « trouée », longtemps espérée en rêve, était infiniment moins réalisable qu'on ne l'avait cru. Le gouvernement de la Défense, constatant cette crise de méfiance et d'aigreur, qui lui aliénait le cœur de la foule, se décidait à associer plus sérieusement la garde nationale aux sorties et aux escarmouches d'avant-postes. Le 29 octobre, notre bataillon reçut l'ordre d'exécuter une reconnaissance en compagnie du 46e, sous le commandement d'un capitaine de vaisseau. Nous voilà partis par un temps gris et nous traversons Montrouge dont la grande avenue est coupée de quatre barricades. Nous longeons la route d'Orléans, tandis que les canons des forts de Vanves et de Bicêtre tonnent à qui mieux mieux, comme pour rythmer notre marche au pas militaire. En face de la Grange-Ory, nous obliquons à gauche et nous descendons vers Arcueil, aux rues désertes occupées par des compagnies de lignards et de moblots, l'arme au pied. — Je n'oublierai jamais le contraste que présentait ce branle-bas de combat avec la quiétude assourdie du paysage encadré par les hautes arches de l'aqueduc. — Des massifs d'arbres jaunissants bordaient le cours de la Bièvre invisible et éparpillaient silencieusement dans l'air humide leurs feuilles tombantes. Parmi la fuite des verdures rouillées, estompées de brume, on distinguait le coteau de l'Hay avec ses grands parcs et ses maisons étagées où campaient les Prussiens. Pas une détonation, pas une rumeur humaine ne venaient de ce village, où grouillaient les troupes ennemies et qui semblait cependant profondément endormi. Nous seuls, les assiégés, répandus au dehors emplissions de notre tapage la vallée assoupie, et menions tout le bruit. Après avoir laissé derrière nous Arcueil et grimpé à travers champs, nous avions atteint le plateau des Hautes-Bruyères, où l'on achevait de construire le fort; à peine étions-nous arrivés aux premiers retranchements, que la pluie nous y accueillit.

C'était une fine pluie d'automne tombant dru et sans interruption. Nous la recevions stoïquement, tandis qu'on nous donnait l'ordre de nous mettre en ligne, et que les hommes des premières compagnies se détachaient en tirailleurs. Nous autres, nous ne bougions pas, n'ayant pour toute distraction que la vue des champs noyés par l'averse. Même à travers ce vaporeux rideau de pluie, le paysage ne manquait pas de grandeur. Nous dominions Villejuif et nous distinguions les toits de Chevilly et de l'Hay. Au delà, très loin, fuyait la plaine onduleuse et verte jusqu'à une dépression bleuâtre qui marquait le cours de la Seine; puis malgré la brume, on distinguait, rompant la ligne confuse

de l'horizon, la tour de Montlhéry perchée sur son émi-
nence solitaire. De temps en temps la redoute envoyait
des obus dans la direction de l'Hay ; mais les soldats
prussiens ne semblaient en avoir cure. Ils restaient ter-
rés dans leurs trous et ne donnaient pas signe de vie.
Le crépuscule qui tombait vint tout submerger dans
une brume épaissie. A la nuit, on nous donna l'ordre
de regagner Paris. Nous y rentrâmes crottés jusqu'à
l'échine, trempés jusqu'aux os, mais satisfaits tout de
même d'avoir subi avec assez d'entrain cette première
épreuve du métier militaire.

Le lendemain était un dimanche et, comme compensation, je me donnai la récréation d'assister au premier
concert de Pasdeloup, en compagnie de celle que j'appelais « ma Payse ». Elle était bravement restée avec ses
enfants dans Paris assiégé ; elle supportait avec une
vaillante bonne humeur, cette existence si différente de
celle qu'elle avait menée jusqu'alors et qui devait
sembler si dure à une jeune femme habituée aux raffi-
nements, aux gâteries et aux fêtes de la société du
second Empire. Le cirque était plein comme aux jours
d'autrefois. Sarcey, affublé d'une vareuse de garde national, ouvrit la séance par une conférence où il disserta
sur la musique, avec la lourdeur d'un éléphant qui
marche sur des roses. Nous entendîmes de nouveau,
avec un soulagement d'âme, la *Symphonie pastorale* et
un délicieux fragment de quintette de Mozart. Comme
nous nous en revenions, heureux et rassérénés, nous
apprîmes par les journaux que les Prussiens avaient
repris le Bourget, le matin même, après un combat très
meurtrier. Ce n'était que la première des mauvaises
nouvelles. Dans la soirée, le bruit de la lamentable capitulation de Metz commençait à circuler. Il fut confirmé

le lendemain et exaspéra si bien la population parisienne, que le parti révolutionnaire en profita pour s'emparer de l'Hôtel de Ville. Il en fut délogé dans la nuit
du 31 octobre au 1ᵉʳ novembre; mais cette insurrection
avortée résonnait déjà comme un funèbre son de cloche,
avant-coureur du coup de folie de la Commune.

Au milieu de la perturbation morale produite à la fois
par le désastre de Metz et l'émeute mal étouffée, le Gouvernement de la Défense avait compris qu'il était nécessaire de rassurer les esprits par des actes de mâle résolution. Le 9 novembre il décréta la mobilisation d'une
partie de la garde nationale. Cette mesure, qui aurait
dû être prise dès les premiers jours du siège, enrôlait
dans les régiments mobilisés tous les gardes nationaux
veufs ou célibataires, âgés de moins de 45 ans. Je me
trouvais naturellement appelé à figurer dans les nouveaux contingents, et sur mon journal du siège, je
retrouve la date du décret de mobilisation, avec au dessous, cette mélancolique citation d'Horace :

> *Linquenda tellus, et domus, et placens*
> *Uxor, neque harum, quæ colis, arborum*
> *Te, præter invisas cupressos,*
> *Ulla brevem dominum sequetur...*

J'étais, en ce temps-là, maigre, peu résistant, de santé
médiocre et je me figurais que je ne réussirais qu'à
devenir un piètre soldat. Néanmoins, je me résignai
tranquillement à accomplir mon devoir et je pris part
sans rechigner, aux manœuvres préalables à l'entrée en
campagne. Pendant un mois on nous prépara par des
exercices quotidiens à notre nouvelle destination ; puis,
quand on nous jugea suffisamment aguerris, le 12 décembre, par une maussade journée de verglas, on réunit

notre bataillon place Saint-Sulpice et on nous dirigea
sur Vitry-sur-Seine, où nous devions faire le service des
avant-postes. Nous n'arrivâmes à notre cantonnement
qu'à la tombée du jour. On nous logea à l'angle d'un
carrefour où giclait l'eau d'une fontaine, dans une
vaste maison délabrée, qui avait dû servir de cabaret
ou d'auberge et qui, déjà dévastée par les précédents
occupants, ayant ses vitres brisées, sa toiture défoncée,
était exposée à toutes les intempéries de la saison. Le
village, abandonné par ses habitants, était uniquement
occupé par des mobilisés, des *moblots* et des francs-
tireurs. On avait assigné à l'escouade dont je faisais
partie deux chambres carrelées, sur la brique desquelles nous couchions tout habillés, quand ce n'était pas
notre tour de *tranchée*. Il y régnait un froid sibérien.
Nous le combattions en brûlant d'énormes troncs de
bois vert, que nous allions chercher dans un parc voisin, dont on avait coupé à blanc les vieilles futaies.
Comme, de ces deux chambres, une seule, celle du fond
possédait une cheminée, nous nous étions avisés, à l'aide
d'une violente poussée, de supprimer la cloison sépara-
trice et, dans ce grand *hall* improvisé, nous nous trouvions relativement confortables.

Nos soirées de liberté s'y passaient même assez gaiement, à la lueur des bougies fichées dans le goulot des
bouteilles, tandis que les troncs d'arbres flambaient
dans l'âtre, en lançant des fusées de vapeur. Même, la
veille de Noël, nous avions prémédité d'y réveillonner,
en dégustant des crêpes sautées dans la poêle avec de
la graisse de cheval. Déjà le cuisinier de l'escouade agitait au fond d'un bidon la pâte liquide; agenouillés
autour de la cheminée, nous attisions la braise et nous
graissions la poêle, lorsque le sergent-major entra

brusquement et cria : « Tous les hommes sac au dos !...
La 2ᵉ compagnie est commandée pour aller en grand'
garde ! »

Les figures s'allongèrent... Pas de veine ! Adieu le
réveillon devant une flamme bien clairante ! Il fallait
renverser la marmite... On s'équipa en ronchonnant et,
un quart d'heure après, la compagnie filait dans la nuit
le long d'un chemin bordé d'ormeaux, dont les fûts
s'enlevaient en noir sur la plaine blanche de neige.

À un coude de la Seine, où une canonnière dormait,
immobilisée par les glaçons, la tranchée courait en zigzag dans le terrain nu. Non loin de la berge, s'élevait
un baraquement destiné à abriter les hommes qui
n'étaient pas de service. Les factions duraient deux
heures. J'eus la malchance d'être désigné pour celle de
minuit et le caporal de garde me planta, au delà de la
tranchée, dans un trou, avec la consigne d'ouvrir l'œil
et de m'abstenir de fumer.

Il gelait à 10 degrés au-dessous de zéro ; le ciel four-
millait d'étoiles et autour de moi s'étendait une vague
blancheur silencieuse. Pas une lueur ne trouait cette
ombre transparente ; il était défendu d'allumer du feu
dans la tranchée et le baraquement lui-même, où dormaient les camarades, était enseveli dans l'obscurité.
Tout d'un coup, du fond de la nuit muette, un chant
monta — une sorte de complainte rustique, fredonnée
par un des marins de la canonnière — un Breton, sans
doute, qui songeait à son pays et charmait les ennuis
du quart en célébrant à sa façon la veillée de Noël.
Cette chanson perdue emmi la plaine enténébrée me prit
le cœur. J'en suivais avec une attention émue les modu-
lations traînantes et je songeais, à mon tour, à ma petite
ville envahie, où les carillons de Noël tintaient jadis si

mélodieusement et où, à cette heure, l'étranger seul
festoyait. Quand le marin cessa de chanter, j'eus une
sensation de détresse, comme si mon dernier compagnon m'abandonnait. Il me sembla que la solitude am-
biante se peuplait d'invisibles ennemis et je commençai
à trouver les minutes interminables. Je n'avais pas
peur du voisinage des Prussiens, je les supposais trop
occupés à fêter le *Christkind* pour que l'idée leur prît
d'attaquer nos avants-postes; mais j'étais la proie d'un
indéfinissable malaise et, quand le caporal vint enfin
me relever, j'éprouvai un soulagement non pareil à
m'étendre sur les planches raboteuses de la baraque et
à essayer de m'y endormir...

Au réveil, j'eus une agréable compensation. Dans un
ciel couleur de perle, le soleil se levait au-dessus des
collines vaporeuses de Villeneuve-Saint-Georges. Sa
lumière attendrie jetait de délicates touches roses sur
l'eau glacée du fleuve; elle donnait à la plaine de neige
les nuances irisées d'une opale. Au fond des casernes
des forts de Bicêtre et d'Ivry, des tambours et des clairons sonnaient la diane. Essaimés hors de leurs bara-
quements, des soldats de toutes armes, artilleurs, moblots, mobilisés aux capotes vertes, s'éparpillaient sur
la berge. Les uns procédaient à leurs ablutions dans la
Seine, aux endroits où la glace était cassée; les autres
y emplissaient des bidons destinés à la confection du
café matinal. Il y avait dans l'atmosphère diaphane un
poudroiement diamantin, une légèreté, une sonorité qui
mettaient l'âme en joie. Pour un peu, on eût été tenté
de chanter comme les anges sur la route de Bethléem :
« Gloire au plus haut des cieux et paix aux hommes de
bonne volonté !... » Tout à coup, une détonation éclata
dans le fort de Bicêtre. C'était la guerre qui recommen-

çait son œuvre. Vers neuf heures, la compagnie reçut l'ordre de rentrer dans son cantonnement et nous regagnâmes le vieux logis délabré de Vitry, où le café du cuisinier de l'escouade nous fit oublier les déconvenues de la nuit de Noël.

Cette escouade de la 2e du 19e bataillon, si bizarrement composée, mériterait une mention spéciale. Elle offrait un curieux assemblage d'échantillons de toutes les classes de la société parisienne ; en dépit des disparates d'éducation et d'humeur, on y vivait en une cordiale camaraderie. Le clairon, à la face glabre, ridée et falote, était un ancien grime du théâtre Montparnasse ; le cuisinier professait les opinions socialistes les plus avancées, et chaque matin, en écrasant à coups de crosse le café en grain, il démolissait radicalement l'édifice social. Un normalien, qui depuis est mort doyen d'une Faculté de province, se nourrissait de la philosophie de Hegel et de Hartmann et se montrait, dans l'ordre des idées morales, presque aussi subversif que le cuisinier. Chaque soir, il discutait âprement sur « l'inconscient » ou « l'éternel devenir », avec un pieux libraire du quartier Saint-Sulpice, que ses théories plongeaient en une consternation profonde. Un jeune attaché à je ne sais plus quel ministère avait conservé ses goûts de *gandin* et reparlait avec une tendresse mélancolique de l'heureux temps où il soupait au Café Riche, et où il se lavait avec de l'eau de Lubin. Il avait une aversion naïve pour le métier militaire ; quand on le commandait pour une corvée malpropre, il ne manquait pas de s'écrier avec indignation : « Non, décidément, je regrette le Tyran ! » Par contre, son voisin de chambrée était un pauvre diable de commis du *Bon Marché*, nommé Jacob, qui avait laissé sa vieille mère

dans Paris et qui en rêvait chaque nuit. Débile et nerveux, le dur service de la tranchée provoquait chez lui
des crises de désespoir, pendant lesquelles il maudissait
violemment « ce misérable empereur qui avait causé
tout le mal ! » Le type le plus original de l'escouade
était un peintre du nom de Lecadre. Maigre, sec et
raide dans sa capote flottante, la figure en lame de couteau, le teint pâle, la peau couturée par la petite vérole,
les yeux d'un gris farouche, il avait l'humeur quin-
teuse et ne dérageait pas. Il bougonnait tout le jour
contre le gouvernement, contre le colonel, les services
commandés, l'ordinaire de la cuisine, contre le chaud
et le froid. Avec cela le meilleur garçon du monde, loyal,
rigide dans l'accomplissement du devoir et chevaleresque à ses heures. L'injustice l'exaspérait; il défendait
le pauvre Jacob contre les brimades de la compagnie et
prenait pour son compte les trop rudes corvées infligées
au camarade. Sous son enveloppe rugueuse, il y avait
un cœur exquis et, pendant notre séjour aux avant-
postes, nous nous étions liés de bonne amitié.

Après la capitulation, et surtout après le 18 mars,
chacun tira de son côté et nous ne nous revîmes plus.
Lorsque la Commune eut disparu, et que la vie parisienne reprit son train-train habituel, un jour, en traversant le pont des Saints-Pères, je crus reconnaître
Lecadre sur le trottoir opposé. Sous les habits civils,
c'étaient bien la même raideur, les mêmes yeux gris
farouches, le même visage couturé de petite vérole. Je
courus à lui la main tendue :

— Bonjour! m'écriai-je, enchanté de vous revoir !...
Et brusquement je m'arrêtai. Ce n'était pas Lecadre ;
j'avais été trompé par une fausse ressemblance.

Le monsieur que j'abordais ainsi, familièrement, avait

néanmoins accepté ma poignée de main, tout en me
dévisageant. Pendant le siège, on s'était frotté à tant de
monde que, lui aussi, sans doute, crut m'avoir connu
quelque part. Pendant quelques secondes, nous demeu-
râmes immobiles, face à face. Après cette poignée de
main échangée, nous nous sentîmes obligés d'échanger
aussi un bout de conversation :

— Vous allez bien ? demandai-je avec embarras.

— Mais oui, comme vous voyez, et vous ?

— Pas mal... Et, repris-je en esquissant un geste
vague, vous êtes toujours là-bas?

— Toujours.

— Allons, au revoir !

Nous nous quittâmes, un peu interloqués tous les
deux. Le pis, c'est que le lendemain nous nous rencontrâmes au même endroit, à la même heure, et que nous
nous saluâmes courtoisement. Cela dura pendant plusieurs années. Chaque fois que nous nous croisions dans
la rue, nous nous envoyions un aimable coup de chapeau, avec parfois un amical bonjour.

Et nous n'avons jamais su qui nous étions, pas plus
que je n'ai jamais revu le vrai Lecadre.

XIV

Quand je rentrai avec mon bataillon, le 30 décembre 1870, je trouvai la physionomie de Paris singulièrement changée. Plus de voitures. Les chevaux avàient été réquisitionnés et les fiacres avaient disparu. Seuls les omnibus circulaient encoré. Les provisions de charbon étaient épuisées, et le pétrole avait remplacé le gaz pour l'éclairage des rues. Dès la tombée de la nuit, les voies les plus fréquentées devenaient noires et silencieuses. Sur les boulevards, les cafés, où clignotaient tristement de rares lampes d'huile minérale, prenaient des aspects de caveaux funèbres. L'intérieur des maisons n'était guère plus réjouissant. On y marchait enveloppé de ténèbres et on n'avait même plus la satisfaction, par un froid de dix degrés, de s'y dégourdir devant une claire flambée. Le bois manquait chez les charbonniers. Les arbres des avenues avaient, à la vérité, été coupés et débités, mais quand on s'était procuré à grand'peine quelques bûches encore humides de neige, on ne parvenait pas à les allumer. Le lendemain de mon retour, je fus réduit à brûler les rayons de ma bibliothèque, et je commençai à regretter notre maison délabrée de Vitry, où nous avions du moins, nuit et jour, un brasier réjouissant. Pour comble de malechance, les Prussiens commencèrent, le 5 janvier, à bombarder les quartiers

de la rive gauche. Pendant toute la nuit du 8, les obus
ne cessèrent pas de pleuvoir sur la rue de Fleurus et le
Luxembourg. Leur sifflement sinistre et leurs soudaines
explosions, anxieusement attendues, causaient un éner-
vement insupportable. Impossible de fermer l'œil. Je
m'étais résigné à me passer de feu, mais non de sommeil. Aussi, le lendemain, j'allai rejoindre mon ami
George Lafenestre, qui s'était réfugié sur la rive droite,
dans l'appartement inoccupé d'une parente.

Nous avions trouvé dans ce logis, confortablement
meublé, quelques stères de bois, et nous pouvions
au moins y dormir tranquillement. La vieille dame
l'avait laissé à la garde de sa cuisinière et d'un antique
perroquet vert, qui passait ses journées à murmurer ce
refrain devenu tristement ironique : « As-tu déjeuné,
Jacquot?... Oui, oui. » Nous n'en pouvions toujours
dire autant, car si notre intérieur ne laissait rien à désirer au point de vue de l'ameublement, les provisions
de bouche y faisaient complètement défaut, et les fonctions de la cuisinière étaient une vraie sinécure. Il
nous fallait déployer une remarquable ingéniosité pour
nous procurer de quoi manger. Les denrées alimentaires
se raréfiaient de plus en plus et atteignaient des prix
fantastiques. Les œufs se vendaient 1 franc pièce: un
simple oignon valait 50 centimes; une oie coûtait
60 francs, et un maigre poulet 20 francs. A mesure que
les vivres devenaient rares et plus chers, la population
était la proie d'étranges hallucinations gastronomiques.
Elle se préoccupait constamment de questions culinaires
et des meilleurs procédés à employer pour accommoder
l'équivoque nourriture qu'on lui vendait à si haut prix.
Devant l'étalage vide de Chevet, je vis un jour un énorme
attroupement. Il y avait là au moins quarante person-

nos qui contemplaient curieusement une livre de beurre
cotée 25 francs, et qui la dévoraient des yeux. Chaque
après-midi, nous partions, Lafenestre et moi, à la
recherche des éléments de notre dîner, et nous rappor-
tions au gîte les plus bizarres préparations : — côte-
lettes de chien, prétendues saucisses d'éléphant qui, à
l'analyse, se trouvaient être un vulgaire hachis de sou-
ris ou de rat. — Parfois aussi, nous rentrions les mains
vides et le ventre creux. Un soir, nous discutâmes
sérieusement si nous ne mettrions pas à la broche le
vieux perroquet vert, qui nous agaçait avec son ironique refrain. La cuisinière lui sauva la vie. Plus débrouil-
larde que nous, elle avait réussi à acheter de la farine
et pendant deux ou trois jours nous vécûmes de crêpes
qui nous semblèrent exquises. La disette ne nous faisait pas oublier la littérature ; en guise de dessert, nous
lisions à tour de rôle le répertoire théâtral du XVIIIᵉ siècle, et nous y faisions d'amusantes trouvailles : entre
autres, *la Vérité dans le vin*, de Collé, qui nous mit
en joie pendant toute une soirée.

Quand nous étions las des crêpes, et que notre bourse
nous le permettait, nous renversions la marmite et
nous allions dîner dans un des rares restaurants encore
ouverts. Un soir, nous étions montés dans un salon du
Dîner de Paris. Les clients n'abondaient pas. A part
nous, il n'y avait à une table voisine qu'un petit vieillard propret et tâtillon, qui paraissait être un employé
en retraite. Le menu se composait sobrement d'un
potage aux pois cassés, d'un bœuf (!) en daube et d'un
plat de céleris-raves. Mais tout cela nous parut très
savoureux et parfaitement accommodé. La daube surtout était succulente et, dans un élan de gourmandise
satisfaite, je dis tout haut à Lafenestre :

— Vraiment, voilà un cheval braisé qui est excellent.

Le vieil employé nous écoutait ébahi ; mon exclamation lui avait fait dresser l'oreille.

— Pardon, monsieur, interrompit-il d'un ton timide
et cérémonieux, vous vous êtes servi du mot *cheval*
pour qualifier cette daube... Est-ce sérieux ?... Croyez-
vous positivement qu'une viande si exquise puisse être
de la viande de cheval ?...

— Comment, répondis-je, en doutez-vous, par hasard ?

— Certes, oui, voici un mois que je mange ici, et
tous les soirs on me sert du bœuf qui me paraît authen-
tique.

— Ah ! Monsieur, il y a beau temps que les bœufs
authentiques ont disparu de la circulation... Du reste,
interrogez le garçon, et, s'il est franc, il vous avouera
qu'on vous a abusé.

Le garçon interpellé, et mis au pied du mur, con-
fessa péniblement que le « bœuf en daube » était con-
fectionné avec du cheval. Je n'ai jamais vu plus comique
consternation que celle du naïf bonhomme d'employé.
Il écarquillait les yeux et levait les bras en l'air :

— Est-ce possible ? .. J'avais toujours pris cela pour
du bœuf et je le trouvais délicieux... Il n'y a pas à le
nier, reprenait-il désolé, cette daube est succulente...
Et dire qu'en 1814, j'ai préféré crever de faim plutôt
que de manger du cheval... Ah ! messieurs, si j'avais
su !...

Cette chasse à la nourriture ne devait, du reste, pas
me préoccuper longtemps. Le 18 janvier, jour où l'on
commença à rationner le pain, je fus avisé que mon
bataillon était de nouveau commandé pour un service
d'avant-postes. Vers quatre heures, je me rendis rue

d'Assas où le régiment se rassemblait. On prétendait que nous devions aller au Port-à-l'Anglais, mais
quand on nous eut distribué des cartouches, des vivres
pour quatre jours et qu'on se fut mis en marche, au
lieu de descendre vers l'avenue d'Italie, la colonne
obliqua à gauche, dans la direction des Invalides, et
nous comprîmes qu'on nous acheminait vers quelque
destination mystérieuse. Sur l'esplanade, on nous passa
en revue, puis le régiment traversa la Seine, monta
vers l'Arc-de-Triomphe, et s'engagea dans l'avenue de
la Grande-Armée. Enveloppés par la nuit brumeuse,
nous cheminions silencieusement, tous passablement
inquiets de la route qu'on prenait et nous demandant
pourquoi on nous emmenait aux avant-postes de la
rive droite. Quand nous fûmes à Courbevoie, il était
neuf heures; on commanda halte, et par de petites rues
caillouteuses on nous mena vers un vaste bâtiment qui
avait été aménagé avant la guerre, pour une pension
de demoiselles. Chaque escouade s'empara des pièces
qui lui étaient assignées et, comme ces cinq heures de
marche nous avaient un peu vannés, après avoir gri-
gnoté un morceau de pain, assaisonné d'une tranche de
lard, chacun s'étendit, roulé dans sa capote, la tête sur
le sac, en se promettant de passer une bonne nuit...

Il pouvait être trois heures à peine, quand le sergent entra dans notre chambrée et nous réveilla en
sursaut, en criant :

— A quatre heures, tous les hommes sur le quai avec
armes et bagages, et qu'on ne laisse rien ici, pas même
un bouton !

— On ne peut donc pas dormir une minute en paix!
geignit en bâillant, le jeune *gandin* « qui regrettait le
tyran ».

— Il paraît que c'est pour aujourd'hui, la fameuse trouée!... reprit de son ton goguenard le féroce Lecadre, en roulant sa couverture. Puis il se mit à chanter d'un ton funèbre :

> J'ai mis mon habit bas.
> Mon sabre au bout d'mon bras,
> Et je me suis battu
> Comme un vaillant soldat!...

Après avoir achevé mon *paquetage,* je suivis les camarades qui descendaient en faisant résonner la crosse de leur fusil sur les marches. Au dehors, nuit noire et humide. Le bataillon alla se masser le long du parapet, tournant le dos à la Seine dont on entendait par moments le glou-glou plaintif. En face de nous, les maisons du quai de Courbevoie se profilaient en noir sur le ciel gris. Au long de la chaussée, des régiments s'écoulaient lentement vers l'avenue ; dans la nuit montaient des piétinements d'hommes et de chevaux, des jurons, des cris de commandement et, tout au loin, le roulement sourd de l'artillerie. Après une heure d'attente, nous reçûmes l'ordre de marcher à notre tour et nous nous engageâmes dans la longue avenue montante. Au milieu des fourgons qui obstruaient les contre-allées, les troupes de ligne, les gardes nationaux, les mobiles s'avançaient péniblement sur trois files parallèles. A travers le tumulte, du côté de Paris, et par intervalles réguliers, nous percevions les lointaines détonations des obus prussiens éclatant sur la rive gauche. Cette lugubre clameur du bombardement, était accueillie, je dois le confesser, avec une sorte de sauvage satisfaction par des mobiles de province qui côtoyaient notre bataillon :

— Tant mieux ! s'écriait l'un d'eux, en se tournant
vers nous, qu'on leur en f... des obus, à ces Parisiens,
c'est pain bénit !

— Oui, reprenait un second; nous en avons assez
reçu... Nous ne sommes pas pour la lutte à outrance,
nous autres !

— Hé ! hé ! murmurait derrière moi le sceptique normalien, disciple de Hegel et de Hartmann, ils ne sont
pas très patriotes, les moblots !

A chaque instant, les troupes se heurtaient et il fallait s'arrêter. Le jour se levait, maussade, à travers le
brouillard, quand on approcha du fort du mont Valérien. Dans la froide clarté matinale, on distinguait les
faces pâles et déjà fatiguées des hommes. Quelques-uns
s'étaient assis sur des tas de pierres et attendaient sans
impatience l'ordre de se remettre en marche; d'autres
fumaient en tirant des bouffées avec une hâte nerveuse.
Une détonation partit du fort, et peu après la fusillade
commença de pétiller de l'autre côté du mont Valérien.
La marche en avant reprit au bruit des coups de fusil
et on contourna le fort, qui de temps en temps envoyait des obus sur les bois d'en face. Les projectiles
filaient avec un strident sifflement et allaient éclater
dans les fourrés d'où s'élevaient des flocons de fumée.
Il était près de dix heures quand nos bataillons déva-
lèrent sur le versant opposé au coteau de Buzenval.
Dans ce pli de terrain, des troupes nombreuses attendaient, l'arme au pied, tandis que des régiments esca-
ladaient lentement la pente qui conduit au parc. A
droite, du côté de la Jonchère, l'action était engagée.
On voyait, à la lisière du bois, les hommes s'avancer
en courant, tirer, se replier, puis disparaître dans les
fumées blanches qui rampaient sur les champs. Dans

18.

le parc, les détonations étaient répercutées, multipliées
par les échos des murs et déjà des cacolets descendaient
des hauteurs de Montretout, ramenant des blessés vers
la ferme de la Fouilleuse, transformée en ambulance,
et dont les toits bruns émergeaient du brouillard.

Au moment où nous nous alignions à notre tour, au
bord d'un champ, un obus prussien éclata à une centaine de pas. C'était le premier que je voyais de si près
et je fus secoué de la plante des pieds à la nuque comme
par une décharge électrique. Beaucoup de nos camarades avaient éprouvé la même émotion, car notre colonel, dont le cheval se cabrait, jugea à propos de nous
exhorter au calme. Il mit son sabre au clair, galopa en
avant de notre alignement et nous interpellant avec
violence :

— Tonnerre ! cria-t-il du haut de sa tête, tâchez de
vous tenir mieux que ça !... Le premier qui flanche, je
le tue comme un chien.... Il faut que le 19e ne rentre à
Paris que victorieux !

— Il est bon, là, le colonel, ronchonnait mon voisin,
le normalien, sans doute le 19e rentrera à Paris —
nominalement — mais chaque homme en particulier
est-il sûr d'y rentrer sans être endommagé ? Voilà le
hic !...

Après un repos d'une demi-heure, employé à un fru-
gal déjeuner de pain et de chocolat, nous reçûmes
l'ordre de marcher : « Par sections, en ligne, en avant! »
Les bataillons traversèrent le fond de la vallée, puis
commencèrent à gravir un coteau de vignes et de plants
d'asperges qui nous séparait du bois tout fumant de
coups de fusil. Dans un replat de cette colline, le mur
et les arbres noirs du parc se détachaient sur le ciel neigeux. L'ascension n'était pas commode, au milieu de

cette terre détrempée par un récent dégel et où l'on
enfonçait jusqu'à la cheville. Les canons et les mitrail-
leuses faisaient un continuel tapage, et les balles parties du bois bourdonnaient autour de nous. Les rires et
les causeries avaient cessé. Un frisson me courait le
long de l'échine. Je ne pouvais m'empêcher de songer
que mon village natal, Marly-le-Roi, était là-bas, de
l'autre côté de la colline, et je me disais : « Est-ce que
par hasard le bourg où je suis né verrait aussi mon
cadavre étendu piteusement dans la terre rouge des
vignes? » Tout en glissant dans la glaise, nous mon-
tions néanmoins. A mi-côte, une capote grise chancela ;
c'était un homme du 18e bataillon, atteint au front par
une balle. Ce fut l'affaire d'une seconde, il lâcha son
fusil et tomba la face dans la boue. « Holà ! me dis-je,
il m'en pend autant à l'oreille... Recueillons-nous au
moins avant de sombrer dans l'éternité ! » J'essayai de
penser aux miens, à tout ce que j'allais peut-être quitter... mais les vulgaires accidents de la marche, l'arme
à maintenir, le sac trop lourd, l'équilibre à garder sur
ce sol gluant, détournaient à chaque instant ma pensée ; mes facultés mentales étaient absorbées par une
seule préoccupation : ne pas tomber dans la boue ; et je
fus forcé de reconnaître qu'en pareille circonstance, il
n'est pas déjà si facile de se préparer à mourir en philosophe....

Enfin on atteignit le replat tout voisin du mur du
parc. « Halte ! » et chacun essoufflé, éreinté, se laissa
choir sur la pelouse sèche, ayant à peine conservé
la force de porter le bidon de rhum ou d'eau-de-
vie à ses lèvres. Nos bataillons devaient rester là en
réserve. Cela nous laissait le temps de souffler et de
regarder ce qui se passait. Dans le bois, la fusillade était

plus vive; des obus prussiens passant par-dessus les
arbres pleuvaient sur les troupes massées autour de la
ferme de la Fouilleuse. Plus haut, sur la croupe du
mont Valérien, des pièces en batterie et un groupe d'officiers à cheval découpaient nettement leur silhouette
sur le ciel blanc. A droite, entre le fort et les hauteurs
de Montretout, on distinguait la Seine brumeuse et, au
loin, Paris, à demi enseveli dans un linceul de brouillard que trouaient, çà et là, des dômes et des flèches
d'église. Le froid était supportable; parfois même un
rayon de soleil perçait la nue et se jouait dans la fumée
des bombes. Quelques flocons de neige tourbillonnaient
dans l'air humide. Je retrouvai là Albert Dumont, mon
ancien commensal, et nous nous remîmes à deviser doucement, comme du temps où nous étions attablés dans
la salle à manger de la rue Jacob. A ce moment, nous
croyions que l'affaire était heureusement engagée. Montretout avait été pris, et les Prussiens, délogés du parc
de Buzenval. Cependant, au bout de deux heures, en-
tendant la fusillade toujours à la même place, nous
commençâmes à avoir des doutes. Un colonel de mobiles qui déboucha à cheval dans un chemin proche de
l'endroit où nous étions assis, et auquel on demandait
des nouvelles, cria tout en trottant : « Nous ne reculons
pas, mais nous n'avançons pas non plus !... » Et c'était
vrai, depuis midi, notre centre ne parvenait pas à franchir le second mur de clôture. Vers quatre heures, un
officier d'état-major vint s'aboucher avec notre colonel
et nos deux bataillons reçurent l'ordre d'entrer dans le
parc. Les rangs se reformèrent : « Allons, dis-je à
Dumont, donnons-nous une poignée de main ; qui sait
si nous sortirons de là-dedans et si nous nous rever-
rons ?... »

Les hommes défilèrent deux à deux à travers une brèche pratiquée au mur et s'engagèrent dans le bois, en suivant une allée sablonneuse. Le bruit de la fusillade se rapprochait, les conversations de nouveau avaient cessé, chacun serrait fortement son fusil sur l'épaule et préparait ses cartouches. A un endroit où le chemin bifurquait, des balles sifflèrent dans les branches. Il y eut un moment d'hésitation dans cette troupe d'hommes mal aguerris et peu disciplinés. Quelques gardes, perdant leur sang-froid, armaient leur fusil et tiraient à l'aventure; d'autres s'étaient éparpillés dans la futaie. Je fus rejeté, avec une partie de ma compagnie, dans un sentier qui descendait brusquement vers le large entonnoir où était situé le château de Buzenval. Là, on se trouvait en plein dans la fournaise; les balles hachaient les branches, enlevaient l'écorce des troncs d'arbre, ricochaient sur le sol friable. Nous atteignîmes ainsi le fond de l'entonnoir, au bord d'une pièce d'eau en partie couverte de joncs desséchés. En face, les bâtiments du château miraient sinistrement dans l'eau noire leurs murs troués et leurs vitres éborgnées. Au pied d'un massif de pins, une compagnie de *lignards* s'était abritée en attendant le moment de retourner au feu. Les troupiers, dont les pantalons rouges tranchaient sur la verdure du talus, demeuraient assis, leur fusil entre les doigts et contemplaient d'un air goguenard cette volée de gardes nationaux, errant désorientés, au milieu des balles qui s'aplatissaient contre les arbres :

— Ohé! les capotes noires, cria l'un d'eux, comment trouvez-vous la *guerre à outrance?* Aimez-vous cette musique-là?... Allons, les gaillards, remontez donc avec les camarades faire la grande trouée!

Leurs railleries nous redonnèrent du cœur au ventre. Honteux de notre effarement, nous nous remîmes d'aplomb, et comme on venait de leur commander de marcher, nous les suivîmes à la lisière du bois, où fourmillaient les tirailleurs.

L'étendue du plateau disparaissait sous des nuages de fumée, à travers lesquels on ne distinguait plus le mur de clôture. Les gardes nationaux, épuisés par une marche de vingt-quatre heures et peu habitués au feu, perdaient visiblement du terrain. Ils se repliaient en désordre parmi les arbres ou derrière des cubes de moellons, d'où ils se remettaient à tirailler. Le feu des Prussiens redoublait de furie et les mobilisés commençaient à lâcher pied. Un garde, appartenant à notre bataillon, sortit soudain du bois. C'était un ancien directeur de théâtre de province, nommé Ruyn de Fié. Avec sa haute taille, ses robustes épaules, sa barbe poivre et sel, il avait grand air sous sa capote noire tachée de boue. « En avant! s'écria-t-il, vive la république! » Et comme il mettait son chassepot en joue, une fusillade violente, partie du mur prussien, l'abattit dans la fumée blanche. Derrière le tas de moellons où je m'abritais pour charger et décharger mon arme, j'avais pour voisin un garde en capote verte, qui se tenait comme moi agenouillé, mais gardait une immobilité absolue. En voyant tomber Ruyn de Fié, je me retournai vers mon silencieux camarade pour lui communiquer mon émotion et, comme je lui secouais le bras, je m'aperçus avec horreur que j'avais affaire à un cadavre déjà raidi...

Je n'oublierai jamais cette dramatique tombée du jour dans le parc où crépitaient les balles, et où, par-dessus les arbres, le sifflement des obus déchirait le

ciel déjà plus sombre... Vers six heures, des clairons
sonnèrent la retraite; le mouvement en arrière commença. Nous redescendions lentement dans le taillis
ténébreux, enjambant des corps étendus de tout leur
long dans les feuilles sèches, et tâtonnant dans la
plaine boueuse et noire, où, çà et là, au loin, s'allu-
maient des feux de bivouac.

A huit heures, notre bataillon avait regagné la Fouilleuse. Ereinté et mourant de soif, je m'étais dirigé vers
les jardins de la ferme où il y avait une source. Mais le
réservoir était tellement entouré par la foule des soldats qui se disputaient pour en approcher que je ne
réussis pas à remplir mon bidon. Je me rabattis vers
les bâtiments transformées en ambulance. Lorsque je
pénétrai dans la ferme, elle était déjà encombrée de
blessés. A chaque instant, des brancardiers apparaissaient, portant un fardeau sanglant. Sous la voûte, une
lanterne était accrochée au mur. La lumière rouge
tombait d'aplomb sur un angle ou l'on avait déposé
des gardes nationaux roulés dans leur longue capote.
« Ceux-là n'ont plus besoin de rien ! » murmura un
infirmier qui me coudoyait. — En effet, ils étaient
morts. Je m'éloignai tout frissonnant, sans me douter
que dans ce monceau de cadavres gisait Henri Regnault,
et que le beau garçon, si plein de jeunesse, de talent et
de verdeur, que j'avais vu pour la dernière fois dans
les bois de Satory, venait de tomber dans le parc, à la
chute du jour, tué par une balle prussienne.

XV

Ce combat de Buzenval, héroïque effort tenté sans
grand espoir, devait être le dernier épisode du siège.
A la rentrée des troupes dans Paris, chacun comprit
que l'heure de la capitulation approchait. En effet, le
27 janvier, Jules Favre se rendait à Versailles et, le 28,
la capitulation était signée. On y stipulait que les forts
seraient occupés par les Allemands, que les troupes de
ligne et les bataillons de mobiles enfermés dans Paris
seraient désarmés, et qu'on convoquerait immédiatement les électeurs pour la nomination d'une Assemblée
nationale, chargée de statuer sur la ratification du traité
de paix. Le 30 janvier, les dures conditions imposées
par l'ennemi furent publiées par les journaux, tandis
qu'un brouillard épais planait sur les rues silencieuses,
comme pour mieux marquer le deuil de la ville vaincue
et désemparée. Il avait été convenu que les Allemands
n'entreraient point dans Paris, mais que, néanmoins,
30.000 hommes occuperaient les Champs-Élysées jusqu'à la grille des Tuileries. Et, en effet, le 1ᵉʳ, le 2 et le
3 février, l'occupation eut lieu. Si restreinte et momen-
tanée qu'elle fût, ce n'en était pas moins une navrante
humiliation, et la population la subit avec la rage dans

le cœur. Ce jour-là, on put appliquer aux Parisiens le fameux vers d'Alfieri :

Servi siam, si; ma serv' ognor frementi.

Dans tous les quartiers les foules frémissaient de colère, et, tant que les Allemands campèrent entre l'Arc-de-Triomphe et la place de la Concorde, on redouta un de ces coups de désespoir, qui aboutissent aux pires désastres.

Pendant ce temps, Guillaume trônait à Versailles, et Paris, où la garde nationale seule n'avait pas été désarmée, était tenu en suspicion par la province tout entière, qui ne lui pardonnait pas sa résistance obstinée et ses chimériques rêves de lutte à outrance.

Les élections eurent lieu en février, et les députés élus, qui appartenaient en majorité au parti monarchiste, allèrent siéger à Bordeaux. Je continuai encore jusqu'à la fin du mois mon service dans la garde nationale ; mais les communications ayant été à peu près rétablies avec les provinces de l'Est, je ne pus résister plus longtemps au désir de revoir ma famille, dont j'avais été violemment séparé depuis le 15 août 1870. Le 12 mars, en compagnie de mon compatriote Jules Develle, alors secrétaire de Grévy, nous gagnâmes Pantin qui formait la tête de ligne du chemin de fer de l'Est et, le même jour, à huit heures du soir, nous descendions à la gare de Bar-le-Duc, occupé militairement par une garnison prussienne. Les rues de ma petite ville étaient déjà solitaires ; les habitants restaient calfeutrés chez eux, laissant les patrouilles allemandes circuler à leur aise dans les quartiers déserts. Avec un battement de cœur, je m'arrêtai devant la maison paternelle, où seule, à une fenêtre du premier étage, une

faible lumière filtrait à travers les persiennes. Je sonnai.
Ce fut un soldat de la *landwehr* qui vint m'ouvrir et
m'accueillit avec une large grimace qui voulait être un
sourire. J'arrivais encore. tout bouillant de colère
patriotique et d'idées de revanche ; la jovialité de ce
pauvre diable m'indigna et le rouge me monta à la
figure. Ce fut bien pis quand j'entendis, dans une pièce
du rez-de-chaussée, les voix gutturales et les gros rires
tudesques monter en chœur. Nous logions un officier
et huit soldats. Au fond, je dois avouer qu'ils n'étaient
pas méchants. Le *Herr Leutnant,* à la vérité, couchait
tout botté dans son lit et contait volontiers fleurette à
la servante ; mais il faisait de louables efforts pour
paraître aimable. Les hommes occupaient leurs loisirs à des besognes ménagères ; ils promenaient les
enfants, allaient ouvrir la porte et puiser de l'eau. Eux
aussi, étaient las de la guerre et poussaient de profonds
soupirs en parlant des provinces rhénanes où ils avaient
laissé femmes et enfants. Ils ne devenaient réellement
insupportables que lorsqu'ils avaient bu trop d'eau-
de-vie. Je me souviens que, dans le courant de mars,
ils fêtèrent bruyamment je ne sais quel anniversaire.
Toute la garnison était en liesse ; on rencontrait par les
rues des officiers supérieurs fortement éméchés par le
champagne, et leurs ordonnances avaient grand'peine
à soutenir leurs pas titubants. Quant aux hommes,
après avoir longuement trinqué autour des tonneaux de
schnick installés chez les marchands de vin, ils emplissaient de leur tapage les maisons où ils logeaient, et
menaçaient de dégainer aux moindres observations. Les
habitants, cette nuit-là, dormirent mal et rêvèrent de
viol et d'incendie.

J'avais à peine eu le temps de me réaccoutumer aux

douceurs de la vie de famille et de renouveler connaissance avec les choses et les gens, quand les journaux
nous apprirent l'insurrection du 18 mars, la retraite
du gouvernement sur Versailles et l'avènement de la
Commune. Bien qu'avant de quitter Paris, j'eusse déjà
senti dans l'air un souffle de tempête et d'émeute, la
nouvelle de cette désastreuse complication me déses-
péra. Je vis la France déchirée par la guerre civile,
après avoir été meurtrie et ruinée par la guerre allemande, et je la crus irrémédiablement perdue. L'établis-
sement de la Commune était dû à des causes très com-
plexes. La méfiance maladroite que l'Assemblée
nationale avait témoignée à Paris, les souffrances du
siège, les déboires de la capitulation y entraient pour
une large part; mais les menées bonapartistes et les
machinations prussiennes ne furent pas étrangères à ce
coup de folie. L'insurrection était trop profitable à
l'Allemagne pour que celle-ci ne l'encourageât point, et
plus tard Bismarck ne déclara-t-il pas en plein *Reichs-*
rath, avec son ton cyniquement ironique, que « la
Commune avait du bon » ?

Pendant les premières semaines, je vécus dans une
sorte de torpeur mentale. Je n'avais plus de goût à rien
et ne trouvais plus la force de réagir contre cet état de
dépression en me raccrochant au travail. Néanmoins,
comme on s'habitue à tout, même aux crises les plus
douloureuses, je finis par me résigner à ce cauchemar
qui menaçait de durer longtemps. Je ne pouvais songer
à rentrer dans Paris, et mon administration, mal installée à Versailles, m'avait invité à rester en province
jusqu'à nouvel ordre. La Commune me faisait des loisirs ; j'en profitai pour revisiter les paysages familiers
d'autrefois. Le printemps commençait et s'annonçait

comme devant être exceptionnellement beau. Dès le
matin, je fuyais la ville où le spectacle des Prussiens
établis en maîtres m'écœurait, et je m'enfonçais dans la
campagne solitaire. Les hêtres de nos bois bourgeon-
naient et les premières floraisons d'avril s'épanouissaient sous les fourrés. Dans la plaine, les blés verts
étaient déjà hauts. Je me demandais pourquoi, à cette
heure où le pays agonisait, il y avait des fleurs disposées à éclore et des oiseaux affairés à bâtir leur nid.
Tandis que je longeais un champ où deux paysans
étaient en train de sarcler, une alouette sortit d'une
touffe d'herbes et, battant des ailes, monta vers le ciel
en gazouillant. L'un des deux sarcleurs se redressa et
dit à son compagnon, avec un accent qui me toucha :
« — Pauvre petite alouette, comme elle chante ! »

Il y avait dans cette exclamation attendrie comme un
écho de mes propres pensées, — un mélancolique éton-
nement d'entendre un chant d'oiseau après tant de
malheurs, — et il y avait aussi une espérance de jours
meilleurs, une affirmation de confiance dans les ressources de cette race française, gaie, courageuse et
chantante ainsi que l'alouette. La mélodieuse envolée
de l'oiseau et l'exclamation du paysan retentirent comme
un *sursum corda*, et mon esprit, au lieu de se com-
plaire en des idées noires, prit son essor à son tour vers
le coin de ciel bleu qui apparaissait soudain entre les
nuées. Je me dis que la nature était la grande consola-
trice, et je résolus de me remettre plus étroitement en
communication avec elle. La vue de la lisière des bois
du Haut-Juré, qui commençaient à se colorer d'une fine
teinte de cendre verte, réveilla en moi avec plus de
vivacité le souvenir de mon ami Tristan, en compagnie
duquel j'avais tant de fois cherché soulas et réconfort à

travers les forêts d'Auberive et les prés de la Touraine.
Depuis la fin du siège, j'avais reçu de lui une seule
lettre; je savais qu'il n'avait pas quitté la Haute-Marne,
et je m'étais déjà proposé d'aller l'embrasser dès que
les communications seraient rétablies entre Bar-le-Duc
et Langres. Aussitôt rentré au logis, je lui écrivis pour
lui demander où il campait et où je pourrais le voir. La
réponse ne se fit pas attendre. Tristan gîtait pour le
quart d'heure à Bourmont et m'y donnait rendez-
vous.

Bourmont est une petite ville perchée à la crête d'une
haute colline qui domine la lisière des Vosges. Elle a
un aspect monastique. La principale rue, abrupte et
caillouteuse, est bordée de vieux hôtels noircis, cons-
truits par les familles nobles qui s'y refugièrent après
que Louis XIV eut fait raser la ville forte de La Motte,
appartenant au duc de Lorraine. La physionomie du
bourg est revêche et maussade, mais on contemple de
là-haut un magnifique horizon de plaines et de forêts
accidentées. Je partis pour Bourmont à la fin d'avril,
et je trouvai Tristan qui m'attendait au bas de la côte
de Saint-Thiébaut.

A peine rejoints, nous décidâmes de nous replonger
pendant des semaines en pleine vie forestière. Nous
partions dès l'aube et ne rentrions qu'à la nuit close.
Le temps était d'une merveilleuse beauté et fait à
souhait pour la vagabonde existence que nous désirions
mener. Tout ce pays, qui confine aux Vosges, est semé
de grandes forêts, entrecoupées de prairies. Les bois
drapent de leur verdure des collines escarpées et décou-
pent sur le ciel leurs croupes moutonnantes, leurs
pitons jumeaux peuplés de hêtres et de chênes. Au
milieu de ces frondaisons printanières, nous nous

croyions revenus aux jours de notre première jeunesse.
Nous oubliions Paris, nous ne lisions plus de journaux,
nous redevenions sauvages et vivions dans un rêve
fleuri et verdoyant. Je me rappelle qu'un jour, au sortir
du village des Gouttes, après avoir gaîment dîné au
cabaret, nous arrivâmes à une gorge boisée, au milieu
de laquelle une allée moussue courait dans la futaie.
Cette allée était bordée de robustes hêtres dont les
troncs argentés et marbrés de lierre formaient comme
une auguste colonnade. De chaque côté, sous les molles
retombées des branches, des muguets foisonnaient sur
le sol, et le parfum capiteux de leurs grappes couleur
de lait nous montait au cerveau. Nous avions l'impression d'entrer dans un bois sacré, et nous n'eussions été
nullement surpris de voir soudain l'écorce argentée des
fayards s'ouvrir pour livrer passage à une hamadryade
demi-nue. Il nous semblait entendre au loin soupirer la
syrinx du dieu Pan et, dans notre enthousiasme, nous
souhaitions d'avoir en main des coupes rustiques que
nous remplirions de la sève printanière du bouleau,
afin de faire des libations aux divinités de la forêt.
Nous nous exaltions si fort à l'envi l'un de l'autre, que
nous finîmes par nous égarer en plein fourré. Nous
ne retrouvâmes notre chemin qu'à la tombée du
jour.

Une autre fois, ayant aperçu dans les tranchées des
bois de Graffigny une profusion de cette petite plante à
fleurettes blanches, que les botanistes appellent l'*aspérule odorante*, et que nous nommons chez nous la
reine des bois, l'envie nous prit d'en cueillir une pro-
vision et de confectionner, avec les sommités fleuries,
cette liqueur connue en Allemagne sous le joli nom de
vin de mai. Nous nous rappelions les lyriques effusions

des poètes allemands en l'honneur de cette enivrante
boisson, qui semble faite avec la sève des plantes printanières, et ce souvenir nous mettait d'avance l'eau à la
bouche. Au retour, nous fîmes infuser soigneusement
les aspérules dans du vin blanc et, le lendemain, la
mixture nous paraissant à point, nous invitâmes à
dîner le notaire de l'endroit, afin qu'il pût savourer
avec nous la délicieuse liqueur forestière. Au dessert,
on servit le *vin de mai* en grande cérémonie; on le
versa dans des verres de luxe, et nous nous mîmes à le
déguster avec des mines de connaisseurs et de laudatifs
clappements de langue. Nous n'avions sans doute pas
la bonne recette; car, malgré notre emballement, le *vin
de mai* se trouva être un breuvage à saveur pharma-
ceutique et plutôt écœurante. Néanmoins, nous ne voulions pas en démordre et, tout en y trempant les lèvres,
nous célébrions alternativement les vertus de cet élixir
de printemps. Par politesse, le notaire n'osait nous
contredire et en avalait courageusement des lampées;
si bien que le lendemain il fut abominablement malade.
Quant à nous, nous avions probablement l'estomac
plus solide ou bien notre amour-propre d'auteurs nous
soutenait davantage; nous en fûmes quittes pour quelques nausées, mais, depuis ce jour-là, nous ne bûmes
jamais plus de *vin de mai*.

Cette vie de bohémiens était trop charmante pour
pouvoir durer. Au bout de quinze jours, il fallut nous
séparer. Je rentrai chez moi juste pour apprendre les
dernières et tragiques convulsions de la Commune. Le
dénouement terrible de la semaine sanglante me
replongea dans un cruel découragement. Au commencement de juin, j'appris que l'administration du ministère des Finances s'était réinstallée dans les bâtiments

du Louvre, et je reçus l'ordre de rejoindre mon poste. J'avisai aussitôt Tristan de mon départ :

« Mon cher ami, lui disais-je, je voulais vous écrire plutôt, mais les derniers événements, les sauvageries de cette lamentable guerre civile m'en ont ôté le courage... Je pars avec un serrement de cœur et un sentiment d'angoisse. Le *beau* Paris n'existe plus ; c'est une ville nouvelle à réédifier, et c'est aussi une vie nouvelle à commencer. Espérons qu'il y aura encore des hommes de foi et de bonne volonté pour refaire un Paris austère et laborieux, pour aider au relèvement moral, intellectuel et matériel. Je tâcherai d'être de ceux-là. Au revoir, mon vieux Tristan, je me souviens avec bonheur du lumineux paysage de Bourmont, de nos bonnes courses et de votre bonne hospitalité... Au revoir, à Paris ! »

Après les plus violents cataclysmes, la toute-puissante Nature trouve en elle-même des ressources merveilleuses pour réparer ses désastres et panser ses blessures. Quand l'organisme est sain, le même miracle s'opère dans la vie sociale. Deux mois à peine après l'agonie de la Commune, Paris se remettait visiblement des coups que lui avaient portés la guerre étrangère et la guerre civile. Seules les ruines noircies des Tuileries, de la Cour des Comptes, du Ministère des Finances et de l'Hôtel de Ville attestaient les tragiques et derniers épisodes des batailles de la rue. Les habitants, encore consternés par la sauvagerie du dénouement, reprenaient possession d'eux-mêmes. A la suite de la tempête où le pays avait failli sombrer, les meilleurs esprits pensaient que le relèvement national ne se ferait que par une transformation des mœurs, un retour énergique au travail et le ferme propos de ne plus retomber dans les vieux péchés. Un moment on put croire qu'une réforme intellectuelle et morale allait s'accomplir, grâce au concours de toutes les bonnes volontés. Malheureusement, tout cet effort n'aboutit qu'à un chauvinisme sentimental et enfantin. Le tempérament gaulois reparaissait; cette faculté d'oubli, qui est l'une des marques caractéristiques de la race, triomphait des

belles résolutions. On continuait à prêcher la revanche,
bien qu'au fond chacun fût convaincu qu'une guerre
était impossible. On se grisait de nouveau avec des
mots, et, peu à peu, les gens du monde donnant les
premiers l'exemple, on revenait à la vie de plaisir, à la
dissipation insouciante et frivole des dernières années
de l'Empire.

Les salons se rouvraient, les théâtres aussi. En septembre, je fus prévenu que les répétitions de *Jean-
Marie* allaient recommencer. On comptait jouer ma
petite pièce pour la réouverture de l'Odéon, qui devait
avoir lieu en octobre; seulement deux des interprètes
avaient disparu. Pierre Berton était engagé au Théâtre-
Français et Laray avait été remercié; Sarah Bernhardt
restait seule. On procéda à une nouvelle distribution :
Porel fut chargé du rôle de Jean-Marie; Talien prit celui
du vieux Joël, et on se remit allègrement au travail.
Cette fois, chacun fut exact et les répétitions marchè-
rent sans encombre. Les deux hommes étaient contents
de leur rôle et l'étudiaient avec ardeur; Sarah était toujours enchantée du sien et s'y montrait excellente. Au
commencement d'octobre, la pièce était sue et la direction décida qu'on passerait le 11, avec une comédie de
Cadol : *les Créanciers du bonheur.*

Oh! cette représentation du 11 octobre, quand j'y
pense, je sens encore le frisson de peur et d'angoisse
qui me secouait tout entier, tandis que je gravissais les
marches de l'escalier de l'administration. Depuis mon
examen du baccalauréat, pendant l'heure mortelle qui
s'écoula entre la version et l'épreuve orale, je n'avais
plus été saisi de pareilles transes. Bien avant que le gaz
fût allumé, je me promenais ainsi qu'une âme en peine
dans les couloirs. Comme je montais l'escalier des loges,

je rencontrai Sarah qui sortait de la sienne, déjà habil-
lée et charmante sous la coiffe et la collerette plissée
des filles de Fouesnant. Elle vit mon agitation et, très
nerveuse elle-même, murmura :

— Hein ! vous avez le *trac* ?

— Oh ! oui... très fort.

— Eh bien ! embrassez-moi, je vous promets que tout
ira bien.

Nous nous embrassâmes au nez de l'habilleuse. J'ai
toujours su gré à Sarah d'avoir deviné mon anxiété
et de m'avoir réconforté par ce baiser si gentiment et spontanément offert. On commença par
jouer, en lever de rideau, *le Dépit amoureux*. Pendant ce temps, la salle se garnissait, et avant la fin
de la pièce elle était comble et très brillante. On planta
le décor de *Jean-Marie*, qui n'était autre que celui
du premier acte de *François le Champi*. Je conti-
nuais à errer derrière les portants, et chaque coup
de marteau appliqué par les machinistes me résonnait douloureusement dans le crâne. Sarah devait être
en scène, au lever du rideau, et filer au fuseau en chantant le premier couplet d'une complainte bretonne. Au
moment où elle se posait près de la fenêtre, elle m'in-
terpella dans la coulisse :

— Je ne me souviens plus de l'air, chuchota-t-elle.

— Ah ! mon Dieu, balbutiai-je atterré, attendez, je
vais vous le fredonner.

Mais moi-même je ne retrouvais plus la première
note de la mélodie composée par Artus. Elle me vit
bégayant et livide, et s'écria :

— Allez-vous-en ! votre figure me fait peur...

Je ne me le fis pas répéter et me réfugiai près du
pompier de service, tandis qu'on frappait les trois coups.

Le rideau se leva. Sarah avait parfaitement retrouvé son air, et elle le chanta très bien de sa voix fraîche et nette.

Pendant la première scène qui servait d'exposition, le public ne broncha pas. Sa froideur me glaçait jusqu'aux os et je songeais déjà: « Ça ne porte pas... ce sera un four!... » quand des applaudissements éclatèrent à la du fin couplet où Thérèse avoue à Joël son amour pour Jean-Marie.

— Ça marche! murmura l'ingénue qui avait joué dans *le Dépit* et qui était restée près de moi dans la coulisse.

— Croyez-vous ?... C'est peut-être simplement la claque...

—Non ; nous ne nous y trompons pas, nous autres... Ce n'est pas le coup de battoir sec et mécanique de la claque... C'est le vrai public qui applaudit... Maintenant c'est lancé !...

Et, en effet, à partir de ce moment, Sarah fut à chaque instant interrompue par des bravos. Elle avait conquis les spectateurs et leur faisait verser des larmes. Du reste, elle était admirable de ligne et d'expression. Elle trouvait des accents chastes, tendres, tragiquement passionnés, qui prenaient toute la salle. Lorsqu'elle disait à Jean-Marie:

> Sur la mer avec toi s'en ira ma pensée...

Son geste et sa voix avaient une ampleur qui donnait l'hallucination de l'océan aux espaces infinis. Dès que l'acte fut achevé, les applaudissements éclatèrent ; les acteurs furent rappelés trois ou quatre fois ; et quand encore tout ahuri et enfiévré je quittai la scène, Duquesnel, que je rencontrai au foyer, me dit en martelant ses

syllabes : « C'est un succès ! » — En effet, — tandis que
les Créanciers du bonheur disparaissaient au bout de
quinze jours, *Jean-Marie* continua à tenir l'affiche et
fit, de l'aveu des directeurs, la recette à lui tout seul.
Le lendemain, Lemerre, à son tour, me résuma, à sa
façon normande l'opinion des gens de lettres et des
journalistes qui fréquentaient chez lui :

—Cela ne sera pas un gros succès comme *le Passant*,
mais c'est tout de même un joli succès et vous devez
être content...

Jean-Marie réussit au delà de tout ce que j'espérais.
On le représenta partout, et je crois qu'il est peu de
comédiens qui ne l'aient joué à leurs débuts. On le joue
toujours, en province et à l'étranger, et aujourd'hui
qu'il fait partie du répertoire de la Comédie-Française,
ce petit acte de 500 vers rapporte encore, bon an mal
an, de 1500 à 2000 francs de droits d'auteur, presque
autant qu'une ferme de chez nous.

Je profitai du bruit que mène toujours autour d'elle
une œuvre de théâtre, pour publier mon second volume
de vers : *le Bleu et le Noir*, et comme l'appétit vient en
mangeant, afin de ne pas laisser se refroidir les bonnes
dispositions des directeurs de l'Odéon, j'écrivais pour
eux un drame en cinq actes, tiré de mon roman sur
les verriers de l'Argonne. J'y employai tout l'hiver
de 1872, mais quand, au printemps suivant, j'apportai mon manuscrit à Chilly, le vent avait tourné, la
direction avait d'autres projets. On lut cependant mon
drame, et on déclara tout d'une voix qu'il n'était pas
suffisamment scénique. La chose était fort possible, et
je crois que l'auteur manquait surtout d'expérience et
de métier. Cet échec me fut pénible, mais ne me découragea pas de travailler pour le théâtre. Je méditais

déjà une seconde pièce, — en vers, cette fois — quand,
en octobre 1872, Buloz, avec lequel j'étais complètement
raccommodé, me demanda une nouvelle. Je lui donnai
Une Ondine, qui parut en avril 1873, et qui eut l'heur,
non seulement de plaire aux abonnés, mais de satis-
faire le difficile maître de la *Revue*. Il me fit comparaître en son cabinet directorial et me conseilla, cette
fois, d'écrire un roman, qu'il promettait de publier
avant la fin de l'année. Cette proposition exceptionnellement aimable indiquait que mes actions avaient
monté. Buloz me répéta que le roman était ma véritable voie, qu'il y avait là une bonne place à prendre,
et me fit entrevoir que, « s'y j'écoutais ses conseils »,
je pourrais devenir l'un des romanciers habituels de la
Revue. Je sortis, enchanté de l'entrevue, mais cependant troublé et fort perplexe. La reprise de *Jean-Marie*,
qui avait lieu à ce moment même à l'Odéon, avec
Mᵐᵉ Broisat dans le rôle de *Thérèse*, m'avait plus que
jamais redonné le goût des planches et le désir de tenter de nouveau la fortune théâtrale. Mais pour réussir,
il fallait écrire exclusivement pour le théâtre et laisser
tout le reste de côté. Je consultai là-dessus la chère
« Payse », dont le jugement sûr et net m'inspirait une
absolue confiance. Comme Buloz, elle fut d'avis qu'il y
avait dans le roman une place à prendre, et me conseilla d'accepter les propositions qu'on venait de
m'adresser.

Les romanciers attitrés de la *Revue des Deux Mondes*
étaient alors George Sand, Octave Feuillet et Victor
Cherbuliez. Mᵐᵉ Sand vivait sur son ancienne renommée ; son style se conservait toujours éloquent, abon-
dant et pur ; mais elle n'avait plus la même fraîcheur
d'imagination, le même charme dans la peinture de la

passion et du paysage, la même sûreté de main dans le
dessin des caractères. Çà et là on retrouvait encore des
pages dignes de l'auteur de *Mauprat*, de *Valentine*, de
la Mare au Diable ou des *Maîtres Sonneurs*, mais
elles étaient noyées dans des longueurs; l'intérêt lan-
guissait, et les personnages qu'elle créait paraissaient
de plus en plus chimériques. Octave Feuillet continuait
à raconter avec un art parfait et une savante délicatesse
les aventures des belles mondaines, délicieusement
coupables ou idéalement vertueuses, qu'il avait mises
à la mode au beau temps du second Empire. — Seulement, depuis l'époque de ces grands succès, la société
s'était profondément modifiée; de nouvelles générations de lecteurs avaient surgi avec d'autres admira-
tions littéraires, d'autres habitudes et d'autres exigences. Ce monde-là, il ne voulait pas le connaître, encore
moins l'étudier. Entre l'auteur de *M. de Camors* et le
public d'après 1870, un large fossé s'était insensiblement creusé. Octave Feuillet gardait encore ses fidèles
d'autrefois, mais ce bataillon sacré diminuait de jour
en jour, et les nouveaux venus ne savaient plus rendre
justice à l'écrivain qui avait enchanté leurs mères. —
Cherbuliez était, par excellence, le peintre des situations
romanesques et des caractères ingénieusement excep-
tionnels. On l'aimait pour son talent de psychologue et
d'humoriste, pour son ironie spirituelle, sa large et
savoureuse culture intellectuelle, son style amoureuse-
ment travaillé. Toutefois il n'avait d'action que sur un
nombre assez restreint de lecteurs curieux et raffinés.
Il se montrait plutôt un séduisant dialecticien qu'un
romancier proprement dit, et on reprochait à ses personnages de parler tous comme eût parlé Cherbuliez
lui-même.

En dehors de la *Revue*, d'autres écrivains originaux avaient déjà produit, ou étaient en train de produire des œuvres remarquables : Gustave Flaubert, les Goncourt, Emile Zola, Ferdinand Fabre, Hector Malot, Alphonse Daudet. Mais Buloz ne cherchait pas à les attirer à lui, soit qu'il eût contre eux de mystérieuses rancunes, soit qu'il craignît que leurs hardiesses n'effarouchassent ses abonnés.

Gustave Flaubert vivait sur la glorieuse réputation de *Madame Bovary*, de *Salammbô* et de *l'Education sentimentale*. Il n'écrivait plus que rarement et son dernier livre : *la Tentation de saint Antoine*, publié après la guerre, avait été ce que les Anglais appellent *a failure*. — Des deux Goncourt, le mieux doué, Jules, venait de mourir ; le survivant, Edmond de Goncourt, malgré ses qualités de chercheur et de collectionneur de menues observations, ne semblait pas destiné à renouveler le succès de *Renée Mauperin* ou de *Germinie Lacerteux*, et *la Fille Elisa*, qui venait de paraître, n'était pas faite pour détruire les préventions de Buloz. Hector Malot avait donné, dans les dernières années de l'Empire, des preuves d'un talent robuste, un peu sec et manquant d'envolée. Ses premières œuvres : *les Victimes d'Amour*, avaient eu un succès mérité. Taine l'avait classé parmi les meilleurs élèves de Balzac ; mais, depuis 1870, ses nombreux romans étaient moins bien accueillis, et Emile Zola disait de lui, dans un article du *Messager de l'Europe*, qui fit grand tapage vers 1878 : « M. Hector Malot a peu à peu glissé à la production facile. Depuis quelques années il s'est mis à bâcler des feuilletons et à produire des romans interminables où tout se délaie, le style, l'observation, la charpente. C'est un écrivain qui se noie. » — Celui qui rendait ce jugement sévère était le plus audacieux, le plus génial des nouveaux romanciers. Ses premiers livres : *Thérèse Raquin, la Curée, la Conquête de Plassans* annonçaient un observateur doué d'une vision aiguë et très personnelle, un écrivain connaissant à fond son métier et les secrets de son art, un coloriste fougueux, un esprit hardi, combatif et indépendant. Il y avait dans sa manière quelque chose de la plantureuse abondance de Rabelais, de la pittoresque exubérance d'un Jordaens. Pour mieux caractériser les tendances de l'école dont il était le chef, il avait inventé le mot un peu gros et vague de « naturalisme ». Mais son œuvre, pour être remarquée et classée très à part, n'aurait pas eu besoin de cette épithète plus bruyante que juste. Sa libre imagination volontiers grossissante s'exaltait parfois jusqu'à donner l'idée d'un romantisme exaspéré. Dans *la Faute de l'abbé Mouret*, par exemple, on rencontrait de magnifiques morceaux, éclatants de couleur où Zola faisait bon marché de la nature et de la vérité. — Le seul écrivain qu'on pût à ce moment qualifier de romancier réaliste était Ferdinand Fabre. L'auteur des *Courbezon* et de *l'Abbé Tigrane* s'était consacré à l'étude de la vie cléricale en province. Il connaissait admirablement son sujet. Il y employait un talent rude, sobre, rocailleux comme ce pays des Cévennes où il plaçait ses personnages ; ses romans avaient une sauvage saveur et un vif accent de vérité. — Le plus jeune enfin et le plus séduisant de tous, Alphonse Daudet avait déjà conquis la faveur du public avec les *Lettres de mon Moulin, Tartarin de Tarascon, les Contes du lundi*, où s'étaient révélées d'exquises et bien françaises qualités de conteur, et il allait remporter une victoire plus brillante et plus décisive avec le beau roman de *Fromont jeune et Risler aîné*.

A côté de ces écrivains déjà célèbres, il y avait — je
le crus du moins — place pour un romancier qui pein-
drait avec sincérité, avec tendresse, le milieu provincial et forestier dans lequel il avait longtemps vécu.
Sans parti pris de naturalisme ou d'idéalisme, il fallait
essayer d'en exprimer le charme, la poésie incons-
ciente, tout en conservant à ces études campagnardes
une bonne odeur de terroir et de sincérité. Je me décidai à tenter l'expérience. Je souhaitais qu'on retrouvât
dans mes personnages l'air natal qu'ils respiraient, les
paysages parmi lesquels ils vivaient, le parfum provincial et forestier qui les imprégnaient. Surtout, je
désirais donner à mes récits les qualités françaises du
naturel, de la simplicité, de la limpidité ; je voulais qu'on
n'y sentît ni déclamation ni rhéthorique ; qu'ils rappe-
lassent en un mot, par l'allure, par la langue et aussi
par une pointe de mélancolie rêveuse, les chansons
populaires de nos vieilles provinces. Je m'efforçai d'appliquer ce programme à un premier roman, *Mademoi-
selle Guignon*, qui parut dans la *Revue* en novembre 1873
et qui plut aux abonnés. Presque immédiatement après
la publication, je reçus une lettre de Georges Charpentier, qui venait de succéder à son père, et qui m'offrait
d'éditer mon livre. J'eus ainsi la satisfaction de rentrer
victorieusement dans ce cabinet aux boiseries blanches
et aux tentures de velours gris, où j'avais été si durement congédié par le fondateur de la bibliothèque
Charpentier. L'année suivante, je donnai à la *Revue*,
le *Mariage de Gérard*, et ce roman charma si fort le
quinteux Buloz que, spontanément, il augmenta pour
moi le prix de la feuille qu'on me paya 300 francs au
lieu de 200. D'autres œuvres s'échelonnèrent d'année en

année. J'étais devenu un collaborateur régulier de la
Revue, quand Buloz fut emporté par la diabète. On
peut dire que cet infatigable et rude directeur mourut
sur la brèche. Jusqu'au moment où il fut forcé de
s'aliter, il lut et corrigea les épreuves de son recueil.
Dans es derniers jours, et alors qu'il ne pouvait plus
tenir une plume, on lui apporta sur le même plateau
un bol de tisane et le numéro de la quinzaine, dont il
avait dû abandonner la confection à son fils. Il se
redressa sur son séant, parcourut le sommaire de la
livraison, avala une gorgée de la potion et repoussant
le tout brusquement, il murmura : « Dieu ! que c'est
mauvais ! » Puis il se rétourna du côté du mur et ne
parla plus. Et on n'a jamais su si cette peu aimable
exclamation s'adressait au bol de tisane ou bien au
numéro composé et corrigé par d'autres que par lui.

Charles Buloz devint le directeur de la *Revue* et nos
relations continuèrent en s'améliorant.

Chez Charpentier, mes premiers romans ne s'étaient,
tout d'abord, écoulés que lentement. Peu à peu, ils
se tiraient à 5, puis à 6 et 8 000 exemplaires. J'avais
réussi à me former une clientèle de lecteurs qui me
restaient fidèles et dont le nombre croissait insensiblement. En même temps, à la *Revue,* on augmentait
progressivement le prix de ma rédaction. J'avais à
peu près réalisé mon rêve et je pouvais vivre de mon
travail d'écrivain. Sur ces entrefaites, la « Payse »,
qui avait été mon inspiratrice, ma meilleure conseillère, devint libre et je l'épousai. L'ami Tristan,
qui venait de publier enfin son recueil de nouvelles,
fut mon témoin et, le lendemain, nous célébrâmes
tous trois, par une longue promenade dans les
bois, cet événement joyeux qui mettait fin à ce que

Gœthe eût appelé « les années d'apprentissage ».

Je m'arrête donc ici. Les gens heureux n'ont pas d'histoire. Les jours d'été sont passés et nous voici dans l'arrière-saison où l'on récolte les fruits mûrs ; — une saison qui a aussi ses jours de joie, mais dont la félicité n'intéresse que nous-mêmes et non le public. Pour clore ce trop long récit, je ne puis que transcrire, comme un épilogue, ces vers composés pour la « Payse » aux heures crépusculaires d'octobre :

> La vie humaine, même à l'approche du soir,
> A sa tranquille fête et son vert reposoir.
> Ainsi que la forêt féconde, elle nous donne
> Le féerique décor et les fruits de l'automne.
>
> . . . .
>
> Nous aussi, nous avons cueilli des fruits en route ;
> Il est temps désormais que notre bouche en goûte
> La fondante saveur et la maturité :
> Enthousiasme, élans du cœur vers la bonté,
> Émotions que l'Art et la beauté des choses
> Laissent dans notre esprit comme une odeur de roses.
> Ces communs souvenirs, récoltés à nous deux,
> Ravivent notre amour, comme là-bas les feux
> De bruyère, allumés aux clairières prochaines,
> Réchauffent les doigts gourds des vieux coupeurs de chêne...

TABLE DES MATIÈRES

ÉVREUX, IMPRIMERIE DE CHARLES HÉRISSEY

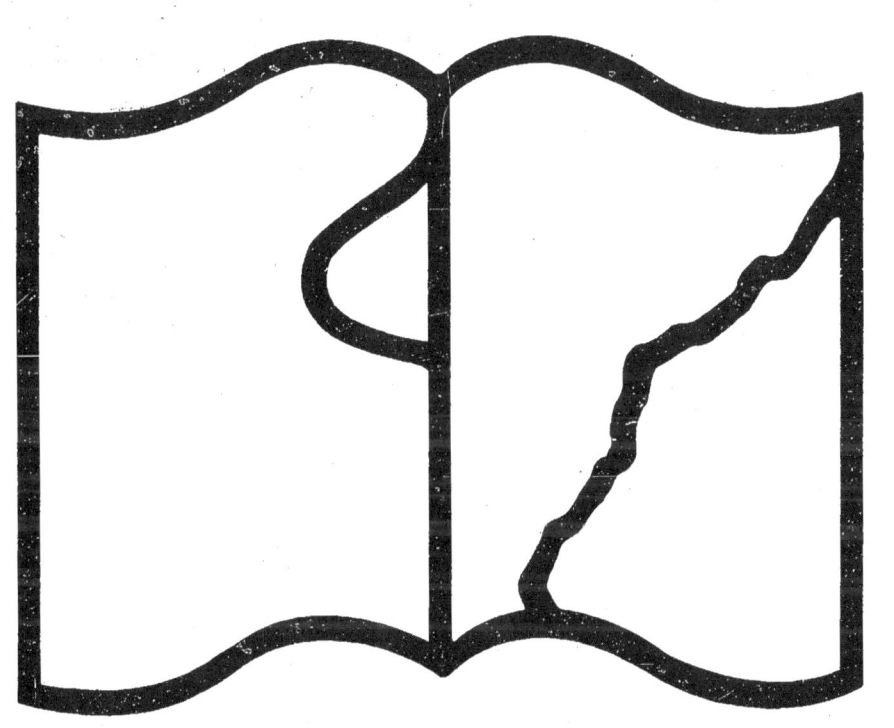

www.ingramcontent.com/pod-product-compliance
Lightning Source LLC
Chambersburg PA
CBHW050144030726
47505CB00005B/1222